Christan Baier

Der Professorenmord

D1641695

TORUK VERLAG ≈

Christian Baier

Der Professorenmord

HISTORISCHER
KRIMINALROMAN

TORUK VERLAG

Über den Autor

Christian Baier lebt mit seiner Frau und Tochter in Landshut. Dort beschäftigt er sich als Autor und Stadtführer mit seiner Heimatstadt. Mehr unter: www.baier-landshut.de

Impressum

Taschenbuchausgabe 01/2019
Copyright © dieser Ausgabe by TORUK VERLAG
eine Marke der *roundaboutmedia GmbH*
Lektorat: *Lena Berning*, Legden.
Umschlaggestaltung: *Juliane Ehrlicher*, Leipzig, unter Verwendung eines Stichs von Heinrich Adam (1787 bis 1862). Mit freundlicher Genehmigung des Stadtarchiv Landshut.
Satz: *Juliane Ehrlicher*, Leipzig.
Print in Germany.

ISBN 978-3-9820822-2-6

www.toruk-verlag.de

Für Christine

Kapitel 1
23. Mai 1802

Der Fausthieb traf Kaspar Emmrich seitlich am Kinn. Der etwas schmächtige Student taumelte mit ungelenken Schritten durch das Wirtshaus und landete auf einem der schweren Tische an der Fensterfront. An diesem saß ausgerechnet Nikolaus Thaddäus Gönner, Professor für Staatsrecht und Rektor der bayerischen Landesuniversität. Professor Gönner schaffte es gerade noch, zur Seite zu springen und seinen Weinhumpen in Sicherheit zu bringen.

»Emmrich«, rief Gönner und starrte den Studenten wütend an, »was erlauben Sie sich? Können Sie sich nicht benehmen?«

Emmrich rappelte sich etwas benommen hoch. Mit schmerzverzerrtem Gesicht rieb er sich das Kinn, dessen Farbe schnell in ein dunkles Rot wechselte.

»Entschuldigung Herr Professor Gönner, aber ...«, stammelte er, kam aber nicht weiter. Die Rauferei, die sich mittlerweile im Wirtshaus Feininger ausgebreitet hatte, wurde immer heftiger und einer der beteiligten Handwerksburschen packte den Studenten und riss ihn lärmend wieder mitten ins Geschehen.

Gönner zog sich mit seinem Humpen angewidert hinter die Theke des Wirtshauses zurück. Wie er diese Streitereien hasste. Die örtliche Burschenschaft und die Studenten seiner Universität gerieten sich immer wieder in die Haare und es kam zu ausufernden Raufereien. Gönner bereute, dass er sich nach dem anstrengenden Tag an der Universität entschlossen hatte, auf einen Humpen Wein in das Wirtshaus Feininger in der Neustadt zu gehen. Es war eines der ältesten in der Stadt, aber auch bekannt dafür, dass es hier immer wieder zu Zusammenstößen zwischen den beiden Gruppen kam.

Aber wer konnte schon ahnen, dass es gerade heute wieder dazu kam. Die Studenten ließen sich zu oft von den örtlichen jungen Handwerksburschen und Bürgersöhnen provozieren und lieferten der örtlichen Polizei Gründe, gegen sie vorzugehen. Diese Gelegenheiten nahm die Gendarmerie nur zu gerne an.

Gönner dachte daran, dass er als Rektor die Sache wieder ausbaden und sich von diesem unfähigen Polizeikommissär Wirschinger böse Vorhaltungen machen lassen musste.

Gönner warf dem sichtlich verzweifelten Wirt Xaver Feininger ein paar Groschen zu und wollte gerade das Lokal verlassen, als mehrere Gendarmen in den Raum stürzten, gefolgt von Kommissär Wirschinger, der Gönner zwischen Tür und Angel anrempelte.

»Wirsching, können Sie nicht aufpassen?«, raunzte Gönner gereizt und funkelte den Kommissär finster an.

»Herr Professor Gönner, Wirschinger bitte!«, raunte Wirschinger ebenso erfreut, »bitte halten Sie mich nicht auf, es handelt sich hier um eine polizeiliche Maßnahme!«

»Herr Kommissär, ich kenne Ihre polizeilichen Maßnahmen, die sich immer nur gegen unsere Studenten richten!«

»Herr Professor, ich habe jetzt keine Zeit, mit Ihnen zu diskutieren! Sie wissen so gut wie ich, dass Ihre Studenten immer wieder Ausgangspunkt verschiedener Unruhen sind! Das haben wir bereits mehrfach besprochen!«

Wirschinger schob sich an Gönner vorbei in den Gastraum, drehte sich dann aber nochmals um und sagte aufgebracht:

»Es ist jetzt wirklich an der Zeit, dass Sie Ihre Studenten endlich an die Leine nehmen!«

Ohne eine Reaktion Gönners abzuwarten, machte Wirschinger auf dem Absatz kehrt und ging stechenden Schrittes in den Gastraum.

Gönner starrte Wirschinger mit hochrotem Kopf nach, sein Magen begann sich zusammenzuziehen und seine Wut auf den Kommissär steigerte sich um eine weitere Stufe. Er raffte seinen Mantel fest zusammen und verließ das Haus. Schnell ging er ein paar Schritte vom Ort des Geschehens weg, blieb dann stehen und atmete einige Male tief ein. Die kühle Abendluft hatte eine beruhigende Wirkung auf seinen rumorenden Magen und auch die Hitze in seinem Kopf verflüchtigte sich langsam.

Dieser Wirschinger raubte ihm den letzten Nerv. Der Kommissär, der erst vor Kurzem, zu Beginn des Jahres 1802, nach Landshut versetzt worden war, hatte es vom ersten Tag seines Dienstes an auf die Studenten abgesehen und gab nur ihnen die Schuld an den Raufereien in den Tavernen und Wirtshäusern. Dabei gingen die Streitereien meist von der Gegenseite aus. Aber das interessierte diesen kleinbürgerlichen Gendarmen nicht.

Als sich der Kommissär vor ein paar Wochen offiziell bei der Leitung der Universität vorstellte, hatte Gönner sofort ein ungutes Gefühl. Er konnte diesen von sich überzeugten Menschen von Anfang an nicht leiden und er spürte, dass dies auf Gegenseitigkeit beruhte. Die gegenseitige Abneigung hatte sich heute wieder bestätigt. Seufzend setzte sich Gönner in Bewegung und ging gemächlichen Schrittes nach Hause. Er beschloss, sich von seiner Haushälterin Frau Gruber einen Magen beruhigenden Kamillentee zubereiten zu lassen, das würde hoffentlich auch seinen Ärger besänftigen.

Kapitel 2

Ratsherr Johann Obernburger fiel bei den letzten Worten seines Gegenübers aus allen Wolken.

»Wie bitte, können Sie das noch einmal wiederholen?«, fragte er vorsichtig und starrte Professor Schmidbauer entsetzt an.

»Nun mein lieber Herr Obernburger, wir müssen die Inventarliste noch einmal von Grund auf überarbeiten und ich darf noch anfügen, dass sich diese Überarbeitung auch auf unsere Vorstellungen der Wertermittlung der einzelnen Objekte bezieht. Zudem gedenke ich, nach unserer großen Feier eine Art Ausschreibung zu veröffentlichen. Ein gewisser Wettbewerb beim Verkauf des Inventars würde sicherlich nicht schaden.«

Schmidbauer lehnte sich in seinen Sessel zurück und schaute den Ratsherren mit unschuldigen Augen an.

Obernburger hatte sich bei den Worten seines Gegenübers kerzengerade aufgerichtet. Entsetzt starrte er den Professor an. Seine großen Hände krallten sich an den Armlehnen seines Stuhls fest, sein hochroter Kopf stand kurz vor dem Platzen und das Herz raste. Es dauerte einige Zeit, bis er das Gehörte verarbeitete und langsam erkannte er die Tragweite von Schmidbauers Worten.

Was bildete sich dieser arrogante Akademiker eigentlich ein? Hatte der keine Ahnung, was es bedeutete, Verträge zu besprechen, besonders mit ihm, dem Ratsherrn, angesehenen Bürger und Mitglied im inneren Rat der Stadt? Obernburger versuchte sich zu beruhigen, seine massige Gestalt bebte. Er atmete einige Male ruhig ein und langsam fuhr sein aufgewühlter Kreislauf wieder auf normale Geschwindigkeit herunter.

»Wie …«, begann er leise und schluckte, »wie stellen Sie sich das denn vor? Ich dachte, wir beide wären bereits zu einer für beide Seiten annehmbaren Übereinkunft gekommen! So habe ich das zumindest verstanden!«

Professor Schmidbauers feingliedrige Hände strichen kreisförmig über die glatte, dunkle Oberfläche des penibel aufgeräumten Schreibtisches. Ansonsten blieb er regungslos sitzen und ließ sich nicht aus der Ruhe bringen.

»Werter Herr Obernburger, wir haben zwar über die Angelegenheit diskutiert und das bereits mehrmals, aber zu einer endgültigen Einigung sind wir mitnichten gekommen, wenn ich Sie daran erinnern darf. Unsere Gespräche bezogen sich lediglich auf die Inventarliste und eine grobe Preisgestaltung.«

Obernburger starrte den Professor durchdringend an. Er hatte bereits bei ihrer ersten Begegnung ein ungutes Gefühl, dies schien sich jetzt zu bestätigen. Warum musste dieser eingebildete Rektor Gönner gerade Schmidbauer als Verwalter des Klosterinventars bestimmen? Mit solchen vergeistigten und ahnungslosen Akademikern konnte man als Geschäftsmann keine Vereinbarungen treffen. Es wäre ihm lieber gewesen, er hätte direkt mit Rektor Gönner verhandelt. Der war zwar ebenfalls arrogant und wahrscheinlich ein harter Verhandlungspartner, aber sein Gespür sagte ihm, dass man sich auf Gönner zumindest verlassen konnte.

Die Mönche der Dominikaner mussten das Kloster verlassen und die Universität übernahm das Gebäude und mit ihm das meiste, wertvolle Inventar. Dieses sollte Professor Schmidbauer katalogisieren und dann zu Geld machen. Eine schöne Einnahme für die Universität, die das Geld gut gebrauchen konnte. Obernburger hatte in seiner Eigenschaft als Mitglied im inneren Rat der Stadt davon als einer der ersten erfahren und gedachte daraus einen möglichst hohen Profit zu schlagen. Für einige der besten Objekte hatte er bereits gut betuchte, potenzielle Käufer gefunden.

Die Verhandlungen mit Schmidbauer liefen anfangs ganz gut. Als einflussreicher Ratsherr konnte Obernburger bei einem Verkauf an ihn der Universität gewisse Zugeständnisse bei städtischen Genehmigungen machen. Beide Seiten sollten davon profitieren. Alles schien in eine gute Richtung zu laufen. Bis zu dem heutigen Gespräch.

»Ihre Worte in allen Ehren, Herr Schmidbauer, aber auch wenn noch nichts unterschrieben war, bin ich fest davon ausgegangen, dass es sich dabei nur noch um eine formelle Angelegenheit handeln würde!«

»Sehen Sie«, sagte Schmidbauer mit angehobenen Augenbrauen, »der Umzug der Universität in ihre schöne Stadt war doch ein sehr großer Aufwand. Wir benötigen dringend neue Möbel, stellen Sie sich vor, wir haben uns sogar Tische von einem örtlichen Gymnasium ausgeliehen! Die Räume müssen renoviert werden und die Ausstattung der einzelnen Fakultäten steht erst am Anfang. Die medizinische Fakultät benötigt ein anatomisches Theater, der finanzielle Aufwand ist doch erheblich höher, als wir uns das vorgestellt haben. Ich werde die Angelegenheit nochmals mit Rektor Gönner besprechen. Allerdings erst nach unserem großen Installationsfest, vorher hat der Kollege für diese Dinge den Kopf nicht frei. Die Sache eilt wohl auch nicht.«

Von wegen, dachte Obernburger. Die Wochen bis zum Fest kamen ihn wie eine kleine Ewigkeit vor. Bis dahin hatten vielleicht noch andere Wind von der Sache bekommen und er würde sich mit irgendwelchen Konkurrenten herumschlagen müssen, was nur die Preise in die Höhe trieb. Es musste eine andere Lösung geben, das konnte er nicht zulassen.

Obernburger spürte, dass das weitere Gespräch zu nichts führen würde und stand ruckartig auf. Er raffte seine Papiere zusammen und starrte den Professor an.

»Wir werden sehen, Herr Professor Schmidbauer. Das letzte Wort ist noch nicht gesprochen! Ich empfehle mich!«

Ohne eine Antwort des Professors abzuwarten, drehte sich Obernburger um und verließ den Raum.

Kapitel 3
24. Mai 1802

Nach den Ereignissen im Wirtshaus Feininger, hatte Professor Gönner Magen und Gemüt mit einem warmen Kamillentee beruhigt und war diesen Morgen einigermaßen ausgeruht zur Universität gekommen. Aber zu seinem Leidwesen begann der neue Tag, wie der vergangene endete – mit Ärger.

»Das haben wir doch bereits mehrmals diskutiert, Herr Kollege!«, sagte Gönner mit zusammengepressten Zähnen und zog seine Augenbrauen zusammen, »ich denke nicht, dass es darüber noch etwas zu sagen gibt!«

Gönner konnte es einfach nicht fassen. Professor Dietl hatte ihn, gerade als er das Gebäude betreten hatte, abgepasst und ließ sich auch nicht mehr abschütteln. Warum musste dieser eitle Pfaffe ihn jetzt schon wieder damit bedrängen? Das Thema war seiner Meinung nach abschließend geklärt.

»Herr Kollege Gönner«, fuhr Dietl mit fester Stimmte unbewegt fort, »selbstverständlich kann man darüber noch einiges sagen und es ist mitnichten zu spät, den Festredner neu zu bestimmen! Ich vertraue da ganz auf Ihre Autorität als Rektor unserer Universität, Kollege Schmidbauer wird sicher verstehen, dass...«

Weiter kam Dietl nicht. Gönner war zwar fast einen Kopf kleiner als der Professor der Ästhetik, schaffte es aber, seinen Kopf dermaßen in die Höhe zu recken, dass er dem Kollegen durchdringend in die Augen funkeln konnte und sagte:

»Ein für alle Mal, Herr Kollege Dietl! Die Entscheidung ist gefallen und wird auch nicht mehr revidiert! Guten Tag!«

Gönner drehte sich flink auf dem Absatz um, marschierte schnell davon und ließ Dietl verdattert stehen. In seinem Amtszimmer angekommen warf er die Tür ins Schloss, drehte den Schlüssel um und ließ sich in den Stuhl hinter seinem Schreibtisch fallen.

Das alles wurde langsam zu viel für ihn. Als Kurfürst Maximilian Josef die Universität im Jahr 1800 von Ingolstadt nach Landshut verlegte, konnte niemand ahnen, dass sich dieses Unterfangen nach eineinhalb Jahren immer noch hinzog und man von einem Abschluss der Arbeiten nicht sprechen konnte.

Trotz dieser Schwierigkeiten und gegen manchen Widerstand aus der Kollegenschaft, hatte Gönner als Rektor beschlossen, die Verlegung jetzt schon mit einem großen Installationsfest zu feiern. Im Mai 1802 sollte es so weit sein und es waren nur noch wenige Wochen bis zu diesem Termin. Zwar gab es immer noch erhebliche Schwierigkeiten, die Räume waren nicht alle fertig und von einer vollständigen Möblierung konnte nicht die Rede sein. Aber es galt, ein Zeichen zu setzen. Das war für ihn als Rektor sehr wichtig.

Er musste dem Kurfürsten und dessen ersten Minister Graf Montgelas beweisen, dass das Vertrauen, dass sie in ihn gesetzt hatten, gerechtfertigt war. Sollte er dieses nicht erfüllen und etwas schiefgehen, konnte er sich lebhaft vorstellen, was die beiden mit ihm als Verantwortlichen machen würden, wahrscheinlich würde Gönner dann den die erste bayerische Vertretung in der Inneren Mongolei zu betreuen haben.

Zudem stand die Universität ihrer neuen Heimatstadt gegenüber in der Pflicht. Der Magistrat der Stadt und auch große Teile der Bürger standen der neuen Institution nicht gerade freundlich gegenüber. Die Regierung hatte die Verlegung ohne große Rücksprache mit der Stadt beschlossen, das kam nicht bei allen Räten des Stadtmagistrats gut an. Die Einwohner der Stadt fühlten sich mit der neuen Institution in ihrer Stadt überfordert. Die Studenten und Professoren waren etwas ganz Unbekanntes in der alten Stadt und brachten die gewohnte Ruhe und das städtische Leben gehörig durcheinander.

Genervt fuhr sich Gönner durch die schütteren Haare, auf seiner hohen Denkerstirn hatten sich kleine Schweißperlen gebildet. Mit einer fahrigen Bewegung wischte er sie sich mit dem Rücken der linken Hand weg.

Sein Blick fiel auf einen Stapel loser Dokumente - die gesammelten Unterlagen zum Einweihungsfest. Am Morgen hatte er die Einladungsliste gegengezeichnet. Alle wichtigen Persönlichkeiten der Stadt, aus dem Umkreis und dem ganzen Fürstentum waren aufgeführt. Ein derartiges Fest hatte diese Stadt wohl in den letzten Jahrhunderten nicht mehr gesehen und es würde den Menschen sicherlich lange in Erinnerung bleiben.

Er raffte die Blätter zu einem Stapel zusammen, klopfte ihn an der langen Seite zusammen, nahm eine Schnur und band den Papierblock fest zusammen. Sein Blick fiel dabei auf die erste Seite. Die Festrede.

Er hatte eigentlich gedacht, dass dieses Thema abgeschlossen war. Warum musste dieser eingebildete Dietl immer wieder damit kommen? Es waren nur noch wenige Wochen bis zum großen Tag und da konnte man von allen Kollegen erwarten, dass eine gewisse Disziplin an den Tag gelegt würde. Er hatte Professor Schmidbauer als Redner vorgeschlagen, dieses Recht stand ihm als Rektor der Universität zu! Schmidbauer war ein besonnener Mensch, ein rhetorisch begabter Redner und bei den Kollegen sehr geachtet.

Gönner strich mit einer Hand das oberste, leicht gewellte Blatt so gut es ging glatt. Er konnte nicht verstehen, dass Dietl seine Autorität als Rektor anzweifelte. Der Zorn kroch wieder in ihm hoch, er fuhr sich nochmals heftig durch die Haare und ließ seine Arme seufzend auf den Tisch fallen.

Mit zusammen gekniffenen Augen starrte er in den Raum. Das Chaos des Umzuges hatte sich zwar etwas gelichtet, aber für seinen peniblen Ordnungssinn war das alles immer noch nicht perfekt. Er nahm sich vor, die Universitätsdiener noch einmal energisch an deren Aufgaben zu erinnern und die Herren ein wenig schärfer anzutreiben.

Gönner stand auf, nahm den Dokumentenstapel und trug ihn zu einer Kommode neben dem Fenster, legte ihn dort ab. Er stützte sich auf das Möbel, das die Reise aus Ingolstadt einigermaßen gut überstanden hatte und warf einen Blick aus dem Fenster. Seine Räume lagen im ersten Stock des ehemaligen Klosters und so hatte er einen guten Blick auf den Vorplatz, wo sich bis vor Kurzem noch ein Friedhof befand. Die Säkularisation brachte dessen Verlegung mit sich und der Platz sollte zum repräsentativen Universitätsplatz werden. Handwerker hatten gerade damit begonnen, den Platz für das große Fest vorzubereiten.

Mit Graus dachte er an die letzten Monate. Erst der mammuthafte Umzug der gesamten Universität nach Landshut, immerhin in die Stadt ihres Gründers, Herzog Ludwig des Reichen von Bayern-Landshut, er hatte die Universität im Jahre 1472 in Ingolstadt gegründet. In der neuen Heimatstadt kam man zuerst im ehemaligen Kloster der Jesuiten unter und zog dann nach kurzer Zeit hierher.

Gönner hielt die Entscheidung der Regierung für richtig, ja er war einer der heftigsten Antreiber der Verlegung. In Ingolstadt trieben nur all diese Ex-Jesuiten um Professor Sailer ihr Unwesen. Die von Graf Montgelas so hochgepriesene Aufklärung hatte dort einen schweren Stand. Zwar zog Sailer mit seinem professoralen Anhang mit nach Landshut, aber es war klar, dass diese hier in Montgelas Lieblingsprojekt eine schwere Zeit hatten. Dafür würde Gönner schon sorgen.

Der Gedanke an den Kollegen aus der theologischen Fakultät bescherte ihm ein leichtes Magengrummeln und er rieb sich vorsichtig mit der rechten Hand um den Bauch.

Gerade, als sich das Unwohlsein zurückzog, klopfte es energisch an der Tür.

Kapitel 4

Johann Obernburger warf die Tür zu seiner Studierstube mit voller Wucht ins Schloss und drehte den dicken Schlüssel um. Heftig schnaufend stützte er sich mit beiden Armen auf den schweren Eichentisch, der mitten im Raum stand. Er zog ein Bündel Papiere aus seinem Mantel, legte sie auf den Tisch, zog den Mantel aus und warf ihn auf einen Stuhl in der Ecke.

Es war die Höhe, was er gerade bei der Besprechung des inneren Rates der Stadt hören musste. Die Planungen dieser Universitätsleute für das Fest waren einfach ungeheuerlich. Diese Professoren führten sich auf, als ob ihnen die Stadt gehören würde. Er setzte sich an den Tisch und blätterte das Bündel durch. Die Planungen waren eigentlich bereits abgesegnet worden, aber jetzt kamen die Herren Akademiker mit etlichen Änderungen daher und erwarteten, dass der Magistrat diese im Handumdrehen absegnete.

Er dachte an den gestrigen Tag. Dieser eingebildete Schmidbauer erwartete von ihm, dass er sich nach den Vorstellungen der Professoren richtete. Aber so wird das mit ihm, dem gewieften Ratsherren Johann Obernburger nicht laufen, meine Herren, dachte er und ein flüchtiges Lächeln flog über seine Lippen. Die Herren wollten etwas vom Magistrat und dafür mussten sie ihrerseits etwas bieten. Sein Einfluss im Magistrat war groß genug, um das entsprechend zu arrangieren.

Obernburger hatte gerade die Papiere vor sich ausgebreitet und fing an, diese zu studieren, als es an der Tür klopfte. Genervt stand er auf, ging zur Tür, schloss auf und öffnete sie einen kleinen Spalt. Vor der Tür stand sein Sohn Josef.

»Was willst Du«, fuhr Obernburger den Junior unwirsch an.

»Vater, entschuldige die Störung, ich wollte nur noch einmal fragen, ob ich bei dem Gespräch mit den Kaufleuten dabei sein muss, weil ...«

»Was soll diese Frage«, unterbrach ihn der Senior aufgebracht und sah seinen Sohn mit stechendem Blick an,»natürlich bist Du dabei! Du hast als mein Nachfolger diese Dinge zu lernen! Ich möchte darüber auch nichts mehr hören und jetzt lass mich arbeiten!«

Ohne eine Reaktion seines Sohnes abzuwarten, warf er die Tür zu und drehte den Schlüssel wieder um. Was bildete sich Josef eigentlich ein? Ein Obernburger hat Kaufmann zu werden, da gab es überhaupt keine Frage. Sogar seinem Sohn hatten diese Universitätsleute Flausen in die Ohren gesetzt. Sein Hass auf die Professoren und besonders auf Schmidbauer kroch wieder in ihm hoch. Dieses Problem musste er sich ein für alle Mal vom Hals schaffen.

Kapitel 5

»Herr Kollege Gönner, sind Sie da?«

Gönner schloss die Augen und atmete ruckartig aus. Wenn man auch nur einen kleinen Gedanken an Sailer verschwendet, steht der schon vor der Tür, dachte er erbost. Gönners Magen begann sich wieder zu regen und er verspürte nicht die geringste Lust, sich jetzt auch noch über diesen Kollegen ärgern zu müssen. Kurz überlegte er, ob er sich still verhalten und die geballte theologische Kompetenz Sailers an sich vorüber ziehen lassen sollte. Schnell verwarf er den Gedanken wieder. Wahrscheinlich hatte ihn der Kollege bereits durch die Mauern gespürt.

Seufzend ging er zur Tür, legte die Hand auf den Türgriff, atmete noch einmal tief durch und drehte den Schlüssel um. Widerwillig zog er seine Mundwinkel nach oben, um ein möglichst freundliches Gesicht zu machen, und öffnete.

Professor Johann Michael Sailer stand in seiner ganzen Größe und Fülle vor ihm und seine kleinen, listigen Augen sahen ihn strahlend an.

»Herr Kollege Sailer, was für eine Überraschung, Sie hier zu sehen!«, sagte Gönner mit der freundlichsten Stimme, die er gerade finden konnte.

»Herr Kollege Gönner«, entgegnete Sailer mit sonorem Bariton und lächelte jovial, »ich wollte Sie keineswegs stören, ich muss jedoch dringend ein paar Worte mit Ihnen wechseln«.

Ohne auf eine Antwort Gönners zu warten, schob sich Sailer an dem schmächtigen Kollegen vorbei und trat ein. Sailer war von großer Statur, er hatte eine massige Gestalt, ohne jedoch dick zu wirken und bewegte sich sehr flüssig.

Gönner ließ seine Mundwinkel fallen, schloss die Tür, warf noch einen bösen Blick auf den Türrahmen und drehte sich dann um. Dabei zwang er sich, seinem Gesicht wieder ein freundliches Aussehen zu geben.

»Sie stören keineswegs, Herr Kollege«, entgegnete Gönner gezwungen freundlich, »es ist mit wie immer eine Ehre, wenn Sie mich in meinen bescheidenen Räumen aufsuchen!«

Gönner ging an Sailer vorbei und setzte sich wieder hinter seinen Schreibtisch.

»Bitte«, sagte er zu Sailer und deutete auf einen Stuhl, »nehmen Sie Platz. Es tut mir leid, Ihnen keine andere Sitzgelegenheit anbieten zu können, aber Sie sehen ja selbst, die Arbeiten sind noch nicht ganz abgeschlossen.«

Sailer sah sich nickend um.

»Wir haben wohl alle noch bezüglich des Umzuges zu leiden«, sagte er lächelnd, »aber im Vergleich zu unserem letzten Treffen hier sieht es doch schon ganz gut aus. Das bringt mich auf den Anlass meines Besuches, lieber Herr Kollege.«

Gönner zuckte bei dieser Bezeichnung seiner selbst ein wenig zusammen. Diese übertriebene Freundlichkeit konnte nichts Gutes bedeuten. Er nahm sich vor auf der Hut zu sein. Bevor er etwas entgegnen konnte, fuhr Sailer fort:

»Wie Sie wissen, bedeutet auch mir das anstehende Fest sehr viel und ich würde es sehr begrüßen, wenn das Festkomitee alle Kräfte bündelt, dass diese Veranstaltung ein Erfolg wird. Sie wissen sicher zur Genüge, dass unser erlauchter Kurfürst und Graf Montgelas große Erwartungen in unsere Universität haben und alle Augen der Regierung auf uns gerichtet sind.«

»Selbstverständlich Herr Kollege ist mir dieser Umstand sehr bewusst, ich ...«

»Ich möchte Sie auch heute noch einmal besonders auf die Festrede hinweisen, welche den Menschen sicher im Gedächtnis haften bleiben wird!«

Gönner senkte kurz den Kopf, wenn er etwas hasste, dann Unterbrechungen. Was bildete sich dieser Kerl eigentlich ein, dachte er. Sein Magen begann heftig zu pochen.

»Sie können sicher sein, werter Herr Professor Sailer«, sagte

Gönner betont ruhig, »dass ich alles in meiner Macht Stehende unternommen habe und weiterhin werde, um unsere Universität bei der Installationsfeier möglichst positiv darzustellen. Professor Schmidbauer wird eine großartige Rede halten, da bin ich mir sicher.«

»Nun, da verlasse ich mich ganz auf Ihr Urteilsvermögen. Wobei ich aber nicht verhehlen kann anzumerken, dass unser geschätzter Kollege Dietl sicherlich eine ebenso gute Rede verfasst und gehalten hätte.«

Ah, dachte Gönner, daher weht der Wind, Dietl hat sich bei Sailer beschwert. Diese Schwarzröcke halten dann doch zusammen. Er zog die Augenbrauen zusammen und betrachtete sein Gegenüber, der sich unsichtbaren Staub von seinem linken Rockärmel wischte. Offensichtlich war Sailer dieses Gespräch doch etwas unangenehm. Dieser Gedanke zauberte ein leichtes Lächeln auf Gönners Mund.

»Ich weiß um Dietls Fähigkeiten, Herr Kollege Sailer, er hat mir seine Hilfe auch bereits angeboten. Aber ich kann Ihnen versichern, es ist alles bestens geregelt und seine Hilfe wird nicht nötig sein. Professor Dietl hat sicher noch Möglichkeiten an der Universität, seine Kenntnisse und Fähigkeiten unter Beweis zu stellen.«

»Sicher, diese wird es geben. Ich wollte Ihre Wahl des Redners keinesfalls kritisieren. Dieses Recht steht Ihnen als Rektor der Universität selbstverständlich vorrangig zu. Aber aufgrund meiner Erfahrung in diesem Umfeld erlaube ich mir einfach, meine Gedanken einzubringen. Ich werde Übermorgen für einige Tage verreisen, eine Besprechung mit seiner Exzellenz Bischof Konrad in Freising. Sie verstehen, die Zeiten sind schwierig und es bedarf intensiver Gespräche!«

Gönner konnte eine gewisse Häme nicht unterdrücken, ein Leichtes, ironisches Lächeln huschte über seine Lippen, als er entgegnete:

»Nun, werter Professor Sailer, dann wünsche ich Ihnen eine gute Reise und seien Sie versichert, das Installationsfest wird zu unserer aller Zufriedenheit abgehalten werden!«

Gönner erhob sich, um dem Kollegen zu zeigen, dass er das Gespräch für beendet hielt und ging langsam zur Tür.

Sailer erhob sich bedächtig und folgte dem Kollegen langsam. Als er Gönner erreicht hatte, blieb er stehen und sah ihm offen in die Augen.

»Danke für Ihre guten Wünsche Herr Kollege! Ich schließe Sie in meine Gebete ein, auf dass Ihre Anstrengungen Erfolg haben und wir unserer Universität einen ihr gebührenden Start bereiten können.«

Gönner nickte dankend, öffnete die Tür und Professor Sailer marschierte erhobenen Hauptes aus dem Raum. Gönner schob die Tür rasch zu und atmete dann erleichtert aus. Die Aussicht, dass Sailer einige Tage nicht an der Universität sein würde, lies ein angenehmes Glücksgefühl in ihm aufkommen. Das machte die Planungen zum Fest etwas leichter und schließlich wollte ihn Professor Sailer auch in seine Gebete einschließen. Diese Aussicht konnte Professor Gönner die Freude über die kommenden Tage jedoch nicht vermiesen.

Das Messer schnellte nach vorne und bohrte sich in seine rechte Seite. Ein brennender Schmerz begann sich auszubreiten, da traf ihn ein weiterer Stich oberhalb der ersten Wunde. Hasserfüllte Augen blickten ihn an. Auf seiner Haut spürte er eine feuchte Wärme. Ein roter Fleck breitete sich auf seinem Hemd immer weiter aus. Er taumelte schutzsuchend in sein Schlafzimmer, wollte die Tür zustoßen, aber seine Kräfte versagten. Er spürte eine Hand auf seiner Schulter. Sie krallte sich fest, während die andere Hand das Messer in seinen Bauch rammte. Die Schmerzen der Stiche vereinten sich zu einer infernalisch anschwellenden Spitze, die von einem weiteren, wuchtigen Messerhieb gekrönt wurde. Dieser ließ ihn rücklings auf das Bett fallen. Das Messer blieb in seinem Körper stecken, durch einen blutroten Nebel sah er es riesengroß aus seinem Bauch ragen. Als es heraus gezogen wurde, quoll ein dicker Strom Blut aus der Wunde. Er wollte schreien, aber aus seinem Mund kam nur ein Blut ersticktes, gurgelndes Krächzen. Die Messerhiebe kamen nun in schneller, wuchtiger Folge. Hasserfüllt. Brutal. In irrer Rage. Irgendwann spürte er nichts mehr. Seine Gedanken verschwanden hinter einer immer schwärzer werdenden Wand. Kein Warum, kein Sinn mehr. Er betrachtete das Geschehen als Außenstehender. Die Wirklichkeit verblasste, trübte sich ein. Ein wohliges Gefühl, eine glückliche Wärme breitete sich in ihm aus. Nichts konnte ihn mehr etwas anhaben. Er fühlte sich sicher. Tränen liefen aus seinen brechenden Augen über die Wangen. Alles war still. Die Schmerzen vergingen in der langsam heraufkriechenden Dunkelheit.

Kapitel 6 25.
Mai 1802

Die kleine Gruppe Studenten stand mit gesenkten Köpfen vor Professor Gönner. In seiner Eigenschaft als Rektor sah er es als seine Pflicht an, den Studenten nach deren Fehlverhalten eine Rüge zu erteilen.

Mit hochrotem Kopf und zusammen gekniffenen Augen, die Arme vor der Brust verschränkt, starrte der Professor die jungen Männer erschüttert an.

»Es ist ungeheuerlich, wie Sie sich benehmen, meine Herren!«, knurrte er und begann, die ängstlich und eng zusammenstehende Gruppe mit kleinen Schritten zu umkreisen. Nach den ersten Schritten rümpfte er die Nase. Die Ausdünstungen der Studenten ließen erahnen, wie sie die letzte Nacht verbracht hatten.

»Sie diskreditieren mit diesen Raufereien unsere Universität! Sie machen uns zum Gespött der ganzen Stadt, ach was, des ganzen Landes!«, warf er den jungen Männern bellend entgegen. Der zierliche Professor blieb stehen und betrachtete das Grüppchen böse. Auf seiner Stirn bildeten sich Schweißperlen. Gönner musste zu den meisten der jungen Männer aufzublicken, was jedoch seiner Autorität keinen Abbruch tat.

»Sie waren nicht einmal so freundlich, sich etwas Frisches anzuziehen, wenn Sie mir hier unter die Augen treten!«, fauchte er entsetzt und nahm seine Wanderung wieder auf.

»Herr Professor«, wagte Kaspar Emmrich leise und vorsichtig zu bemerken, »wir hatten hierzu noch keine Gelegenheit! Die Gendarmen haben uns doch mitgenommen und ins Gefängnis gebracht! Wir kommen direkt von dort!«

Gönner blieb wie angewurzelt stehen und blickte den Sprecher erbost an.

»Emmrich! Ihr Verhalten habe ich zu meinem Leidwesen selbst miterleben müssen! Sie haben die ganze Nacht in diesem stinkenden Gefängnis verbracht und wagen es, mir sofort im Anschluss daran unter die Augen zu treten?«, schnauzte er die Studenten an. Sein Gesicht nahm dabei eine noch intensivere Rotfärbung an.

»Herr Professor«, jammerte ein Anderer, »was hätten wir denn machen sollen! Wachtmeister Schnabelmeier hat uns angewiesen, sofort zu Ihnen zu kommen, wir konnten uns gar ...«

Gönner trat einen Schritt von der Gruppe weg. Es fiel ihm schwer, sich zu beherrschen.

»Ruhe!«, schrie er, »es reicht jetzt! Gehen Sie nach Hause meine Herren und machen Sie wieder ordentliche Menschen aus sich!«

Gönner ärgerte sich bohrend über das Auftreten der Studenten, aber auch ein klein wenig über sich selbst. Er hatte diesen Wachtmeister tatsächlich gebeten, die wegen Trunkenheit bei ihm einsitzenden Studenten bei ihrer Entlassung sofort zu ihm zu schicken, da hatte der junge Mann Recht. Er wollte jedoch den Herren auch noch höchstpersönlich den Kopf zu waschen. Über den Zustand allerdings, in welchem diese dann vor ihm erschienen, hatte er natürlich keine Gedanken verschwendet.

Gönner hoffte von dieser Entscheidung, dass seine Worte durch seine Autorität als Rektors eine gewisse Wirkung auf die jungen Akademiker haben würden. Seine Anregungen wollte er den Herren sofort nach deren wie auch immer lehrreichen Gefängnisaufenthalt darbieten, wenn die Erfahrung für sie noch am Frischesten war. Leider nahm jedoch die Häufigkeit dieser Ansprachen zu und er war es langsam leid, sich mit diesen Streitereien in den Wirtshäusern beschäftigen zu müssen.

Im ersten Jahr der Universität gab es damit weniger Probleme. Doch nach der Versetzung Wirschingers nach Landshut kam es vermehrt zu diesen Vorkommnissen. Nach dessen Kontrollen der Gaststätten füllte sich das Stadtgefängnis in der Spiegelgasse immer schnell mit angetrunkenen und aufmüpfigen Übernachtungsgästen.

Gönner ließ resignierend die Arme sinken und ging zur Tür. Nach anfänglichem Zögern folgte ihm die Gruppe schleichend. Der Professor legte seine Hand auf den Türgriff, atmete tief ein und kniff die Augen zu schmalen Schlitzen zusammen.

»Aber eines, meine Herren, möchte ich Ihnen noch mit auf den Weg geben«, brummte er, drehte sich um und sah der Reihe nach jedem der jungen Studenten in die Augen, »passen Sie das nächste Mal auf und lassen Sie sich von den Gendarmen nicht wieder erwischen!«

Die Studenten blickten den Professor erstaunt an, als dieser mit einem huschenden Anflug eines Lächelns die Tür öffnete. Er machte eine wegweisende Bewegung mit einem Arm und sie verließen mit gesenkten Köpfen den Raum. Nachdenklich sah Gönner ihnen nach. Manchmal konnte er sich selbst nicht erklären, warum er bei den jungen Akademikern so beliebt war. Im November letzten Jahres feierten diese begeistert Gönners Wahl zum Rektor Magnificus mit einem überraschenden Fackelzug.

Nach Ablauf der Amtszeit Professor Knoglers in dieser Position war eine neue Wahl notwendig geworden. Gönner trat siegesgewiss an, mit ihm als Gegenkandidat Professor Theodor von Leveling. Die Wahl endete in einem Patt, was Knogler satzungsgemäß als noch amtierender Rektor dazu nutzte, den klerikal gesinnten von Leveling als seinen Nachfolger zu bestimmen. Damit hatte Gönner nicht gerechnet, sah er sich doch als klarer Favorit. Zudem brachte ihn als überzeugten Anhänger der Aufklärung die sehr konservative Einstellung des Siegers auf die Palme, er schäumte vor Wut.

Der Schaum verflog allerdings schlagartig, als ruchbar wurde, dass die Wahl mit einem bösen Makel behaftet war. Knogler hatte auch für einen Professor mit abgestimmt, der sich auf einer dienstlichen Reise befand und ihm daher den vorher ausgefüllten Stimmzettel übergeben hatte. Da Knogler diesen jedoch zur Auszählung vergessen hatte, erlaubte er sich, dessen Wahlentscheidung aus dem Gedächtnis zu zitieren.

Das konnte natürlich nicht unbeantwortet bleiben. Eilig ließ Gönner Flugblätter drucken, welche diese Frechheit kundtaten und verteilte sie an der Universität. Der Druck auf Knogler wurde so stark, dass er sich gezwungen sah, die Wahl zu wiederholen. Im nachfolgenden erneuten Wahlgang erhielt Gönner dann die erhoffte Mehrheit der Stimmen. Diesen Sieg gegenüber den Klerikalen gedachte er natürlich im Kreise seiner Freunde ausgiebig zu feiern.

Er hatte sich zu diesem Zweck gerade mit seinen Mitverschworenen zu einem Sondertreffen des ›Kränzchens‹, der regelmäßig stattfindenden Gesprächsrunde von Anhängern der Aufklärung, in seiner Wohnung in der Unteren Altstadt eingefunden, als vor dem Haus vielstimmig sein Name gerufen wurde. Er öffnete erstaunt das Fenster und sah nach unten. Ein lautes Johlen brach los und eine Heerschar von Studenten mit brennenden Fackeln winkte ihm begeistert zu. Das hatte selbst er nicht erwartet. Seine Kollegen drängten ihn, nach unten zu gehen, sich zu zeigen und mit den jungen Männern zu feiern. Dies geschah dann nach höflichem Zögern seitens Gönner auch ausgiebig im Wirtshaus zum Feininger, einer der beliebtesten Studentenkneipen.

Die Erinnerung daran ließen den Professor trotz des Ärgers lächeln. Doch dann kam ihm wieder seine Arbeit in den Sinn, die hinter ihm im Zimmer wartete und das Lächeln verflog schlagartig. Er drehte sich um, schloss die Tür und ging zurück zu seinen Papieren.

Kapitel 7

Kommissär Anton Wirschinger lehnte sich in seinen alten Stuhl in der Polizeipräfektur zurück. Diese befand sich im Rathaus seiner neuen Heimatstadt, mitten in der Altstadt. Das kleine Zimmer, das er nach seiner Versetzung nach Landshut bezogen hatte, gefiel ihm nicht besonders. Als Leiter der Polizeistation, über ihn stand nur noch Polizeidirektor Gruber, hatte er eigentlich etwas Angemesseneres, Repräsentativeres erwartet. Aber diese Einschränkung musste man in dieser Provinzstadt wohl akzeptieren. Seit Januar war er nun in Landshut. Die Versetzung erfolgte seitens der Regierung in der Hoffnung, dass er ein strenges Auge auf die Universität werfen solle. Den Ruf eines durchgreifenden, kompromisslosen Gendarmen hatte er sich in München über lange Jahre hart erarbeitet.

Ein letzter Anlass für seine Versetzung waren wohl die drei Tage lang dauernden Turbulenzen in der neuen Heimatstadt der Universität. Feiernde Studenten waren in einem Wirtshaus mit Handwerksburschen in Streit geraten und dieser artete in eine ausufernde Schlägerei aus. Einige der Burschen wurden von der Polizei ins Gefängnis gesteckt, worauf die städtische Handwerkerschaft am nächsten Tag revoltierend vor die Polizeipräfektur gezogen war und ihren geballten Unmut kundtat. Der damalige Rektor der Universität musste den Stadtmagistrat einschalten und man hatte alle Hände voll damit zu tun, die Situation zu beruhigen.

Bis zur Verlagerung der Universität kannte man in der eher verschlafenen Stadt derlei Unruhen nicht. Der akademische Senat der Universität sah sich auf Druck des städtischen Magistrats schließlich gezwungen, den Studenten eine Ausgangssperre ab 10 Uhr abends aufzuerlegen. Diese sollte von der Polizei überwacht werden. Wirschingers Vorgänger war der Sache allerdings nicht gewachsen und so wandte sich Direktor Gruber an die zuständige Stelle in München, auf dass man sich dort nach einem Nachfolger mit etwas mehr Biss umsehen möge.

Die Hoffnung Grubers erfüllte Wirschinger sofort, indem er scharfe Kontrollen der einschlägigen Tavernen und Wirtshäuser einführte, in welchen die Studenten zu verkehren pflegten. Das kam natürlich an der Universität, aber auch bei den Wirten der Gasthäuser nicht besonders gut an.

Am gestrigen Abend hatte er wieder eine dieser Kontrollen durchgeführt. Diesmal führte ihn der Weg in das Gasthaus »Zum Feininger«, welches in der unteren Neustadt lag. Wie sich herausstellte, kam die Kontrolle gerade zur richtigen Zeit. Eine Gruppe von angetrunkenen Studenten war mit ein paar einheimischen Burschen in Streit geraten. Die Gendarmen machten wie immer kurzen Prozess und verfrachteten die Studenten zum Ausnüchtern ins örtliche Gefängnis. Über Nacht konnten sie dort ihren Rausch ausschlafen und am Morgen geläutert nach Hause gehen.

Er dachte an seine Begegnung mit Professor Gönner, der gestern zufällig im Wirtshaus anwesend war. Wirschinger nickte unwillkürlich. Da hatte dieser eingebildete Professor selbst gesehen, was seine Studenten in den Abendstunden trieben und diese immer wieder Streit anfingen. Die wenigen Gespräche, die er mit Gönner seit seinem Dienstantritt in der Stadt führen musste, waren alles andere als angenehm gewesen. Gönner behandelte Wirschinger und seine Gendarmen mit einer Arroganz, wie er sie noch nie erlebt hatte. Nach Meinung des Professors waren seine Studenten friedliche Lämmchen, die niemanden etwas zuleide tun konnten. Aber selbst die gestrigen Erlebnisse würden den Professor wohl nicht umstimmen können.

Das Lästige für Wirschinger bestand nun darin, einen genauen Bericht über diese Ereignisse anzufertigen. Aber diese unliebsame Arbeit hielt ihn nicht davon ab, die Gasthäuser und Tavernen weiter zu kontrollieren. Gerade, als er den letzten Satz des Berichtes schrieb, klopfte Gendarm Richter an den Türrahmen.

Richter wurde zusammen mit ihm nach Landshut versetzt. Eine willkommene Verstärkung der nur sieben Mann umfassenden Polizeikräfte, was für eine Stadt wie Landshut mit ihren etwas über siebentausend Bürgern ausreichend wäre. Die Verlegung der Universität und die stetig steigende Zahl der Studenten, 500 jetzt an der Zahl, erforderte jedoch eine Aufstockung des Personals, die seiner Meinung nach durchaus auch höher hätte ausfallen können.

»Herr Kommissär«, fragte der groß gewachsene und sehr athletisch gebaute junge Mann, »wollen Sie heute Abend wieder eine Kontrolle durchführen?«

Wirschinger legte seinen Federhalter weg, lehnte sich zurück und überlegte.

»Ich denke nicht, Richter«, antwortete er schließlich, »wir wollen es ja nicht übertreiben. Die Botschaft an die Studenten kommt schon an. Die Sauferei und vor allem die Schlägereien sind doch etwas weniger geworden!«

»Da haben Sie Recht, Herr Kommissär«, nickte Richter zustimmend, »ich möchte mir nicht vorstellen, wie das vor unserer Versetzung hier ausgesehen hat!«

»Das kann ich Ihnen sagen«, nickte Wirschinger und verschränkte seine Arme vor dem Bauch, »niemand ist gegen diese Exzesse eingeschritten und es kam zu schlimmen Schlägereien. Lesen Sie die Berichte der Kollegen! Das wollte sich die Regierung nicht weiter ansehen.«

»Gut so. Wir werden diesen Studenten schon Herr«, stimmte Richter lächelnd zu, »allerdings wäre es nicht schlecht, wenn uns die Leitung der Universität dabei etwas mehr und besser unterstützen würde.«

»Oh, mein lieber Richter«, lachte Wirschinger so heftig, dass sein langer Schnurrbart wackelte, »das ist ein wohl unerfüllbarer Wunsch! Als ich mich kurz nach meinem Dienstantritt hier in der Stadt im dortigen Rektorat vorgestellt habe, hat mich der Rektor, dieser Professor Gönner, gar nicht richtig zu Wort kommen lassen. Es hat ihn überhaupt nicht interessiert, was ich zu sagen hatte! Eine derartige Arroganz habe ich noch nie erlebt!«

»Ja, diese Akademiker sind ziemlich eingebildet! Ich beneide Sie nicht um diese administrativen Aufgaben, beileibe nicht!«

»Naja«, brummte Wirschinger, »ich hoffe, wir werden nicht allzu oft mit diesen Herren zu tun haben!«

»Das hoffe ich auch, Herr Kommissär«, sagte Richter und nickte zustimmend.

»Gehen Sie nach Hause, Richter! Die letzte Nacht war lang. Ich mache den Bericht noch fertig und gehe dann auch. Wir sehen uns morgen!«

»Danke, Herr Kommissär, guten Tag!« Richter schlug die Hacken zusammen und marschierte zackig aus dem Raum.

Guter Mann, dachte Wirschinger und sah ihm zufrieden nach. Es war ein Segen, dass man ihn zusammen mit ihm hierher versetzt hatte.

Wirschinger hatte bereits in München gut mit Richter zusammengearbeitet und schätzte seine Loyalität und Ehrlichkeit. Zudem scheute er sich nicht, seine Meinung zu sagen und eigene Ideen zu entwickeln. Seine Vorfahren stammten aus Landshut und so war seinem Versetzungsgesuch, auch durch die Fürsprache des Kommissärs, nach kurzer Zeit stattgegeben worden.

Beide hatten in den ersten Wochen an ihrer neuen Dienststelle eine unruhige Zeit. Es herrschte eine gewisse Unruhe in der Stadt, die Verlegung der Universität hatte nicht nur Freunde bei den alt eingesessenen Bürgern, obwohl diese eine Landshuter Gründung und somit eng mit der Stadt verbunden war. Wirschinger und seine Gendarmen saßen zwischen den Stühlen und mussten zwischen beiden Seiten vermitteln. Diese eingebildeten Professoren machten es den Bewohnern der Stadt aber auch nicht gerade leicht.

Wirschinger klappte den Aktendeckel zu. Für heute hatte er

genug. Es war immer das Gleiche mit diesen Studenten, die Berichte ähnelten einer dem anderen. Die jungen Männer tranken zu viel, vertrugen aber nichts und fingen dann an, zu randalieren und suchten Streit.

Wirschinger stand auf und legte den neuen Bericht auf die der letzten beiden Wochen. Sie würden in den kommenden Tagen an das Ministerium nach München geschickt werden.

Der Kommissär nahm seinen Mantel, nahm seinen Hut und verließ das Zimmer. Es war früher Nachmittag, die Altstadt war nur von wenigen Menschen frequentiert. Etwas verloren holperten zwei Kutschen an ihm vorbei. Wirschinger ließ seinen Blick über die breite Straße schweifen. Patrouillen des Militärs waren nicht zu sehen.

Nach den vergangenen unruhigen Jahren mit ihren kriegerischen Auseinandersetzungen hatte sich die Lage jetzt wieder beruhigt. Der Kommissär setzte seinen Hut auf. In freudiger Erwartung eines ruhigen Feierabends ging er nach Hause.

Kapitel 8

Anna Obernburger hob den schweren Korb mit den Einkäufen auf den Küchentisch. Etwas außer Atem stützte sie sich auf dem Tisch ab. Sie war schon in aller Frühe zu den Bauern, die täglich in der Altstadt ihre Waren anboten, gegangen und hatte die Zutaten für die Gemüsesuppe besorgt, wie es ihr die Mutter aufgetragen hatte. Anna musste an diesem Tag alles alleine machen. Ihre Mutter war wieder krank und verbrachte den ganzen Tag im Bett, weil sie nicht aufstehen konnte.

Anna säuberte das Gemüse, nahm das große Messer und begann die Zutaten für die Suppe klein zu schneiden. Vorsichtig ließ sie das schwere Messer gleiten und hörte dabei in Gedanken die Stimme ihrer Mutter, wie sie zur Vorsicht mahnte. Diese Tätigkeit wollte ihre Mutter sie nicht gerne machen lassen, sie hatte immer Angst, sie würde sich dabei verletzen. Aber wenn Mutter ausfiel, was in der letzten Zeit wieder häufiger vorkam, blieb ihr nichts anderes übrig. Anna wusste nicht viel über diese Krankheit, aber sie spürte, dass es sich nicht um eine normale Erkrankung handelte, sondern dass ihr Vater etwas damit zu tun hatte. Manchmal hatte die Mutter ein blaues Auge oder konnte sich nicht mehr richtig bewegen und weinte den ganzen Tag. Wenn Anna fragte, was geschehen sei, erhielt sie als Antwort nur ein Kopfschütteln.

Sie ließ das Messer mitten in der Schneidebewegung ruhen und schaute versonnen zum Fenster, das auf den Hinterhof hinaus führte. Die Morgensonne ließ die dünnen Fäden der nächtlichen Arbeit der Spinnen in einem silbrigen Glanz erscheinen und brachte die Tautröpfchen zum Glitzern. Anna dachte an die schönen Stunden, die sie mit ihrer Mutter im kleinen Garten des Hinterhofs verbracht hatte. Die beiden pflanzten dort Kräuter an und die Mutter erklärte der Tochter die verschiedenen Heilwirkungen der Pflanzen.

Anna sehnte sich nach der gemeinsamen Küchenarbeit mit

ihrer Mutter, die Gespräche und das Lachen, das die beiden dabei begleitete. Seufzend ließ sie das Messer weiter gleiten, ohne ihren Blick vom Fenster abzuwenden, und prompt kam es ihren Fingern zu nahe und die Klinge schnitt leicht in die Fingerkuppe des Zeigefingers der linken Hand. Schnell ließ sie das Messer fallen und sprang erschrocken auf. Sie steckte mit ärgerlich zusammengezogenen Augenbrauen den leicht blutenden Finger in den Mund. Mutter hätte jetzt sicher übertrieben den Kopf geschüttelt, sie ihr kleines Dummerchen genannt und sich mit ihrer Vorsicht bestätigt gefühlt. Aber dabei hätte sie zärtlich gelächelt, ihr die Wange getätschelt und ihr etwas für die Wunde gegeben. Anna fischte sich ein frisches Tuch von der Ablage und presste es auf den kleinen Schnitt. Dieser war jedoch nicht tief, und nach wenigen Augenblicken war die Blutung gestoppt und sie konnte mit ihrer Tätigkeit fortfahren.

Anna war sich nicht sicher, ob die Krankheit ihrer Mutter heute etwas mit dem gestrigen Streit Vaters mit ihrem Bruder Josef zu tun hatte. Sie schickte sich gestern Abend gerade an, in ihr Bett zu steigen, als sie hörte, wie unten langsam die Haustür geöffnet wurde. Diese gab aber trotz aller Vorsicht ihr typisches Knarren und Quietschen von sich. In der Stille der Nacht war dies im ganzen Haus überlaut zu hören.

Es konnte nur Josef sein, der sich zu später Stunde noch in das Haus schlich. Annas älterer Bruder strich in den Nächten mit seinen Freunden durch die Tavernen der Stadt, und war nicht selten in Raufereien verwickelt. Vater sah es nicht gerne, wenn sich der Sohn bis spät in die Nacht in den Gasthäusern herumtrieb und es kam immer wieder zum Streit zwischen den beiden.

Anna setze sich traurig aufs Bett und strich ihr Nachthemd glatt. Ihr Bruder hatte über sein Leben eine ganz andere Vorstellung als der Vater, was dieser nicht akzeptierte. Hoffentlich schafft er es unbemerkt in seine Kammer, hatte sie noch gedacht. Ihre Gedanken wurden von der Stimme des Vaters laut unterbrochen. Er hatte offensichtlich hinter einer Tür auf der Lauer gelegen und gewartet, bis der Sohn nach Hause kam.

Anna huschte an die Schlafzimmertür und presste ein Ohr daran, was jedoch unnötig war, denn die Schimpftirade, die der Vater losließ, war auch so im ganzen Haus zu hören.

»Oh, der Herr Sohn kommt auch einmal nach Hause! Du treibst dich ständig in der Gegend herum, hast du wieder in irgendeiner Taverne Streit mit diesen Studenten gesucht?«

Josefs Antwort konnte Anna nicht hören, aber der Bruder versuchte offensichtlich gar nicht, sich herauszureden oder er kam nicht dazu, denn Vater schrie einfach weiter:

»Es ist eine Schande für die ganze Familie, wie du dich aufführst und nur Ärger suchst! Kümmere dich gefälligst um deine Pflichten als Kaufmann und lass die Studentenbrut in Ruhe, das gehört sich nicht für einen Obernburger!«

Vater hatte seinen Sohn gezwungen, ebenfalls Kaufmann zu werden, wie es in der Familie für den erstgeborenen Sohn seit Generationen üblich war. Josef wollte jedoch lieber raus aus der alten Stadt, Neues erleben und andere Dinge lernen, als es die Tradition seiner Familie vorsah. Er spielte mit dem Gedanken, an eine Universität zu gehen und etwas anderes aus seinem Leben zu machen als seine Vorväter. Er hatte sich bereits an der Universität in Ingolstadt beworben, kurz bevor diese nach Landshut verlegt worden war. Obernburger Senior hatte davon Wind bekommen und die Bewerbung rückgängig gemacht, hinter Josefs Rücken und noch bevor dieser irgendeine Art von Aufnahmeprüfung hatte machen können.

»Ich werde dir deine Flausen schon noch austreiben, darauf kannst du Gift nehmen«, schrie Obernburger und schmiss die Tür mit einem lauten Knall in den Rahmen. Anna lehnte sich traurig an die Tür. Kleine Tränen kullerten ihre Wangen hinunter. Es tat ihr weh, wie Vater den Bruder behandelte, aber auf Rücksicht auf ihre Mutter wagte sie es nicht, sich einzumischen. Anna wischte sich die Tränen aus den Augen und mit einem tiefen Seufzen schlich sie zurück in ihr Bett.

Die Streitigkeiten zwischen den beiden eskalierten, und Josef entwickelte eine tiefe Abneigung auf die Universität, die er gerne besucht hätte, und die sich jetzt direkt vor seinen Augen in der Stadt befand. Den Studenten begegnete er mit Hass und ging keinem Streit aus dem Weg, wenn sich hierzu Gelegenheit bot, was in den Tavernen oder bei den Tanzveranstaltungen häufig der Fall war. Anna drehte sich auf die Seite und kuschelte sich in ihre Decke. Sie lächelte, als sie daran dachte, wie sie anfangs ein paar Mal Josef und seine Freunde zu diesen Tanzabenden begleiten durfte, auch wenn Josef eifersüchtig darauf achtete, dass keiner der Studenten seiner kleinen Schwester zu nahe kam. Anna fand die jungen Männer im Gegensatz zu ihrem Bruder ganz nett und interessant. Viele von ihnen waren nicht aus der Gegend, sie sprachen fremde Dialekte und dabei kam es immer wieder zu lustigen Missverständnissen. Sie sahen in ihrer studentischen Kleidung aufregend anders aus, als die einheimischen Burschen, und waren den Mädchen gegenüber auch viel netter.

Anna drehte sich auf den Rücken und sah verträumt an die sich im Halbdunkel abzeichnenden schweren, alten Holzbalken der Decke. Besonders einer dieser Abende blieb ihr in Erinnerung. Lächelnd schloss sie die Augen und versuchte sich an jede Kleinigkeit zu erinnern. Besonders einen Augenblick stellte sie sich immer wieder vor. Einer dieser Studenten, ein großer, schlanker junger Mann, forderte sie zum Tanzen auf. Sie traute sich anfangs nicht, darauf zu reagieren. Der Student blieb jedoch hartnäckig und schließlich nahm sie seine Bitte schüchtern an. Begleitet von bösen Blicken des Bruders machte sie ihre ersten Schritte auf dem Tanzboden. Es waren auch die ersten Schritte in eine Gefühlswelt, der sie bis dahin noch nicht begegnet war.

Die Erinnerung daran ließ das Messer immer langsamer gleiten und schließlich ganz stoppen. Verträumt schaute Anna auf den alten Holzboden der Küche. Sie schloss die Augen und in ihren Gedanken schwebte sie in den Armen des jungen Mannes über den Tanzboden.

Kapitel 9

Der Ärger über die nächtlichen Eskapaden der Studenten hatte Professor Gönner ziemlich mitgenommen. Er saß an seinem Schreibtisch und starrte missmutig auf die vor ihm liegenden Dokumente. Der Eifer des neuen Kommissärs kam für ihn zur Unzeit, das konnte er zum jetzigen Zeitpunkt in keiner Weise gebrauchen. Zum Ausgleich versuchte er verstärkt, sich kleine Auszeiten zu nehmen und diese sinnvoll zu nutzen. An diesem Nachmittag beschloss er, etwas früher nach Hause zu gehen. Vorlesung hatte er keine mehr zu halten und der Papierkram, mit dem er sich als Rektor zu beschäftigen hatte, konnte bis morgen warten.

Erleichtert über seine Entscheidung raffte er die Papiere zusammen, verstaute die wichtigen Unterlagen im Schrank, nahm seinen Mantel und verschloss seine Räume. Er schritt schnell aus dem Gebäude, fest entschlossen, etwaige Versuche von Kollegen oder Studenten, ihn mit irgendwelchen Anliegen aufzuhalten, im Keim zu ersticken.

Er schaffte es jedoch, die Universität ungesehen zu verlassen und kam nach ein paar Minuten in seiner Wohnung an. Diese lag am unteren Ende der Altstadt in einem stattlichen Haus. Seine Haushälterin Frau Gruber war gerade mit den Vorbereitungen für das Abendessen beschäftigt und freute sich, ihren Herrn Professor etwas früher zu sehen. Sie machte sich immer große Sorgen um seine Gesundheit und ermahnte ihn, etwas weniger zu arbeiten und sich mehr zu schonen. Sie unterbrach auch sofort ihre Vorbereitungen und kochte ihm seinen geliebten Kamillentee.

Gönner machte es sich in seinem Lieblingssessel im Studierzimmer bequem und streckte seine Beine aus. Wenige Augenblicke später betrat Frau Gruber den Raum und stellte Kanne und Tasse auf dem kleinen Tischchen neben dem Sessel ab. Sie schaute ihn zufrieden lächelnd an und fragte:

»Haben der Herr Professor vielleicht Lust auf eine Partie Mühle?«

Gönner seufzte mit geschlossenen Augen, erhob sich dann langsam und nippte an dem heißen Getränk, verzog kurz das Gesicht, setzte die Tasse bedächtig ab und sah Frau Gruber forschend an.

»Frau Gruber! Sie wollen meine derzeitige Angespanntheit und damit einhergehende Unaufmerksamkeit nur ausnutzen, um mich zu besiegen, was Sie unter normalen Umständen nie schaffen würden!«

»Herr Professor, Sie sind eben ein guter Lehrmeister und mir ist klar, dass ich eigentlich keine Chance gegen Sie habe!«, entgegnete Frau Gruber lächelnd.

»Gut, aber nur eine schnelle Partie«, antwortete Gönner, stand ächzend auf und ging zu dem kleinen Beistelltisch neben dem Schreibtisch, auf dem das Mühlebrett und die Spielsteine aufgebaut waren.

»Bitte«, sagte Gönner, schob die schwarzen Steine zu Frau Gruber hinüber und bemächtigte sich der weißen, »Sie können beginnen!«

Frau Gruber wischte sich die Hände an der Schürze ab, trat an den Tisch und nahm den ersten Stein. Sie setzte schnell, zog dann zielgerichtet die Steine über das Brett und fügte Gönner in kurzer Zeit eine schmerzliche Niederlage zu. Diese veranlasste den Professor grummelnd zu seinem Tee zurückzukehren und die Bitte nach umgehender Revanche strikt abzulehnen. Er war einfach unkonzentriert und zu müde, um seine wahre Spielstärke zeigen zu können.

Frau Gruber zog es vor, schweigend in sich hinein lächelnd den Raum zu verlassen. Auch wenn es der Herr Professor gerne anders darstellte, es war beileibe nicht das erste Mal, dass sie ihn besiegt hatte. Diese Niederlagen gegen seine Haushälterin wurmten den Herrn Akademiker ganz besonders und er zog es vor, darüber kein Wort zu verlieren.

Heute fühlte sich Gönner allerdings besonders schlecht. Er nippte am Tee und schloss die Augen. Erst der Ärger mit den Studenten und jetzt diese Schmach. Vielleicht sollte er doch zu Schach wechseln, dachte er, da müsste er wenigstens nicht gegen Frau Gruber antreten. Aber das spielte jetzt jeder, es war richtig in Mode gekommen. Er weigerte sich, diese neuen Marotten mitzumachen. Mühle wurde bereits von den Ägyptern und Römern gespielt und er hatte eine ansehnliche Sammlung antiker Mühlebretter und Steine in seiner Sammlung, auf die er sehr stolz war.

Gönner lehnte sich in seinem Sessel zurück und genoss den Tee, der nun eine angenehme Trinktemperatur hatte. Langsam entspannte er sich und die Magenschmerzen ließen nach. Schließlich raffte er sich auf, setzte sich an den Schreibtisch und holte das Manuskript für sein neues Buchprojekt »Auserlesene Rechtsfälle und Ausarbeitungen« hervor. Er schlug die Seite auf, an der er gestoppt hatte und las die letzten Zeilen noch einmal durch, um wieder in die Materie zu finden.

Sein Verleger, der Universitätsbuchhändler Philipp Krüll, drängte auf die Fertigstellung des Werkes. Gönner hatte ihm schon mehrmals seine momentan angespannte Situation geschildert und ihm versucht darzulegen, dass er sich zurzeit nicht ausreichend auf das Projekt konzentrieren konnte. Aber dieser Geschäftsmann dachte nur an seinen Profit und nahm auf Gönners Befindlichkeiten keine Rücksicht.

Krüll war in Ingolstadt ansässig gewesen und hatte dort seit Langem mit der Universität zusammengearbeitet. Er war dann mit der Universität nach Landshut gezogen, sehr zum Ärger der ansässigen Buchhändler. Sie hatten sich natürlich lukrative Aufträge von der neuen Einrichtung in ihrer Stadt erhofft und versuchten gemeinsam, den neuen Konkurrenten zu bekämpfen, wo es nur ging. Gönner dachte genervt an das Auftreten dieser Herren in seinem Studierzimmer an der Universität, kurz nachdem diese in Landshut eingerichtet worden war. Große Geschäfte witternd bedrängten sie ihn, doch bitteschön alle Druckwerke der Universität und der Professoren bei den alteingesessenen Druckern und Buchhändlern in der Stadt erledigen zu lassen. Er kam Ihnen ein wenig entgegen und stellte ihnen Aufträge in Aussicht, aber für ihn persönlich und seine Werke sah er keine Veranlassung, die bisherigen Geschäftspartner auszutauschen. Freunde machte er sich dadurch natürlich nicht. Aber das war er gewöhnt und ihm herzlich egal.

Seine Gedanken blieben an den letzten Sätzen des neuen Werkes hängen. Irgendwie fand er heute keinen Zugang zur Materie. Die Worte wanden sich umeinander und ergaben keine klare Struktur. Seufzend klappte er das Manuskript wieder zusammen. Es hatte keinen Sinn, jetzt noch zur Feder zu greifen und schnell ein paar unüberlegte Sätze anzufügen. Er war einfach zu unkonzentriert, als dass er sich mit juristischen Feinheiten auseinandersetzen konnte.

Seine Gedanken waren bei dem Besucher, den er am heutigen Abend erwartete. Gönner wollte mit seinem Kollegen Professor Anton Schmidbauer abschließend dessen Rede zum Installationsfest am vierten Juni besprechen. Mit diesem akademischen Fest sollte der Umzug der Universität groß gefeiert werden und das ehemalige Kloster der Dominikaner mitsamt dessen Kirche offiziell in den Besitz der Universität übergehen. Das Festkomitee mit den Kollegen Feßmaier, Bertele und ihm an der Spitze arbeitete seit Monaten intensiv an der Gestaltung dieses für die Universität immens wichtigen Ereignisses. Alle Augen würden auf sie gerichtet sein, besonders die der Regierung unter Graf Montgelas und des erlauchten Kurfürsten Maximilian. Die Verlegung nach Landshut war schon etwas Besonderes.

Gönners Gedanken wurden von Frau Gruber unterbrochen, die ihn zum Abendessen bat. Er stand ächzend auf und ging ins Speisezimmer. Nervös und ohne Appetit stocherte er im Abendessen herum, was die Haushälterin mit strengen Blicken quittierte. Sie legte großen Wert darauf, dass sich ihr Professor gerade in stressigen Zeiten gut ernährte und sah seine Appetitlosigkeit nicht besonders gerne.

Nach dem halbherzigen Genuss der Mahlzeit setzte sich Gönner wieder in seinen Lieblingssessel und wartete. Gerade, als er begann, sich nach einem Blick auf die große Standuhr neben dem Fenster Gedanken über den Begriff »Pünktlichkeit« zu machen, öffnete sich die Tür und Frau Gruber kündigte einen Besucher an. Erleichtert und in freudiger Erwartung stand Gönner auf.

Statt des erwarteten Kollegen Schmidbauer marschierte Professor Röschlaub in den Raum, was Gönners Laune wieder rapide sinken ließ. Den Kollegen hatte er an diesem Abend nicht erwartet.

Professor Andreas Röschlaub war erst vor Kurzem, Anfang Mai 1802, aus Bamberg an die Landshuter Universität zum Direktor der medizinischen Klinik berufen worden. Er war ein ausgezeichneter Wissenschaftler, hatte sich bereits in jungen Jahren einen enormen Ruhm erarbeitet und stand fest auf der Seite der neuen Zeit und ihren Gedanken. Das machte ihn zum natürlichen Verbündeten Gönners.

Allerdings konnte Röschlaub auch ziemlich boshaft sein und geriet nicht selten mit der Obrigkeit in Konflikt. Aber genau diese frische Unerschrockenheit gefiel Gönner an dem neuen Kollegen.

»Na, Sie scheinen sich nicht gerade zu freuen, mich zu sehen, Herr Kollege«, sagte Röschlaub und grinste schief.

»Das interpretieren Sie völlig falsch, Röschlaub«, antwortete Gönner sarkastisch und reichte dem Kollegen die Hand, »ich habe allerdings den Kollegen Schmidbauer erwartet!«

»So, den Professor Schmidbauer! Sie müssen verzeihen, aber ich war gerade unterwegs und dachte mir, ich schaue auf einen Sprung bei Ihnen vorbei! Aber keine Sorge, ich halte Sie nicht lange auf. Ich wollte nur nachfragen, ob Sie bezüglich der Causa Schelling bereits eine Entscheidung getroffen haben!«

»Nein, das habe ich noch nicht! Ich muss die Angelegenheitnoch mit dem akademischen Senat besprechen. Bis dahin bitte ich Sie, sich zu gedulden!«

Röschlaub verzog sein Gesicht. Als bekennender Anhänger des Philosophen Friedrich Schelling hatte Röschlaub, kaum war er in Landshut angekommen, vorgeschlagen, Schelling die Ehrendoktorwürde der Universität zu verleihen. Er stellte sich vor, dass dies im festlichen Rahmen der großen Feierlichkeiten verkündet werden sollte.

»Nun gut«, seufzte Röschlaub enttäuscht, »ich hoffe, Sie nehmen sich der Sache an, sie würde der Universität gut zu Gesicht stehen!«

»Ich werde mich darum kümmern!«, schnaubte Gönner genervt und warf einen schnellen Blick auf die Standuhr.

»Nun gut, ich sehe, Sie sind heute nicht gewillt, darüber zu sprechen. Ich empfehle mich, besprechen Sie sich mal schön mit dem Kollegen!«

»Das würde ich ja gerne, aber der Herr Kollege ist schon seit zehn Minuten überfällig! Was glaubt dieser Mensch eigentlich, wer er ist?«, schnaubte Gönner, nahm ein dickes, in Schweinsleder gebundenes Buch vom Schreibtisch und warf es mit großer Wucht auf die Tischplatte zurück. Die Steine des Mühlespiels auf dem Tischchen daneben hüpften in die Höhe. Der plötzliche Wutausbruch des Kollegen ließ den etwas schmalen Professor Röschlaub erschrocken zusammenzucken.

»Der denkt wohl, ich hätte in diesen Zeiten nichts anderes zu tun, als in meiner Wohnung zu sitzen und auf ihn zu warten!«

Gönner wollte wieder zum Buch greifen, aber Röschlaub kam ihm zuvor. Er beugte sich nach vorne und stützte seine Hände auf den dicken Wälzer.

»So lassen Sie doch das arme Buch in Ruhe! Der Kollege kommt schon noch!«

»Er hätte schon längst hier sein müssen!«, fauchte Gönner,

stützte seine zierlichen Hände ebenfalls auf das Buch, schob seinen Kopf nach vorne, sodass sich ihre Nasen beinahe berührten und sah den Kollegen mit bedrohlich zusammengekniffenen Augen an.

»Beruhigen Sie sich, Herr Kollege!«, sagte Röschlaub sanft beschwichtigend.

»Mein Gott Röschlaub!«, blaffte Gönner, »Sie haben keine Ahnung, was es heißt, eine ganze Universität innerhalb von wenigen Wochen zu verlegen! Sie haben das Schlimmste nicht mitbekommen!«

Gönner richtete sich wieder auf und ging vor dem Schreibtisch dozierend auf und ab.

»Angefangen bei der Gebäudefrage! Erst das ehemalige Jesuiten Kloster und jetzt vor ein paar Wochen der weitere Umzug zu den Dominikanern! Die Frage nach den Wohnungen für die Kollegen und die Unterkünfte der Studenten! Dazu dieses provinzielle Bürgertum...«, er hielt inne und starrte den kerzengerade vor ihm stehenden Röschlaub an, »denken Sie, dass wir hier willkommen waren? Allein die Auflage von General Le Clerc, der Stadt Kontributionen aufzuerlegen, aber Universität und Professoren auszuklammern, hat für sehr böses Blut gesorgt! Was glauben Sie, was ich als Rektor alles zu leisten habe!«

Der französische General Le Clerc hatte im Juli 1800 die letzten verbliebenen Österreicher aus der Stadt vertrieben. Den Bürgern wurden strenge Kriegsbeteiligungen in Form von Geld und Getreide auferlegt, man nahm aber die Universität und ihre Professoren davon aus. Dies hatte natürlich nicht zu einer positiven Einstellung der Bevölkerung gegenüber der neuen Einrichtung in ihrer Stadt beigetragen.

»Dann hätten Sie doch in Hinblick auf die schwierigen Zeiten wenigstens das Installationsfest verschoben«, Röschlaub zuckte fragend mit den Schultern, »musste das jetzt schon sein? Wie man so hört, ist unser gnädigster Kurfürst auch nicht gerade begeis-

44

tert davon, dass wir das Fest veranstalten, bevor hier nicht alles in geordneten Bahnen läuft!«, blaffte er Gönner an.

»Ach, lassen Sie doch seine Durchlaucht aus dem Spiel!«, bügelte Gönner diesen Einwurf erzürnt und mit einer abwertenden Handbewegung nieder, »wir müssen das Fest jetzt durchführen und unser Universitätsgebäude auch symbolisch in Besitz nehmen! Wir sind doch sowieso schon spät dran, zweieinhalb Jahre nach dem Umzug aus Ingolstadt! Das ist mehr als peinlich! Da kann man nicht länger warten. Wir müssen dadurch ein sichtbares Zeichen setzen!«

»Nun gut, wie Sie meinen. Aber momentan scheint es so, als wäre Ihnen der Festredner hierzu abhandengekommen«, Röschlaub schaute den Kollegen spöttisch grinsend an, »oder sehen Sie ihn hier irgendwo?«

Gönner holte tief Luft, seine Gesichtsfarbe wechselte in ein beeindruckendes Scharlachrot. Er stellte sich wieder auf seiner Seite des Tisches auf und nahm eine bedrohliche Haltung ein. Die nachfolgenden Worte bellte er dem Kollegen mit weit aufgerissenen Augen einzeln entgegen:

»Nein – ich – sehe – ihn – hier – nicht!«

Der Professor schien kurz vor dem Platzen zu stehen. Röschlaub hob beschwichtigend die Hände.

»Beruhigen Sie sich doch! Er wird sicher gleich kommen! Der Kollege ist doch sonst immer absolut pünktlich. Sie brauchen keine so sauertöpfische Miene aufzusetzen!«

»Mein lieber Herr Kollege, es zwingt Sie niemand, hier Ihre kostbare Zeit zu verschwenden! Sie haben sicher in Ihrer Fakultät noch einiges zu tun!«

»Das habe ich in der Tat und ich habe auch nicht vor, hier ewig bei Ihnen zu bleiben«, entgegnete Röschlaub und versuchte, seiner Stimme eine betont beruhigende Färbung zu geben, »ich wollte Sie nicht bei Ihrer Besprechung mit dem Kollegen Schmidbauer stören! Sie können mir ja dann morgen berichten, was den werten Kollegen aufgehalten hat. Ich empfehle mich und danke, ich finde selber raus!«.

Er machte pikiert auf dem Absatz kehrt, nickte zur Verabschiedung kurz und verließ das Studierzimmer. Gönner schaute ihm verdattert nach. Er hörte durch die geschlossene Tür, wie sich Röschlaub mit netten Worten von Frau Gruber verabschiedete. »Da sieh an«, dachte Gönner, »kann ja auch nett sein, der Herr Kollege.«

Um sich zu beruhigen, trat Gönner an das große Fenster, welches zur Altstadt hinaus gerichtet war und öffnete es. Die laue Abendluft zog herein. Gönner machte drei tiefe Atemzüge und beobachtete dabei, wie Röschlaub aus dem Haus eilte.

Er schloss das Fenster und setzte sich an den Schreibtisch. Die Besprechung mit Schmidbauer sollte heute die letzte zu dessen Rede sein. Er hatte gehofft, dass zumindest diese Sache abgeschlossen sei und er seine ganze Energie in die restliche Organisation stecken konnte. Es war einfach ungeheuerlich, dass ihn Schmidbauer so hängen ließ. Seit zehn Minuten wartete er nun schon, aber vom Herrn Kollegen war nichts zu sehen. Er starrte auf das dicke Buch und der Zorn kroch langsam wieder in ihm hoch. Er stand auf und marschierte im Zimmer auf und ab. Seinen Ärger, seine Enttäuschung, konnte dies jedoch nicht besänftigen. Er riss wütend die Tür zum Flur auf, steckte seinen wieder hochroten Kopf hinaus und rief nach seiner Haushälterin:

»Frau Gruber, immer noch nichts? Haben Sie Schmidbauer in Ihrer Küche versteckt?«

Die Gerufene war sichtlich nervös, als sie aus der Küche kam, was aber weniger an der Abwesenheit des Besuchers, als vielmehr an der explosiven Stimmung Gönners lag. Vorsichtig kam sie ihm im Flur entgegen.

»Nein, das habe ich nicht Herr Professor«, antwortete die Haushälterin und strich mit den Händen nervös über ihre dunkelblaue Schürze, »er ist immer noch nicht gekommen. Ich hätte ihn natürlich sofort zu Ihnen geschickt!«

»Jaja, ist schon recht«, fauchte Gönner ungehalten.

»Er ist wahrscheinlich aufgehalten worden«, beeilte sich Frau Gruber möglichst ruhig und sanft zu sagen, ehe Gönner sich weiter in Rage reden konnte, »er kommt sicher gleich! Beruhigen Sie sich doch bitte! Professor Röschlaub meinte auch, dass er bald hier sein wird!«.

»Ha, der Röschlaub!«, bellte Gönner und sah die erschrockene Frau mit stechenden Augen an, »der hat mir heute gerade noch gefehlt! Wie soll ich mich beruhigen, wenn ich hier zum Warten verdammt bin!«

Bei den letzten Worten warf Gönner seine Arme hoch und sah seine Haushälterin dermaßen böse an, als wollte er ihr im nächsten Augenblick den Hals umdrehen.

Aber Frau Gruber kannte ihren Herrn Professor zur Genüge und wusste, wie sie mit ihm umgehen musste. Seit acht Jahren stand sie schon in seinen Diensten und war mit ihm erst nach Ingolstadt, und nun nach Landshut gezogen. Das wäre eigentlich eine ideale Gelegenheit gewesen, sich eine neue Anstellung zu suchen. Aber so leicht kam sie von ihrem Professor nicht los. Er hatte eine raue Schale, aber war im Inneren doch ein sehr liebenswerter und gerechter Mann.

»Jetzt gehen Sie wieder zurück in Ihr Studierzimmer«, entgegnete Frau Gruber sanft, aber bestimmt, »ich mache Ihnen noch einen Tee, denken Sie an Ihren Magen! Professor Schmidbauer kommt sicher gleich.«

»Von mir aus, Sie lassen sich ja doch nicht davon abbringen«, antwortete Gönner schnaubend.

Frau Gruber seufzte erleichtert und verschwand wieder in der Küche, während Gönner in sein Studierzimmer zurückging und die Standuhr mit einem bösen Blick strafte. Er stellte sich wieder ans Fenster und überlegte. Der Kollege war eigentlich immer eine wahre Ausgeburt an Pünktlichkeit und Korrektheit. Deswegen hatte er ihn zusammen mit Feßmaier und Bertele auch als Festredner ausgewählt. Sollte er sich so getäuscht haben? Nein, das konnte nicht sein. Ein Professor Nikolaus Thaddäus Gönner täuscht sich nicht. Er warf nochmals einen strafenden Blick auf die Standuhr und schüttelte den Kopf. Diese Verspätung war nicht normal. Es galt, der Sache auf den Grund zu gehen, Tee hin oder her. Entschlossen trat er in den Flur.

»Frau Gruber! Meinen Mantel und Hut!«, forderte er bestimmend, »ich gehe zu Professor Schmidbauer.«

»Aber Herr Professor! Ihr Tee, er ist doch gleich fertig!«, enttäuscht und leicht vorwurfsvoll steckte die Gerufene ihren Kopf aus der Küche.

»Vergessen Sie den Tee, trinken Sie ihn von mir aus selber, nun machen Sie schon!«, knurrte Gönner in einem Tonfall, der nichts an Deutlichkeit vermissen ließ. Die Haushälterin gab ihren Widerstand auf, sie wusste, dass nun jeglicher Widerstand zwecklos war und brachte kopfschüttelnd Hut und Mantel.

Professor Gönner hastete auf der breiten Holztreppe nach unten und trat aus dem Haus. Eine Droschke fuhr vorbei und Gönner wartete. Es war ein angenehmer Abend, die warme Luft ließ auf weitere, schöne Tage hoffen. Doch selbst das konnte seinen Zorn nicht besänftigen. Er spähte in die Richtung, aus welcher Schmidbauer kommen musste. Ganz hatte er die Hoffnung noch nicht aufgegeben. Doch er spähte vergebens.

Der Kollege wohnte in der oberen Altstadt, neben dem alten Gasthaus Moserbräu. Schnellen Schrittes machte Gönner sich auf den Weg. Die Altstadt, mit ihrem langgezogenen Platzcharakter, war eine typische Stadtanlage aus dem Mittelalter. Über ihr auf dem Hofberg thronte die Burg Trausnitz, einstiger Stammsitz der Wittelsbacher Herzöge von Bayern-Landshut. Die Stadt hatte ihren Charme über die Jahrhunderte bewahrt. Gönner war immer noch beeindruckt, wenn er an den bunten Fassaden der Häuser entlanglief und deren markante Giebel betrachtete. Wenn es seine Zeit erlaubte, blieb er vor besonders schönen Häusern stehen und machte sich Gedanken über die Bewohner, die in den vergangenen Jahrhunderten darin ihr Leben verbracht hatten. Er fand es sehr beeindruckend sich vorzustellen, was die Häuser erzählen würden, könnte man sie zum Sprechen bringen.

An diesem Abend aber waren seine Gedanken jedoch woanders, und er hatte kein Auge für die Schönheiten der Stadt. Die ganze Strecke die Altstadt hinauf grübelte er, was den Kollegen wohl davon abgehalten haben mochte, rechtzeitig bei ihm zu sein. Eine gute Ausrede würde Schmidbauer auf alle Fälle brauchen, das war schon einmal sicher. Gönner ging am Hauptportal der St. Martinskirche vorbei und erreichte nach wenigen Schritten sein Ziel.

Als er am Moserbräu vorbeikam, einem Haus, das entgegen der umliegenden Häuser den Giebel nicht der Straße zugewandt hatte und etwas gedrängt zwischen den Nachbarhäusern stand, blieb er stehen. Die unter dem Torbogen liegende, langgezogene Durchfahrt führte zu dem hinter dem Haus gelegenen Biergarten. Dieser erstreckte sich bis zum Fuße des Hofberges und war bei den Studenten sehr beliebt. Der laue Abend hatte diese auch heute in den Garten gelockt und Gönner hörte sie bis nach vorne lärmen. Da werden wir uns morgen wieder mit allerlei brummschädligen Jungakademikern herumschlagen müssen, dachte er, ging weiter und betrat Professors Schmidbauers Haus.

Der Kollege lebte in einer kleinen Wohnung im ersten Stock. Eine Haushälterin oder dergleichen gab es nicht. Schmidbauer war zwar überaus korrekt, aber auch ein Eigenbrötler und lieber allein. Im Eingang des Hauses schlug Gönner der Geruch nach feuchtem Keller entgegen. Er blieb stehen, atmete tief durch und blinzelte in das Treppenhaus. Durch ein blindes Fenster im Dach wurde es in das eigentümlich gelbe Licht des vergehenden Tages getaucht. Gönner stieg die alte, dunkelbraune Holztreppe hinauf.

Sein Ärger wuchs mit jedem Knarren, das die ausgetretenen Stufen von sich gaben. Warum habe ich nicht einfach jemanden nach ihm geschickt, dachte er, anstatt hier selbst heraufzusteigen?

Endlich hatte er den zweiten Stock des Hauses erreicht. Vor der Wohnungstür stockte er und blieb verwundert stehen. Die antik anmutende Tür stand offen. Einen kleinen Spalt nur, aber sie war nicht verschlossen. Hatte Schmidbauer vergessen abzusperren? Das konnte sich Professor Gönner beim besten Willen nicht vorstellen, dazu war der Kollege zu pingelig. Er tippte die Tür leicht an. Knarrend ging sie ein Stück weiter auf.

»Professor Schmidbauer? Sind Sie da?«, rief Gönner durch die Öffnung. Keine Reaktion. Er stieß die Tür weiter auf und trat einen Schritt in die Wohnung. In seinen Ärger mischte sich ein nicht genau zu beschreibendes Unbehagen, eine nicht zu greifende Unsicherheit. Genervt seufzte er laut auf und ging unsicher weiter in die Wohnung. Es war ihm zutiefst unangenehm, einfach so ungebeten in den privaten Bereich eines anderen Menschen einzudringen.

Als Erstes lugte er in die Küche – nichts.

»Herr Kollege! Hier ist Professor Gönner! Sind Sie hier?«, rief er unsicher in den Flur.

Er warf einen Blick in das Studierzimmer, auch hier keine Spur des Professors. Zurück im Flur fiel sein Blick auf den Mantel und den Spazierstock des Kollegen, ohne den dieser niemals aus dem Haus zu gehen pflegte. Also musste er in der Wohnung sein. Seine Korrektheit hätte es nicht zugelassen, das Haus ohne diese Dinge zu verlassen. Eine Krankheit vielleicht, die ihn ans Bett fesselte? Es war ihm ziemlich unangenehm, aber Gönner musste nun einen Blick ins Schlafzimmer werfen. Lieber eine pikante Situation riskieren, als dem Kollegen nicht zur Hilfe eilen, falls er sich in einer entsprechenden Situation befinden würde.

Gönner stellte sich vor die Tür des Schlafzimmers und atmete tief ein. Es musste sein!

Er drückte die angelehnte Schlafzimmertür vorsichtig auf.

Ein unbekannter, warmer, unangenehmer Geruch kam ihm entgegen. Da die Vorhänge zugezogen waren, mussten sich seine Augen erst an die diffuse Dunkelheit des Zimmers gewöhnen.

Langsam formten sich die verschwommenen Umrisse erst zu einem schärferen, dann einem schrecklichen Bild: das Bett, welches an der gegenüber liegenden Wand stand, war über und über mit Blut besudelt. In seiner Mitte lag blutüberströmt Professor Schmidbauer oder besser gesagt, Gönner nahm an, dass es sich bei der roten Fleischmasse mit deutlich erkennbaren menschlichen Gliedmaßen um den Kollegen handelte. Er zwang sich entsetzt, näher an das Bett heranzutreten. Schmidbauer lag auf dem Rücken, die Kleidung zerfetzt, der Körper aufgerissen. Aus mehreren tiefen Wunden quollen die blutigen Eingeweide hervor, die Kehle war so tief eingeschnitten, dass es den Anschein hatte, als würde der Kopf nur noch an ein paar Fäden am Leib hängen. Gönner warf einen schnellen Blick auf das Gesicht. Es war wie mit einem Beil zerhackt, der ursprünglich weiße Haarschopf des bereits etwas älteren Kollegen war jedoch noch einigermaßen zu erkennen.

Professor Gönner hatte keinen Zweifel, dass es sich bei der zerschundenen Leiche um den Kollegen Schmidbauer handelte. Wer sonst sollte in dessen Bett liegen? Mit klopfendem Herzen und auf wackligen Beinen trat er wieder zurück in den Flur und zog die Tür zu.

Gönner lehnte sich an den Türrahmen und atmete ein paar Mal tief ein, um die aufsteigende Übelkeit und seine pochenden Magenschmerzen zu bekämpfen. Er lockerte seinen Hemdkragen und versuchte sich zu beruhigen. Nach ein paar Minuten tastete er sich mit kleinen Schritten an der Wand entlang in die Küche. Dort stützte er sich kreidebleich auf den groben Küchentisch und versuchte seine Gedanken zu ordnen. Seine rationale Denkweise versuchte, das Geschehene einzuordnen. Er war sich bewusst, dass seine Reaktion im konservativen Kontext dieser Stadt andere Menschen sicher überrascht hätte, aber als erklärter Vertreter der Aufklärung fiel er eben nicht auf die Knie, bekreuzigte sich und murmelte Gebete. So war den Dingen, die im angrenzenden Zimmer geschehen waren, nicht beizukommen. Dieser Situation musste er pragmatisch begegnen und musste sich zu rationalen Gedanken zwingen.

Er streckte sich und öffnete das Fenster zum Hinterhof, atmete ein paar Mal tief ein und aus. Mit jedem Atemzug wurde er ruhiger. Es galt zu überlegen, was nun zu tun war. Er musste die örtliche Polizeipräfektur verständigen. Der Gedanke an das letzte Zusammentreffen mit Kommissär Wirschinger entfachte bohrende Schmerzen in seinem Kopf.

Aber jetzt half es nichts, der Kommissär musste verständigt werden. Gut, dass dieser bei seiner Vorstellung im Rektorat erwähnt hatte, wo er eine Wohnung gefunden hatte, denn in der Polizeistation befand er sich zu dieser Zeit sicher nicht mehr.

Gönner beschloss, in den Moserbräu zu gehen und dort erst einmal ein Bier gegen die wieder aufkeimende Übelkeit zu trinken. Im Biergarten ließ sich dann sicher auch ein Student finden, den er beauftragen konnte, den Kommissär zu holen. Er nahm noch einen tiefen Atemzug und schloss das Fenster. Er trat in den Flur und warf einen schnellen Blick auf die Tür zum Schlafzimmer. Ehe das Bild dahinter erneut in ihn kriechen konnte, drehte er sich um und ging schnell aus der Wohnung. Er zog die Wohnungstür so weit zu, wie er sie vorgefunden hatte und ging nach unten.

Wer mochte zu so einer schändlichen Tat fähig sein? Wer ermordet einen friedlichen, ruhigen, älteren Herrn, der keiner Fliege jemals etwas zuleide getan hatte und immer ein gern gesehener Ansprechpartner seiner Studenten gewesen war? Schmidbauer hatte immer ein offenes Ohr für deren Probleme und Sorgen.

Vor dem Moserbräu blieb der Professor stehen. Die Studenten hielten sich wohl alle im rückwärtigen Garten auf. Als Gönner durch die lange, breite Durchfahrt nach hinten ging, kam ihm Kaspar Emmrich entgegen, Student im zweiten Jahr an der juristischen Fakultät, ein besonnener Kopf, ruhig und seines Wissens nach alkoholischen Getränken eher nicht allzu sehr zugetan, trotz der Vorkommnisse vor Kurzem beim Feininger und ihm deswegen eine Standpauke halten musste.

»Guten Abend Herr Professor«, sagte Emmrich auch schon artig, zog seine grüne Studentenkappe und wollte schnell an Gönner vorbei in die Altstadt huschen.

»Guten Abend Emmrich. Warten Sie! Gut dass ich Sie hier treffe«, entgegnete Gönner und trat näher an den Studenten heran, »keine Angst, es gibt nichts zu schimpfen! Ich möchte Sie um einen Gefallen bitten, Emmrich. Bitte holen Sie den Polizeikommissär Wirschinger her. Richten Sie ihm aus, dass ich ihn in wichtigen Dingen dringend sprechen möchte. Er wohnt in der Freyung. Sie wissen, wo das ist?«

»Ja Herr Professor, ich kenne mich schon recht gut aus hier. Wissen Sie die Hausnummer?«, Emmrich sah den Professor fragend an.

»Schlauberger, die hätte ich Ihnen schon gesagt, wenn ich sie wüsste!«, sagte Gönner spöttisch, »es muss aber das Haus direkt auf der Höhe der Kirche St. Jodok sein, zur linken Hand, wenn Sie gerade auf das Hauptportal schauen. Sie sind doch sonst auch ein schlauer Kerl, Sie finden das schon heraus. Nun los, sputen Sie sich Emmrich«, wedelte Gönner mit der rechten Hand, »ich habe nicht den ganzen Abend Zeit. Ich warte hier im Schankraum auf den Herrn Kommissär.«

»Jawohl, Herr Professor, ich mache mich sogleich auf den Weg«, sagte Emmrich eifrig und eilte davon.

Gönner sah dem Studenten sinnierend nach. Er ärgerte sich ein wenig über seine schnelle Entscheidung, Kommissär Wirschinger zu holen, er war froh, den Herrn nicht zu oft zu sehen.

Aber der Kommissär repräsentierte die Staatsmacht und ohne diese konnte diese Sache hier nicht gelöst werden. In diesen sauren Apfel musste er nun beißen.

Kapitel 10

Professor Gönner betrat den schummrigen, nach Bier und altem Fett riechenden Schankraum des Moserbräu. Er rümpfte angewidert die Nase, blieb stehen und sah sich um. In einer Ecke saß eine Gruppe von Männern murmelnd über ihre Bierhumpen gebeugt. Sie sahen nur kurz auf und beachteten ihn nicht weiter. In die Nähe dieser Herren wollte er sich auf keinen Fall setzen. Er zog die Augenbrauen zusammen, ließ seinen Blick weiter in den Raum schweifen und entdeckte schließlich einen Tisch im hinteren Bereich. Dort würde er eine gewisse Ruhe finden und konnte sich ohne neugierige Ohren mit dem Kommissär unterhalten. Er ging zielstrebig darauf zu und setzte sich.

Der dicke Wirt schaute Gönner mit schief gelegtem Kopf nach. Nach einigen Augenblicken schlurfte er grimmig auf ihn zu. Als er vor Gönner stand, wischte er sich seine nassen Hände an seiner speckigen, dunkelbraunen Schankkellnerschürze ab. Mürrisch fragte er den Professor nach seinem Wunsch.

Gönner betrachtete den schmuddeligen Mann angewidert und bestellte einen Humpen Bier. Der Wirt nickte, drehte sich kommentarlos um ließ ihn brummelnd alleine. Normalerweise lehnte der Professor es ab, in dieser Art von Taverne etwas zu konsumieren. Aber nach seiner Entdeckung, welche ihm immer noch in Mark und Bein steckte, musste er sich beruhigen. Zudem hoffte er, dass das Bier auch seinen Magen besänftigte. Die Entdeckung des toten Kollegen hatte seine Beschwerden wieder rasant ansteigen lassen.

Der Wirt schlurfte mit dem Bier heran und knallte den Humpen auf den schweren Tisch, dass der Inhalt bedrohlich über den Rand schwappte. Gönner warf einen strafenden Blick auf den sich wieder entfernenden Mann, sagte aber nichts. Er nahm einen Schluck und spürte dem kühlen Bier nach.

Gönner atmete tief aus, lehnte sich zurück und schloss die

Augen. Sofort sah er die schrecklichen Bilder aus Schmidbauers Schlafzimmer. Entsetzt riss er die Augen wieder auf, schnellte nach vorne und fuhr sich mit den Händen durch die Haare. Wer war nur zu so einer schrecklichen Tat fähig, fragte er sich und drehte den Bierhumpen im Kreis. Gönners Gedanken wanderten zu den örtlichen Polizeikräften. Bisher hatten sich diese lediglich bei den Wirtshausraufereien gezeigt und sich seiner Meinung nach nicht gerade positiv dargestellt. Besonders nach dem Dienstantritt des neuen Kommissärs.

Gönner nahm einen weiteren Schluck. Abrupt stelle er den Humpen wieder ab, als ein plötzlicher Gedanke in seinen Kopf schoss: Wer sollte jetzt die Eröffnungsrede beim bevorstehenden Installationsfest halten? Er hatte den Kollegen Schmidbauer eben wegen seiner ruhigen, besonnen Art ausgewählt. Als Redner jedoch war er wie verwandelt und die Aufmerksamkeit der Zuhörer war ihm gewiss. Sobald der Kommissär auftauchte und Gönner ihm alles gezeigt haben würde, musste er jedenfalls sofort überlegen, wer für die Rede infrage kommen würde, denn die Zeit drängte.

Gönner rieb sich die ermüdenden Augen. Er war sich mit Schmidbauer schon über die meisten Punkte der Rede einig gewesen. Nun gingen die Suche nach einem geeigneten Redner und die Debatte über die Inhalte der Rede wieder von vorne los. Gönner sah auf seinen Bierhumpen, packte ihn nervös und nahm einen tiefen Schluck.

Seine Gedanken begannen wieder, um den toten Kollegen zu kreisen. Was hatte dieser getan, dass jemand einen solchen Hass auf ihn hatte? Auf ihn machte er immer den gleichen ruhigen und ausgewogenen Eindruck. Reichtümer hatte Schmidbauer sicher auch nicht in seiner kleinen Wohnung angehäuft, unerklärlich das Ganze.

Gerade, als Gönner überlegte, ob er noch ein zweites Bier bestellen sollte, öffnete sich die Tür der Gaststube. Im wohltuenden Luftzug stand ein großer, schlanker Mann mit einem dicken schwarzen Schnauzbart. Er trat einen Schritt näher, blieb stehen und blickte unsicher in den Gastraum.

Professor Gönner stand auf und hob die Hand. Der Kommissär schob den Kopf nach vorne und schien den Professor zu erkennen. Er schloss die Tür und kam näher.

»Guten Abend, Herr Professor Gönner«, sagte Wirschinger zurückhaltend, »Sie wollten mich sprechen?«

Gönner zögerte, reichte dann dem Gendarm aber etwas widerwillig die Hand. Wirschinger ergriff diese zögernd, drückte dann aber fest zu.

»Herr Kommissär Wirschinger, danke dass Sie gekommen sind. Bitte setzen Sie sich«, sagte Gönner betont ruhig und wies mit der Hand auf den Stuhl gegenüber.

Der Kommissär nahm Platz. Er hatte sich schnell seinen dunkelblauen Uniformrock übergeworfen, auf den dazugehörigen Hut hatte er verzichtet. Seine dunklen Augen musterten den Professor fragend.

»Nun Herr Professor. Warum haben Sie mich durch diesen Studenten holen lassen? Wenn es um die letzten Ereignisse im Gasthaus Feininger geht, kann ich nur sagen, dass …«, begann er unsicher.

»Darum geht es nicht«, antwortete Gönner, »diese Sache ist für mich erledigt. Aber bevor ich hier große Reden halte, zeige ich Ihnen lieber, worum es sich handelt. Folgen Sie mir bitte.«

Gönner stand abrupt auf und wandte sich dem Ausgang zu. Der Wirt machte Anstalten, sich gegen die offensichtliche Zechprellung zu wehren, war aber nach einem bösen Blick und einem ärgerlichen »wir kommen wieder« seitens Gönner sofort ruhig.

»Wohin führen Sie mich?«, fragte Wirschinger neugierig, als sie aus dem Haus traten.

»Das werden Sie gleich sehen«, gab Gönner zur Antwort und ging schnellen Schrittes zur Eingangstür des Nachbarhauses.

Die beiden Männer stiegen die Treppe zu Professor Schmidbauers Wohnung hinauf. Vor der angelehnten Tür blieben sie stehen. Gönner drehte sich um und sah dem Kommissär streng in die Augen.

»Ich möchte ausdrücklich anmerken, dass ich diese Tür genauso vorgefunden habe«, sagte er und zeigte auf den schmalen Spalt.

»Wer wohnt hier?« Wirschinger betrachtete erst die Wohnungstür und sah Gönner dann fragend an. Offensichtlich machte sich Unmut in ihm breit.

»Hier wohnt mein Kollege Professor Anton Schmidbauer. Ich kam her, um ihn zu holen. Wir hatten eine Besprechung bei mir zu Hause vereinbart, aber er kam nicht, was völlig untypisch für ihn ist. Also habe ich mich auf den Weg hierher gemacht. Er ist immer sehr zuverlässig und hält alle Absprachen penibel ein«. Gönner stockte und schluckte, »oder besser gesagt, er hat sie immer eingehalten ...«

»Also jetzt sagen Sie schon, was das alles soll!«, forderte Wirschinger verärgert, »Sie lassen mich hierherholen und ...«

»Kommen Sie einfach«, unterbrach ihn Gönner und gab der Tür einen leichten Stoß mit dem Fuß, »treten Sie ein und gehen Sie geradeaus in das Schlafzimmer. Ich werde Sie nicht begleiten. Ich kenne den Anblick.«

Wirschinger musterte den Professor verwundert. Er drehte sich um und ging zum Schlafzimmer. Gönner schloss die Wohnungstür und ließ sich mit dem Rücken gegen sie fallen.

»Oh mein Gott!« hörte er den Kommissär kurz darauf aus dem Schlafzimmer rufen. Nach ein paar Augenblicken kam Wirschinger kreidebleich heraus, bekreuzigte sich mehrmals und starrte den Professor entsetzt an. Er schnappte nach Luft und fuhr mit den Fingern unter seinem Hemdkragen herum, der ihm augenscheinlich zu eng geworden war. Es dauerte einige Zeit, bis er sich zu ersten Worten durchringen konnte.

»Ist ... ist das ihr Kollege Schmidbauer?«, sagte der Kommissär mit zittriger Stimme und schluckte.

»Wer würde sonst in dessen Bett liegen«, entgegnete Gönner, »ich erkenne ihn an seinen weißen Haaren. Er ist es eindeutig!«

Der Kommissär wischte sich mit dem Handrücken über seine schweißnasse Stirn. Er stützte seine Arme auf die Hüften, streckte sich und atmete einige Male aus und ein.

»Sie haben alles hier so vorgefunden?«, fragte er.

»Was denken Sie denn? Dass ich die Wohnung noch umgeräumt und Staub gewischt habe?«

»Nein, solche Fragen gehören zu meinem Metier! Kommen Sie Herr Professor, gehen wir wieder nach unten in die Wirtsstube. Ich denke, ich brauche jetzt auch erstmal ein Bier.« Er drehte sich suchend um. »Aber wir müssen die Wohnung abschließen. Das darf niemand sehen. Wo wird er die Schlüssel aufbewahrt haben?«

»Der Kollege war ein korrekter, ordnungsliebender Mann, ich denke ...«, Gönner ließ seinen Blick über die wenigen Möbelstücke im Flur schweifen und ging dann zielstrebig auf eine kleine, etwas schäbigen Kommode neben der Garderobe zu. Er öffnete eine der beiden schmalen, oberen Schubladen.

»Na also«, sagte er und fischte einen dicken Schlüsselbund heraus, »da dürfte der Richtige dabei sein.«

Tatsächlich war das der Fall und die beiden schlossen die Wohnungstür ab. Zur sichtlichen Erleichterung des Wirtes kamen sie wenig später zurück an ihren Tisch. Auf einen Wink Gönners brachte ihnen dieser zwei frische Humpen Bier.

Die beiden Männer nahmen einen kräftigen Schluck und schwiegen einige Minuten lang bedrückt. Keiner hatte das Bedürfnis, etwas zu sagen. Das, was sie nebenan im zweiten Stock gesehen hatten, musste sich erst langsam setzen. Wirschinger fand als erster seine Sprache wieder.

»Wer macht so etwas? Was für eine grausame Tat!«

Er schüttelte seinen Kopf so heftig, dass der Schnauzbart hin und her flog.

»Das frage ich mich auch«, antwortete Gönner widerwillig zustimmend, »der Kollege Schmidbauer war so ein angenehmer, ruhiger und besonnener Mensch. Ich kann mir nicht vorstellen, dass er irgendwelche Feinde gehabt haben könnte!«

Wirschinger zuckte mit den Schultern.

»Aber irgendjemanden muss es ja gegeben haben, der etwas gegen ihren Kollegen hatte und ihm nicht gerade, wie soll ich sagen ...«, Wirschinger suchte nach den richtigen Worten, »äh ... zugetan war. Zumal es in der Wohnung nicht so aussah, als handelte es sich um einen Raubüberfall, jedenfalls ist mir nichts in dieser Richtung aufgefallen. Es war alles noch sehr ordentlich«, sagte der Kommissär und drehte seinen Humpen hin und her.

»Darauf habe ich gar nicht geachtet«, gab Gönner überrascht zu, »ich habe aber auch nichts Besonderes an der Wohnungstür gesehen, was auf einen Einbruch hindeuten könnte. Sie stand einfach nur offen!«

Wirschinger nickte. Nachdenklich zwirbelte er seinen Schnurrbart.

»Ich werde jetzt auf alle Fälle meine Gendarmen holen und alles genau untersuchen lassen. Zusätzlich wird es sich empfehlen, die Nachbarn und Studenten hier im Garten zu verhören. Vielleicht haben wir ja Glück und der Mörder sitzt noch unter ihnen beim Bier!«

»Herr Kommissär! Sie glauben doch nicht im Ernst, dass einer der Studenten den Professor ermordet hat?«, herrschte Gönner Wirschinger mit aufsteigendem Ärger an.

»Wie stellen Sie sich das überhaupt vor? Der Mörder sitzt in diesem Garten, trinkt Bier, geht in aller Ruhe in die Wohnung Schmidbauers, bringt ihn um, schlitzt ihn auf, zerschlägt ihm das Gesicht und kehrt dann zum Bier zurück?«

Seine Stimme wurde mit jedem Wort lauter und heftiger.

Der Wirt hielt mit dem Polieren der Humpen inne und lugte vorsichtig interessiert hinter seinem Tresen hervor.

»Nein, mein Lieber, das ist mir zu einfach. Meine Studenten mögen vielleicht in den Tavernen in Streit geraten, wenn sie Alkohol getrunken haben, doch sie sind keine Mörder!«, polterte Gönner aufgebracht und knallte seine rechte Hand auf den groben Tisch, dass die beiden Bierhumpen ein Stück in die Höhe sprangen.

Der Kommissär blickte Gönner streng an:

»Was sind Sie eigentlich für ein Professor? Staatsrecht, soweit ich mich erinnern kann! Das ist schon was anderes als Kriminalsachen«, bemerkte Wirschinger süffisant und lehnte sich zurück, »dafür ist ja wohl die Gendarmerie zuständig! Abgesehen davon, wer hier zu was in der Lage gewesen ist, bestimme immer noch ich!«

Gönner wollte aufbrausend antworten, nahm aber dann einen tiefen Luftzug, um sich zu beruhigen und sagte gezwungen ruhig:

»Sie haben durchaus Recht. Deswegen habe ich Sie ja rufen lassen. In meiner Zeit in Bamberg war ich allerdings durchaus mit Kriminalsachen betraut.«

Er lehnte sich zurück, faltete seine Hände über dem Bauch und blickte den Kommissär gewichtig an.

»Ich habe mit der dortigen Gendarmerie sehr oft erfolgreich zusammen gearbeitet. Wenn ich das in aller Bescheidenheit sagen darf. Aber mit meiner Stellung hier an der Universität lässt sich das nicht vereinbaren. Zudem habe ich nicht die Zeit, mich um alles zu kümmern«, seufzte er und fügte hinzu: »Leider.«

»Da schau her, der Herr Professor Gönner!«, entgegnete Wirschinger süffisant, »wer hätte das gedacht! Da hat er einmal ein wenig mit der Gendarmerie, noch dazu mit der fränkischen, zusammen gearbeitet und denkt, hier bei uns gleich einen Mord aufklären zu können. Da lassen Sie mal schön die Finger davon, Herr Professor!«

»Wenn Sie glauben, dass Sie in diesem Fall den gleichen Aufruhr veranstalten können, wie bei Ihren Besuchen in den Tavernen, täuschen Sie sich, mein lieber Herr Kommissär!«, fuhr Gönner Wirschinger grantig an, »ich werde es nicht zulassen, dass Sie meine Studenten oder meine Kollegen an der Universität diesbezüglich belästigen!«

»Das werde ich aber in meiner Eigenschaft als ermittelnder Polizeibeamter müssen! Sie werden mich dabei nicht aufhalten können!«

»Da täuschen Sie sich! Nicht einmal dieser französische General hat sich vor zwei Jahren getraut, von uns etwas abzuverlangen! Da kommen Sie nicht durch!«, erwiderte Gönner böse und hob seinen Humpen an die Lippen, um einen weiteren Schluck zu nehmen. Absichtlich ruhig stellte er den Humpen wieder auf den Tisch. Mit zusammengekniffenen Augen betrachtete er sein Gegenüber.

»Ich stelle hier die Polizeigewalt dar! Auch an Ihrer Universität!«, schnauzte Wirschinger, »daran werden auch Sie mich nicht hindern!«

»Das werde ich wohl!« knurrte Gönner, beugte sich nach vorne und funkelte den Kommissär böse an, »ein Wort von mir an Graf Montgelas und Sie können Fälle im tiefsten Bayrischen Wald lösen!«

»Das wagen Sie nicht!«, fuhr Wirschinger den Professor an und beugte sich ebenfalls nach vorne.

Die Gesichter der beiden Männer befanden sich nun nur wenige Zentimeter voneinander entfernt.

»Das wage ich«, flüsterte Gönner leise, »verlassen Sie sich darauf!«

Wirschinger hielt dem stechenden Blick seines Gegenübers kurze Zeit stand und lehnte sich dann wieder zurück und verschränkte seine Arme vor der Brust.

»Warum sollte ich Ihnen glauben?«, fragte er prüfend.

»Lassen Sie es nicht darauf ankommen«, sagte Gönner ernst und richtete sich langsam kerzengerade auf, »es wird Ihnen nichts anderes übrig bleiben, als mit mir zusammenzuarbeiten. Die Augen des Ministers und die des Kurfürsten sind auf uns gerichtet! Wir sind aufeinander angewiesen, ob Sie wollen oder nicht. Wir müssen uns beide an unseren neuen Dienstorten erst noch beweisen!«

Wirschinger sah den Professor einige Augenblicke intensiv mit gerunzelter Stirn an. Gönner lehnte sich entspannt zurück und ließ seine Arme auf dem Tisch ruhen. Er konnte sehen, wie es in seinem Gegenüber arbeitete, vermochte aber nicht zu erkennen, wie die Entscheidung des Kommissärs ausfallen würde. Sollte Wirschinger eine Zusammenarbeit ablehnen, hätte das mit Sicherheit schwerwiegende Konsequenzen nicht nur für ihn, sondern für die gesamte Universität. Argwöhnisch betrachtete er Wirschinger, der die Stirn in tiefe Falten gelegt hatte und seinen Schnurrbart zwirbelte.

»Nun gut«, sagte der Kommissär schließlich und ließ seine Arme auf die Tischplatte sinken, »ich bin bereit, unter einer Bedingung mit Ihnen zusammenzuarbeiten!«

»Und die wäre?«, fragte Gönner erleichtert, aber auch etwas erstaunt. Wirschinger blickte den Professor offen in die Augen.

»Sie mischen sich nicht in meine polizeilichen Aufgaben ein! Wir können zusammen die Ermittlungen besprechen, aber die rein polizeilichen Entscheidungen liegen alleine bei mir!«

Gönner sah den Polizisten mit zusammengekniffenen Augen an und lehnte sich zurück. Das war also der Kompromiss des Kommissärs. Damit würde sich durchaus leben lassen, dachte er. Nach einigen Augenblicken sagte er:

»Gut, ich lasse mich darauf ein. Versuchen wir es.«

Er lehnte sich wieder nach vorne und starrte den Kommissär an.

»Aber meine Studenten lassen Sie in Ruhe! Nur wenn ich es

Ihnen erlaube, befragen Sie diese, da haben wir uns verstanden?«

»Ja, das haben wir«, nickte Wirschinger genervt.

»Gut dann sind wir uns einig!«

»Schön, dann hoffe ich auf eine gute Zusammenarbeit. Gemeinsam werden wir diese Sache hoffentlich aufklären!«.

»Günstig wäre zudem, wenn wir den Fall vor dem Fest zu Ende gebracht hätten!«

»Sie wollen das Fest doch nicht allen Ernstes abhalten?«, fragte Wirschinger und riss entsetzt die Augen auf, »ich habe die Planungen gesehen, eine große Sache!«

»Natürlich, was denken Sie denn?«, entgegnete Gönner erregt, »das wäre sicher auch im Sinne des Herrn Kollegen. Und außerdem haben wir schon so viel organisiert, das kann man all den beteiligten Leuten nicht zumuten! Schlimmstenfalls bringen wir es nach dem Fest zu Ende.«

»Wollen Sie den Mord etwa verschweigen?«

»Warum nicht?«, Gönner zuckte mit den Achseln, »vorerst zumindest. Das Gegenteil würde den Kollegen auch nicht wieder lebendig machen. Die Nachricht von seinem Tod ist in ein paar Tagen auch noch interessant und wir können in der Zwischenzeit ermitteln, wer ihn ermordet hat. Ich lasse verlautbaren, Schmidbauer sei erkrankt oder habe plötzlich verreisen müssen, weil sein Bruder gestorben ist.«

»Er hatte einen Bruder? Wo lebt der?«, Wirschinger schaute den Professor mit großen Augen erstaunt an und ließ sich zurück in seine Stuhllehne fallen.

»Ach, was weiß denn ich, ob er einen Bruder hat, das sagen wir doch nur so!«, fauchte Gönner genervt.

»Na gut. Wenn Sie wollen, aber ich verlasse mich auf Sie, Herr Professor, dass das auch klappt! Aber was machen wir mit der Leiche? Wir können sie nicht so lange hier liegen lassen.«

Gönner schaute in seinen fast leeren Bierhumpen. Wo der Kommissär Recht hat, hat er Recht, dachte er. Er überlegte.

»Sie müssen jetzt erst einmal Ihre Arbeit machen, aber eben ohne dass es jemand merkt. Haben Sie in Ihrer Dienststelle Leute, auf die Sie sich verlassen können?«

»Ja, da ist ein guter Mann. Er ist mit mir aus München gekommen, wir haben dort einige Jahre zusammengearbeitet. Er ist loyal und ich kann mich auf ihn verlassen. Vor allem aber – wohin mit der Leiche? Wir werden sie ein paar Tage kühl lagern müssen.«

Daran hatte Gönner auch schon gedacht. In seiner Vorstellung hatte sich hierzu bereits ein Gedanke geformt.

»Dazu habe ich schon eine Idee. Ich schlage vor, Sie holen Ihren Kollegen und machen ihre polizeiliche Arbeit. Ich kümmere mich in der Zwischenzeit um den Rest. Hier haben Sie den Schlüssel zur Wohnung.«

Gönner kramte in seinem Mantel herum und zog den Schlüsselbund heraus.

»Und was sagen wir«, fragte Wirschinger und steckte die Schlüssel ein, »Krankheit oder abgereist?«

Gönner überlegt kurz. »Abgereist, ein Bote kam mit der Nachricht, sein Bruder sei verstorben. Die Frau mit den Kindern ganz allein und so weiter ... er hat eine Nachricht in der Wohnung hinterlassen«.

»Gut«, antwortete Wirschinger, »aber was machen wir beiden Gendarmen dann in der Wohnung? Nur wegen der Nachricht?«

»Ach Wirsching«, erwiderte Gönner widerwillig, »denken Sie doch nach ... ich habe Sie gerufen. Ich war oben, dort habe ich Schmidbauers Nachricht gefunden. Er ist nicht zu unserem Treffen gekommen, also bin ich zu ihm. Ich dachte an einen Einbruch, er hat in der Eile die Tür offen gelassen. Das passt dann ja auch, als ich den Emmrich zu Ihnen geschickt habe. Der hat keine Ahnung, um was es ging.«

»Wirschinger, bitte! Gut ja, aber wie bringen wir die Leiche dann unbemerkt weg und vor allem wohin?«

»Das machen Sie dann in der Nacht, wenn alle weg sind und

auch das Gasthaus geschlossen ist«.

»Wir ... und was machen Sie?«

»Ich kümmere mich um den einstweiligen Aufenthaltsort. Verpacken Sie die Leiche und kommen Sie um Mitternacht zum Hintereingang der Universität, bis dahin ist alles geregelt«, sagte Gönner abschließend und stand auf.

»Ich werde jetzt unsere Zeche zahlen«, fuhr er fort, »Sie holen ihren Kollegen«.

»Gut, dann machen wir das so. Ich hole Gendarm Richter«, antwortete Wirschinger und stand ebenfalls auf. Er ging langsam Richtung Ausgang, während Gönner beim Wirt das Bier bezahlte. Vor dem Eingang blieben beide nochmals stehen. Gönner reichte Wirschinger die Hand, die dieser überrascht, aber dann kräftig drückte.

»Ich verlasse mich auf Sie, mein Herr Kommissär!«, sagte Gönner etwas widerwillig und schaute dabei tief in die dunklen Augen über dem Schnauzbart.

»Das können Sie Herr Professor!« antwortete Wirschinger, schlug schnell seine Hacken zusammen, drehte sich zackig um und marschierte aufrecht davon.

Gönner schaute ihm einige Augenblicke nachdenklich nach. Gerade, als er sich umdrehen und gehen wollte, bemerkte er eine Gestalt, die sich am vorgelagerten Bogen des letzten Hauses auf der rechten Seite drückte. Gönner trat einen Schritt zurück, um nicht gesehen zu werden. Er lugte nach gegenüber auf die andere Seite. Die Gestalt trat nach vorne ins Mondlicht und eilte dann im Dunkel der Nacht davon.

Der kurze Augenblick hatte dem Professor jedoch genügt, um zu sehen, um wen es sich handelte: Es war der Student Kaspar Emmrich, den er kurz zuvor zu Wirschinger geschickt hatte.

Gönner sah dem sich schnell entfernenden Studenten stirnrunzelnd nach und blieb einige Augenblicke in seinem Versteck stehen, ehe er sich grübelnd auf den Weg machte.

Kapitel 11

Professor Gönner musste nachdenken. Die Begegnung mit Emmrich machte ihn nachdenklich. Er beschloss, um die imposante Kirche St. Martin zu gehen, das beruhigte auch ihn als erklären Antiklerikalen immer ungemein. Der auf der Südseite des Gotteshauses, zwischen Kirche und Bürgerhäusern liegende Friedhof war nicht verschlossen und atmete die Geschichte der Jahrhunderte. Seine Verlegung war bereits geplant und ein neuer, großer Friedhof war eingerichtet worden. Gönner unterstützte die Verlegung der alten Pfarrfriedhöfe der einzelnen Kirchen aus der Innenstadt. Diese Zeugnisse des althergebrachten, klerikalen Geistes hatten in einer modernen Stadt nichts mehr zu suchen. Das Gedenken an die Verstorbenen konnte auch zentral verwaltet werden. Er betrat den Bereich durch das Tor rechts am Hauptportal und schlängelte sich durch die vom Mondschein schwach erhellten, kantigen Grabsteine und schmiedeeisernen Kreuze. Einige standen bereits sehr schief und manche Inschriften waren so verwittert, dass man sie nur noch schwer entziffern konnte. Es war gespenstisch still, lediglich das entfernte Bellen eines Hundes störte die nächtliche Ruhe.

Die stille Erhabenheit der enormen Kirche strahlte auch auf ihn eine ungemeine Ruhe und Gelassenheit aus, dessen konnte er sich trotz seines rebellischen Charakters nicht entziehen. Vor dem Epitaph eines der Erbauers, Hans von Burghausen, das an der Südseite der Kirche angebracht war, blieb er stehen und betrachtete es im schalen Abendlicht. Grimmig schaute der kleine, runde Kopf auf ihn herab. Er und seine Vorgänger hatten, zusammen mit Generationen von Landshuter Bürgern, in einer Bauzeit von über einhundert Jahren diese Kirche aus Backsteinen errichtet. Der Turm war sicher einer der höchsten Kirchtürme der Erde. Gönner blickte nach oben, das große goldene Kreuz auf der Spitze war nur noch in Umrissen zu erkennen. Ein Schwarm Fledermäuse flatterte aus dem Turm in den Nachthimmel und begab sich auf die nächtliche Jagd.

Was hatten diese Menschen damals alleine aufgrund ihres Glaubens geschaffen, dachte Gönner, was für ihn als vehementen Verfechter der Aufklärung schwer nachzuvollziehen war. Solche Monumente, welche die Zeit überdauern und ihren Schöpfern zur ewigen Ehre gereichen, haben eine intensive Wirkung auf die Menschen. Werden wir das mit unseren Lehren auch schaffen? Er blickte auf das Antlitz des Erbauers. Streng schaut er drein, dachte Gönner.

Er wandte sich ab, verließ den Friedhof durch den hinteren Ausgang. Er ging durch die Kirchgasse in die Neustadt und marschierte zur Universität, wo Röschlaub mit seiner medizinischen Fakultät untergebracht war. Ein eigenes Krankenhaus war noch nicht eingerichtet, es gab Streit mit der Stadtverwaltung bezüglich der Übernahme eines der städtischen Hospitäler. Der Kollege hatte bei seinem Besuch erwähnt, er müsse noch an der Universität einige Arbeiten verrichten. Da er annahm, Röschlaub würde das alleine machen, konnte er ihm seine Idee bezüglich des verstorbenen Kollegen Schmidbauer sicher ungestört unterbreiten.

Nach wenigen Minuten bog Gönner über die Universitätsstraße in den Universitätsplatz ein. Nach der Verlegung der Bildungsanstalt in ihre Stadt hatten die Stadtväter begeistert beschlossen, den Namen des Platzes zu Ehren der neuen Einrichtung umzubenennen.

Gönner schritt über den fast aufgelösten Friedhof, der auch hier vor der ehemaligen Klosterkirche lag.

Er betrat das Gebäude durch den Haupteingang, grüßte den Wachmann, der den Gruß erstaunt, aber ehrfurchtsvoll erwiderte.

Er machte sich direkt auf den Weg zu Röschlaubs Räumen, welche im Keller des ehemaligen Klosters lagen. Er spähte vorsichtig um jede Ecke. Es fehlte gerade noch, dass ihn dieser dicke Mönch

Konrad, den man zur geregelten Übergabe des Klosters vor Ort gelassen hatte, oder sein furchteinflößender Gehilfe, erwischte.

Konrad hatte seine Zelle zwar in einem weit abgelegenen Teil der unübersichtlichen Anlage, er schlich aber im ganzen Gebäude herum. Es war zumindest zu hoffen, dass er sich nicht in diesem Teil, noch dazu zu dieser Stunde, herumtrieb. Aber Vorsicht war geboten, man konnte diesen Pfaffen nicht trauen.

Gönner erreichte schließlich unentdeckt den Abgang zum Keller. Die Anwesenheit des Kollegen war schon von weitem zu hören und Gönner folgte dem Lärm, der ihn direkt zu Röschlaubs Reich führte. An der geöffneten Tür blieb er stehen und betrachtete das sich ihm bietende Bild. Der Kollege wühlte in einem Berg von Papieren und Büchern, alles wild durcheinander gestapelt, und rief wüste Beschimpfungen aus.

»Wenn ich den Bielmaier erwische, dreh ich ihm den Kragen um! Bielmaier, was hast du mir hier für einen Saustall hingeworfen!«, rief er aus und warf ein Papier nach dem anderen in die Luft, »unfähig, unfähig dieser Kerl!«

Gönner räusperte sich laut, um den Aufruhr zu stoppen.

»Herr Kollege, Sie machen in diesem Raum noch mehr Unordnung als hier sowieso schon herrscht«, rief er.

Röschlaub hielt abrupt inne, drehte sich um und sah Gönner genervt an.

»Sehen Sie sich diese Unordnung an!«, rief er und schleuderte das Buch in seiner Hand auf den Stapel zurück, der sofort bedrohlich zu schwanken begann.

»Man hat meine Unterlagen und Bücher in Bamberg einwandfrei verpackt und in genauest sortiertem Zustand versandt! Werfen Sie einen geneigten Blick auf dieses Chaos!«, Röschlaub zog mit dem rechten Arm einen großen Kreis, »wie ein Berg von Unrat hingeworfen! Dieser Bielmaier ist wahrscheinlich des Lesens unfähig, der hat überhaupt keine Ahnung, was das hier alles ist!«

»Beruhigen Sie sich, der Bielmaier macht eine gute Arbeit hier an der Universität als Hausgehilfe! Seine Ungebildetheit können Sie ihm nicht vorwerfen«, sagte Gönner etwas verärgert und kam vorsichtig näher.

»Ach, kommen Sie Herr Kollege! Er hätte doch nur alle Bücher und Unterlagen so aus den Kisten nehmen müssen, wie sie angeliefert wurden«, Röschlaub riss ein Papier aus einem Stapel und wedelte damit vor Gönners Gesicht herum, »stattdessen hat er alles auf einen Haufen geworfen, sehen Sie hier, etwas ungemein Wichtiges! Und wer hat die Arbeit jetzt? Also ob ich nichts Wichtigeres zu tun habe!«, fauchte er und seine Gesichtsfarbe wechselte in ein bedrohliches Dunkelrot.

»Jetzt hören Sie mal auf, hier noch mehr Unordnung zu machen«, knurrte Gönner und riss ihm das Dokument aus der Hand, »ich muss Sie in einer äußerst wichtigen Angelegenheit sprechen. Ich schicke Ihnen morgen einen meiner Gehilfen aus dem Rektorat, der räumt das hier auf. Sagen Sie ihm, wie Sie es wollen und Sie werden zufrieden sein«, er warf das Papier auf den Bücherberg zurück. Sein Ärmel streifte diesen dabei leicht und der Berg kam bedrohlich ins Wanken. Röschlaub stürzte sich darauf und hielt ihn fest.

»Sie haben ein Glück, mein lieber Gönner, dass ich zu müde bin, um hier weiter zu wüten«, knurrte er leise, löste sich vorsichtig von dem sich beruhigenden Stapel, beobachtete ihn noch kurz und fuhr dann fort:

»... und darum gehen ich gerne auf Ihr Angebot ein, solange Sie mir nicht so einen Dilettanten wie diesen Bielmaier schicken ...«

»Keine Angst Röschlaub, ich schicke Ihnen meinen besten Mitarbeiter, der hat mein Zimmer im Nu aufgeräumt, als wir vor zwei Wochen vom Jesuitenkloster übersiedelten. Doch nun kommen Sie, wo können wir uns hier in Ruhe unterhalten?«, Gönner trat vorsichtig von dem fragilen Berg aus Dokumenten weg und sah Röschlaub fragend an.

Dieser deutete auf eine Tür, welche in einen Nebenraum führte. »Gehen wir da hinein, dort habe ich das Chaos schon einigermaßen beseitigt.«

Röschlaub stieg über einen eingestürzten Stapel von Büchern und verschwand im angrenzenden Raum. Gönner folgte ihm, sehr darauf bedacht, nicht noch mehr Unheil anzurichten und nicht auf die herumliegende Bücher und Papiere zu treten. Der Nebenraum war zwar ebenfalls mit allerlei Dingen vollgestopft, es herrschte jedoch eine gewisse Ordnung darin. An einem schweren Tisch standen zwei alte Stühle. Röschlaub setzte sich und bedeutete seinem Kollegen, sich zu setzen. Gönner hob einen Stapel Bücher, der auf dem Stuhl lag, auf den Boden. Dann setze er sich langsam.

»Ist unser Kollege Schmidbauer denn noch aufgetaucht? Er hatte hoffentlich eine plausible Erklärung für seine enorme Verspätung«, sagte Röschlaub mit einem tiefen Atemzug.

Gönner beugte sich nach vorne und sah den Kollegen ernst an.

»Ja, die hatte er. Er konnte die Verabredung aufgrund seiner Ermordung nicht einhalten!«

Röschlaubs Augenbrauen schnellten in die Höhe und er richtete seinen Oberkörper ruckartig auf.

»Ermordung? Schmidbauer ist tot?«, fragte er entsetzt.

»Ja, ich habe ihn in seiner Wohnung gefunden«, antwortete Gönner leise, »und ich kann Ihnen sagen, es war kein schöner Anblick!«

Röschlaub blickte Gönner mit leeren Augen an und murmelte dann ergriffen:

»Das ist ja schrecklich! Der arme Kollege! Wie kann so etwas passieren? Aber wie kommen Sie überhaupt darauf, dass er ermordet wurde?«

»Er wurde abgeschlachtet wie ein Tier, ach«, Gönner lehnte sich seufzend zurück, die Bilder krochen wieder in seine Gedanken, »schlimmer! Einem Tier würde man so etwas nicht antun, nur um es zu töten. Ich konnte meinen Augen kaum trauen, ich habe so etwas noch nicht gesehen. Sie können sich nicht vorstellen, wie es dort aussieht«.

Allein die Erinnerung an die Bilder in der Wohnung ließen Gönner wieder kreidebleich werden. Er lockerte seinen Hemdkragen und holte tief Luft.

»Das will ich mir auch gar nicht vorstellen«, entgegnete Röschlaub, stand auf und ging im Zimmer hin und her.

»Sie werden aber nicht umhin kommen, sich die Sache selbst anzusehen, mein lieber Herr Kollege. Deswegen bin ich nämlich hier.«

Röschlaub blieb abrupt stehen und starrte Gönner entsetzt an.

»Ich? Was hab ich damit zu tun?«

»Sie werden mir helfen, Herr Kollege Röschlaub«.

»Ich Ihnen helfen? Wie komme ich denn dazu? Kümmern Sie sich lieber mal alleine um diese Sache! Außerdem gibt es auch noch die Gendarmerie, das ist deren Angelegenheit. Ich habe hier alle Hände voll zu tun, dann noch der Ärger mit dem Krankenhaus ...«, begann Röschlaub sich in Rage zu reden.

»... ganz ruhig, mein lieber Röschlaub«, unterbrach ihn Gönner und hob seine Arme, »um das Chaos da draußen wird sich wie gesagt mein Helfer kümmern, da brauchen Sie nichts mehr machen und bezüglich Krankenhaus stehen die Räder momentan ja sowieso still. Soweit ich weiß, bis die Bürgerschaft bezüglich Klinikum überzeugt ist. Sie haben also Zeit.«

»Habe ich mitnichten, werter Herr Kollege!«, raunzte Röschlaub und verschränkte seine Arme, »wie stellen Sie sich das vor? Was soll ich ihrer Meinung nach überhaupt machen? Den Mörder suchen?«

»Sagen wir mal so, Sie werden helfen, die Angelegenheit unauffällig zu gestalten«, sagte Gönner bestimmt.

»Wie darf ich das verstehen, Herr Kollege?«, entgegnete Röschlaub mit weit aufgerissenen Augen und starrte Gönner erstaunt an.

»Es ist nun mal so, dass dieser Mord zu einer denkbar unpassenden Zeit geschehen ist«, erwiderte Gönner, »so kurz vor dem Installationsfest, wo alle Augen auf uns gerichtet sein werden. Nicht nur die städtischen, auch die Augen der Regierung, mit Graf Montgelas an der Spitze. Gar nicht zu reden von unserem erlauchten Kurfürsten! Was denken Sie wird der wohl sagen, wenn er von der Sache erfährt?«

»Er wird sicher nicht begeistert sein …«, antwortete Röschlaub vorsichtig.

»Das sehen Sie vollkommen richtig, Herr Kollege«, nickte Gönner und beugte sich nach vorne und blickte Röschlaub von unten an, »zumal es einige Personen gibt, die uns wieder hier weg haben wollen und die Entscheidung seiner Durchlaucht für Landshut als Fehler ansehen. Also werden wir zusammen versuchen, die Angelegenheit ohne großes Aufsehen zu bereinigen.«

»Dieser Plural klingt in meinen Ohren gerade gar nicht gut…«, brummte Röschlaub und ließ sich angewidert auf seinen Stuhl fallen. Gönner lehnte sich zurück und lächelte Röschlaub spöttisch an:

»Sie hören richtig, lieber Herr Kollege. Das Wörtchen wir umfasst auch Ihre Person.«

Röschlaubs Blick verfinsterte sich merklich, mit zusammengezogenen Augenbrauen sah er Gönner an:

»Darf ich vielleicht erfahren, wie Sie mich in dieser Aktion eingeplant haben? Vielleicht hätten Sie die Güte, mir selbiges mitzuteilen!«

Gönners Lächeln wurde nochmals um einen kleinen Zug breiter:

»Selbstverständlich Herr Kollege, genau aus diesem Grunde bin ich ja hier. Sie werden mir helfen, den Leichnam des Professors Schmidbauer verschwinden zu lassen oder sagen wir besser, ihn einstweilen so aufzubewahren, dass niemand von der Sache etwas erfährt.«

»Aufbewahren?«, fragte Röschlaub entgeistert und sprang wieder von seinem Stuhl auf, und baute sich vor Gönner auf, »soll ich den verblichenen Kollegen in die Asservatenkammer in der Klinik stecken oder ihn ausstopfen lassen? Ach ja, wir bräuchten noch ein Skelett als Anschauungsobjekt für die Studenten, das wäre doch etwas! Oder wie steht es mit vergraben?« Er stemmte seine Arme auf die Hüften, »fragen Sie doch mal bei den Botanikern nach, der Kollege von Schrank hätte sicher nichts gegen einen humanen Dünger einzuwenden, vielleicht tut das ja seiner bayerischen Flora gut ...«

Gönner verzog das Gesicht.

»Lassen Sie diese Frotzeleien«, brummte er mit einer abwehrenden Handbewegung, »niemand will den armen Schmidbauer gänzlich und für immer verschwinden lassen. Wir müssen nur eine gewisse Zeit überbrücken. Wir lassen das Fest vorübergehen, warten ein paar Tage und dann geben wir den Tod des Kollegen bekannt. Jetzt würde dies nur Wasser auf die Mühlen unserer Neider und Gegner sein.«

»Ich verstehe Ihre Angst vor einem Skandal in Bezug auf das Fest«, sagte Röschlaub leise, »das lässt sich durchaus nachvollziehen. Auch mit Ihren Aussagen bezüglich unseres Landesherren haben Sie wohl Recht, und für unsere Neider wäre das ein gefundenes Fressen. Nur weiß ich immer noch nicht, wie und vor allem wo Sie den toten Kollegen einstweilen verstecken wollen.«

Röschlaub setzte sich wieder und sah Gönner fragend an. Dieser beugte sich nach vorne und sagte mit gedämpfter Stimme:

»Ich habe Ihnen doch gleich nach Ihrer Ankunft hier in Landshut von den alten Kellergewölben hier unter diesem Gebäude erzählt.«

»Ja, die von dem früheren Kloster.«

»Richtig, Sie waren ganz begeistert davon!«

»Ja, das stimmt! Das bin ich immer noch und ich habe auch bereits einige davon als Lagerräume in Beschlag genommen.

Die Räume sind angenehm kühl, man kann dort allerlei Kräuter und …«

Röschlaub stutzte, riss den Kopf in die Höhe und sah Gönner mit hoch gezogenen Augenbrauen an.

»Ha«, rief er und klatsche in die Hände, »jetzt komme ich dahinter! Sie wollen die Leiche dort unten deponieren!«

»Sehen Sie Röschlaub, ich wusste man kann auf Sie zählen!«, bemerkte Gönner grinsend.

»Moment Herr Kollege«, konterte Röschlaub mit erhobenen rechten Zeigefinger, »ich habe nicht gesagt, dass wir das machen! Die Räume sind nicht verschlossen, jeder kann da hineingehen! Denken Sie vor allem an diesen Hausgeist von Mönch! Er und sein eigenartiger Knecht schnüffeln überall herum und die beiden kennen sich noch dazu blendend aus!«

»Nur die Ruhe mein lieber Röschlaub«, erwiderte Gönner beschwichtigend, »erstens weiß fast niemand hier sonst an der Universität von der Existenz dieser Räume und zweitens kann man den einen oder anderen Raum durchaus verschließen, ich denke besonders an den kleinen Raum ganz hinten. Der scheint mir auch der kühlste zu sein. Ich habe oben ein großes Vorhängeschloss, das nehmen wir. Dann kann selbst Pater Konrad und sein Monstergehilfe nicht rein!«

»Und wenn jemand wissen will, was das soll?«, fragte Röschlaub zweifelnd.

»Ganz einfach. Sie bewahren dort wertvolle medizinische Dinge auf, das ist doch dann selbstverständlich, dass dort abgeschlossen ist«, antwortete Gönner ruhig.

Röschlaub sah den Kollegen offen in die Augen. Das Rattern in seinem Kopf war fast zu spüren. Nach einigen Augenblicken sagte er:

»Gut, ich stimme zu. Von mir aus können wir den Raum nutzen. Sie haben sicher recht in der Annahme, dass dorthin niemand findet und dass dieses Schloss den Pater davon abhält, zu schnüffeln. Aber für mein Einverständnis habe ich dann auch etwas gut bei Ihnen!«, sagte Röschlaub und beugte sich grinsend nach vorne.

»Ich ahne, was jetzt kommt«, seufzte Gönner.

»Sie ahnen wahrscheinlich richtig!«, konterte Röschlaub, »wir müssen mit der Verleihung der Ehrendoktorwürde an den großen Philosophen Schelling ein Zeichen setzen! Das habe ich Ihnen ja schon ausgiebig erklärt. Für die Fortschrittlichkeit dieser Universität. Außerdem erregen wir damit einige Aufmerksamkeit und das kann dieser Einrichtung hier in der Provinz sicher nicht schaden!«

Gönner holte tief Luft und atmete zur Beruhigung langsam wieder aus.

»Gut, in Ordnung«, sagte er nach einigen Augenblicken absichtlich ruhig und langsam, »ich werde mich darum kümmern! Aber erst nach dem Fest! Vorher habe ich dazu keinen Nerv!«

»Gut«, nickte Röschlaub, »das kann ich verstehen. Aber würde es nicht passen, wenn Sie die Verleihung dieser Würde am letzten Tag des Festes bekannt geben? Sozusagen als Höhepunkt?«, Röschlaub sah Professor Gönner strahlend an.

»Lieber Kollege«, erwiderte Gönner leicht genervt, »es wird einen Höhepunkt bei diesem Fest geben, das kann ich Ihnen schon einmal ankündigen! Da würde die große Ehre für Ihren Philosophen untergehen und das wollen wir doch beide nicht, oder? Aber ich will sehen, was sich machen lässt. Aber seien Sie dann bitte nicht enttäuscht, wenn etwas anderes Ihre Sache überstrahlt!«

»Das ist mir egal«, antwortete Röschlaub, »Hauptsache, das kommt in Gang. Mir reicht die Ankündigung an diesem Tag vollends aus, werter Herr Rektor! Wir können den verehrten Meister dann zur Überreichung der Urkunde bei einer eigenen Feierstunde ehren!«

»Meinetwegen«, brummte Gönner zustimmend, »das können wir gerne machen.«

»Gut«, nickte Röschlaub zufrieden, »dann wäre dieses Thema erledigt. Wann wird unser Gast einziehen?«

Gönner stand erleichtert auf.

»Sofort. Ich habe den Kommissär angewiesen, um Mitternacht an den Hinterausgang zu kommen. Sie können in der Zwischenzeit den Raum vorbereiten, ich verlasse mich da ganz auf Ihre werten medizinischen Fachkenntnisse.«

»Nun Herr Kollege, selbige sollten wohl eher den Lebenden zugutekommen, als den Verstorbenen«, grinste Röschlaub schief und erhob sich ebenfalls.

»In diesem Fall leider den Letzteren«, brummte Gönner.

»Ach ja, eine Frage hätte ich da noch«, erwiderte Röschlaub, »wie bringen Sie denn unseren Gast hier in seine vorübergehende Behausung? Auf den eigenen Beinen wird er es wohl nicht mehr schaffen.«

»Da wird sich der Kommissär Gedanken machen, ich kann mich nicht um alles kümmern!«

»Na schön, dann werde ich alles herrichten«, sagte Röschlaub resignierend.

»Ich gehe jetzt in mein Zimmer und nutze die Zeit, ein wenig zu arbeiten, nach Hause gehen rentiert sich wohl nicht. Wir sehen uns später!«, sagte Gönner.

»Sehr wohl Herr Rektor!«, erwiderte Röschlaub zackig.

»Danke, wir sind hier nicht beim Militär«, erwiderte Gönner und fügte dann grinsend an: »Haben Sie eigentlich Ihren Schock schon überstanden?«

»Was für einen Schock meinen Sie?«, entgegnete Röschlaub erstaunt.

»Na, wir sind ja hier in Altbayern. Sie wurden in Bamberg geboren. Die Einheimischen betrachten Sie doch als Ausländer! Sie haben sich doch vor kurzem sehr darüber beklagt!«

»Darf ich Sie daran erinnern Herr Kollege«, konterte Röschlaub, »dass wir beide aus derselben Geburtsstadt kommen? Haben Sie das etwa vergessen?«

»Nein«, lachte Gönner, »meine Heimatstadt vergesse ich

nicht! Ich habe mich auch nicht über solche Aussagen beschwert und ich kann mich nicht erinnern, dass selbige mir gegenüber gemacht wurden, als ich hier ankam!«

»Nicht?«, fragte Röschlaub erstaunt, »das wundert mich! Warum macht man da so einen Unterschied?«

»Tja, mein lieber Professor Röschlaub, das liegt wohl in Ihrer Natur. Ihr Ruf scheint ihnen vorausgeeilt zu sein. Das macht wohl den Unterschied!«

»Wenn Sie weiter solche Dinge behaupten, Herr Kollege, werde ich mich an meinen Ruf erinnern und mir die Sache mit dem Einzug des Kollegen Schmidbauer noch einmal überlegen!«, knurrte Röschlaub erbost.

»Lassen Sie es gut sein, mein lieber Röschlaub, bis später«, entgegnete Gönner, drehte sich um und verließ den Raum. Er war sehr darauf bedacht, nicht zu viel Wind zu machen und den wackligen Papier- und Bücherbergen aus dem Weg zu gehen.

Kapitel 12

Er schaffte es gerade noch sich zu verstecken. Was suchte dieser arrogante Rektor hier mitten in der Nacht im Kloster? Nicht genug, dass diese Professoren und Studenten die Ruhe und den Frieden des Klosters am Tag kaputt gemacht haben, auch in der Nacht treiben sie sich jetzt hier herum! Dieser Mediziner rumort im Keller und der Rektor schleicht über die Gänge! Diese eingebildeten Professoren machten sich in seinem Kloster breit und hatten die Brüder vertrieben, hatten deren und sein Leben zerstört! Er beobachtete den Rektor, wie er sein Studierzimmer aufschloss. Das waren einmal die Zimmer des Abts! Dieser Kerl belegt ganz unbekümmert die heiligen Räume mit seinen Büchern, die nur dem Antichrist huldigen und der heiligen Mutter Kirche die Seele aus dem Leib reißen!

Seine Hand krallte sich in die Mauer, bis kleine Stücke Putz auf den Boden rieselten und ein leises, aber in der Stille der Nacht weit hörbares Geräusch verursachten. Der Rektor drehte sich um und sah kurz in seine Richtung, schien ihn aber nicht zu sehen. Dann öffnete der Professor die Tür, ging in den Raum, zog die Tür hinter sich zu und drehte den Schlüssel um.

Er wartete einige Augenblicke. Dann verließ er sein Versteck und schlich leise vor die Tür zu Professor Gönners Räumen. Irgendwann zahle ich es euch allen heim, dachte er böse und ballte die Fäuste. Er machte kehrt und ging zum Kellerabgang. Leise stieg er die ausgetretene, aus Backsteinen gemauerte Treppe nach unten. Die Tür zu den großen Kellerräumen unter dem Frontgebäude des Klosters war geöffnet und er hörte den Medizinprofessor arbeiten.

Sein Nacken verkrampfte sich und seine Muskeln spannten sich an. Sein Puls beschleunigte, er schwitzte, und leise tappte er in Richtung des Lichtscheins, der von den Laternen im Zimmer auf den dunklen Gang geworfen wurde. Ein paar Schritte noch, dann ... Er spürte eine Hand auf seiner Schulter und blieb wie angewurzelt stehen.

»Komm Benedikt, lass gut sein!«, sagte eine sanfte Stimme leise, »lass es gut sein und komm mit mir nach oben!«

Kapitel 13

»Nein, ich weiß ned, wo dein Freund is, wie oft soll ich des noch sagen!« schrie Wachtmeister Schnabelmeier und funkelte den eingeschüchterten Studenten aufgebracht an. Der junge, dünne Mann hatte die abendliche Routine Schnabelmeiers gestört, zu welcher sich der Wachtmeister gerade in seiner Wachstube neben dem Zellentrakt niedergelassen hatte und ihn dadurch ziemlich verärgert.

Der Student stand zitternd vor dem großen, dicken, grantelnden Wachtmeister des Gefängnisses in der Spiegelgasse und ließ nervös seine Studentenkappe in den Händen kreisen.

»Ja, aber er war doch hier, vorletzte Nacht und ...« stammelte der junge Mann, wurde aber von Schnabelmeier brüsk unterbrochen:

»Ja, vorletzte Nacht, erinner' mich nicht daran! Immer wieder kommt's Ihr Studenten zu mir und ich hab einen Haufen Arbeit mit Euch!«

Seit der neue Kommissär in der Stadt war, hatte die Zahl der jungen Übernachtungsgäste sprunghaft zugenommen. Die Polizei führte mehrmals in der Woche Kontrollen in den Tavernen durch und lieferte dann angetrunkene Studenten in seinem Gefängnis zur Ausnüchterung ab. Das bedeutete für ihn mehr Arbeit und vor allem eine Störung seines bisher ruhigen Lebens. Zudem hatten diese neuen Gäste seinen Freund Rudi vertrieben. Rudi war ein mehr oder weniger obdachloser Säufer, der einige Male von den Gendarmen eingebuchtet wurde, Gefallen daran fand und immer wieder freiwillig zu Schnabelmeier kam. Er lockerte seinen oft langweiligen und trostlosen Alltag auf, außerdem war er den geistigen Getränken ebenso wie der Wachtmeister nicht abgeneigt. Die beiden hatten sich angefreundet und genossen es, die Lage der Welt im Allgemeinen und selbige in ihrer Heimatstadt im Speziellen zu diskutieren. Nach diesen Beratungen kam es nicht selten vor, dass Rudi in einer der Zellen übernachtete, weil er zum Verlassen der Wachstube auf seinen Beinen nicht mehr fähig war und so gehörte er mehr oder weniger bereits zum Inventar. Doch selbst ihm war der neue Rummel mittlerweile zu viel geworden und seit ein paar Tagen war er wie vom Erdboden verschluckt.

Schnabelmeier ließ sich seufzend in seinen geliebten Sessel fallen und griff nach seinem Weinhumpen, den er kurz vorher in Erwartung eines angenehmen Abends gefüllt und auf dem kleinen Tisch neben dem Sessel gestellt hatte. Er nahm einen tiefen Schluck, ließ ein tiefes »Ahhh« folgen. Dann stellte er den Humpen zurück, lehnte sich nach vorne und schaute den Studenten interessiert an.

»Du kommst mir a bisserl bekannt vor! Du warst vorletzte Nacht auch dabei, oder?«

»Ja, zusammen mit meinem Freund, Arnold Brombach, aber ich bin da so reingerutscht, ich trink normalerweise nicht und ...«

»Ach geh«, unterbrach ihn Schnabelmeier mit einer heftigen Handbewegung und ließ sich in den Sessel zurückfallen, »des is mir doch wurscht, ich hab nix dagegen, wenn man was trinkt! Ihr Studiosen habt's doch nur des Pech, dass der Wirschinger so ein harter Hund is!«

»Ja, der ist immer sehr hinter uns her, da kann man sich bald gar nichts mehr erlauben!«, erwiderte der Student und verzog schräg grinsend sein Gesicht.

Schüchtern trat er langsam näher an Schnabelmeier heran.

»Wie gesagt, is' mir wurscht! Was glaubst, was wir früher alles gesoffen haben!«, lachte Schnabelmeier laut, schlug sich mit den Händen auf die Oberschenkel und griff dann nach seinem Weinhumpen.

»Willst auch einen Schluck?« fragte er den Studenten und hielt ihm den Humpen entgegen.

»Nein, danke«, entgegnete der Student abwehrend.

»Na gut, dann bleibt's mir!» grinste Schnabelmeier und setzte den Humpen wieder ab. Er beugte sich wieder nach vorne und sah den Studenten fragend an.

»Was willst jetzt eigentlich genau bei mir? Und wie heißt du eigentlich?«

»Breitling, mein Name ist Ferdinand Breitling. Ich bin ein Kommilitone von Arnold Brombach und der ist verschwunden. Da wollte ich bei Ihnen nachsehen, vielleicht ist er ja noch hier!«

Schnabelmeier stand ächzend auf und deutete in den Zellengang, welcher in der Mitte der Wand neben seinem Sessel abging.

»Kannst gern nachschaun in jeder Zelln, ob dein Kommodings noch da is! Mir is beim Saubermachen nix aufgefallen, dass sich noch einer versteckt hätt!«

»Ja entschuldigen Sie, Herr Wachtmeister, ich habe halt gedacht, vielleicht ist er noch hier. Zuhause war er nicht und in den Vorlesungen heute war er auch nicht!«

»Dann wird er halt scho wieder in irgendeiner Taverne sitzen und saufen!«, lachte Schnabelmeier und hielt sich den wackelnden Bauch, über den sich die fleckige Uniformjacke gefährlich eng spannte und die Knöpfe Anstalten machten, in die Welt hinaus zu springen.

Während Breitling verstohlen in den Zellentrakt lugte, schlurfte Schnabelmeier zu seiner alten, wackligen Anrichte, um sich eine Prise Schnupftabak zu genehmigen. Er griff nach der hellblauen Keramikflasche, zog den dicken Korken heraus und schüttete sich eine große Portion »Schmei« auf den Rücken der linken Hand. Mit zwei lauten, langen Zügen zog er den Tabakberg abwechselnd in die Löcher seiner enormen Hakennase. Er schloss die Augen atmete erleichtert und tief ein und lächelte dabei selig. Die Auswirkung des Tabak Genusses ließ nicht lange auf sich warten und ein heftiger Niesanfall erschütterte den Wachtmeister. Schnell griff er in seine Hosentasche und konnte dem Anfall gerade noch mithilfe eines großen, roten und sehr dreckigen Taschentuches Einhalt gebieten.

Schnabelmeier blickte mit leicht tränenden Augen auf seinen Besucher, der durch das ungewohnte, laute Geräusch zusammen gezuckt war. Breitling beobachtete ihn angewidert dabei, wie er das dreckige Tuch wieder in seine Hose stopfte. Der Wachtmeister hielt dem Studenten die Schnupftabakflasche unter die Nase und fragte grinsend:

»Willst auch eine Pries' Schmei?«

Breitling schüttelte angeekelt den Kopf und rümpfte die Nase.

»Dann halt ned«, brummte Schnabelmeier, steckte den Korken wieder in die Flasche und stellte sie zurück auf die Anrichte. Er ging zum Sessel zurück und ließ sich wieder fallen.

»Haben Sie denn gesehen, ob Arnold abgeholt wurde?«, fragte Breitling vorsichtig.

»Bürscherl, du warst doch auch da, ich hab Euch doch alle miteinander rausgeschmissen in der Früh. Ich kann mich ned persönlich um jeden kümmern!«

»Ja, aber Arnold war der Letzte, der ging, er ist dann zurückgeblieben und da dachte ich ...«

»Jetzt hör mal zu Bürscherl«, schnaubte Schnabelmeier und seine Gesichtsfarbe begann sich zu verdunkeln, »ich hab dir schon gesagt, dass ich jetzt nix mehr weiß! Vielleicht is er scho wieder daheim, oder er hat ein Madl, bei der er übernachtet hat!«

Der Gedanke an solch amouröse Dinge ließ den Wachtmeister lachend erzittern und er nahm grinsend einen Schluck aus dem Humpen.

»Nein, ein Mädchen hat er nicht!«, protestierte Breitling, »wir sind seit längerem befreundet, das wüsste ich!«

»Ich kann dir nicht weiterhelfen!«, schnaufte Schnabelmeier genervt und schloss die Augen, »Du gehst jetzt am besten wieder heim, schaust nochmal in der Wohnung von deinem Freinderl vorbei, vielleicht is ja scho alles gut, gell? Ich brauch jetzt mei Ruh!«

Schnabelmeier stand auf und deutete auf die Tür. Breitling setzte sich seine Kappe auf den Kopf und deutete eine Verbeugung an.

»Ja, danke Herr Wachtmeister, ich will Sie auch nicht länger belästigen! Danke für ihre Hilfe und wenn Arnold hier vorbeikommen sollte, sagen Sie ihm, er soll zu mir kommen!«

»Ja, mach ich, Bürscherl! Jetzt schleichst dich in dein Bett und keine Sauferei heut Abend, gell?«

»Nein, nein, keine Angst! Danke, Herr Wachtmeister, auf Wiedersehen!«

Breitling drehte sich um und verließ den Wachraum.

Schnabelmeier schloss hinter ihm die Tür und schlurfte zu seinem Sessel zurück.

Endlich hatte er seine Ruhe. Er warf einen Blick auf die alte Standuhr und atmete erleichtert auf. Heute Abend war wohl nicht mehr mit einer neuen Lieferung angetrunkener Studenten zu rechnen. Er konnte die jungen Leute ja auch verstehen. Sie wollten feiern, ein wenig trinken und lustig sein. Das wurde ihnen von diesem neuen Kommissär zusehends vergrault und ihm damit die bisherige Ruhe in seinem Gefängnis. Diese gedachte er sich heute nicht weiter stören zu lassen. Zum Abschluss des Tages würde er sich ein schönes Pfeifchen genehmigen. Er bereitete alles vor und vergaß auch nicht, den Weinhumpen wieder aufzufüllen. Er zündete eine zweite Laterne an und drehte den Schlüssel zur Außentür um. Der Erholung stand nichts mehr im Wege. Seufzend ließ er sich wieder in den Sessel fallen, steckte sich die Pfeife in den Mund und nahm sich vor, an diesem Abend nicht mehr aufzustehen.

Kapitel 14

Wirschinger und Richter waren pünktlich. Die Turmuhr von St. Martin schlug zwölf Uhr Mitternacht, als sie die schwarze Kutsche vor dem Hintereingang der Universität zum Stehen brachten. Gönner und Röschlaub hatten das Eintreffen der beiden bereits erwartet. Gönner nickte dem Kommissär zu.

»Ist alles gut gegangen?«, fragte er.

»Ist es«, antwortete Wirschinger, »niemand hat uns gesehen«.

»Gut. Dann bringen Sie die Leiche herein. Professor Röschlaub, gehen Sie bitte voraus.«

Röschlaub nickte, drehte sich ohne ein Wort zu sagen um und ging mit einer Laterne in der Hand voraus in den Keller. Wirschinger ging zu Richter an die Kutsche und die beiden Gendarmen trugen die Leiche nach unten in den kleinen, am Ende des Kellers liegenden Raum. Dort legte man sie auf die vorbereitete Pritsche. Die Gendarmen hatten sie in eine dicke Schicht von weißen Bettlacken eingewickelt, Ähnlichkeiten mit einer ägyptischen Mumie waren nicht von der Hand zu weisen. Die Laternen, die Röschlaub aufgestellt hatte, warfen ein schauriges Licht in den kalten und feuchten Gewölberaum. Gedankenverloren standen die Herren noch kurz vor dem weißen Bündel, bis sich Gönner abrupt umdrehte und Richter die rechte Hand hinstreckte.

»Entschuldigen Sie, Gendarm Richter? Professor Gönner, mein Kollege Röschlaub«.

Richter drückte Gönners Hand und nickte kurz zu Röschlaub.

»Guten Abend, die Herren Professoren. Tut mir leid, dass wir uns unter diesen Umständen kennenlernen!«

»Das kann man sich manchmal nicht aussuchen«, nickte Gönner, »ich danke Ihnen jedenfalls, dass Sie geholfen haben!«

»Selbstverständlich, Herr Professor!«, antwortete Richter.

Gönner richtete seinen Blick wieder auf die eingewickelte Leiche, atmete einmal tief durch und wandte sich dann zur Tür.

»Professor Röschlaub, Sie kümmern sich um das Wohl unseres Kollegen!«

Gönner vergrub seine rechte Hand in seinen Mantel und zog ein schweres Vorhängeschloss heraus, »das dürfte die beiden Hausgeister davon abhalten, allzu neugierig zu sein!«

Die Männer verließen den Raum. Röschlaub brachte das Schloss an, schloss ab und drückte Professor Gönner einen der beiden Schlüssel in die Hand.

»Hier Herr Kollege, falls Sie den Verblichenen einmal besuchen wollen!«, sagte er süffisant.

Gönner nahm den Schlüssel an sich und sagte mit einem schiefen Lächeln:

»Danke Herr Professor Röschlaub, zu gütig, ich werde mich dann schön an Ihnen vorbeischleichen ...«

»Tun Sie das und vergessen Sie dabei Pater Konrad nicht! Gehen Sie ihm am besten die nächste Zeit aus dem Weg. Ich komme dann mal die nächsten Tage zu Ihnen auf ein Gläschen Wein, dann können Sie mir erklären, was Sie weiter vorhaben.«

»Das freut mich!«, antwortete Gönner seufzend und wandte sich an Wirschinger:

»Danke Herr Kommissär für Ihre und Richters Hilfe. Ich gehe jetzt nach Hause und schlage vor, wir treffen uns morgen Mittag in meiner Wohnung, wenn es Ihre Zeit erlaubt.«

»Auf alle Fälle, Herr Professor!«, nickte der Kommissär, »die Sache muss so schnell wie möglich aufgeklärt werden.«

»Da haben sie Recht!«, erwiderte Gönner und setzte eine sehr ernste Miene auf. »Nun meine Herren, ich wünsche Ihnen eine gute Nacht, kommen Sie gut nach Hause und bitte zu niemanden ein Wort!«

Die beiden Gendarmen nickten, verabschiedeten sich, man stieg die Treppe hinauf und die beiden Polizisten fuhren mit der Kutsche davon. Gönner reichte Röschlaub kurz die Hand, der noch einmal in den Keller gehen wollte und verließ die Universität ebenfalls über den hinteren Ausgang. Er ging ohne Umwege nach Hause. In seinem Studierzimmer stand eine Tasse kalten Tees. Daneben lag ein Zettel mit einer Notiz seiner Haushälterin, dass Professor Schmidbauer während Gönners Abwesenheit nicht gekommen sei. Gönner knüllte den Zettel seufzend zusammen und nippte an dem kalten, bitter schmeckenden Tee.

Kapitel 15
26. Mai 1802

Am nächsten Morgen hatte Gönner keine Vorlesung zu halten. Stattdessen musste er sich um administrative Aufgaben der Universität kümmern, was er abgrundtief hasste. Besonders diese kleinkrämerischen Vertreter der Bürgerschaft raubten ihm den letzten Nerv. Gönner setzte sich an den Schreibtisch und sammelte die Dokumente zusammen, die er an der Universität benötigte. Ein Schreiben des städtischen Magistrats zog seine Aufmerksamkeit auf sich. Es zeigte deutlich, dass die Stadtoberen mit dem Einzug der Universität einfach noch nicht zurechtgekommen waren. Man beschwerte sich darin über den Druck auf den Wohnungsmarkt der Stadt und über die›zu lauten Studenten‹ generell.

Das plötzliche Auftauchen vieler junger Menschen, der doch etwas elitäre Professorenkreis und alle damit verbundenen Probleme überforderten so manch geistigen Horizont in hohen Maßen, dachte Gönner und warf das Dokument ärgerlich zurück. Natürlich war die Wohnungsnot ein Problem, die Konflikte der Studenten mit den hiesigen Bürgersöhnen – und -töchtern, waren nicht zu übersehen. Die Auseinandersetzung mit der konservativen Grundeinstellung der Bevölkerung und den alteingesessenen Honoratioren mit den neuen, aufklärerischen Gedanken forderte einiges an Verhandlungsgeschick. Zumal sich die Professoren auch untereinander des Öfteren in die Haare gerieten. Er schloss die Augen und lehnte sich zurück. Sein Hass auf die bürokratischen Zwistigkeiten kroch wieder in ihm hoch. Er dachte mit Grausen an ein bevorstehendes Treffen mit einem Vertreter der Bürgerschaft, einem Herrn Obernburger, alteingesessener Bürger der Stadt. Seit dem Mittelalter stellte diese Familie immer wieder wichtige Persönlichkeiten, Kaufmänner allesamt. Sehr auf das Wohl der Stadt und natürlich besonders auf das eigene bedacht. Dieser Herr kämpfte aus Leibeskräften gegen die Universität und Gönner hatte immer wieder alle Hände damit zu tun, ihn zu besänftigen. Obwohl Obernburger doch seine Freude daran hatte, mit der neuen Einrichtung in der Stadt Geschäfte zu machen. Wenn Obernburger über das Geschehene etwas erfahren würde, wäre dies ein ganzer Sturzbach auf seine Mühlen.

Zudem nervte ihn ein letztes Überbleibsel der Vergangenheit. Dieser kleine, runde Pater Konrad und sein unbeholfener Helfer oder was immer diese Person auch darstellen sollte. Es gab nicht wenige Professoren und Studenten, die Angst vor dem großen Gehilfen des Paters hatten. Der Pater ließ sich seine Kenntnis der Anlage mit jedem Wort heraushängen.

Er machte keinen Hehl daraus, dass er die Universität und ihre Professoren, besonders Gönner persönlich, für die Schließung und Verlegung des Klosters verantwortlich machte. In seinen Augen war Gönner offensichtlich an der gesamten Säkularisation schuld. Der Pater schnüffelte in Dingen herum, die ihn nichts angingen. Gönner hatte ihn sogar in Verdacht, dass er des Nachts in seine Räume eindrang. Aus diesem Grund hatte er das Schloss an der Tür zu seinem Studierzimmer auswechseln lassen und achtete penibel darauf, immer abzuschließen.

Bevor sich der Professor weiter in diese negativen Gedanken verstricken konnte und ein morgendliches Aufflammen der Magenschmerzen riskierte, nahte Rettung in Person seiner Haushälterin. Sie verkündete, dass das Frühstück angerichtet sei. Gönner erhob sich erleichtert und ging ins Speisezimmer.

Nachdem er das wie immer für den Start in den universitären Alltag bestens passende Frühstück zu sich genommen und alle Ausforschungsversuche seitens Frau Gruber abgewehrt hatte, machte er sich auf den Weg zur Universität.

Gerade, als er sein Studierzimmer aufsperren wollte, fiel ihm siedend heiß ein, dass er noch die Legende von der Abwesenheit Schmidbauers verbreiten musste. Er machte sich sogleich auf den

Weg in das Rektorat und gab dort bekannt, dass der Kollege Professor Schmidbauer ihm gestern Abend noch eine Nachricht zukommen hatte lassen, wonach er unverzüglich die Stadt verlassen musste, weil sein Bruder plötzlich verstorben sei. Er müsse sich um dessen Frau und die unmündigen Kinder kümmern, diese mussten versorgt werden. Wann er zurückkommen würde, könne nicht gesagt werden. Gönner wies die zuständigen Mitarbeiter an, die Vorlesungspläne entsprechend umzuarbeiten. Zunächst für einen Zeitrahmen von sechs Wochen, dann würde man weitersehen. Er hörte die Mitarbeiter von einem Studenten reden, der heute schon den zweiten Tag nicht zu den Vorlesungen gekommen war, es herrsche wohl wieder eine Erkrankungswelle, meinte einer der Herren. Gönner hörte nur mit halbem Ohr zu, er war mit seinen Gedanken bereits wieder bei der Arbeit, die in seinem Studierzimmer wartete.

Dort endlich angekommen, verrichtete er seine anstehenden Tätigkeiten in einer wieder ansteigenden, missmutigen Laune. Er konnte sich nicht konzentrieren, zu sehr wanden sich seine Gedanken um den toten Kollegen und wer ihn wohl auf dem Gewissen hatte. Er konnte es gar nicht erwarten, bis die Mittagsstunde hereinbrach und er nach Hause gehen konnte.

Er verschloss seine Räume und ging die breite, mit dicken Holzbohlen belegte Treppe nach unten zum Ausgang. Im Erdgeschoss, wo die meisten der Hörsäle lagen, hörte er eine aufgeregte Stimme. Auf dem letzten Treppenabsatz blieb er stehen und lauschte. Nach einigen Augenblicken war er sich sicher, dass es sich um die Stimme Professor Feßmaiers handelte, die über den Flur hallte und immer aufgeregter wurde. Gönner beschloss, der Sache auf den Grund zu gehen. Er ging den Flur entlang und bog um die rechte Ecke.

Weiter vorne, in der Mitte des Ganges, lehnte Professor Feßmaier schwer atmend an der Wand. Auf dem Boden lagen verstreut verschiedene Papiere. Gönner eilte zu ihm.

»Was ist passiert, Herr Kollege?«, fragte er den bleichen und sehr erschrocken aussehenden Professor, »geht es ihnen nicht gut? Sind Sie krank?«

»Danke, Herr Rektor«, stammelte Feßmaier und lockerte seinen Kragen, »es geht schon wieder. Dieses Ungetüm hat mir nur einen gehörigen Schreck eingejagt!«

»Ungetüm?«

»Ja, dieses Ungetüm von Klostergehilfen, der hier mit dem Pater haust! Ich kam aus dem Hörsaal, habe noch einmal einen Blick zurück in den Raum geworfen und als ich mich umgedreht habe, stand plötzlich dieser Kerl direkt vor mir und hat mich böse angefunkelt! Was glauben Sie, wie ich mich erschrocken habe! Ich stand kurz vor einem Herzanfall!«

Feßmaier stemmte sich schwer atmend von der Wand ab und strich seinen Gehrock gerade. Gönner hob derweilen die auf dem Boden verstreuten Unterlagen auf und reichte sie ihm.

»Danke, Herr Kollege«, sagte Feßmaier, »Sie müssen unbedingt zusehen, dass wir dieses Ungetüm loswerden! Ich fühle mich hier nicht sicher! Die Kollegen Schmidbauer und von Schrank haben schon ähnliche Erfahrungen gemacht!«

»Ich werde mich darum kümmern und mit Pater Konrad sprechen, Herr Kollege«, nickte Gönner.

»Das sollten Sie, Herr Kollege, das sollten Sie in der Tat! Dieses Monster ist wirklich Furcht einflößend! Irgendwann bringt uns der noch alle um!«

Feßmaier raffte seine Papiere, die er unter dem linken Arm trug, fester zusammen und marschierte kopfschüttelnd Richtung Ausgang. Gönner sah ihm erschrocken nach. Die letzten Worte des Kollegen bohrten sich in seine Gedanken. Hatte Feßmaier da gerade unbewusst einen Verdächtigen genannt?

Kapitel 16

Kommissär Wirschinger hatte seinen Dienst trotz der nächtlichen Ereignisse pünktlich begonnen. Mit dunklen Augenringen saß er an seinem Schreibtisch. Seine Gedanken kreisten um das Geschehene und er fragte sich, ob seine Zustimmung, die Sache nach Professor Gönners Vorstellung zu regeln, die richtige war. Aber daran ließ sich wohl zum jetzigen Zeitpunkt nichts mehr ändern. Zumindest musste er über diese Sache keinen Bericht schreiben, dachte er erleichtert. Richter war zur gleichen Zeit in der Wache aufgetaucht, allerdings schien er die Ereignisse besser überstanden zu haben. Nach den ersten Gesprächen mit den Kollegen ergab sich schließlich endlich Gelegenheit, dass die beiden unter vier Augen in Wirschingers Zimmer ein Gespräch führen konnten.

»Schließen Sie die Tür, Richter«, sagte Wirschinger, »die Kollegen müssen nicht hören, was wir besprechen.«

Richter tat wie geheißen und setzte sich dann vor Wirschinger an den Tisch.

»Was halten Sie von den gestrigen Ereignissen?«, fragte Wirschinger.

»Ich weiß nicht, Herr Kommissär. Das war schon sehr erschreckend. Ich kann mir nicht vorstellen, wer diesen Professor ermordet hat.«

Wirschinger öffnete eine Schublade seines Schreibtisches und holte ein kleines Bündel heraus. Er wickelte es aus und betrachtete den Inhalt. Das große Messer war blutverkrustet, selbst der Griff war vollkommen verschmiert. Er schob seine Finger unter das Laken, umfasste den Griff am hinteren Ende und hob das Messer in die Höhe.

»So wie dieses Messer aussieht, deutet wohl alles auf Affekt hin. Auf Wut und Raserei! Ich denke nicht, dass der Mörder mit der Absicht, den Professor zu ermorden, in dessen Wohnung gekommen war. Dann hätte ein Stich ausgereicht und diese ganze Sauerei wäre nicht passiert!«.

Angewidert legte er das Messer auf das Laken zurück.

»Das denke ich auch«, nickte Richter, »aber was wollte der Mörder dann bei ihm? Haben die beiden gestritten und der Streit ist eskaliert?«

»Der Mörder wird Schmidbauer auf alle Fälle mit einer gehörigen Wut im Bauch besucht haben, das nehme ich doch an. Ohne diese Grundlage wäre es sicher nicht zu einer solchen Eskalation gekommen. Er wollte ihn zur Rede stellen, etwas besprechen ...«

Wirschinger betrachtete das Messer und zwirbelte dabei seinen Schnurrbart. Schließlich riss er seinen Blick los und wandte sich an Richter.

»Ich denke, wir sollten bei unseren Ermittlungen mit den Studenten beginnen. Vielleicht hat gab es hier Probleme.«

»Das werden wir ohne Professor Gönner nicht machen können.«

»Das ist klar. Das war auch Teil unserer Abmachung.«

»Ich hoffe, Sie werden bei diesen Gesprächen mit den Studenten dabei sein, Herr Kommissär!«

Richter hob seinen Kopf und sah seinen Vorgesetzten bei diesen Worten eindringlich an.

»Darauf können Sie sich verlassen, Richter!«, brummte Wirschinger und lehnte sich nach vorne, »der Herr Professor hat zu sehr Angst, dass ich in dieser Sache doch noch den offiziellen Weg einschlage! Aber das werden wir sehen. Ich schlage vor, Sie gehen nachmittags in Schmidbauers Wohnung und schauen sich bei Tageslicht noch einmal um, das kann nicht schaden. Vielleicht erfahren Sie auch etwas bei den anderen Bewohnern des Hauses. Aber bitte die Legende von Einbruch und Abreise des Professors beachten!«

Wirschinger griff in die offene Schublade und gab Richter den Schlüsselbund.

»Selbstverständlich, Herr Kommissär«, antwortete Richter und stand auf. Wirschinger erhob sich ebenfalls.

»Wir sehen uns dann vor Dienstschluss wieder. Ich besuche Professor Gönner heute nach dem Mittagessen, vielleicht hat er bereits eine Idee.«

Richter salutierte und verließ den Raum. Wirschinger setzte sich wieder und betrachtete angewidert das Messer auf seinem Schreibtisch. Er konnte sich nicht vorstellen, was für eine tiefe Wut einen Menschen zu so einer Tat fähig sein ließ. Der Täter musste auch sich selbst ziemlich besudelt haben. Er wickelte die Tatwaffe wieder sorgfältig in das Laken. Er verstaute das Bündel in seinem Schreibtisch, schloss die Schublade ab und steckte den Schlüssel in seine Uniformjacke.

Kapitel 17

Gönner nahm in aller Ruhe sein Mittagessen ein und widerstand alles Versuchen seitens seiner Haushälterin, ihn auszuforschen. Er erzählte ihr lediglich die Legende vom plötzlich verstorbenen Bruder des Professors. Frau Gruber schien sich damit zufriedenzugeben, auch wenn sie über das Vorhandensein eines Bruders nachzugrübeln schien.

Nach dem Essen legte sich Gönner kurz auf das Kanapee in seinem Studierzimmer und hatte einen kurzen, aber tiefen Schlaf. Er hatte in seiner Zeit in Bamberg gelernt, für kurze Zeit in einen erholsamen Tiefschlaf zu fallen. Dies regte die Geistestätigkeit an und ließ ihn den Rest des Tages in guter Frische durchstehen. Frau Gruber hatte den Auftrag, ihn zur richtigen Zeit zu wecken. Nicht dass dies nötig gewesen wäre, aber heute wollte er auf Nummer sicher gehen. Selbstverständlich erledigte Frau Gruber ihre Aufgabe pünktlich.

Gönner setzte sich an seinen Schreibtisch und wartete auf den Kommissär. Seine Gedanken begannen um den Zustand der Leiche und deren Aufbewahrungsort zu kreisen. Plötzlich schlug er sich mit der Hand an die Stirn. Er hatte völlig vergessen, eine Untersuchung der Leiche zu veranlassen. Ein Anfängerfehler dachte er, eine Untersuchung der Leiche hätte er natürlich noch mit Röschlaub besprechen müssen. Dessen Meinung zu den Stichverletzungen würde ihn natürlich brennend interessiert. Er ärgerte sich über seine Nachlässigkeit.

Gerade, als er überlegte, wie er den Kollegen dazu animieren konnte, meldete Frau Gruber das Eintreffen des Kommissärs.

Als Wirschinger stramm in das Arbeitszimmer marschierte, stand Gönner auf und streckte ihm die Hand entgegen.

»Kommissär Wirschinger, willkommen!«, sagte Gönner und bemühte sich, seine Stimme so angenehm wie möglich klingen zu lassen.

Wirschinger packte Gönners Hand fest und sagte: »Herr Professor Gönner! Schön, dass Sie Zeit haben, meinen Namen komplett aussprechen!«

»Freuen Sie sich nicht zu früh!«, sagte Gönner und wandte sich zu seiner interessiert im Raum stehenden Haushälterin: »Danke Frau Gruber, wir benötigen Sie einstweilen nicht mehr.«

Frau Gruber deutete einen Knicks an, setzte ein mürrisches Gesicht auf und verließ den Raum.

»Bitte setzen Sie sich«, sagte Gönner und deutete auf einen Sessel, der neben dem Kanapee an einem kleinen Tisch stand. Er setzte sich auf sein vorheriges Schlafgemach. Wirschinger ließ seinen Blick durch den Raum schweifen.

»Ein schönes Studierzimmer haben Sie, Herr Professor! So viele Bücher auf einmal sieht man selten«, sagte er beeindruckt und nahm dann Platz.

»Ich weiß ja nicht, wie es Ihnen nach der letzten Nacht ergangen ist, aber ich habe sehr lange gebraucht, um einzuschlafen. Das war doch eine sehr ungewöhnliche und schockierende Sache«.

Er lehnte sich seufzend zurück. Gönner ließ Wirschinger etwas in den Gedanken der letzten Nacht grübeln und dachte an seine eigenen Schwierigkeiten, Ruhe zu finden.

»Das war es in der Tat Herr Kommissär, und glauben Sie mir, ich fand es ebenso schockierend wie Sie«, erwiderte er schließlich. »Aber nichtsdestotrotz müssen wir uns Gedanken über die Lösung des Falles machen, was nicht einfach wird.«

»Dieses wir«, erwiderte der Kommissär ein wenig verschlafen und gähnte dabei ausgiebig, »macht mir immer noch Probleme, genauso wie Ihr Vorschlag, dass Sie das alles im Geheimen abwickeln wollen. Aber zumindest bin ich heute zu müde, um mich darüber aufzuregen!«

»Dann habe ich ja Glück gehabt!«, konterte Gönner gespielt erleichtert, »wir sind nach dieser Sache gestern einander ausgeliefert, das können weder Sie noch ich jetzt ändern. Machen wir das Beste daraus!«

»Da haben Sie wahrscheinlich Recht, Herr Professor«, nickte Wirschinger, streckte sich und richtete sich ein wenig auf, »wir haben übrigens gestern im Schlafzimmer die Tatwaffe gefunden. Es handelt sich um ein großes Messer. Ich denke nicht, dass es der Täter mitgebracht hat.«

»Das würde dann wohl eine Tat im Affekt bedeuten«, nickte Gönner.

»Das denke ich auch, es war komplett mit Blut verschmiert. Der Besucher kam wohl mit Schmidbauer in Streit, die Sache eskalierte, er griff sich ein Messer in der Küche, Schmidbauer floh in das Schlafzimmer.«

»Das heißt, er hat erst dort auf ihn eingestochen. Schmidbauer wollte sich in Sicherheit bringen. Oder haben Sie Blutspuren woanders in der Wohnung gefunden?«

Wirschinger schüttelte den Kopf.

»Nein, haben wir nicht. Aber ich habe Richter heute noch einmal in die Wohnung geschickt, er soll sich bei Tageslicht noch einmal genau umsehen. Warten wir ab, was er uns berichten wird. Nach all dem zu schließen, was wir gestern gesehen haben, können wir einen Einbruch wohl ausschließen«, meinte Wirschinger gewichtig, »es wurde offensichtlich nichts gestohlen, so macht es zumindest auf mich den Anschein. Einen Raubmord können wir ausschließen! Der Mörder muss woanders zu suchen sein!«

»Da kann ich vielleicht weiterhelfen«, sagte Gönner, lehnte sich nach vorne und berichtete Wirschinger über seine Beobachtung bezüglich des Studenten Emmrich und das Zusammentreffen Feßmaiers mit dem ehemaligen Klostergehilfen.

»Klostergehilfe? Wohnt der noch in Ihrer Universität?«, fragte Wirschinger erstaunt.

»Ja, es handelt sich um eine Art Knecht, der im Kloster aufgewachsen ist. Er ist mit Pater Heitmeyer geblieben.«

»Pater Heitmeyer?«

»Ja, ein Mönch des ehemaligen Klosters. Den hat man zurückgelassen, damit er die Restbestände des Klosters auflöst, eine Inventarliste erstellt und uns als eine Art Wegweiser in den Gebäuden dient.«

»Verstehe. Sie denken, dass dieser Helfer den Mord begangen hat?«

»Warum nicht? Er verliert sein Zuhause. Könnte doch ein Grund sein und der Pater hat ihm sicher gesagt, dass wir Professoren daran schuld sind. Er scheint auch von ziemlich einfacher Natur zu sein. Ich muss mit Heitmeyer ein ernstes Wörtchen reden. Es gibt Kollegen, die haben ziemlich Angst vor diesem Kerl.«

»Tun Sie das. Aber wir dürfen auch diesen Studenten nicht aus dem Auge lassen. Hatte er vielleicht eine besondere Beziehung zu Schmidbauer?«

»Wie meinen Sie das?«, fragte Gönner entgeistert, stand auf und ging im Zimmer umher.

»Hat Schmidbauer ihn oder andere Studenten bevorzugt? Hatte er Favoriten?«

»Woher soll ich das wissen?«, blaffte Gönner, zog seine Arme aus den Taschen und warf die Hände in die Höhe »ich war doch in seinen Vorlesungen nicht dabei!«

Er blieb stehen und sah Wirschinger mit zusammengezogenen Augenbrauen an.

»Aber das halte ich für ausgeschlossen. Ein Mord aus Eifersucht unter Studenten? Das habe ich noch nie gehört, die Studenten untereinander vielleicht, aber den Professor? Weil er einen bevorzugte oder vielleicht schlecht beurteilte? Nein, so einen Fehler im Charakter eines Studenten wäre uns sicher aufgefallen.«

Gönner nahm seine Wanderung mit hinter dem Rücken verschränkten Händen wieder auf.

»Sie wissen auch nicht alles, Herr Professor«, konterte Wirschinger und lehnte sich zurück, »wir müssen einfach alle Möglichkeiten in Betracht ziehen, Polizeiarbeit, Sie verstehen? Noch wissen wir nichts. Nur, dass der Professor Schmidbauer tot ist und Sie einen neuen Redner für ihre Feier brauchen.«

Gönner blieb wie angewurzelt stehen, ein kalter Schauer lief ihm den Rücken hinunter. Erschrocken drehte er sich zum Kommissär um.

»Mensch Wirschinger, da haben Sie jetzt etwas angesprochen! Da habe ich gar nicht mehr daran gedacht! Da muss ich sofort handeln! So eine Weitsicht hätte ich Ihnen gar nicht zugetraut«, sagte Gönner mit bleichem Gesicht.

Wirschinger zog die Augenbrauen zusammen und sagte spitz: »Sie werden noch sehen, was Sie den örtlichen Gendarmen alles zutrauen können! Haben Sie schon einen Kollegen im Auge?«

»Ja, das habe ich, zwangsweise sozusagen. Der hat sich sogar schon einmal selbst ins Gespräch gebracht. Professor Dietl, Professor der Ästhetik und ein glänzender Schwätzer ...«

»Der Pfarrer vom Hofberg?«, unterbrach Wirschinger neugierig, »ich war einmal dort oben in einer Messe ... also predigen kann er, das muss man ihm lassen.«

»Ja eben, der wird diese Rede schon stemmen«, bestätigte Gönner widerwillig, »zwar anders als Schmidbauer, aber er kann es zumindest. Schmidbauer war ruhiger, besonnener. Dietl ist leicht erregbar und steigert sich rein. Aber er kann reden, das ist der entscheidende Punkt.«

»Na, dann müssen sie ihn nur noch fragen«, meinte Wirschinger und lächelte.

»Sie haben Recht, das werde ich auch sofort machen. Es tut mir leid, Herr Kommissär«, Gönner zuckte mit den Achseln und ging an die Sitzgruppe »ich wollte unser Treffen noch mit einer Tasse Tee ausklingen lassen, aber jetzt muss ich mich um diese Rede kümmern. Ich schlage vor, wir treffen uns morgen wieder, wann haben Sie Zeit?«

Wirschinger und stand auf. »Wie sieht Ihr Zeitplan morgen aus?«

Gönner ging seinen Plan für den nächsten Tag im Kopf durch. »Ich habe Vormittag Vorlesungen und bin dann mittags wieder hier zum Essen, wenn Sie eine Stunde früher als heute kommen könnten, wäre das sehr angenehm und Sie können mit mir speisen. Frau Gruber ist eine ausgezeichnete Köchin!«

»Sehr gerne, das lässt sich einrichten. Wir wissen dann auch, was Richter herausgefunden hat. Sie können sich bis dahin um diesen Pater kümmern und machen Sie eine Unterredung mit diesem Studenten aus. Bei der wäre ich dann allerdings gerne dabei!«

»Das wird sich einrichten lassen«, nickte Gönner und öffnete die Tür zum Flur, »und entschuldigen Sie, dass ich Sie nicht angemessen bewirtet habe. Das nächste Mal trinken wir einen Tee oder ein Gläschen Wein!«

»Herr Professor! Ich trinke nicht, vor allem nicht im Dienst!«, entgegnete Wirschinger leicht entrüstet.

Gönner schüttelte den Kopf.

»Wie Sie meinen, dann eben Tee.«

Die beiden Männer verabschiedeten sich und Wirschinger verließ die Wohnung. Gönner besprach kurz mit Frau Gruber den Tagesablauf und eilte dann zur Universität, um den Kollegen Dietl abzufangen. Dort angekommen stellte er jedoch fest, dass der Kollege den Rest des Tages den Verpflichtungen an seiner Pfarrstelle auf dem Hofberg nachging. Verärgert über diese Verzögerung ging Gönner in sein Zimmer und machte sich missmutig über seine Akten her.

Kapitel 18

Pater Konrad Heitmeyer ging gemächlichen Schrittes durch die Altstadt. Gerade war er in der Morgenmesse in St. Martin gewesen und normalerweise versuchte er im Anschluss daran, den zelebrierenden Pfarrer für ein Schwätzchen abzufangen. Heute war ihm jedoch nicht danach, wie auch schon in den letzten Tagen nicht. In dem kleinen, sehr runden Dominikanerpater hatte sich eine tiefe Traurigkeit breitgemacht. Er war der letzte seines Ordens, der in Landshut verblieben war und das auch nur, um das frühere Klostergut für die neue Universität zu verwalten. Seine Mitbrüder hatte man vor ein paar Wochen in das Kloster Obermedlingen im Landkreis Dillingen überstellt. Nur Benedict hatte man ihm noch gelassen. Der etwas einfältige Helfer war wie ein leiblicher Sohn für ihn. Er war bereits als kleiner Junge ins Kloster gekommen, aber für eine Laufbahn als Mönch hatte es nicht gereicht. Benedict war ein fleißiger Helfer, manchmal etwas jähzornig, aber durchaus ein anständiger Kerl. Besonders für ihn musste nun eine Welt zusammenbrechen.

Als er vor dem Rathaus ankam, blieb Konrad stehen. Sein Blick wanderte nach links, dort stand St. Martin, von wo er gerade gekommen war. Am anderen Ende der Altstadt, etwas versteckt hinter der sich dort verengenden Straße, das kleinere Pendant, die Kirche Heilig Geist, mit ihrem wie abgehackt wirkenden Turm. Er betrachtete traurig die umher eilenden Menschen, die eifrig die Marktstände der Schwaiger belagerten und ihre Besorgungen machten. Die Bauern im Umkreis von Landshut boten hier ihre Waren an, ein seit dem Mittelalter bestehendes Recht. Geschäftiges Treiben herrschte vor den Ständen, an denen Gemüse, Obst und allerlei Kleingetier angeboten wurde. Von einigen Menschen wurde Heitmeyer nett gegrüßt, andere beachteten ihn nicht. Normalerweise musste man nicht lange warten, um einen Mönch im Straßenbild zu sehen.

Aber nun war die Regierung im Sinne des neuen Zeitgeistes dabei, alles Kirchliche zu zerstören, die Klöster aufzulösen und sogar Kirchen zu verkaufen. Man opferte die alten Traditionen den neuen, in seinen Augen kurzlebigen Strömungen. Pater Konrad hielt nichts davon. Traditionen zu zerstören bedeutete für ihn, den Menschen die Heimat zu nehmen. Gerade, als er gedankenverloren einer vorbeieilenden Kutsche nachschaute, erschreckte ihn eine Stimmte in seinem Rücken.

»Pater Konrad! Was stehen Sie hier so verloren herum? Ist Ihnen nicht gut?«

Pater Konrad drehte sich um und sah den Ratsherrn Johann Obernburger in seiner vollen Größe vor sich stehen. Konrad sah nach oben. Der Ratsherr überragte ihn um mindestens zwei Köpfe. Im Leibesumfang stand er ihm zwar in nichts nach, nur war dessen Masse auf ein größeres Körpermaß verteilt.

»Kann ich Ihnen irgendwie behilflich sein?«, sagte Obernburger und schaute den Pater fragend an.

»Ach, Herr Obernburger«, antwortete Konrad seufzend, »wer kann in der neuen Weltlage schon helfen!«

»Sie sind aber sehr niedergeschlagen, mein Freund! So kenne ich Sie gar nicht! Kommen Sie, ich lade Sie ein! Gehen wir in den Schwarzen Hahn, dort können Sie mir Ihren Weltschmerz erklären! Ich wollte Sie sowieso etwas fragen.«

Ohne auf eine Antwort zu warten, drehte sich der Ratsherr um und marschierte in Richtung Rosengasse, die übernächste Gasse in Richtung Heilig Geist. Pater Konrad, den leiblichen Genüssen nicht abgeneigt, folgte ihm langsamen Schrittes und wunderte sich, warum er von Obernburger gerade ins beste Gasthaus der Stadt eingeladen wurde. Der Ratsherr war nicht gerade als spendabel bekannt, noch dazu handelte es sich bei dem Gasthaus um die beste Adresse in der Stadt.

Obernburger blieb an der Ecke zur Rosengasse stehen und wartete auf ihn.

»Entschuldigen Sie Pater Konrad, ich habe die unangenehme Angewohnheit, schnell zu gehen, sodass niemand nachkommt!«

»Schon in Ordnung, lieber Herr Obernburger! Sie haben ja gesagt, wo's hingeht.«

Obernburger lächelte und beide schritten im Tempo des älteren Paters weiter. Nach wenigen Schritten erreichten Sie das Gasthaus auf der linken Seite.

Als sie eintraten, schoss sofort der Wirt, Heinrich Kreitinger, auf sie zu und buckelte ergeben vor dem Ratsherrn.

»Herr Obernburger, schön Sie hier wiederzusehen! Bitte treten Sie ein! Ihr Lieblingstisch ist selbstverständlich frei! Pater Konrad, herzlich willkommen!«

Er führte sie zu einem etwas versteckten Tisch weiter hinten im Gasthaus.

»Was darf ich den Herrschaften bringen?«

»Nun, Herr Wirt«, sagte Obernburger, »bringen Sie uns ein paar von Ihren ausgezeichneten Maibockwürsten, Brot und für jeden ein dunkles Bier!«

»Sehr gerne, die Würste sind dieses Jahr geradezu ausgezeichnet!«, antwortete der Wirt, nickte kurz und ließ die beiden Gäste alleine.

Konrad protestierte nicht, ein Bier am Vormittag sah er als wenig verwerflich an.

»Nun, mein lieber Pater Konrad, was lässt Sie so traurig durch die Welt gehen?«, fragte Obernburger und sah den Pater dabei interessiert an.

Bevor Konrad antworten konnte, kam eine der sehr vornehm gekleideten Bedienungen des Gasthauses und brachte die beiden Bierkrüge. Konrad griff durstig nach einem Krug, prostete Obernburger kurz zu und nahm einen großen Schluck, der den Krug fast leerte. Obernburger machte große Augen und gab der Bedienung mit einem Wink zu verstehen, dass Nachschub umgehend vonnöten sei.

»Sie scheinen ja Ihren Weltschmerz unbedingt ersäufen zu wollen!«, sagte der Ratsherr und lachte.

Pater Konrad ließ auch noch den letzten Schluck in sich hineinlaufen. Er wischte sich den Mund mit dem Ärmel seiner schwarzen Kutte ab und lächelte die Bedienung dankend an, die ihm einen frischen Krug brachte.

»Entschuldigens, Herr Obernburger. Aber in den armseligen Zeiten hat man ned viel Gelegenheit, ein gutes Bier zu trinken! Vor allem vergeht einem die Lust dazu!«

»Ich verstehe, was Sie damit sagen wollen! Es muss schlimm sein, der letzte zu sein und durch die leeren Räume gehen zu müssen!«

»So leer sind die Räume wie Sie sicher wissen noch nicht! Es steht noch einiges vom Kloster herum. Obermedlingen ist kleiner und dort gibt es ja auch bereits Brüder, wir können nicht alles mitnehmen. Das geht dann wohl in den Besitz der Universität über. Dieser Schmidbauer ist dann für die Verwaltung dieser Dinge zuständig, der kann's wahrscheinlich gar nicht erwarten, alles zu Geld zu machen und das dann für den Antichrist zu verwenden! Aber noch tragischer ist, dass die uns die Heimat rauben! Für meinen armen Benedict ist das besonders grausam. Der Bub dreht völlig durch! Ich kann ihn oft gar nicht mehr beruhigen, er versteht das alles nicht!«

Konrad packte erregt seinen Bierhumpen und nahm gierig einen großen Schluck. Mit einem lauten Knall setzte er den Humpen wieder auf den Tisch ab. Er fuhr sich mit dem linken Ärmel seiner Kutte über den Mund.

»Die Auflösung des Klosters ist des eine«, fuhr er grimmig fort, »das weitaus Traurigere is, dass jetzt diese Heiden eingezogen sind. Aufklärer nennen die sich! Leugner müsst man sie nennen! Am Schlimmsten ist dieser neue Rektor, der Gönner! Der hat vor Nichts Respekt, was heilig is!«

Pater Konrad war dabei, sich so richtig in Rage zu reden. Sein rundes Gesicht begann zu glänzen, die dicken Pausbacken sahen aus wie rote Äpfel und seine Kutte spannte sich gefährlich über den enormen Bauch.

«Und stelln's Ihnen vor Herr Obernburger, ich muss diesen Ungläubigen auch noch zu Diensten sein! Denen als Führer durch die Räume zur Verfügung stehen und zusammen mit diesem eigenbrötlerischen Professor Schmidbauer das Inventar auflisten! In jeder Ecke schnüffelt der herum! Eine Schande ist das!«

Er nahm ärgerlich einen weiteren Schluck. Die Bedienung lugte vorsichtig um die Ecke, wagte aber nicht, näherzukommen.

»Ich kann Sie sehr gut verstehen, Herr Pater«, entgegnete Obernburger nickend.

Konrad schloss die Augen und spürte der Wirkung des Bieres nach. Vor seinen geistigen Augen flogen Inventarlisten herum und er hörte die aufgebrachten Worte Schmidbauers, der sich über die neugierigen Fragen des Ratsherrn beschwerte.

Weiter kam er mit seinen Gedanken nicht, die Bedienung brachte die Maibockwürste und einige dicke Scheiben Schwarzbrot. Dies besänftigte den Pater ein wenig. Er stürzte sich auf die Würste und Obernburger musste zusehen, nicht leer auszugehen. Nachdem das Mahl still beendet war und der Pater einen weiteren Krug Bier zur Bekämpfung des Weltschmerzes erhalten hatte, lehnte er sich satt zurück, verschränkte seine Hände auf dem Bauch und blickte Obernburger fest in die Augen.

»Hat denn unser Stadtmagistrat nichts gegen die Auflösung des Klosters und die Einquartierung der Universität dort unternehmen können?«

»Sie wissen, dass die Entscheidung zur Auflösung der Klöster nicht von uns kam, sondern von der Regierung in München. Das betrifft nicht nur Landshut, sondern ganz Bayern! Es wurde in unserer Stadt ja auch nicht nur Ihr Kloster aufgelöst Die Franziskaner und Kapuziner sind doch schon länger weg, als Nächstes trifft es die Franziskanerinnen und ...«

»… und irgendwann gibt's in unserer Stadt überhaupt keine Mönche und Schwestern mehr! Die Kirchen werden abgebrochen, das Inventar verkauft und unsere Religion hat aufghört zu existieren! Das alles nur wegen dieser aufgeblasenen Herren!«

»Nun, nicht alle dieser Professoren sind schlecht! Denken Sie an Professor Sailer, den edlen Sailer! Oder den Pfarrer Professor Dietl, der oben auf dem Hofberg wohnt! Ich gehe seitdem sehr gerne nach Heilig Blut in die Messe, Dietl predigt sehr angenehm!«

»Das mag ja sein! Aber trotzdem ist unser Kloster aufglöst worden, um die Universität unterzubringen und unsere Sachen werden verramscht!«

»Wir haben bei der Regierung dagegen interveniert, vor zwei Jahren schon! Wir haben gegen die beabsichtigte Auflösung Ihres Klosters mit einer Protestnote reagiert. Vor kurzem das auch nochmal wiederholt! Leider hat das nichts gebracht, Graf Montgelas steht voll und ganz hinter diesen Aufklärern!«

»Der Montgelas erst! Hörn's mir mit dem auf! Der is' der Sargnagel für uns Brüder und die ganze Kirch'!«, brummte der Pater und nahm einen weiteren Schluck, »sehn's nicht, dass dadurch eine über fünfhundert Jahre alte Geschichte hier in der Stadt ausgelöscht wird?«

Konrad verzog traurig das Gesicht. Es war ein Kind der Stadt, tief in ihr verwurzelt und allseits beliebt und geachtet. Seine Liebe so manch weltlicher Genüsse machte ihn bei den Bürgern zu einem der ihren. Man vertraute, achtete ihn und Konrad durfte so manches Mal seine Stimme erheben, ohne sich dafür Ärger einzuhandeln.

»Ich sehe das durchaus ein«, nickte Obernburger und zuckte mit den Schultern, »aber was kann der Magistrat machen? Wir sind machtlos, uns sind die Hände gebunden! Aber man kann ja zumindest zusehen, dass Ihre für Sie wertvollen Dinge in gute Hände kommen, zu Menschen, die diese Dinge wirklich schätzen!«»Das ist denen doch egal, Hauptsache der Erlös daraus stimmt! Die schrecken vor nix zurück! Der Friedhof vor dem Kloster wird verlegt! Die Mauer mit den Totentanzfresken haben die schon niedergrissen und die letzten Gräber unserer Brüder und Bürger sind auch bald weg. Dem Martinsfriedhof geht's als Nächstes an den Kragen, hat mir der Herr Stadtpfarrer letzte Woch erzählt!«

»Das trifft nicht nur Ihren Friedhof, alle Pfarrfriedhöfe werden aufgelöst. Dafür erweitern wir auch den Hauptfriedhof! Ist doch dann alles zentraler!«

Konrad schaute den Ratsherrn böse funkelnd an.

»Sogar an den Toten vergreifts euch, eine Schande ist das ...«

Er schüttelte seinen glühenden Kopf so stark, dass die Kapuze seiner Kutte flink hin und her flog. Sogar sein spärlicher, weißer Haarkranz wackelte aufgeregt.

»Dass ich das noch in meiner Stadt erlebn muss!«, traurig sah er auf den Grund seines Bierhumpens, der von einer schlimmen Austrocknung befallen war.

»Es sind eben schwierige Zeiten, Herr Pater! Diese ewigen kriegerischen Auseinandersetzungen! Erst die Österreicher, dann die Franzosen ... wer weiß, was da noch alles kommt!«

»Dagegen können wir nix machen!«, murmelte Konrad, »aber unsere Klöster und Kirchen können wir beschützen! Und schaun, dass die ganzen Sachen nicht verschleudert oder sogar ganze Kirchen verkauft werden und als Steinbruch benutzt werden!«

»Ja, eine Schande, mein lieber Pater Konrad«, sagte Obernburger resignierend und stand auf.

»Gegen den Lauf der Welt können wir kleinen Menschen nichts unternehmen! Ich muss mich leider auf den Weg machen, das Geschäft ruft. Ich gehe zum Wirt und zahle. Besuchen Sie mich doch einmal bei mir zu Hause, vielleicht kann ich Ihnen bei der Arbeit zu Ihrer Inventarliste behilflich sein. Es war mir ein Vergnügen mit Ihnen zu sprechen! Auf Wiedersehen, lieber Pater!«

Konrad kam nicht dazu, sich seinerseits zu verabschieden und zu bedanken, so eilig hatte es der Herr Ratsherr plötzlich.

Stirnrunzelnd blickte er Obernburger nach. War er ihm mit seinem Hinweis auf den Verkauf des Inventars der Kirchen und Klöster zu nahe getreten? Die Nachfragen des Ratsherrn kamen ihm verdächtig vor. Man munkelte in der Stadt, dass der Kaufmann Obernburger die Neuigkeiten, welche er in seiner Eigenschaft als Mitglied des inneren Rates erfuhr, nur zu gerne ausnutzte, um gute Geschäfte zu machen. So manch wertvolles Kunstwerk sei mysteriös durch seine Hände gegangen und hatte dort einen ordentlichen Gewinn hinterlassen.

Konrad kippte seinen Humpen an sich heran und sah hinein. Ein paar Tropfen des dunklen Bieres hatten sich am Boden zu einem kleinen Schluck zusammengefunden. Konrad hob den Humpen hoch, setzte seinen Mund an und wartete geduldig, bis das Schlückchen in ihn hinein tröpfelte. Er stellte den Humpen ab, erhob sich, nickte dem Wirt lächelnd zu und trat aus dem Gasthaus.

Es ging auf Mittag zu, er warf einen kurzen Blick in die Altstadt, dort erreichte das Treiben an den Marktständen gerade seinen finalen Höhepunkt. Konrad überlegte, ob er über einen Umweg über die Altstadt nach Hause gehen sollte. Nach einigen Augenblicken entschied er sich dagegen. Er empfand nach dem Gespräch mit Obernburger keine Lust auf Begegnungen mit anderen Menschen und all ihren Fragen und vorgetäuschten Beschwichtigungen.

Er wandte sich seufzend nach links, um zum Kloster zu gehen. Dummerweise wurde er in diesem Augenblick von Frau Maierhofer eingeholt, die mit einem großen Korb am Arm schnellen Schrittes aus der Altstadt kam. Der Korb war gefüllt mit allerlei Gemüse, Obst und einem toten Huhn, dessen Kopf über den Rand baumelte. Heitmeyers Beleibtheit und die Nachwirkungen des dunklen Bieres ließen es nicht zu, sich schnell aus dem Staub zu machen.

»Ja, da Herr Pater Konrad«, schallte es ihm auch schon laut entgegen. Frau Maierhofer hatte eine spitze, schrille Stimme und wusste diese zur ausgiebigen Befriedigung ihrer Neugierde nur zu gut einzusetzen. Freudig schob sie ihren massigen Körper auf ihn zu.

»Warn's auch auf dem Markt, geins?«, fragte sie auch schon und baute sich groß vor dem Pater auf.

»Nein, Frau Maierhofer, war ich nicht«, entgegnete Konrad etwas unwirsch.

»Ned? Dabei gibt's jetzt dort ja wieder so schöne Sachen, gei? Schauns, was ich heut besorgt hab!«

Sie hielt ihm den Korb unter die Nase, was den Pater aber nicht sonderlich interessierte.

»Wie geht's denn mit den neuen Bewohnern in Ihrem Kloster? Is schon eine dumme Sach, wenn alle weg sind und man is ganz allein, gei? Ich sag ja immer zu meinem Mann, des kann nicht gut gehn mit der Universität! Des ganze Kloster weg, nur wegen den Studierten! Ja, wo kommen wir denn da hin? Wo solln wir denn da jetz zum Beichten hingehn? Ich hab' immer so gern bei Ihnen in der Klosterkirch gebeichtet, Herr Pater Konrad, gei? Des nimmt noch mal ein böses End bei uns!«

Pater Konrad nickte ergeben, während verschiedene bekannte Gesichter vorbeigingen und ihn mitleidig anlächelten. Der maierhofersche Redeschwall schien nicht versiegen zu wollen.

»Sie können auf alle Fälle noch bei mir beichten, Frau Maierhofer, ich muss nur noch mit dem Herrn Stadtpfarrer darüber sprechen. Des geht dann in Jodok oder in Martin, das schaffen wir schon. Solange ich noch in Landshut bin!«

»Ja Herr Konrad! Weil wissen's, ich beicht ja immer gern bei Ihnen, gei? Aber jetzt muss ich heim, die Hehn muss versorgt werden! Schauns ...«, sie kramte in ihrem Korb herum, »da, ich schenk Ihnen ein Bünderl gelbe Rüben, die sind gsund!«

Sie zog einen Bund Karotten heraus und reichte sie dem verdutzten Pater.

»Vergelts Gott, Frau Maierhofer, das wär nicht nötig gwesen, aber ...«, stammelte Konrad und nahm das Bündel.

»Passt schon, gell? Für Sie ist es auch nicht leicht! Ich komm dann wieder zum Beichten zu Ihnen! Pfia Gott!«

»Ja, Pfia Gott, Frau Maierhofer und dankschön nochmal!«

Frau Maierhofer hatte sich bereits abgewandt und marschierte in Richtung Neustadt davon. Er stand da, mit einem dicken Bündel Karotten in der Hand und schaute der davon watschelnden Frau Maierhofer entgeistert nach. Dann folgte er ihr schlurfend.

Kapitel 19

Gendarm Richter machte sich am frühen Nachmittag zur Wohnung des Mordopfers auf. Er ging die kurze Strecke von der Polizeidienststelle im Rathaus zu Fuß und genoss die Silhouette der alten Stadt. Er war ganz froh über seine Versetzung aus München. In der schnell wachsenden Stadt wurde das Leben zunehmend hektischer und unruhiger, zudem empfand er die Nähe zur dort ansässigen Regierung irgendwie bedrückend. Er fühlte sich als Landshuter. Die Familie war seit Generationen hier ansässig, sein Vater wurde als kurfürstlicher Beamter nach München versetzt und so wurde die Hauptstadt zur Geburtsstadt des Sohnes.

Am Laubenbogen vor dem letzten Haus der Altstadt auf der linken Seite blieb Richter stehen und betrachtete Schmidbauers Haus. Vor dem Moserbräu war dessen Wirt mit einem Besen zugange. Er schaute erschreckt auf, als Richter an ihm vorbei ging und im Nachbarhaus verschwand.

Richter trat in das leicht modrig riechende Treppenhaus und ging nach oben, während er den Schlüssel zur Wohnung herauskramte. Er schloss auf und ging hinein. Ein eigentümlicher Geruch empfing ihn. Je weiter er auf das Schlafzimmer zuging, desto ekelhafter wurde er. Richter holte tief Luft, hielt den Atem an, ging schnellen Schrittes in das Schlafzimmer und riss das Fenster soweit es ging auf. Schnell trat er in den Flur zurück und zog die Schlafzimmertür zu. Dieser Leichengeruch bereitete ihm schlimme Erinnerungen an seine Zeit beim Militär und böse Bilder krochen in ihm empor. Daran konnte man sich nie gewöhnen.

Er machte ein paar Schritte in den Flur und betrachtete dort eingehend den Boden. Kampf- oder Blutspuren konnte er nicht erkennen. In der Küche war davon auch nichts zu sehen, aber zumindest konnte er feststellen, dass die Tatwaffe aus der Wohnung stammte, zwei Messer mit einem ähnlichen Griff lagen auf dem Küchentisch. Zumindest unterstützte dies die Theorie des

Mordes im Affekt. In der Küche war weiter nichts zu sehen und er ging in das Studierzimmer. Dieses war, wie auch der Rest der Wohnung, penibel sauber aufgeräumt. Es waren auch hier keinerlei Spuren eines Einbruchs festzustellen. Der Professor musste seinem Besucher selbst die Tür geöffnet haben, er schien ihn gekannt zu haben. Offensichtlich war es dann im Verlauf des Gespräches zum Streit gekommen, Schmidbauer flüchtete ins Schlafzimmer, der Besucher schnappte sich das Messer aus der Küche und stach auf ihn ein. Er ging zurück ins Schlafzimmer, der üble Geruch hatte sich einigermaßen verzogen.

In dem kleinen Zimmer bot sich ihm ein anderes Bild. Das Bett war über und über mit Blut besudelt. Er hatte das Opfer gestern Nacht zusammen mit Kommissär Wirschinger in einige dicke Lagen Bettlaken eingewickelt, welche sie im Schrank gefunden hatten. Bei Tageslicht, bei offenem Fenster und der jetzt frischen Luft, stellte sich das Bild des Tatortes in seiner ganzen, schrecklichen Ausprägung dar. Der Teppich vor dem Bett war stark besudelt und völlig verdreht. Was wird sich hier abgespielt haben, dachte Richter und blickte zermürbt auf das Bett. Es war völlig durcheinander und die Matratze verschoben. Der Professor musste sich mit allen

Kräften gewehrt haben. Richter bückte sich und sah unter das Bett. Außer dicken Pfützen vom Blut des Opfers war nichts zu sehen. Er stand auf und schaute sich um. Gegenüber dem Bett befand sich ein kleiner alter Kleiderschrank. Richter öffnete die beiden breiten Türen und sah hinein. Die Kleidung des Professors war dort akkurat und sauber verstaut. Anzeichen, dass jemand darin gewühlt hätte konnte Richter nicht feststellen. Er schloss die Türen wieder und lies seinen Blick nochmals durch den Raum schweifen.

Nachdem es hier für ihn nichts weiter zu tun gab, ging er zum Fenster, um es zu schließen. Gerade als er den Griff umdrehte, hörte er ein leises Knarren aus dem Flur. Er verharrte, hielt den

Atem an und lauschte. Das Knarren wiederholte sich, so als ob jemand versuchte, möglichst vorsichtig seine Schritte auf den alten Holzdielen zu setzen. Er ging leise zur Tür und lugte durch den schmalen Spalt. Er sah gerade noch, wie eine Gestalt in der Küche verschwand. Er ärgerte sich, dass er offensichtlich die Wohnungstür nicht geschlossen hatte. Leise und behutsam schlich er auf den Flur zur Küche. Gerade, als er einen Schritt davon entfernt war, trat die Gestalt in den Flur.

»Halt!«, schrie er, packte den völlig überraschten Mann und warf ihn auf den Boden.

Kapitel 20

Nachdem er den Schwarzen Hahn verlassen hatte, marschierte Obernburger schnellen Schrittes nach Hause. Er trat in das Haus und warf einen kurzen Blick in die Küche. Anna war dabei, Vorbereitungen für das Abendessen zu treffen, seine Frau war nirgends zu sehen, versteckte sich offensichtlich im Bett.

»Wo ist Josef? Treibt er sich wieder mit seinen zahllosen, nichtsnutzigen Freunden rum?«, blaffte er seine Tochter an.

»Ich weiß es nicht«, antwortete Anna und sah ihren Vater zurückhaltend und vorsichtig an.

»Wenn du ihn siehst, schick ihn zu mir in mein Zimmer hoch!«

Anna nickte ergeben. Obernburger drehte sich ohne ein weiteres Wort an seine Tochter um und ging in sein Schreibkabinett. Es war einfach eine Frechheit von seinem Sohn, dass er sich nicht umfassend seinen Aufgaben als Kaufmann widmete, wie es in der Familie für den Erstgeborenen Tradition war. Für ihn selbst stand es damals außer Frage, in das väterliche Gewerbe einzusteigen, das verlangte die Familienehre. Durch entsprechenden Druck hatte er dem Herrn Sohn die dumme Idee mit dem Besuch der Universität ausgetrieben.

Die väterliche Drohung, ihn stattdessen in den Kriegsdienst zu stecken, wenn er es ablehnte, in die kaufmännischen Fußstapfen des Vaters zu treten, hatte offensichtlich gewirkt. Josef fügte sich und entwickelte daraufhin einen gesunden Hass auf die Universität, was sich an seiner Beteiligung an verschiedenen Raufereien mit den Studenten erkennen ließ. Das störte Obernburger durchaus nicht, er hatte auch seine Vorbehalte gegenüber diesen neuen Bewohnern in der Stadt.

Obernburger öffnete eine Kommode neben dem Schreibtisch und begann einen Stapel von Dokumenten zu durchwühlen, der aus allerlei Unterlagen zur Universität bestand. Endlich fand er, nach was er suchte. Es handelte sich um eine grobe Aufstellung von Gegenständen, welche im Besitz des Klosters waren und in den der Universität übergehen sollte.

Als er mit dem dicken Pater im Schwarzen Hahn zusammengesessen hatte, erinnerte er sich wieder an diese Liste, welche er nach diversen Gesprächen mit diesem unsympathischen Schmidbauer begonnen hatte aus dem Gedächtnis anzulegen.

Es gab durchaus Stücke aus dem Besitz des alten Klosters, für die es sich lohnte zu kämpfen. Er musste es nur schaffen, günstig daran zu kommen, dann konnte er beim Weiterverkauf einen beachtlichen Gewinn erzielen.

Er ließ sich in einen Stuhl fallen und überflog die Liste. Einige der darauf verzeichneten Dinge ließen ihm das Wasser im Mund zusammenlaufen. Das sich Schmidbauer jetzt auch noch erdreistet, andere Interessenten mit ins Boot zu holen, war eine Frechheit. Aber das Gespräch mit Pater Konrad hatte gezeigt, dass dieser ebenfalls nicht gut zu sprechen war. Für ihn hatte es sich so angehört, als würde Schmidbauer noch keinen Gesamtüberblick über das Inventar haben. Vielleicht würde es die Möglichkeit geben, am Professor vorbei direkt mit dem Pater zu verhandeln und diesem einige schöne Stücke abzunehmen.

Er hörte Schritte, die sich über die knarrende Holztreppe seinem Kabinett näherten. Er faltete das Papier zusammen, legte es zu den anderen Dokumenten stand auf und verstaute das Bündel in einer der Schubladen der Schreibkommode. Er nahm sich vor, weiter an ihr zu arbeiten und beim Treffen mit Rektor Gönner, das in den nächsten Tagen anstand, seine Wünsche klar auszudrücken. Wäre doch gelacht, wenn ein Obernburger nicht ans Ziel käme, dachte er.

Kapitel 21
27. Mai 1802

Am nächsten Morgen kam Professor Gönner ausgeschlafen an der Universität an. Er ging schnellen Schrittes in das Rektorat, um einen Blick in das Vorlesungsverzeichnis zu werfen. Dietl hatte gerade Vorlesung, im Anschluss eine weitere, und er konnte ihn im Wechsel zwischen den beiden Stunden sicher kurz sprechen.

Da er keine Lust hatte, sich abermals mit diversen Papieren zu beschäftigen oder von Pater Konrad genervt zu werden, beschloss er, dem Kollegen Röschlaub einen Besuch abzustatten. Er machte sich auf den Weg in den Keller. Röschlaub hatte gerade keine Vorlesung wie er aus dem Verzeichnis gesehen hatte und mit ein bisschen Glück würde er ihn in seinen Kellergewölben antreffen. Das war auch der Fall. Röschlaub kommandierte und scheuchte gerade den Hauswart herum, den Gönner nach unten gesandt hatte, um bei den Aufräumarbeiten zu helfen. Die Tür war offen und bevor Gönner etwas sagen konnte, hatte Röschlaub ihn schon entdeckt, steuerte zackig auf ihn zu und raunzte:

»Ah, der Herr Rektor bemüht sich auch einmal in den Keller um nach dem Rechten zu sehen. Sehr angenehm. Ich heiße Sie herzlich willkommen.«

Gönner nickte huldvoll und ging vorsichtig in den Raum. »Nur kein Neid, Herr Kollege, ich sehe, Sie haben hier schon einiges geschafft. Es sieht sehr manierlich aus.«

»Danke Ihrer gütigen Hilfe ist es uns gelungen, das Chaos ein wenig zu lichten. Aber es gibt noch einiges zu tun, und ich stecke in St. Martin eine große Kerze auf, wenn wir endlich unsere Klinik haben«, knurrte Röschlaub und machte sich zur Untermalung dieser Aussage an einem Bücherbord zu schaffen.

»Das möchte ich sehen, Herr Kollege! Sie und eine Kerze aufstecken ... Aber leider bin ich nicht gekommen, um mit Ihnen das Problem der Klinik zu besprechen ...«, entgegnete Gönner.

Röschlaub stellte ein Buch, das er aus dem Regal genommen hatte, zurück und machte eine wegwerfende Handbewegung. Er sah sich nach dem Hausknecht um, dieser war jedoch außer Hörweite.

»Kann ich mir schon denken! Sie wollen wissen, wie es unserem Gast geht«, flüsterte er, »nun, den Umständen entsprechend! Er ist zwar immer noch tot, aber ich habe ihn mir heute mal kurz angesehen. Kein schöner Anblick im Übrigen!«, sagte er und verzog schief das Gesicht.

»Das kann ich mir vorstellen«, nickte Gönner betreten, »was denken Sie als Mediziner über den Zustand der Leiche?«

»Was werde ich wohl denken?«, fragte Röschlaub erstaunt, legte seine Stirn in Falten und kam Gönner etwas entgegen, »da braucht es keinen Mediziner, um zu sehen, dass der Mörder mit ziemlicher Brutalität vorgegangen ist! Ich denke übrigens, ungeplant, aus dem Affekt heraus«, fügte er nach kurzem Überlegen hinzu.

»Was bringt Sie zu dieser Auffassung?«, bohrte Gönner nach.

»Nun, die Wunden sind immens, ich konnte nicht erkennen, dass dabei ein geplanter, sauberer Stich ausgeführt wurde.«

Röschlaub lehnte sich an das Bücherregal und verschränkte die Arme vor dem Oberkörper.

»Es sieht so aus, als ob der Täter einfach nur zugestochen hat, um auch sicher zu gehen, dass Schmidbauer wirklich tot ist. Als hätte er nicht unbedingt ein medizinisches oder anatomisches Wissen, wo er den tödlichen Stich ansetzen musste. Einfach drauf los, irgendwann passt es schon.«

»Also kein Mediziner oder einer ihrer Studenten ... oder eben deswegen einer der Letzteren«, grinste Gönner.

»Jaja, frotzeln Sie nur«, blaffte Röschlaub zurück, »ein Student im höheren Semester hätte durchaus das Wissen. Aber ich weiß schon, wie Sie das gemeint haben. Jedenfalls schien der Täter offenbar eine enorme Wut, einen tiefen Hass auf das Opfer gehabt zu haben. Einige Stiche waren so heftig, dass selbst Knochen verletzt wurden. Es muss sich um ein großes Messer gehandelt haben.«

»Das hat es«, nickte Gönner, »ein solches hat der Kommissär auf dem Bett gefunden!«

»Na sehen Sie«, nickte Röschlaub heftig und beugte sich ein wenig ungestüm nach vorne. Dadurch geriet das Bücherregal gefährlich ins Wanken. Einige Bücher kippten um und Gönner packte schnell zu und hielt das Regal fest. Röschlaub machte einen Schritt zur Seite und sah dem Kollegen stirnrunzelnd an.

»Sie sollten das hier an der Wand befestigen, bevor es in sich zusammenbricht«, sagte Gönner und ließ das Regal vorsichtig los.

»Wir arbeiten daran, Herr Kollege«, fuhr Röschlaub genervt fort, trat ans Regal und richtete ein paar Bücher wieder auf.

»Die Frage ist jedoch nur, warum der Mörder Schmidbauer besucht hat und was ihn zu der Tat getrieben hat«, sagte Gönner, legte den Kopf zur Seite und betrachtete interessiert die Rücken der Bücher.

»Tja, mein lieber Gönner, das müssen Sie zusammen mit dem Kommissär herausfinden, das kann ich Ihnen nicht abnehmen!«, grinste Röschlaub. Er betrachtete sein Werk, schob die Bücher nochmals fest zusammen und hob dann vorsichtig und mit erleichtertem Gesicht die Hände in die Höhe.

»Danke für den Tipp!«, schnaubte Gönner.

»Nichts zu danken«, entgegnete Röschlaub und trat bedächtig einen Schritt vom Regal weg.

Gönner wandte sich ab und wollte gehen, drehte sich dann aber nochmals um und sah Röschlaub fragend an.

»Können Sie sagen, wann der Mord ungefähr geschehen ist?«

Röschlaub zog seine Augenbrauen zusammen und überlegte.

»Hm, so wie das Blut in den Wunden getrocknet war und nach Ausprägung der Leichenstarre würde ich sagen, ungefähr einen Tag zuvor, am Nachmittag oder frühen Abend, früher keinesfalls.«

»Gut, danke Herr Kollege«, nickte Gönner.

»Bitte, immer wieder gerne«, antwortete Röschlaub und wies mit der linken Hand zur Tür, »ich darf Sie aber nun bitten, mir nicht weiter meine kostbare Zeit zu rauben. Die Klinik, Sie verstehen ..., wenn Sie mehr wissen möchten oder noch weitere Fragen haben, sind Sie jederzeit herzlich willkommen. Aber nun möchte, nein muss ich mich wieder anderen Fragen widmen. Wenn Sie den Kollegen irgendwann noch einmal besuchen möchten, gerne.«

Röschlaub machte ein paar Schritte zum Ausgang und Gönner folgte ihm langsam.

»Allerdings würde ich mich dann an ihrer Stelle etwas beeilen, bevor er ...ich möchte sagen, anfängt, sich noch mehr zu verändern und seine Ausdünstungen stärker werden«, sagte Röschlaub und blieb stehen.

»Wird das ein Problem werden?«, fragte Gönner.

Röschlaub schüttelte den Kopf.

»Noch nicht«, entgegnete er, blieb ebenfalls stehen und hob die Schultern, »ich weiß ja nicht, wie lange der Kollege hier logiert, aber zu lange würde ich nicht mehr warten. Das könnte man dann nicht mehr verheimlichen. Einstweilen habe ich mir mit verschiedenen Tinkturen geholfen.«

»Gut«, sagte Gönner, »ich werde mir etwas überlegen, wie wir den Kollegen würdig bestatten. Ein paar Tage kann das aber noch dauern.«

»Wie gesagt, ein paar Tage sind kein Problem. Aber dann, wenn es wärmer wird ... Sie verstehen, ja? Und bevor dieses runde Etwas hinter unser Geheimnis kommt!«, bemerkte Röschlaub, die Augenbrauen in die Höhe gezogen.

Gönner nickte und verließ grübelnd den Raum, drehte sich aber noch einmal schnell um und brummte:

»Ich verstehe Sie, Herr Kollege. Sie hören von mir, auf Wiedersehen.«

Statt eines Grußes knallte Röschlaub die Tür vor Gönners Nase zu. Gönner sah gerade noch, wie das Bücherregal in sich zusammenbrach. Er drehte sich stirnrunzelnd um, den dumpfen Schrei hinter der Tür ignorierend und beeilte sich, zurück zu den Hörsälen zu kommen, um Professor Dietl abzupassen.

Kapitel 22

Professor Aloys Dietl unterrichtete an der philosophischen Fakultät das Fach Ästhetik. Er war Priester, geistlicher Rat, und als solcher hatte er schon vor ein paar Jahren die kleine Pfarrei Berg bei Landshut, unweit des Hofberges, erhalten. Dies war für als Professoren beschäftigte Theologen üblich, um das spärliche Gehalt eines Professors etwas aufzubessern. Dietl hatte nur den umgekehrten Weg genommen. Dietl war ein sehr kunstsinniger Mensch, dem es alles Schöne und künstlerisch Wertvolle angetan hatte. Er konnte seine Begeisterung dafür in eloquenter Weise und sehr mitreißend ausdrücken. Aus diesem Grunde war er für die Studenten ein gern gesehener Gesprächspartner und konnte die jungen Männer für die Kunst begeistern.

Gönner kam gerade zur rechten Zeit. Dietl stand, umringt von einem Grüppchen Studenten, vor dem Eingang des Saales, in welchem er gerade seine Vorlesung gehalten hatte. Er trat an die Gruppe heran und räusperte sich. Man drehte sich nach ihm um. Dietl, ein hoch aufgeschossener, schlanker Mann, sah Gönner etwas missmutig an.

»Herr Professor Gönner, welch Zufall, ich wollte mich gerade auf den Weg zu Ihnen machen«, sagte er süffisant.

»Nun Herr Kollege«, antwortete Gönner, »dann schlage ich vor, wir gehen gemeinsam in mein Studierzimmer, ich wollte auch mit Ihnen sprechen.«

»Gut, gut. Meine Herren«, Dietl wandte sich an die Studenten und klatsche in die Hände, »lassen Sie uns diese Diskussion ein andermal fortsetzen. Wie Sie wissen, dulden die Angelegenheiten des Herrn Rektor keinen Aufschub. Ich danke Ihnen für Ihr Interesse. Bis morgen meine Herren!«

Die Studenten verbeugten sich brav und zogen davon. Dietl baute sich vor Gönner auf, seine Haltung ließ auch ohne Priestergewand den Geistlichen erkennen. Sein schwarzer Gehrock hatte mehr Ähnlichkeit mit einem Priesterrock, als mit dem eines Professors. Aber die Säkularisation brachte es mit sich, dass den Priestern das Tragen ihrer kirchlichen Berufskleidung untersagt war, wenn sie als Professoren unterrichteten. Die Arme auf dem Rücken verschränkt fragte Dietl:

»Was kann ich für Sie tun, werter Herr Rektor«?

Gönner atmete tief durch. Er wusste, warum er mit diesem Kollegen seine liebe Mühe hatte.

»Nicht hier Herr Kollege! Bitte folgen Sie mir in mein Studierzimmer«, raunzte er und ohne auf eine Reaktion Dietls zu warten, drehte er sich um und marschierte strammen Schrittes davon. Aus den Augenwinkeln sah er, dass ihm der Kollege nach einem kurzen Augenblick des Zögerns folgte. In seinem Zimmer angekommen, blieb Gönner in der Mitte des Raumes stehen, verschränkte die Arme vor der Brust und wartete auf den Kollegen. Dieser trat ein und Gönner bedeutete ihm, die Tür zu schließen.

Die beiden Herren standen sich nun Auge in Auge gegenüber.

»Werter Herr Kollege Dietl!«, begann Gönner in einem übertrieben freundlichen Ton, »wie Sie vielleicht erfahren haben, musste unser Kollege Professor Schmidbauer in einer wichtigen Angelegenheit die Stadt verlassen. So wie es aussieht, wird er auf keinen Fall bis zur Installationsfeier zurück sein, wenn er es überhaupt bis zum Ende des Semesters schafft. Ich muss oder besser, ich darf Sie aus diesem Grunde bitten, die Festrede der Feier zu übernehmen.«

Dietl kniff die Augen zusammen und sah Gönner durchdringend an.

»So, darum bitten Sie also ... jetzt, wo Ihnen Ihr Redner abhandengekommen ist, denken Sie wieder an mich!« Dietls Gesichtsfarbe begann, sich langsam in ein leuchtendes Purpur zu verändern.

»Herr Kollege«, entgegnete Gönner mit leicht bebender Stimme und bemühte sich dabei ruhig zu bleiben, »Sie kennen die

Gründe, warum die Wahl auf den Kollegen fiel, das hatte nichts mit Ihrer Reputation oder Ihrem Können als Redner zu tun. Darüber will ich jetzt auch hier nicht mehr diskutieren. Sagen Sie mir einfach, ob Sie es machen oder nicht!«

Dietls Blick wurde noch angestrengter, die Farbe tiefer und nach einer gefühlten Ewigkeit sagte er:

»Unter einer, nein, zwei Bedingungen!«, rief er.

Gönner hob die Augenbrauen. »Und die da wären?«, fragte er neugierig.

»Sie kümmern sich endlich darum, dass unsere Universität die Räume der ehemaligen Stadtresidenz in der Altstadt für besondere Ereignisse, Empfänge oder Festakte nutzen darf. Sie wissen genau, dass uns ebensolche repräsentativen Räume fehlen.«

»Ja, das weiß ich sehr wohl«, bestätigte Gönner nickend und zwang sich, ruhig zu bleiben, »... und ich weiß auch, dass Sie ein sehr guter Kenner dieser Räume sind und sich als Führer dort präsentieren wollen. Sie wissen aber auch, dass sich die Stadt weigert, bei der Regierung dementsprechend nachzufragen. Besonders dieser Ratsherr Obernburger hasst alles, was mit der Universität zu tun hat. Wenn wir auch noch dort eindringen... Aber nun gut. Ich werde mich darum kümmern, allerdings erst nach dem Fest. Vorher lässt es meine Zeit nicht zu. Ich gebe Ihnen aber mein Wort!«

Dietl verschränkte ebenfalls die Arme vor seiner Brust und sah Gönner offen in die Augen.

»Gut Herr Kollege, ich verlasse mich auf ihr Wort«, sagte er etwas entspannter, auch die Verfärbung seines Gesichts begab sich auf den Rückzug.

»Das können Sie auch«, schnaubte Gönner, »Sie sprachen von zwei Bedingungen. Was wäre die zweite?«

»Sie kennen sicher mein großes Interesse für die Kunst im Allgemeinen und für künstlerische Gestaltung im Speziellen«, erwiderte Dietl wichtig, »ich würde mein Wissen und meine Erfahrung gern für das gesamte Fest einbringen. Ich habe mir bereits Gedanken und Pläne gemacht«, sagte er strahlend und fummelte an seinem Mantel herum. Er öffnete ihn und zog ein Bündel Papiere heraus.

»Hier wäre übrigens das Manuskript der Rede und meine Ideen zur künstlerischen Gestaltung«.

Er streckte Gönner lächelnd ein dickes Bündel entgegen.

Gönner riss die Augen auf. »Dietl, Sie haben die Rede bereits verfasst? Wie kommen Sie dazu?«

»Nun, an dieser Universität ist man vor Überraschungen nicht gefeit«, antwortete Dietl eingebildet, »daher habe ich zur Sicherheit schon mal einen passenden Text verfasst. Wenn nicht auf dem Fest, so hätte sich vielleicht ja bei einem anderen Ereignis die Gelegenheit ergeben, diesen einem geneigten Publikum darzubieten.«

Gönner nahm das Bündel an sich und seufzte.

»Sie sind immer für eine Überraschung gut, Herr Kollege«, brummte er, »nun, ich werde mir diese Seiten durchlesen und gebe Ihnen dann Bescheid. In Anbetracht der Umstände werden wir wohl so zu verfahren haben. Ihre Ideen zur Gestaltung reichen Sie bitte an die Kollegen Feßmaier und Bertele weiter.«

»Sie werden sicher keine großen Änderungen im Redetext vornehmen müssen«, lächelte Dietl und steckte einen Teil der Papiere wieder in seinen Mantel, »in aller Bescheidenheit gesagt. Ich darf mich nun empfehlen, die Pflicht auf dem Hofberg ruft. Ich wünsche Ihnen noch einen schönen Tag, Herr Rektor!«

Dietl machte auf dem Absatz kehrt und stolzierte aus dem Raum. Gönner sah ihm etwas verdattert nach. Er schüttelte den Kopf und blätterte kurz im Text der Rede. Allzu lange würde er sich nicht mit dieser Sache beschäftigen können. Nur gut, dass man sich auf die Worte des Kollegen immer verlassen konnte, das musste er zugeben. Das einzige Problem war immer die Länge von Dietls Reden oder Schriften. Der Professor der Ästhetik labte sich nur allzu gerne an den eigenen Worten. Aber das würde er schon ins rechte Maß setzen können. Er steckte das Bündel Papier in seinen Rock und beschloss, die Seiten zu Hause bei einer Tasse Tee noch vor dem Mittagessen durchzusehen.

Kapitel 23

Professor Gönner ging gemächlichen Schrittes nach Hause, wo seine Haushälterin erfreut war, den Herrn Professor etwas früher nach Hause kommen zu sehen. Freudig bereitete sie ihm den gewünschten Tee und servierte ihn in einer eigentlich nur für den Sonntag reservierten Tasse. Diese Gunstbezeigung fiel allerdings auf wenig fruchtbaren Boden, dafür war Gönner zu sehr in Gedanken verloren. Er erinnerte Frau Gruber daran, dass er einen Gast zum Essen erwartete, was sie mit einem »natürlich, selbstverständlich« quittierte, bevor sie in der Küche verschwand.

Gönner nahm Dietls Manuskript und überflog den Text. Er musste gestehen, dass dieser sehr gut und verständlich geschrieben war. Er kürzte lediglich einige langatmige Stellen und ergänzte ein paar Wörter. So würde die Rede einen guten Eindruck hinterlassen. Schmidbauer hätte zwar andere, einfachere Worte gewählt, aber er war sicher, dass Dietl seine entsprechend darbieten konnte. Sein Stil war etwas akademischer, predigthafter als der Schmidbauers, aber dem Anlass durchaus angemessen. Gönner beschloss, Dietl das Manuskript gleich am nächsten Tag zurückzugeben, dann wäre diese Sache abgeschlossen und er konnte sich wieder den wichtigen Dingen widmen.

Gerade als er aufstand und die Blätter zu seinen Papieren für den morgigen Tag legte, kam Frau Gruber in den Raum.

»Entschuldigen Sie die Störung Herr Professor, aber da ist ein Student, der Sie unbedingt sprechen will. Er ließ sich einfach nicht wegschicken.«

»Ist schon gut, Frau Gruber. Ich habe doch immer ein offenes Ohr für die Anliegen der jungen Herren. Lassen Sie ihn eintreten!«, antwortete Gönner.

Frau Gruber tat wie geheißen und auf der Schwelle erschien verschüchtert ein junger Herr, die Studentenkappe kreiste nervös in seinen Händen.

»Guten Tag Herr Professor Gönner, entschuldigen Sie, dass ich Sie störe!«, stammelte er.

Gönner sah den jungen Mann stirnrunzelnd an und sagte dann: »Ah, Breitling! Viertes Semester, ja? Sie hatten doch in der letzten Vorlesung diese bemerkenswerte Frage zur römischen Rechtsgeschichte, nicht wahr? Außergewöhnlich für einen Viertsemester, sehr außergewöhnlich!«

»Danke Herr Professor«, murmelte Breitling.

Gönner wies auf einen der Ledersessel.

»Kommen Sie, setzen Sie sich. Sie stören nicht minder. Sie wissen, ich habe immer ein offenes Ohr für meine Studenten.«

Breitling kam vorsichtig, sehr nervös näher und setzte sich auf den vorderen Rand des Sessels. Gönner blieb stehen und sah den Studenten fragend an.

»So, dann erzählen Sie mal, was Sie auf dem Herzen haben, junger Mann!«

Breitling rutschte unruhig auf dem Sessel herum.

»Es ... es geht um Arnold. Arnold Brombach. Sie kennen ihn sicher, er sitzt immer neben mir. Er ist verschwunden.«

»Verschwunden? Wie meinen Sie das?«, fragte Gönner erstaunt und nahm nun doch dem Studenten gegenüber Platz.

Breitlings Kappe rotierte nun noch schneller in seinen Händen.

»Ja ... verschwunden halt. Er war nicht an der Uni, zu Hause auch nicht. Das ist sehr ungewöhnlich ...«

Gönner sah die Verzweiflung im Blick des jungen Mannes.

»Haben Sie denn schon überall nachgesehen, ich meine, an allen Orten, die Ihr Freund Brombach gerne hat? Hat er Freunde hier, Verwandte, vielleicht ein Fräulein?«, fragte er betont ruhig.

»Nein«, antwortete Breitling, »er kommt wie ich aus dem Schwäbischen. Wir kennen hier beide niemanden und ein Mädchen hat er auch nicht. Ich habe doch schon überall gesucht!«

»Neigt ihr Freund vielleicht zu sehr dem Alkohol zu? Haben Sie in den letzten Tagen gefeiert? Waren Sie nicht unter den Herren, die ich vor kurzem ins Gebet genommen habe?«, sagte Gönner und blickte Breitling streng an.

Breitling nickte betreten und erzählte Gönner, was nach der Feier im Gasthaus Feininger geschehen war und von seinem Besuch bei Schnabelmeier im Gefängnis.

»Wachtmeister Schnabelmeier hat sich an diesen Arnold erinnern können?«, fragte Gönner erstaunt.

»Ja, das hat er«, nickte Breitling eifrig, »Arnold ist sehr groß und dürr, den vergisst man so leicht nicht.«

Gönner beobachtete Breitling interessiert beim Drehen seiner Kappe. Konnte das Verschwinden des Studenten etwas mit dem Mord an Schmidbauer zu tun haben? War etwa der verschwundene Student der Mörder? Gönner konnte sich darauf keinen Reim machen.

»Was sollen wir jetzt machen, Herr Professor?«, unterbrach ihn Breitling bei seinen Gedanken, »gleich zur Gendarmerie zu gehen habe ich mich nicht getraut.«

Gönner lehnte sich nach vorne und klopfte dem jungen Mann auf die Schulter.

»Schon gut Breitling, Sie haben das sehr gut gemacht. Ich werde mich um die Sache kümmern und auch mit Kommissär Wirschinger sprechen. Ich stehe mit ihm in Kontakt wegen der Vorbereitungen des Festes, da kann ich ihn unauffällig fragen.«

Breitling stoppte erleichtert die Rotation der Kappe und sah erfreut auf. »Das würden Sie machen, Herr Professor?«

»Selbstverständlich Breitling. Gehen Sie nach Hause, legen Sie sich hin, oder noch besser, lernen Sie für ihre Prüfungen, wir werden dann weitersehen. Ich mache das schon«, sagte Gönner beruhigend. Er stand auf und ging zur Tür, ein Zeichen, dass die Unterredung beendet war. Breitling erhob sich ebenfalls.

»Danke Herr Professor, vielen Dank! Ich wusste nicht, an wen ich mich wenden sollte«, sagte er erleichtert, »Sie sind immer so gut zu uns Studenten ...«

»Jetzt ist gut, Breitling. Sie können immer zu mir kommen. Aber jetzt gehen Sie. Ich lasse Sie wissen, wenn sich etwas ergeben hat. Wir sehen uns morgen in der Vorlesung. Guten Tag, Breitling.«
Gönner hielt die Tür auf und nickte dem Studenten kurz zu.

»Auf Wiedersehen, Herr Professor. Danke für alles. Guten Tag.«

Breitling verbeugte sich, setzte seine Kappe auf und verließ den Raum. Gönner schloss ganz in Gedanken die Tür. Er hörte, wie Frau Gruber den Studenten im Flur verabschiedete und sich die Haustür hinter ihm schloss.

Der Professor stellte sich ans Fenster und blickte durch die Vorhänge nach unten in die Stadt. Er sah Breitling auf die Straße treten. Er ging schnell nach links in Richtung Heilig Geist Kirche. Konnte es sein, dass es eine Verbindung zwischen dem Mord an Schmidbauer und dem Verschwinden Brombachs gab? Gönner lauschte auf das Ticken der großen Standuhr neben dem Fenster und dachte nach.

Kapitel 24

Gerade, als Gönners Gedanken zum bevorstehenden Mahl übergingen, verkündete Frau Gruber mit wichtiger Miene die Ankunft Kommissär Wirschingers.

»Herr Kommissär«, begrüßte Gönner ihn etwas zu überschwänglich und ärgerte sich sogleich darüber, »ich habe Sie schon erwartet. Darf ich Sie in das Speisezimmer bitten? Ich freue mich, dass Sie heute Mittag mein Gast sind, dabei können wir alles in Ruhe besprechen, bitte!«

»Vielen Dank Herr Professor, es ist mir eine Ehre!«, antwortete Wirschinger ein wenig überrascht über die Freundlichkeit des Professors.

Gönner wies auf die Tür, und Wirschinger marschierte, angeleitet durch den Professor, in das Speisezimmer. Die beiden nahmen Platz und schon erschien auch Frau Gruber und servierte eine der Jahreszeit gemäße Spargelsuppe. Nach deren stillen Genuss konnte sich Wirschinger nicht mehr weiter zurückhalten und preschte vor:

»Es gibt Neuigkeiten. Richter war gestern nochmals in Schmidbauers Wohnung ...«

»Hat er etwas herausgefunden?«, unterbrach ihn Gönner neugierig, nahm seine Serviette und wollte sich den Mund abtupfen.

»Eigentlich nicht, aber er konnte einen Eindringling festnehmen, offensichtlich einen Ihrer Studenten!«

»Ein Student? Wie sah er aus? Hat er was gesagt?« fragte Gönner erstaunt und ließ die Serviette sinken.

»Er war stumm wie ein Fisch«, entgegnete Wirschinger und beschrieb den Studenten, wie Richter ihm berichtet hatte. Gönner runzelte die Stirn.

»Ich bin mir nicht sicher, aber es könnte sich um Emmrich handeln, den ich in der Nacht vor dem Haus beobachtet habe.«

Gönner nahm die Serviette wieder hoch und tupfte sich die

Lippen ab. Blau war heute an der Reihe. Frau Gruber achtete penibel auf wechselnde Gestaltung des Esstisches – was Gönner relativ egal war.

»Ich habe es leider erst heute bei Dienstantritt erfahren«, sagte Wirschinger, »ich habe Richter gestern nicht mehr gesehen. Er hat ihn ins Gefängnis gebracht. Er könnte durchaus etwas mit dem Mord zu tun haben.«

»Denken Sie wirklich, dass Emmrich Schmidbauer ermordet hat und sich dann immer wieder am Tatort sehen lässt? Hm ... das verstehe ich nicht«, entgegnete Gönner, schüttelte den Kopf und legte die Serviette zurück auf seine Oberschenkel, »ich hatte gerade eben Besuch eines Studenten, Ferdinand Breitling. Er berichtete mir über einen Kommilitonen, der angeblich verschwunden sei.«

»Sie denken, es gibt einen Zusammenhang?«

»Das kann ich mir nicht vorstellen, aber natürlich sollten wir diesbezüglich unsere Fühler ausstrecken!«

Ehe Wirschinger etwas erwidern konnte, betrat Frau Gruber den Raum und servierte den Hauptgang, einen Sauerbraten mit Spätzle auf schwäbische Art, Gönners Leibgericht.

»Bitte, greifen Sie zu«, sagte Gönner, was sich Wirschinger nicht zweimal sagen ließ. Als Frau Gruber wieder außer Hörweite war, sagte Wirschinger: »Wenn es Ihre Zeit erlaubt, schlage ich vor, Sie begleiten mich nach dem Essen ins Gefängnis. Ich wollte mir diesen Burschen ansehen und ihn verhören.«

»Selbstverständlich werde ich Sie begleiten! Wir haben ja abgemacht, dass Sie meine Studenten nicht alleine befragen werden!« antwortete Gönner leicht säuerlich.

»Aus diesem Grunde habe ich gewartet, bis wir uns heute sehen«, konterte Wirschinger. Den Rest der Mahlzeit verbrachten die beiden wieder schweigend und jeder in seinen Gedanken, bis Frau Gruber kam und sich um die leeren Teller kümmerte.

»Wünschen die Herren noch einen Nachtisch?«, fragte sie und schaute die beiden lächelnd an.

»Also ich für meinen Teil bin mehr als satt, danke. Es hat vorzüglich geschmeckt, liebe Frau Gruber«, sagte Wirschinger und klopfte sich zur Bestätigung auf den Bauch.

»Es war wie immer sehr gut Frau Gruber«, stimmte Gönner zu. Dann wandte er sich an Wirschinger, nahm seine Serviette und legte sie auf dem Tisch ab.

»Ich denke, wir gehen ins Studierzimmer und gönnen uns noch einen kleinen Dessertwein, den ich vor kurzem aus Italien, genauer gesagt, aus dem Piemont bekommen habe. Was halten Sie davon Herr Kommissär?«

»Eine sehr gute Idee, Herr Professor«, antwortete Wirschinger, »das wird sicherlich nicht schaden! Nach diesem vorzüglichen Essen mache ich sogar eine Ausnahme!«

Die beiden Herren erhoben sich und gingen nach Nebenan.

Während sich Gönner an der Weinflasche und den Gläsern zu schaffen machte, ging Wirschinger interessiert zu den langen Bücherregalen und besah die dort aufgereihten Bände.

»Das sind alles spanische Dörfer für mich«, sagte er mit schräg gestelltem Kopf, »ich könnte mir nicht vorstellen, mich mit solch trockener Materie zu beschäftigen!«

Gönner trat zu ihm und reichte ihm ein Glas mit dem piemontesischen Süßwein.

»Das scheint nur so«, bemerkte Gönner lächelnd, »für mich ist die Jurisprudenz ein sehr aufregendes und interessantes Gebiet. Regeln für das Zusammenleben der Menschen festzulegen und zu kommentieren ist doch eine und nützliche Sache, vor allem wenn es um so etwas Grundsätzliches geht, wie Verfassungen. Die Grundrechte der Menschen, der Staatsbürger in Worte und Regeln zu fassen, ist eine ehrenvolle Aufgabe und allemal besser, als von einem Herrscher regiert zu werden, der nur seinen Willen gelten lässt und für den Menschen rechtlose Sklaven sind.«

»Oh, passen Sie nur auf mit solchen Aussagen, Herr Professor, das könnte Ihnen schaden!«, konterte Wirschinger lachend.

»Na, das bleibt ja unter uns, und Sie werden mich schon nicht gleich verhaften«, grinste Gönner, »aber Sie werden sehen, mein lieber Herr Kommissär, die Zeit der Rechtlosigkeit der einzelnen Individuen wird bald vorbei sein.«

»Das sieht unser französischer Freund, der uns zurzeit so gerne besucht, wohl etwas anders!«, schmunzelte Wirschinger.

»Vielleicht«, entgegnete Gönner, »aber gerade er beschäftigt sich auch mit den Rechten der Menschen und er kommt ja aus einer Revolution, die gerade sehr wichtige Grundsätze eingeführt hat ... aber lassen wir das jetzt. Wir beide müssen uns schließlich nicht um die große Politik kümmern. Wir haben einen Mord aufzuklären!«

Er hob sein Glas und prostete dem Kommissär zu.

»Zumindest genießen Sie jetzt ein Glas, obwohl Sie im Dienst sind!«, bemerkte Gönner anerkennend.

»Ein kleines Schlückchen ist schon mal erlaubt! Zum Wohle, Herr Professor«, sagte Wirschinger und trank den Wein in einem Zug aus, während Gönner nur leicht nippte, um sich den Genuss einzuteilen.

»Wobei das immer noch nicht so ganz in meinen Kopf will, Herr Professor«, brummte Wirschinger, »ich muss aber sagen, dass unsere Arbeitsteilung bisher recht gut funktioniert.«

»Na sehen Sie Herr Kommissär«, lächelte Gönner etwas gequält, »man kann sich zu allem überwinden. Wir haben ein gemeinsames Ziel, das hält uns zusammen. Noch einen Schluck?«

»Nein, danke. Ich denke, wir sollten uns zum Gefängnis aufmachen und diesen Emmrich befragen.«

»Sie haben Recht, Herr Kommissär. Ich hole meinen Mantel.«

Kapitel 25

Im Gefängnis in der Spiegelgasse hatte Wachtmeister Schnabelmeier sein karges Mahl beendet und steckte sich zwecks Verdauung eine Pfeife an, die er in seinem Sessel sitzend in aller Ruhe zu genießen gedachte. Sein momentan einziger Gast, ein Student, den Gendarm Richter gestern Mittag eingeliefert hatte, war jetzt ruhig. Der junge Mann hatte ihn den ganzen Abend genervt und ihn beim Genuss des neuen Fässchen Weins, dass er sich tags zuvor besorgt hatte, gestört. Er hoffte, dass Richter oder der Kommissär ihn bald von diesem Störenfried erlösen würden. Rudi hatte sich immer noch nicht blicken lassen. Langsam machte sich Schnabelmeier Sorgen.

Er steckte sich stirnrunzelnd die Pfeife in den Mund. Hoffentlich war ihm nichts passiert, in den heutigen, unruhigen Zeiten konnte man nie wissen, auf wen man traf. Dumm, dass er hier nicht wegkonnte, dann würde er ein wenig Ausschau nach dem Freund halten.

Er lehnte sich zurück und widmete sich seiner Pfeife. Als er gerade den ersten tiefen Zug genossen hatte, klopfte es an der Tür und Kommissär Wirschinger trat in Begleitung eines anderen Herrn in die Wachstube. Der Wachtmeister sprang auf und salutierte vor dem Kommissär.

»Ruhig, Schnabelmeier«, entgegnete Wirschinger entspannt, »wir kommen, um Ihren Gast abzuholen. Ich darf Ihnen Professor Gönner von der Universität vorstellen!«

Schnablmeier salutierte wackelnd vor Gönner und wandte sich an den Kommissär:

»Guten Tag, Herr Kommissär! Er war ein bisserl unruhig gestern Abend, hat die Nacht aber gut überstanden. Ich führ' Sie zu ihm.«

Schnabelmeier ging voraus in den Zellengang und öffnete eine in der Mitte liegende Zelle.

»Bittschön«, sagte er und ließ die beiden Herren eintreten. Emmrich sprang von seiner Pritsche hoch und sah Professor Gönner erfreut an.

»Professor Gönner! Danke, dass Sie kommen!«

»Guten Tag, Emmrich«, entgegnete Gönner, »ich dachte nicht, dass ich Sie hier in dieser Umgebung wiedersehe! Das ist Kommissär Wirschinger und wir beide haben ein paar Fragen an Sie! Setzen Sie sich!«

Emmrich ließ sich konsterniert auf die Pritsche fallen, während sich Wirschinger an den Wachtmeister wandte und ihn zurück in seine Stube beorderte. Schnabelmeier drehte sich grummelnd um und zog davon.

»So mein lieber Emmrich, jetzt erzählen Sie uns einmal, warum Sie hier sind!«, sagte Gönner und stellte sich mit verschränkten Armen vor den Studenten.

»Das weiß ich nicht, Herr Professor!«, stammelte Emmrich.

»Sie waren in der Wohnung Professor Schmidbauers, was hatten Sie dort zu suchen?«, blaffte Wirschinger.

»Na ja, ich wollte zu Professor Schmidbauer!« antwortete Emmrich erstaunt.

»Kommen Sie Emmrich«, knurrte Gönner, »Sie haben doch sicher schon gehört, dass Professor Schmidbauer verreisen musste! Das wurde an der Universität bereits bekannt gegeben und soweit ich die Vorlesungspläne im Kopf habe, war Ihr Semester bereits von diesem Ausfall betroffen! Also, was wollten Sie dort?«

»Ich ... ich dachte, vielleicht habe ich noch Glück und treffe ihn noch an, weil ...«

»Emmrich, binden Sie mir keinen Bären auf, Sie sind kein guter Lügner!«, fauchte Gönner.

Der Student schwitze, rutschte unruhig auf der Pritsche herum und starrte auf den Boden.

»Na kommen Sie, junger Mann«, sagte Wirschinger und baute sich drohend vor dem jungen Mann auf, »wir können Sie auch noch ein paar Tage hierlassen, immerhin wurden Sie in einer Wohnung angetroffen, in der eingebrochen wurde. So wie sich die Sachlage für uns darstellt, haben Sie damit etwas zu tun!«

Emmrich fuhr hoch, die Angst war ihm ins Gesicht geschrieben.

»Herr Kommissär, ich habe nichts mit einem Einbruch zu tun! Bitte glauben Sie mir!«

»Warum waren Sie dann in der Wohnung? Jetzt mal raus mit der Sprache!«, schnauzte Wirschinger scharf. Gönner warf dem Kommissär einen finsteren Blick zu.

»Wir können uns kein Bild von der Sache machen, wenn Sie uns nicht die Wahrheit sagen!«, versuchte Gönner betont ruhig zu sagen, »Sie wurden immerhin an einem Einbruchs-Tatort angetroffen, dass die Gendarmen dabei misstrauisch werden, müssen Sie verstehen!«

Emmrich blickte den Professor verängstigt an.

»Ich habe mit einem Einbruch nichts zu tun! Ich bin auf der Suche nach einem Kommilitonen, Arnold Brombach! Er ist verschwunden ...«

Gönner stutzte. Diese Geschichte hatte er vor kurzem schon einmal gehört. Er beschloss, sich davon nichts anmerken zu lassen.

»Was veranlasst Sie, gerade in der Wohnung des Kollegen Schmidbauer nach Brombach zu suchen?«, fragte er stattdessen.

»Arnold tauschte sich mit Schmidbauer über irgendwelche philosophischen Dinge aus, außerdem hat ihm der Professor immer wieder einige seiner Bücher geliehen. Ich dachte, vielleicht finde ich dort eine Spur von ihm und als ich sah, dass die Tür offen war, bin ich in die Wohnung gegangen. Ich hab die Tür nicht aufgebrochen, und stehlen wollte ich auch nichts, das müssen Sie mir glauben!«

»Warum sollte dieser Brombach gerade an diesem Nachmittag dort gewesen sein?«, bohrte Wirschinger nach.

»Weil er schon einige Male zu dieser Zeit beim Professor war, nach den Vorlesungen und vor dem Abendessen. Ich wollte nur nachsehen, ob er dort ist, ehrlich!«

Wirschinger und Gönner wechselten einen schnellen Blick.

»Gut, wir wollen Ihnen glauben«, sagte Gönner, »Sie gehen jetzt am besten nach Haus. Bereiten Sie sich auf die nächsten Vorlesungen vor und holen Sie das heute Versäumte nach! Sollten wir noch weitere Fragen haben, werden Sie wieder von uns hören!«

Emmrich stand auf und nickte Gönner erleichtert zu.

»Danke Herr Professor, ich werde mein Bestes tun!«

Wirschinger trat in den Zellengang und Emmrich ging schnell an ihm vorbei, verabschiedete sich kurz von Schnabelmeier und beeilte sich aus dem Gefängnis zu kommen. Wirschinger und Gönner verabschiedeten sich ebenfalls. Schnabelmeier konnte sich endlich wieder erleichtert seiner Pfeife widmen, auch wenn es ihn sehr ärgerte, dass er von dem Gespräch der beiden Herren mit dem Studenten nichts mitbekommen hatte.

»Was halten Sie davon?«, fragte Wirschinger als er mit Gönner vor die Tür des Gefängnisses trat.

»Ich weiß nicht«, antwortete Gönner und zog seinen Mantelkragen gerade, »ich bin mir nicht sicher, ob er uns alles gesagt hat. Das Verschwinden dieses Brombachs gefällt mir gar nicht.«

»Sie sehen einen Zusammenhang? Ist er vielleicht der Mörder?«

»Kann ich mir nicht vorstellen«, sagte Gönner grübelnd, »wo müssen Sie hin? Zu ihrer Dienststelle? Ich begleite Sie!«

Wirschinger nickte und die beiden machten sich über die Neustadt auf den Weg.

»Ich kann mir einen Studenten beim besten Willen nicht als Mörder vorstellen«, sagte Gönner grübelnd und verschränkte seine Hände hinter dem Rücken.

»Leider ist aus polizeilicher Sicht nichts unmöglich«, entgegnete Wirschinger und zuckte die Schultern, »aber vielleicht ist dieser Brombach nur ein Zeuge, er hat den Mord beobachtet und ist deswegen geflohen. Oder der Mörder hat auch ihn schon ...«

»Nana, Wirschinger, wir wollen nicht das Schlimmste annehmen!«, mahnte Gönner.

»Wir müssen für alles gewappnet sein, Herr Professor! Aber gut, lassen wir andere Personen nicht außer Acht. Sie wollten diesen Klosterknecht befragen ...«

»Ja, in ihm sehe ich durchaus einen möglichen Täter, dieser Kerl macht den Eindruck, als dass er solch wuchtige Stiche ausführen könnte! Ich werde so schnell es geht mit Heitmeyer sprechen.«

»Tun Sie das, Herr Professor«, antwortete Wirschinger und blieb stehen. Sie waren an der Grasgasse angekommen.

»Verständigen Sie mich, sobald Sie etwas Neues erfahren«, sagte er und reichte Gönner die Hand.

»Selbstverständlich, Herr Kommissär!«

Wirschinger nickte und ging durch die Grasgasse nach vorne zum Rathaus, das links zur Altstadt hin lag. Gönner wandte sich um, überquerte die Neustadt und bog dann nach rechts zur Universität ab.

Kapitel 26

In der Universität angekommen wurde Gönner schon sehnsüchtig von Universitätsdiener Bielmaier erwartet. Dieser hatte von einem Boten ein amtliches Schreiben der Regierung in München entgegengenommen und überreichte dieses nun geschäftig. Gönner bedankte sich etwas verwirrt, ging grübelnd in sein Studierzimmer und schloss das Zimmer ab. Er riss das dicke, rote Siegel der Regierung auf und ließ sich in seinen Sessel fallen. Seine Miene verfinsterte sich zusehends, je mehr er gelesen hatte. Ärgerlich warf er den Brief auf den Schreibtisch.

Der erste Minister des Kurfürsten, Graf Montgelas, von dem das Schreiben persönlich abgezeichnet worden war, erhöhte den Druck auf die Universität. Er erwartete in den Reden eine deutliche Aussage zur modernen Ausrichtung der Einrichtung. Zudem erinnerte er Gönner an seine Verantwortung in Bezug auf die Akzeptanz der Universität in ihrer neuen Heimatstadt. Gönner starrte das Schreiben böse an. Nicht auszudenken dachte er, wenn Montgelas irgendetwas bezüglich des Mordes erfahren würde. Er mochte sich gar nicht ausmalen, was der Graf dann mit ihm anstellen würde. Er lehnte sich in seinen Stuhl zurück und grübelte, ob der Minister bereits irgendetwas in Erfahrung hatte bringen können. Der eingeweihte Personenkreis war extrem klein und er war sich sicher, dass keiner davon auch nur ein Sterbenswörtchen ausgeplaudert hatte. Gönner hielt zwar nach wie vor nicht viel von den Fähigkeiten des Kommissär Wirschinger, aber da es bei dieser Sache auch um seinen Kopf ging, war anzunehmen, dass man sich auf ihn verlassen konnte. Auch an der Loyalität des Gendarmen Richter zu seinem Vorgesetzten zweifelte er in keinster Weise.

Allerdings kannte er Graf Montgelas und dessen Misstrauen gegenüber allen Akademikern, sowie dessen Bestreben, die Universität zu einer Eliteschmiede zu machen. Dafür war er bereit, alle Mittel einzusetzen. Gönner wusste, dass der Graf den von ihm ungeliebten Professor Sailer durch die Geheimpolizei überwachte. Er ließ dessen Korrespondenz heimlich öffnen und erhielt regelmäßig Berichte von seinen Spitzeln. Gönner war sich durchaus im Klaren darüber, dass auch er selbst Gegenstand solcher Berichte war, wenn wahrscheinlich auch in geringerem Umfang. Aber der Graf wollte nichts dem Zufall überlassen, dessen war er sich sicher. Montgelas hatte ohne Zweifel seine Zuträger an der Universität. Aus diesem Grunde nahm er sich fest vor, keinerlei schriftliche Aufzeichnungen über die Angelegenheit Schmidbauer zu verfassen und hoffte inständig, dass der Kommissär dies ebenfalls unterließ. Auch Wirschinger war neu in der Stadt und dadurch bestimmt unter Montgelas besonderer Beobachtung.

Er las den Brief nochmals und versuchte auch die Informationen zwischen den Zeilen zu ergründen, was ihn aber nur mehr von Montgelas' Erwartungen ihm gegenüber überzeugte. Er faltete den Brief wieder zusammen und legte ihn zur Korrespondenz mit der Regierung. Nun gut, dachte er. Der Druck steigt. Er musste zusehen, dass er zusammen mit Wirschinger den Mord so schnell und so unauffällig es ging aufklärte, alles Widrigkeiten zum Trotz.

Kapitel 27

Die letzten Studenten hatten das Kloster verlassen. Alles war ruhig. Leise schlich er in den Keller. Der Mediziner arbeitete in seinen Räumen, die Tür war angelehnt und der Schein der Laternen warf einen fahlen Lichtstreifen in den Kellergang. Auf eine Laterne hatte er verzichtet. Er kannte sich im Kloster so gut aus, dass er kein Licht benötigte. Sein Weg führte ihn weiter bis ans Ende des alten Kellerlabyrinths, dorthin, wo dieser Professor seit ein paar Tagen immer wieder herumging. Der hintere Raum war jetzt mit einem Schloss versperrt. Er hatte letzte Nacht bereits versucht, in den Raum zu kommen, aber das Hindernis war nicht zu überwinden. Auch jetzt stand er wieder vor der dicken Eichentür und rüttelte vorsichtig und leise an dem großen Vorhängeschloss. Was mochte sich hinter der Tür verbergen? Warum hatte man sie mit einem Schloss gesichert? Plötzlich hörte er leise Geräusche. Er hielt den Atem an. In seinem Rücken näherten sich Schritte. Der Lichtschein einer Laterne kroch langsam über die Wände auf ihn zu. Schnell huschte er in einen angrenzenden Raum. Die Schritte näherten sich und stoppten. Die Lichtfinger der Laterne wanderten von Wand zu Wand und blieben für wenige Augenblicke an der verschlossenen Tür hängen. Plötzlich war es wieder dunkel, der Träger der Laterne hatte sich offensichtlich umgedreht und ging zurück. Er trat aus seinem Versteck und blickte der sich entfernenden Gestalt grimmig nach.

Kapitel 28

Zu Hause angekommen, freute sich Professor Gönner auf einen ruhigen Abend. Diese Freude wurde jedoch nach kurzer Zeit jäh gestört. Frau Gruber trat in sein Studierzimmer.

»Entschuldigen Sie Herr Professor, der Herr Obernburger wäre jetzt hier. Sie hatten ihn zum Gespräch gebeten.«

Gönner blickte seine Haushälterin entgeistert an. Natürlich, die Besprechung mit dem Ratsherrn, das hatte er in dem Trubel ganz vergessen. Verdattert schlug er sich mit der flachen rechten Hand an die Stirn.

»Ja, natürlich, er soll reinkommen!«, rief er ungeduldig.

In diesem Moment schob sich auch schon die große, beleibte Gestalt des Ratsherrn an Frau Gruber vorbei in den Raum.

»Herr Professor Gönner, schön Sie zu sehen!«, ertönte eine helle Stimme, die nicht zu der massigen Gestalt passen wollte. Gönner sah entgeistert auf den dicken Ratsherrn, der sich auch schon auf das Kanapee fallen ließ und es sich dort bequem machte.

»Ja, danke Frau Gruber«, sagte Gönner etwas überrumpelt und starrte den Ratsherrn an.

»Herr Obernburger – ein Gläschen Wein?«

»Ja, danke, von Ihrem guten Roten, sehr gerne!«, erwiderte der Ratsherr gut gelaunt, wetzte auf dem Kanapee hin und her und grinste den Professor schief an.

»Sie hören es Frau Gruber, bitte von unserem guten Roten!«, nickte Gönner seiner Haushälterin zu. Sie ging und kam sogleich mit einem Krug und zwei Gläsern zurück.

»Danke Frau Gruber, ich mache das schon«, sagte Gönner.

Die Haushälterin nickte und verließ den Raum. Gönner füllte die beiden Gläser und setzte sich gezwungenermaßen auf einen Sessel. Beide prosteten sich zu. Obernburger setzte das Glas an und leerte es mit einem einzigen Zug.

Gönner sah ich gezwungen, nachzuschenken, was Obernburger mit einem dankbaren Lächeln quittierte. Er lehnte sich entspannt zurück, das Glas in der Hand.

»Wissen Sie, dass ich es immer sehr genieße, hier bei Ihnen zu sein?«, sagte er mit einem strahlenden Lächeln und sah sich freudig im Zimmer um.

Der Professor machte ein erstauntes Gesicht. Von großer Harmonie konnte man bisher bei diesen Gesprächen nicht sprechen. Der Ratsherr schien irgendetwas im Schilde zu führen. Gönner nahm sich vor, auf der Hut zu sein.

»Das überrascht mich jetzt schon etwas, Herr Obernburger«, sagte er dann auch mit süffisantem Unterton.

»Herr Professor, nehmen Sie unsere Zwistigkeiten doch nicht so ernst«, erwiderte Obernburger und trank einen Schluck, »unsere Stadt ist eben immer noch überfordert mit der neuen Einrichtung und Sie machen es uns ja auch nicht immer leicht. Hinzu kommt die allgemeine Lage ... «.

»Herr Obernburger«, unterbrach Gönner unwirsch, »das verstehe ich alles, aber so wie Sie oftmals gegen die Universität polemisieren, geht einfach zu weit.«

Obernburger rutschte nervös auf dem Kanapee herum.

»Ja, man schießt manchmal über das Ziel hinaus«, murmelte er und drehte das Glas in einer Hand umher, dann sah er Gönner strahlend an.

»Als ein Zeichen der Deeskalation darf ich Ihnen mitteilen, dass wir Ihre Pläne für das Installationsfest voll und ganz genehmigen und unterstützen.«

Gönner sah erstaunt auf. »Auch den Triumphbogen?«

Obernburger nickte. »Ja, auch den. Es spricht nichts dagegen.«

Gönner wollte seinen Ohren nicht trauen. Gerade dies war bisher ein heftiger Streitpunkt gewesen. Was mochte den Ratsherrn bewogen haben, seine Meinung zu ändern? Gönner rief sich die teils heftigen Streitgespräche ins Gedächtnis. Der ganze Ärger umsonst?

»Ich sehe«, unterbrach Obernburger Gönners sinnieren und legte den Arm entspannt auf die Rücklehne des Kanapees, »das Sie das sehr überrascht. Sie denken jetzt sicher, was hat der Kerl vor, was ist sein Hintergedanke, was will er dafür? Ich kann sie beruhigen, Herr Professor, da ist nichts!«

»Sehen Sie, damit habe ich ein Problem«, erwiderte Gönner nachdenklich und beugte sich nach vorne, »ich kenne Sie mittlerweile ein wenig, lieber Herr Ratsherr. Daraus ergeben sich meine Zweifel. Ich erinnere mich an unser letztes Gespräch, da hatten Sie noch heftig widersprochen, Sie sind wutschnaubend aus meinem Studierzimmer gerannt!«

Er starrte dem immer noch selig lächelnden Ratsherrn in das feiste Gesicht.

»Ja, und das war mir im Nachhinein auch etwas peinlich«, antwortete dieser nickend, »eigentlich wollte ich nicht so heftig reagieren, aber am Abend zuvor kam es wieder einmal zu einem dieser Zwischenfälle mit den Studenten und ich war etwas aufgebracht.«

»Etwas aufgebracht ist ein wenig untertrieben!«, brummte Gönner und lehnte sich wieder zurück. Nur langsam ließ seine Verwunderung nach und wich einer gewissen Neugier.

»Aber nun gut«, fuhr er langsam fort, »wir wollen versuchen, dass die Atmosphäre bei unserem heutigen Gespräch etwas angenehmer wird. Wobei Sie mich mit der Genehmigung für das Fest natürlich schon positiv gestimmt haben.«

»Na sehen Sie«, grinste Obernburger, »das ist doch schon mal ein guter Anfang.«

»Aber ich frage mich immer noch, was Sie einerseits zu diesem Meinungsumschwung bewogen hat und andererseits, was Sie als Gegenleistung dafür wollen!«, sagte Gönner, hob fragend seine Augenbrauen uns lehnte sich wieder zurück.

»Herr Professor, sehen Sie das doch mal positiv, man kann seine Meinung doch ändern und eine Gegenleistung ... Naja, so kann man das nicht nennen, weil ...«, stotterte er unbeholfen herum.

Gönner richtete sich kerzengerade auf.

»Also doch!«, rief er grimmig aus, »Sie wollen doch etwas für diese Genehmigung! Habe ich mich doch nicht in Ihnen getäuscht!«

»Beruhigen Sie sich Herr Professor, alles halb so schlimm«, erwiderte Obernburger besänftigend und hob sein Arme, »diese Gegenleistung ist mit Sicherheit auch eine gute Sache für Sie, also für die Universität.«

»Na, dann klären Sie mich mal auf«, brummte Gönner und blickte Obernburger mit zusammengekniffenen Augen an. Er hatte sich wieder entspannt und senkte den Kopf.

»Ihr neues Refugium, das alte Kloster, ist mit Sicherheit noch voll mit, sagen wir salopp, altem Plunder, den Sie loswerden wollen. Ich würde mich bereit erklären, Ihnen die Sachen zu für Sie angenehmen Konditionen abzukaufen. Ein wenig Geld würde Ihnen sicher guttun, nicht wahr?«

Oberhofer beugte sich nach vorne und sah Gönner fragend an. Der Professor zog die Augenbrauen zusammen, daher also wehte der Wind. Obernburger witterte ein Geschäft und hatte deswegen seine fundamentale Gegnerschaft bezüglich des Festes aufgegeben. Gönner lehnte sich zurück und überlegte einige Augenblicke.

»Nun, Herr Obernburger, wir müssen uns natürlich erst einmal ein Bild über das Inventar machen«, sagte er schließlich vorsichtig, »damit ist der Kollege Schmidbauer beschäftigt, ich werde mit ihm sprechen, wenn er von seiner Reise zurückgekehrt ist. Momentan rauben sowieso wichtigere Dinge meine Zeit, das werden Sie verstehen. Wenn hier endlich Ruhe eingekehrt ist, können wir uns gerne darüber unterhalten.«

»Ich wusste, dass man mit Ihnen reden kann«, antwortete

Obernburger, nahm sein Weinglas und lehnte sich entspannt zurück, »die Sache eilt ja nicht. Ich wollte Ihnen nur zu verstehen geben, dass ich interessiert bin und mich mit Sicherheit nicht kleinlich zeigen werde. Die Universität hat sicher ein daran, mit örtlichen Partnern Geschäfte zu machen, die dann auch bei anderen Gelegenheiten behilflich sein können.«

»Die Botschaft ist angekommen!«, nickte Gönner.

»Gut, dann will ich Ihnen nicht weiter die Zeit rauben, ich muss noch in den Magistrat, Sie verstehen!«, sagte Obernburger plötzlich und erhob sich.

»Kein Problem!«, sagte Gönner und stand ebenfalls auf, »ich wünsche mir eine gute Zusammenarbeit mit dem Rat der Stadt!«

»Das wünsche ich mir auch! Auf Wiedersehen Herr Professor, ich hoffe, wir sehen uns vor dem Fest noch einmal.«

»Das hoffe ich auch! Auf Wiedersehen, Herr Obernburger!«

Die beiden Männer schüttelten die Hände und der Ratsherr verließ die Wohnung.

Gönner ließ sich nochmals in seinen Sessel fallen und genehmigte sich noch ein Schlückchen Wein. Wenigstens hatte sich nun das Problem mit dem Rat der Stadt erledigt, auch wenn dieser geldgierige Ratsherr die Sache zu seinen Gunsten gedeichselt hatte. Aber das sollte ihn nicht weiter stören.

Die Entscheidung bezüglich des Inventars des alten Klosters lag nicht alleine in seinen Händen. Für diese Angelegenheit war vom akademischen Senat Professor Schmidbauer bestimmt worden. Er konnte sich vage erinnern, dass Schmidbauer einmal erwähnt hatte, dass ihm Obernburger mit seinen Fragen zum Inventar und dem weiteren Vorgehen nervte. Es gab wohl des Öfteren Streit unter den beiden.

Gönner sah auf den kreisenden Schluck Wein in seinem Glas. Konnte es sein, dass Obernburger die Nerven durchgegangen waren? Würde der Ratsherr derartig ausrasten, dass er Schmidbauer ermordet hatte? Jedenfalls war dem mit allen Wassern gewaschenen Kaufmann davon nichts anzumerken gewesen. Seufzend leerte Gönner das Glas. In diesem Fall würde man das dem gewieften Taktiker wohl nur schwer nachweisen können, dachte er. Für ihn war momentan jedoch wichtig, dass aus Richtung des Magistrats das Fest nicht mehr torpediert wurde, eine Sorge weniger.

Mehr Ruhe seitens des Rates der Stadt würde die Arbeit an der Universität auf alle Fälle leichter machen. Gönner lehnte sich zurück und schloss die Augen.

Ruhe, endlich Ruhe.

Kapitel 29

Der leichte Regen am frühen Abend hatte den Duft nach Sommer noch etwas verstärkt. Der Mond spiegelte sich in den verbliebenen kleinen Wasserpfützen auf den Straßen, die um diese Uhrzeit menschenleer waren. Er hatte sich erfolgreich an den verschlafenen Wachen des Münchner Tores vorbeigeschlichen. Durch seine zahlreichen Ausflüge auf umliegenden Hügel und kleine Dörfer konnte er sich erinnern, dass an diesem Stadttor weniger aufmerksam aufgepasst wurde. Die Soldaten des Infanterieregiments Herzog Wilhelm, welches mit der Bewachung der Stadttore beauftragt war, waren wohl etwas müde von den vergangenen kriegerischen Ereignissen und nutzten die momentan friedlichere Zeit, um es etwas ruhiger angehen zu lassen. Die enge Bebauung am Dreifaltigkeitsplatz bot ihm Schutz und er ging eng an den alten Häusern entlang bis zur Ländgasse. Auf der anderen Seite des Platzes, am Fuße des Hofbergs, erhob sich dunkel die alte Dreifaltigkeitskirche. Diese war bereits Opfer der Säkularisation geworden und hatte ihre Funktion als Kirche verloren. Bis zur Entscheidung, was mit ihr geschehen sollte, war den Bürgern der Zugang verboten und die Kirche gesperrt.

Er wusste aber, dass sich dort verschiedene Gruppen von jungen Männern in der Nacht herumtrieben und denen wollte er nicht unbedingt begegnen. An der Abzweigung der Ländgasse bog er links ab und ging über die bogenförmige, enge Straße schnellen Schrittes in Richtung des Ländtores. Kurz vor dem Tor blieb er stehen, drückte sich an das Haus am rechten Eck gegenüber und lugte vorsichtig hinüber. Die dortigen Wachen saßen anscheinend in ihrem Torhäuschen und verbrachten eine geruhsame Nacht. Als sich der Mond hinter einer Wolke versteckte und auch der letzte fahle Lichtschein verschwand, huschte er schnell in die Fortführung der Ländgasse auf der gegenüberliegenden Seite. Nach ein paar Schritten erhob sich rechts der wuchtige, weiße Block der herzoglichen Stadtresidenz, die Herzog Wilhelm im 16. Jahrhundert als ersten Renaissancebau nördlich der Alpen erbauen ließ.

Er überlegte, ob er über die Apothekergasse in die Altstadt gehen sollte oder den Weg über die nächste, engere und dunklere Gasse, das sogenannte Hauptwachgässchen, einschlagen sollte. Beide Gassen stellten allerdings ein Problem dar. Sie führten ein paar Schritte voneinander getrennt in die Altstadt, direkt gegenüber dem Rathaus mit der Gendarmerie. Den Gendarmen Gruppen wollte er eigentlich aus dem Weg gehen und man konnte nie wissen, ob nicht einer der Polizisten zufällig aus der Tür trat.

Sein Ziel lag am unteren Ende der Altstadt, dort, wo sie sich zur Heilig Geistkirche hin verengte, schräg gegenüber dem Haus, in dem Professor Gönner wohnte. Er marschierte die Ländgasse weiter und kam schließlich an seinem Ziel an.

Er schmiegte sich an die Rückseite von Gönners Haus und spähte hinüber zu ihrem Fenster, das im ersten Stock lag. Alle Fenster im Haus waren dunkel, die Bewohner schienen bereits zu schlafen. Er überlegte, wie er sich bemerkbar machen sollte. Sie hatte einmal im Scherz gesagt, er könne kleine Steinchen an ihr Fenster werfen, wenn er sie sehen wollte. Er sah nach unten, bückte sich, fuhr mir der Handfläche über den Boden und las kleine Kieselsteine auf, was nicht schwer war, denn außer der Altstadt waren alle Straßen und Gassen in der Stadt ungepflastert. Nur in der Altstadt war bereits vor längerer Zeit ein dickes Kopfsteinpflaster verlegt worden.

Er schlich sich an die gegenüberliegende Seite, vergewisserte sich, dass er allein war, trat dann vor das Haus und warf eines der kleinen Steinchen an das Fenster. Er verfehlte es jedoch, und der Kiesel prallte mit einem leisen Knacken von der Hauswand ab. Die beiden nächsten Versuche gelangen ihm besser, und die beiden Steine machten die erhofften Geräusche am Fenster. Nach zwei weiteren Versuchen bemerkte er, dass sich der Vorhang ein wenig bewegte und eine Gestalt auf die Straße lugte. Trotz der Dunkelheit konnte er ihre Silhouette erkennen. Er atmete tief durch, er hatte sie in all den vergangenen Tagen unsäglich vermisst und allein ihr Anblick hinter dem Vorhang war das Risiko, sich in die Stadt zu wagen wert gewesen. Der Vorhang wurde ein kleines Stück zur Seite geschoben. Er konnte ihr Gesicht sehen, machte ihr ein Zeichen, sie solle das Fenster öffnen, doch sie schüttelte nur den Kopf. Sie bewegte die Lippen, als wolle sie etwas sagen und verschwand dann wieder in ihrem Zimmer.

Verzweifelt nahm er die letzten verbliebenen Steinchen und warf sie hinauf, doch sie verfehlten ihr Ziel. Er war zu nervös, um genau treffen zu können. Gerade, als er sich auf dem Boden umsah, um neues Wurfmaterial zu suchen, wurde er durch einen wuchtigen Stoß auf den Boden befördert. Er prallte auf das Granitpflaster, schlitterte über den harten Stein und spürte einen brennenden Schmerz, als seine linke Wange aufgerissen wurde.

»Was hast du hier zu suchen?« hörte er eine schrille Stimme. Er blickte nach oben und sah zwei junge Männer, die ihn böse anfunkelten. Einer der beiden machte einen Schritt auf ihn zu und er versuchte auf dem feuchten Boden aufzustehen, taumelte, wurde von hinten gepackt und wieder auf den Boden geschleudert. Dieses Mal konnte er sich ein wenig abfedern, spürte aber dabei einen stechenden Schmerz im rechten Arm. Die beiden Männer wollten erneut auf ihn losgehen, als von der oberen Altstadt her Rufe zu hören waren.

Die beiden Angreifer beschlossen, es nicht auf ein Zusammentreffen mit Gendarmen oder Soldaten des Wachregiments ankommen zu lassen und rannten in die Herrngasse, die zur Neustadt hinführte. Er rappelte sich hoch und entschied sich, zurück in die Ländgasse zu laufen. Er hatte Glück, bei dem Rufer handelte es sich einen einzelnen Wachsoldaten, der offensichtlich auf dem Weg zum Stadttor an der Heilig Geist-Brücke war. Da es aber nicht zu seinen Aufgaben gehörte, sich um polizeiliche

Angelegenheiten innerhalb der Stadtmauern zu kümmern und der Soldat in diesem speziellen Fall auch nicht die geringste Lust verspürte, irgendwelchen Krawallmachern hinter her zu rennen, konnte er unbehelligt entkommen. An der Residenz angekommen, verlangsamte er sein Tempo und versteckte sich in der Ecke des gegenüberliegenden Marstalles. Er stützte sich mit den Armen auf den Knien ab und atmete tief durch. Sein rechter Arm schmerzte, schien aber nicht gebrochen zu sein. Er fuhr mit der Innenseite seiner linken Hand über die aufgeschürfte Wange. Es brannte höllisch, aber der Menge an Blut nach zu urteilen, war die Wunde nicht sehr tief. Das war zu verschmerzen. Er musste nun zusehen, wieder aus der Stadt zu kommen, vielleicht machten sich die beiden Männer auf die Suche nach ihm. Er hatte sie in der Dunkelheit nicht erkannt, konnte sich aber vorstellen, zu welcher Gruppe die beiden gehörten, da er genau vor Annas Haus auf sie getroffen war. Er ärgerte sich, dass er seinem ersten Instinkt, den Ausflug in die Stadt bleiben zu lassen, nicht gefolgt war. Aber er musste sie einfach sehen, besonders nach dem, was vor drei Tagen passiert war.

Er atmete noch einmal tief durch und ging dann langsam an der Wand des alten Pferdestalles und der folgenden Häuser entlang den gleichen Weg, den er gekommen war. Auch auf diesem Rückweg konnte er das Stadttor unbemerkt passieren. Niemand verfolgte ihn und er kam unbemerkt zur Stadt hinaus.

Kapitel 30
28. Mai 1802

Professor Aloiys Dietl war an diesem Morgen schon früh auf den Beinen. Der Professor für Ästhetik an der Landshuter Universität war zugleich Pfarrer der oberhalb von Landshut gelegenen kleinen Gemeinde Berg. Er hatte dort bereits einige Jahre vor seinem Antritt der Professorenstelle die Pfarrei Heilig Blut übernommen. Sein Reich umfasste ein kleines, überschaubares Gemeindegebiet mit einer markanten Pfarrkirche, deren zwei kleine, schlanke Rundtürme aus Backstein etwas Besonderes darstellten und ihm als Professor der Ästhetik natürlich besonders gefielen. Der Bau der Kirche ging bis ins 8. Jahrhundert zurück, und kein Geringer als Herzog Heinrich der Reiche zu Bayern-Landshut hatte diesem Kirchlein seinen jetzigen Charakter gegeben.

Dietl schaffte es, seine Aufgaben an der Universität mit denen eines Gemeindepfarrers aufs Beste zu verbinden. Sein Fach Ästhetik nahm nicht so viel Zeit in Anspruch, wie es andere Lehrbereiche taten. Er konnte mit den Studenten, statt rein gedankliche, echte, anschauliche Exkursionen zu den sehr eindrucksvollen Bauwerken der Stadt machen und hatte dennoch genügend Zeit für seine Gemeinde. Die Gemeindemitglieder waren, trotz anfänglicher Skepsis über seine Doppelfunktion, sehr zufrieden mit ihm. Einige waren sogar sehr stolz darauf, nun einen echten Professor als ihren Hirten zu haben. Manche jedoch nahmen den Herrn Pfarrer und seine neuen Ideen, welche aus dem Gedankengut der Aufklärung resultierten, nicht ganz ernst, ja kritisierten ihn unter vor gehaltener Hand. Aber Dietl wusste damit umzugehen und in seinen Predigten verstand er es, die Gläubigen mit seinen Worten zu überzeugen.

Dietl stand nun an diesem Morgen in seiner kleinen Sakristei und bereitete sich auf die Morgenmesse vor. Er hatte es sich nicht nehmen lassen, diese nicht nur am Sonntag, sondern auch einmal unter der Woche zu halten, ein sehr guter Ausgleich zum Alltag an der Universität, obwohl er natürlich seine Studenten sehr in sein Herz geschlossen hatte.

Dietl öffnete die Tür zum Kirchenraum einen kleinen Spalt und lugte vorsichtig in den Kirchenraum. Ein paar ältere Gemeindemitglieder, Dienstboten, Knechte und Mägde der umliegenden Gehöfte hatten sich versammelt.

Er raffte sein Messgewand zusammen und nickte Korbinian, dem alten, schon etwas gebrechlichen Mesner des Kirchleins, zu. Dieser zog ächzend am Seil der kleinen Glocke und die Messe konnte beginnen. Dietl hatte sich vorgenommen, alles heute ein bisschen schneller laufen zu lassen. Er wollte sich, bevor er zur Universität musste, noch einmal in Ruhe mit seiner geplanten Festrede bei der Installationsfeier beschäftigen.

Für die heutige Predigt wollte er über das Thema Demut sprechen, über das Verhältnis zu Gott, dem Schöpfer oder jenes des Knechtes zum Herrn. Hierzu beabsichtigte er, Kants Ideen zur reinen Vernunft vorsichtig einzubauen. Wobei ihm durchaus bewusst war, dass er seine Schäflein damit nicht überfordern durfte. Aber seit feststand, dass er die Festrede halten sollte, hatte er versucht, bestimmte Punkte daraus bei seinen Predigten auszuprobieren. Sozusagen als Testlauf für die Rede und für ihn als Vortragender.

Als er nun die ersten lateinischen Worte der Liturgie vollendet hatte und sich zu den Gläubigen umwandte, blickte er erst einmal in den kleinen Kirchenraum. Die wenigen Anwesenden blickten ihn erwartungsvoll an.

»Liebe Gemeindemitglieder«, begann er lächelnd, »ich möchte heute über den Begriff der Demut, also das Verhältnis des Geschöpfes zum Schöpfer oder des Knechtes zum Herrn sprechen und wie dieser Begriff in der neuen Lehre der Vernunft verstanden werden kann. Immanuel Kant versteht in seiner Anschauung der ...«

Weiter kam er nicht. In der hinteren Reihe erhob sich plötzlich eine hagere, dunkel gekleidete Gestalt. Noch bevor Dietl weitersprechen konnte, begann die Frau auch schon mit ihrer Schimpftirade.

»Was redest Du da! Gott allein ist unser Schöpfer! Ihm allein haben wir zu dienen! Alles ist gesagt, da braucht ihr Schwätzer nichts mehr hinzuzufügen!«

Dietl verspürte einen plötzlichen Druck im Hals, als ob sich eine starke Hand um ihn legen würde. Hatte es diese verrückte Frau doch wieder geschafft, in die Kirche zu kommen und zu stören. Seit ein paar Wochen kam sie in unregelmäßigen Abständen und unterbrach seine Predigten. Die Störungen waren kurz, aber heftig und ließen ihn und die Besucher des Gottesdienstes verwirrt zurück. Er hatte sich schon bei verschiedenen Gemeindemitgliedern erkundigt, aber niemand schien die Frau zu kennen. Sie kam aus dem Nichts und verschwand wieder darin.

Alle Gläubigen drehten die Köpfe und starrten das kreischende Weib entsetzt an. Dietl stand mit offenem Mund vor der Gemeinde und hatte Mühe, sich zu sammeln. Er räusperte sich ein paar Mal und spürte einen unbändigen Zorn in sich aufsteigen.

»Gute Frau, so lassen Sie mich doch ...«, stammelte er mühsam, »lassen Sie mich doch erklären ...«

»Sag einfach, was uns unser Herr gelehrt hat und nicht was die Gelehrten schwätzen, die Worte des Herrn Jesus sind genug, da braucht es kein Geschwätz von euch Unwissenden!«, kreischte die Frau und noch bevor Dietl etwas erwidern konnte, machte sie kehrt und rannte aus der Kirche. Die Gemeinde drehte sich wie auf Kommando um und blickte zu ihrem Pfarrer, der seinerseits mit hochrotem Kopf auf die offene Kirchentür starrte.

»Ja, nun ...«, stammelte er, bis ihm bewusst wurde, dass gerade jetzt seine Zuhörer in dieser Situation starke Worte von ihrem Pfarrer erwarteten.

»Nun meine Gemeinde«, rief er laut und fest, »wir wollen uns

155

durch dieses arme Weib nicht stören lassen! Sie ist eine arme Seele! Schwach im Geist. Gott vergebe ihr diese Unart, beten wir für sie! Auf dass sie wieder auf den richtigen Weg zurückfinden möge!«

Er murmelte ein kurzes Gebet, die Gemeindemitglieder trugen ebenfalls irgendetwas Unverständliches bei. Nach einem kurzen, tiefen Durchatmen vollendete er seine Predigt ohne weitere Störung und konnte auch den Rest der Messe in Ruhe beenden. Nach der Messe stapfte er wütend in die Sakristei und knöpfte sich Korbinian vor.

»Korbinian«, schnaubte er den armen Mann an, »was haben wir ausgemacht? Ich habe Dir doch aufgetragen, aufzupassen, dass diese Person nicht mehr in die Kirche kommt! Jetzt hat sie es heute wieder geschafft! Das ist ungehörlich! So kann das nicht weiter gehen!«

Der Gescholtene zog den Kopf ein und blickte betreten auf den Boden.

»Ja Hochwürden«, murmelte er leise, »ich hab ja aufgepasst, aber ich kann ja nicht überall sein ... die hat sich halt ganz leise reingeschlichen ...«

»Ja, das habe ich auch bemerkt! Aber genau das wollten wir doch vermeiden, dass diese Person sich reinschleicht! Oder etwa nicht?«, blaffte er den Mesner an.

»Ja schon, aber ich kann da nicht vorn stehen, wenn Hochwürden die Mess halten. Und wie ich g'sagt hab, dass wir einen Knecht zum Aufpassen hinten hinstellen, wollten Sie des a ned! Und ich kann der doch ned nachlauf'n!«, der arme Mann war den Tränen nahe.

Dietl seufzte. Da hatte der Mesner allerdings Recht, aber irgendwie musste man diese Störungen beenden. Nach diesen Vorfällen war er immer ganz durcheinander und ging gedanklich sehr belastet in den weiteren Tag. Darauf zu hoffen, dass sich die Angelegenheit von selber erledigte und die Frau endgültig so plötzlich verschwand, wie sie gekommen war, hatte er jedoch aufgegeben. Er hatte sich schon vor einiger Zeit vorgenommen, sich bei den Kollegen der anderen Pfarreien vorsichtig nach vergleichbaren Störungen zu erkundigen, ohne sich dabei lächerlich zu machen.

Die Erfahrung mit Rektor Gönner steckte ihm lange in den Knochen, als er diesen auf die ersten Vorfälle angesprochen hatte. Das Verständnis des Kollegen hielt sich in sehr überschaubaren Grenzen. Er riss sich aus seinen Gedanken und wandte sich wieder seinem Mesner zu, der zusammengesunken in einer Ecke stand.

»Nun gut, mein lieber Korbinian«, seufzte er, »wir werden uns da etwas überlegen. Ich muss zur Universität. Bitte bereite alles für die Beichtgelegenheit heute Abend vor. Einen schönen Tag wünsche ich Dir!« Dietl reichte dem Mesner das Messgewand und drückte ihm dabei beruhigend die Hände und lächelte ihn gütig an.

»Danke Hochwürden, wünsch ich Ihnen auch, auf Wiedersehen!«, antwortete Korbinian ehrerbietig und raffte das Gewand zusammen.

Dietl nickte nochmals würdevoll und entschwand dann in das Pfarrhaus, welches nur ein paar Schritte entfernt von der Kirche stand. Er wollte sich dort weiter mit seiner Rede beschäftigen und sich auf seinen Tag an der Universität vorzubereiten. Alles aber erst, nachdem er das zwar karge, aber nahrhafte Frühstück seiner Pfarrhaushälterin zu sich genommen hatte. Dermaßen gestärkt, machte er sich schließlich auf den Weg zur Universität.

Als er das Gebäude betrat, sah er gerade noch, wie Professor Gönner in seine Zimmer huschen wollte.

»Herr Kollege Gönner«, rief er laut, »bitte einen Augenblick! Es ist wichtig!« Der Gerufene drehte sich offensichtlich etwas genervt um und bleib stehen.

»Herr Kollege Dietl, wenn es sich um Ihre Rede für das Fest handelt – seien Sie versichert, ich werde sie genauestens lesen,

Ihre Vorstellungen bezüglich der Gestaltung habe ich an die Kollegen ...«, begann Gönner entschuldigend, er kam jedoch nicht weiter, Dietl unterbrach ihn mit flehender Stimme:

»Sie müssen mir helfen Herr Kollege! So kann das nicht weiter gehen! Wir müssen die Gendarmerie einschalten!«, rief er aufgeregt.

»Jetzt beruhigen Sie sich und erzählen mir bitte, was geschehen ist!«, erwiderte Gönner.

»Ich wurde heute Morgen wieder in meiner Predigt gestört durch diese verrückte Frau, Sie wissen schon!«

»Wie, Sie hatten schon wieder Besuch? Ich dachte, das hätte sich erledigt!«, sagte Gönner erstaunt.

»Nein, hat es sich nicht! Das war jetzt das dritte Mal innerhalb eines Monats, wir müssen etwas unternehmen!«

»Herr Kollege«, versuchte Gönner zu beschwichtigen und hob abwehrend die Hände, »das ist jetzt gerade ein sehr schlechter Moment, diesbezüglich etwas zu unternehmen. Sie wissen ja, wir haben hier einige Arbeit zu verrichten und noch dazu die Vorbereitungen auf das große Fest ... aber ich verspreche Ihnen, dass ich mich nach all dem darum kümmern werde.« Gönner packte sein Bündel fester unter den Arm und versuchte zu entkommen, aber Dietl stellte sich ihm händeringend in den Weg.

»Herr Kollege«, konterte er aufgeregt, »Sie verkennen die Gefahr! Was ist, wenn diese Person am Ende handgreiflich wird? Das kann man doch nicht verantworten!«

»Professor Dietl, ich kann Ihnen nur sagen, dass ich mich nach dem Installationsfest darum kümmern werde, aber momentan geht es nicht!«, antwortete Gönner mit scharfer Stimme. Dietl machte eine beleidigte Miene.

»Ja, das haben Sie mir schon einmal zugesagt ...«, grantelte er resignierend.

»Damit Sie beruhigt sind«, entgegnete Gönner, »werde ich Kommissär Wirschinger darauf ansprechen. Aber auch das erst nach dem Fest. Vorher geht nichts!«. Seine letzten Worte untermauerte Gönner mit einer zackigen Handbewegung der freien Hand. Dietl atmete tief ein. Mit dem Rektor schien er heute zu keiner Lösung des Problems zu kommen.

»Nun gut Herr Kollege, ich vertraue Ihnen«, seufzte er, »ich werde bis nach dem Fest und nach meiner großen Rede warten, aber dann müssen wir beide diese Sache mit voller Kraft angehen! Ich vertraue auf Ihr Wort! Ich empfehle mich Professor Gönner, ich muss zur Vorlesung. Auf Wiedersehen und vergessen Sie nicht, den Redetext zu lesen!«

Dietl drehte sich um ging in den ersten Stock zu seinem Hörsaal.

Kapitel 31

Gönner blickte dem Kollegen kopfschüttelnd nach. Er wusste nicht, was er von der Geschichte mit dieser verrückten Frau halten sollte. Er hatte dies selbst noch nicht miterlebt. Er kannte die Vorfälle nur aus Dietls Erzählungen und er war sich nicht sicher, ob er sich nicht irgendetwas zusammenphantasierte oder nur maßlos übertrieb. Warum sollte jemand die Predigten des Kollegen stören? Das konnte er sich bei bestem Willen nicht vorstellen. Die Menschen in diesem Landstrich waren derartig verstockt, dass es sicher niemand wagen würde, die Stimme in der Öffentlichkeit zu erheben. Noch dazu in einer Kirche, das traute man sich schon gar nicht. Gönner neigte dazu, die Sache Dietls Fantasie zuzuordnen. Nun, vielleicht erledigte sich dieses Problem mit der Zeit von selbst, dachte er. Das war seine insgeheime Hoffnung.

Er packte seine Papiere fest unter den Arm und ging mit ausladenden Schritten nach Hause.

Nachmittags hatte er eine Stunde über die römische Rechtsphilosophie zu halten und tat dies in ziemlicher Hektik und Unruhe, welche sich auch auf die Studenten übertrug. Diese waren seine holprige Art zu unterrichten nicht gewohnt. Breitling und Emmrich waren bei dieser Vorlesung zugegen, das hatte er vorher in den Unterlagen hierzu extra nachgelesen. Am Ende wies er mehrere Studenten, die Fragen an ihn hatten, ab. Er vertröstete sie kurz angebunden auf einen anderen Tag und wies die beiden Freunde Arnold Brombachs an, ihn in einer halben Stunde in seinem Studierzimmer aufzusuchen. Die beiden Studenten hatten wohl bereits etwas Ähnliches erwartet und fragten nicht lange nach den Gründen.

Gönner ordnete seine Papiere, raffte sie schnell zusammen und eilte zu seinen Räumen. In seinem Studierzimmer angekommen legte er seine Papiere ab. Er versuchte, seine Gedanken aus der römischen Rechtslehre loszulösen und sie zu den Problemen der Gegenwart zu lenken. Er stellte sich ans Fenster und atmete einige Male tief durch.

Er dachte an den verschwundenen Studenten Brombach. Gab es eine Verbindung zum Mord an Schmidbauer, wenn ja welche? Er beobachtete die Arbeiter auf dem Universitätsplatz, die eifrig Holzbalken anschleppten. War Brombach etwa der Mörder? Er weigerte sich, diesen Gedanken Raum zu geben. Eine derartige Tat traute er keinem der Studenten zu. Es musste andere Gründe für das Verschwinden des jungen Mannes geben. Auf dem Platz ließ gerade einer der Arbeiter einen Balken aus seinen Armen gleiten. Der arme Mann handelte sich umgehend ein paar böse Worte seines Kollegen am anderen Ende der Last ein, so jedenfalls interpretierte Gönner die aufgebrachten Gesten des Mannes. Der Professor dachte angesichts der Männer an die beiden Freunde Brombachs und überlegte, an welcher Last sie wohl zu schleppen hatten. Doch momentan ließ keiner der beiden jungen Männer seinen Teil der Last fallen.

Ein zaghaftes Klopfen an der Tür unterbrach seine weiteren Gedankenspiele. Er öffnete und die beiden einbestellten Studenten traten ein.

»Guten Tag, Herr Professor Gönner«, sagten sie höflich und Gönner wies ihnen ohne Worte den Weg zu seiner Sitzgruppe.

»So meine Herrn«, sagte er, als alle Platz genommen hatten, »Ihnen auch einen guten Tag, ich hoffe, Sie haben die letzte Vorlesung gut überstanden!«

Die beiden nickten, rutschten aber nervös auf ihren Sesseln herum.

»Der Grund, warum ich Sie beide heute zu mir bestellt habe, hat allerdings nichts mit den Vorlesungen zu tun«, fuhr Gönner fort, »aber das können Sie sich wahrscheinlich auch denken. Es geht vielmehr um das Verschwinden Ihres Kommilitonen Arnold Brombach. Sie Breitling«, wandte er sich dem Genannten zu, »ha-

161

ben mich ja bereits darauf angesprochen. Da Brombach zu seinen Vorlesungen nicht erschienen ist und Sie beide, wie man so hört, mit ihm befreundet sind, wollte ich mit Ihnen darüber sprechen. Was können Sie mir denn zu diesem Thema sagen? Wann haben Sie Brombach zum letzten Mal gesehen?«

Breitling schob seine Hände unter die Oberschenkel und sah seinen Freund mit geducktem Kopf an. Emmrich fuhr sich schweigend mit der rechten Hand durch das dichte Haar, zog es jedoch auch vor, nichts zu sagen.

»Kommen Sie meine Herren!«, bohrte Gönner nach ein paar Augenblicken des Schweigens nach, als sich die beiden offensichtlich uneins waren, wer zuerst antworten sollte, »ich tu Ihnen nichts, mir können Sie alles sagen! Ich mache mir wie Sie Sorgen um Arnold Brombach. Sie kennen mich, mir liegt das Wohl meiner Studenten sehr am Herzen!«

Gönner beugte sich vor und sah die beiden Studenten erwartungsvoll an.

»Na ja«, begann Emmrich schließlich leise und zögernd, »ich habe ihn vergangenen Samstag das letzte Mal gesehen, nachmittags war das. Wir haben uns in unserem Zimmer, wir wohnen zusammen müssen Sie wissen, fertig gemacht, um abends in das Gillmayr-Schlösschen zu gehen. Zu dieser Musikveranstaltung. Er sagte, er müsse noch etwas erledigen und ging voraus.«

»Seitdem haben Sie ihn nicht mehr gesehen?«, hakte Gönner nach, »er ist in diesem Schlösschen nicht aufgetaucht?«

»Nein«, antwortete Emmrich und Breitling schüttelte den Kopf dazu.

»Auch später nicht? Vielleicht haben Sie ihn ja im allgemeinen Trubel dort übersehen!«

Emmrich überlegte und sagte dann entschieden: »Nein, mit Sicherheit nicht. Ich habe ja immer Ausschau nach ihm gehalten, wir wollten doch zusammen hingehen, hatten uns auf den Abend dort gefreut ...!«

»Ich war auch dort«, unterbrach Breitling den Freund und richtete sich auf, »wir hatten uns abgesprochen. Wer zuerst kommt, besetzt einen Tisch und ich war sehr früh dran, er war auch vorher nicht dort!«

»Arnold war an diesem Abend mit Sicherheit nicht im Schlösschen«, ergänzte Emmrich mit Bestimmtheit.

»Haben Sie eine Vorstellung, wo er hingegangen sein könnte? In eine andere Lokalität, zu anderen Freunden vielleicht. Emmrich, sie haben ja vermutet, dass er bei Professor Schmidbauer war, und Sie selbst waren dort und haben nachgeschaut!«

»Nein«, antwortete Emmrich bestimmt, »er kennt doch genauso wie wir hier in der Stadt niemanden und mit anderen Studenten war er nicht allzu eng befreundet. Bei Schmidbauer habe ich nur nachgesehen, weil mir sonst nichts mehr eingefallen ist.«

»Haben Sie vielleicht einmal in Betracht bezogen, meine Herren, dass Ihr Herr Kommilitone sich für ein Mädchen interessiert hat?«

Die Studenten wechselten einen schnellen Blick und sahen Gönner dann erstaunt an.

»Nein, Herr Professor, das mit Sicherheit nicht. Das hätten wir doch mitbekommen!«, antwortete Breitling entsetzt.

»Meine Herren«, seufzte Gönner, und ließ sich süffisant lächelnd in den Sessel zurückfallen, »es liegt in der Natur amouröser Angelegenheiten, dass man diese recht gerne geheim hält. Besonders bezüglich der Situation hier in der Stadt, mit all den Spannungen zwischen unserer Universität und der einheimischen Bevölkerung! Überlegen Sie mal, hätte er denn Gelegenheit gehabt, ein Fräulein kennenzulernen?«

Gönner blickte erwartungsvoll auf seine beiden Gäste und beugte sich wieder nach vorne. Die beiden warfen sich verstohlene Blicke zu.

»Ja, Gelegenheit schon ...«, begann Breitling, »diese Tanzveranstaltungen im Gillmayr-Schlösschen oder anderswo finden öfter statt. Dort treffen sich alle, natürlich sind dort auch einheimische Mädchen zugegen, ist ja eine Tanzveranstaltung.«

»Hat er denn gerne getanzt, ihr Freund?«

»Ja natürlich«, meinte Emmrich, sah dabei Breitling nickend an, bevor er sich Gönner zuwandte, »er hatte seinen Spaß bei diesen Veranstaltungen und hat auch immer wieder getanzt, er konnte das auch richtig gut ...«

»... da war doch dieses blonde Mädchen«, warf Breitling ein, »die Tochter von diesem Ratsherrn, sagt zumindest Paul, mit der hat Arnold ein paar Mal getanzt. Die hat ihn auch immer so nett angelächelt.«

Gönner hob den Kopf und spitzte seine Ohren. Hatte er doch den richtigen Riecher, dachte er.

»Also doch! Nun raus mit der Sprache meine Herren!«, rief er neugierig.

»Da gibt es weiter nichts zu sagen, Herr Professor!«, antwortete Breitling und Emmrich nickte beflissen, »er hat getanzt, auch mit anderen Mädchen. Er hat sich amüsiert und das war's! Da war nichts weiter!«

»Wissen Sie, wie dieses Mädchen heißt?«, fragte Gönner.

Die beiden schüttelten die Köpfe.

»Ihren Namen hat er nie erwähnt«, sagte Breitling, »er wusste ihn vielleicht selber nicht!«

Gönner sah die Beiden mit zusammengezogenen Augenbrauen an. Offensichtlich hatte Brombach seine kleinen Geheimnisse vor den beiden. Dass er selbst den Namen seiner Tanzpartnerin nicht kannte, konnte Gönner nicht glauben.

»Meine Herren, ich sprach doch bereits über die Diskretion in solchen Dingen«, seufzte Gönner, »Sie können sich auch nicht erinnern, ob dieser Paul einen Namen erwähnte?«

Wieder erntete er beidseitiges Kopfschütteln.

»Er hat mal einen erwähnt, aber ich kann mich nicht daran erinnern«, sagte Breitling.

»Nun gut, meine Herrn«, sagte Gönner schließlich etwas konsterniert, »hier führt der Weg wohl nicht weiter. Hat Brombach einen Lieblingsplatz in der Stadt oder in der Umgebung? Vielleicht hält er sich ja dort auf?«

Die Antwort der beiden Studenten kam prompt in Form eines starken Kopfschüttelns.

»Er hatte natürlich solche Plätze, aber das waren nicht viele und wir waren schon überall, haben ihn aber nicht gefunden. Er ist einfach wie vom Erdboden verschluckt!«, erwiderte Breitling.

Gönner überlegte und entschied sich dann, Emmrich doch zu fragen.

»Hatte denn Ihr Warten vor dem Haus des Professors Schmidbauers und ihr Besuch in der Wohnung etwas mit dem Verschwinden Arnolds zu tun?«

Emmrich sah Gönner erstaunt an.

»Ja natürlich ... ich dachte, er wäre wieder bei Professor Schmidbauer, dort war er öfter!«, sagte er überrascht.

»Gut, und Sie können sich vorstellen, was er dort wollte?«, hakte Gönner nach.

Die beiden schienen angestrengt zu überlegen.

»Ich weiß nur«, begann Emmrich schließlich, »dass er einige Male mit dem Professor über eine philosophische Sache diskutiert hat und Professor Schmidbauer ganz begeistert von seinen Gedanken war und sich gefreut hat, dass einer von uns so interessiert war.«

»Wie würden Sie beide das Verhältnis Arnolds zu Professor Schmidbauer bezeichnen?«

»Wie bezeichnen?«, fragte Breitling und sah Gönner fragend an.

»Ich meine, war der Professor besonders freundlich zu ihm, freundlicher, als zu anderen Studenten oder unterhielten sich die beiden nur gelegentlich nach den Vorlesungen, das meinte ich damit!«, insistierte Gönner bohrend.

Breitling sah Emmrich fragend an. Dieser antwortete: »Ja, wie schon erwähnt, Professor Schmidbauer war sehr erfreut, dass sich Arnold über philosophische Probleme mit ihm unterhielt und darüber weitere Informationen wollte. Das hat ihm natürlich gefallen. Er kann oft erst lange nach mir in die Wohnung ...«

»... ja und abends war er ja auch des Öfteren unterwegs, hast du gesagt ...«, warf Breitling ein.

»Schon, stimmt, aber da kann er überall gewesen sein, du weißt, er mochte diese Spaziergänge über den Hofberg oder nach Achdorf hinaus.«

»Meine Herren«, mischte sich Gönner ein, »wir können alle nicht sagen, wo er sich bei seinen Ausflügen aufgehalten hat. Aber sagen Sie mir, wie behandelte der Kollege Schmidbauer Brombach? Wie würden Sie das beschreiben?«

Emmrich und Breitling schienen angestrengt nachzudenken.

»Ich würde es seitens des Herrn Professors als väterliche Art bezeichnen«, meinte Emmrich, »als ein Bemühen, Arnold zu unterstützen, zu helfen ...«

»... vielleicht hat ihm Arnold auch von seinen Problemen erzählt«, warf Breitling ein.

»Was für Probleme waren das?«, fragte Gönner.

»Naja, zu Hause war bei Arnold nicht mehr viel in Ordnung, seine Mutter ist früh gestorben, und die Stiefmutter konnte ihn und er Sie nicht leiden. Der Vater ist krank geworden und so hatte er keinerlei Rückhalt mehr. Das hat ihn sehr belastet«, sagte Breitling und wandte sich an Emmrich:

»Du hast ihn ja auch einmal in den Ferien zu dir nach Hause mitgenommen! Zu deinen Eltern«.

Emmrich nickte.

»Ja, zweimal sogar. Meine Mutter hat gesagt, ich solle den armen Kerl doch jedes Mal mitbringen, er hat ihr leidgetan. Als er bei uns war, ist er richtig aufgeblüht, man hat seine Sehnsucht nach Geborgenheit, nach einer Familie sehr gespürt. Deswegen war es für ihn auch so gut, dass wir beide ein Zimmer teilen. Alleine hätte er das hier in der fremden Stadt nicht lange ausgehalten.«

»Ja, er war sehr anhänglich«, fügte Breitling an, »er brauchte uns als seine Freunde, eine Art Ersatzfamilie.«

Gönner dachte grübelnd nach. Konnte es sein, dass der Kollege Schmidbauer väterliche Instinkte entwickelt und sich, anders als von Wirschinger gedacht, des jungen Mannes angenommen hatte? Ihn bei seinen Problemen mit philosophischen Ratschlägen unterstützte? Oder für ihn einfach nur ein offenes Ohr hatte und Arnold nur den Rat eines älteren Mentors suchte, wenn er schon keinen Kontakt zu anderen, jüngeren Menschen knüpfte? Jedenfalls schien eine besondere Verbindung Brombachs zu Professor Schmidbauer zu bestehen. Doch diese beiden Herren hier konnten ihm bei der genauen Begründung wohl nicht mehr weiterhelfen. Entweder, sie wussten nicht mehr oder sie wollten aus bestimmten Gründen nichts weiter sagen.

»Nun meine Herren«, sagte Gönner und stand auf, »ich danke Ihnen für ihre Auskünfte. Ich konnte mir dadurch ein Bild über Ihren verschwundenen Freund machen. Bitte informieren Sie mich, wenn Sie etwas Neues wissen!«

Die beiden Studenten erhoben sich ebenfalls und verbeugten sich.

»Danke Herr Professor, dass Sie sich bemühen und Arnold suchen helfen«, sagte Emmrich, »wir werden Sie natürlich sofort informieren, wenn wir etwas Neues wissen!«

»Darf ich Sie fragen«, wandte sich Breitling an Gönner, »ob man nicht den Professor Schmidbauer dazu befragen kann? Er könnte vielleicht mehr dazu wissen!«

»Diese Idee, lieber Herr Breitling, ist mir auch schon gekommen«, bemerkte Gönner süffisant, »aber wie Sie vielleicht erfahren haben, musste der Kollege Schmidbauer überstürzt wegen einer dringenden Familienangelegenheit abreisen und wird auch so schnell nicht wieder zurückkommen«.

Die beiden Studenten nickten und gingen zur Tür. Als Gönner schließen wollte, drehte sich Emmrich nochmals um und sagte:

»Herr Professor, jetzt ist mir der Name des Mädchens wieder eingefallen, mit der Arnold öfter getanzt hatte: Sie heißt Anna, Anna Obernburger!«

Gönner schloss verwirrt die Tür. Diesen Namen jetzt in Zusammenhang mit dieser Angelegenheit zu hören, hatte er nicht erwartet. Er konnte sich auch nicht vorstellen, dass der Ratsherr oder seine Tochter irgendetwas mit der Sache zu tun hatten. Arnold hatte mit dem Mädchen getanzt, wohl aber auch nicht mehr. Jedenfalls war den beiden Freunden tatsächlich nichts weiter aufgefallen, obwohl er den beiden nicht ganz traute. Er nahm sich deshalb vor, auch in dieser Richtung seine Fühler auszustrecken. Es würde zwar ein schwieriges Unterfangen werden, mit dem Ratsherrn darüber zu sprechen, aber eine Möglichkeit würde sich sicher finden. Gönner ging wieder an eines der Fenster. Die beiden Arbeiter, die er vorher beobachtet hatte, waren nicht mehr zu sehen. Er ließ seinen Blick über den Platz schweifen.

Der Friedhof war nun ganz verschwunden. Handwerker waren bereits damit beschäftigt, den Triumphbogen für die große Installationsfeier an der Kirchenfassade aufzubauen. Geschmückt mit Fahnen und Blumen, gesäumt von hunderten Gästen würde der Platz ein schönes, erhabenes Bild bieten. Er hoffte nur, dass die Angelegenheit Schmidbauer bis dahin in seinem Sinne geregelt war. Ansonsten wäre die Mühe der Handwerker wohl umsonst und Seine Durchlaucht würde den Bogen kurzerhand zum Galgen umfunktionieren. Seufzend wandte er sich wieder seinen Papieren zu.

Kapitel 32

Josef Feininger hatte wieder einmal Ärger mit seiner Gattin. Der Grund war, dass ihre Auflistung an der Schiefertafel, an welcher sie die Schulden der Studenten anschrieb, nicht stimmte. Konnte sie auch nicht. Immer wenn es Streit gab und sich Feininger über die Gattin ärgerte, wischte sein Ärmel aus Versehen über die Tafel und löschte ein paar Zahlen. Das konnte er nicht verhindern. Frau Feininger konnte ihm zwar nichts nachweisen, hegte aber einen Verdacht. Aus diesem Grund hing der Haussegen im Gasthaus Feininger gerade wieder einmal ziemlich schief im Herrgottswinkel. Da traf es sich gut, dass die Weinvorräte arg zur Neige gingen und Nachschub beschafft werden musste.

Feininger beschloss, zusammen mit Franzl, dem stummen, fleißigen Hausknecht, in den hauseigenen Lagerkeller in der vor den Stadttoren liegenden Gemeinde Achdorf zu fahren und ein paar Fässer frischen Wein zu holen. Er wies Franzl an, einzuspannen und beide machten sich auf den Weg. Franzl war schon lange in der Familie, er war entfernt verwandt mit ihm und etwas zurückgeblieben. Er hatte nie eine Schule besucht, wegen seiner Unfähigkeit zu sprechen wurde er für schwachsinnig gehalten und man gab sich nicht die Mühe, ihm etwas beizubringen. Die Feiningers nahmen ihn bei sich auf, seine eigene Familie hatte ihn wegen seiner Andersartigkeit verstoßen. Er war jedoch ein braver und fleißiger Arbeiter und der Familie treu ergeben. Feininger fand es manchmal traurig, dass Franzl nicht antworten konnte, aber er verstand alles und man konnte zumindest sicher sein, dass er nichts weitererzählen würde. Auch auf dieser Fahrt zum Keller klagte Feininger dem stummen Knecht sein Leid mit der Gattin, dem Ärger mit dem Wirtshaus und den Kontrollen durch die Gendarmerie.

Franzl saß stumm neben seinem Herrn, lächelte ergeben und wie es Feininger oftmals schien, durchaus verständnisvoll. Er fühlte ein wohliges Behagen bei seinen Erzählungen und schon allein dieser Umstand machte die Arbeit mit Franzl so erfreulich. Er überließ Franzl das Lenken der Kutsche, denn auch die schwerfälligen Kaltblüter schienen sich in dessen Obhut sichtlich wohler zu fühlen. Der Knecht hatte ein Händchen für sie, für Tiere im Allgemeinen, als ob diese spürten, dass er anders war und Niemandem etwas Böses wollte.

Feininger saß entspannt auf dem Kutschbock und genoss die Fahrt. Draußen vor der Stadt gab es ein paar Hügel, in die man Keller gegraben hatte, zur kühlen Lagerung von Bier und Wein. Letzterer wurde bereits im Mittelalter auf diesen Hügeln angebaut und auch heute noch gab es dort den ein- oder anderen Weingarten. Die Qualität des Weines war aber damals wie heute eher dürftig. Böse Gerüchte hielten sich über diesen sauren Landshuter Isarwein, dessen Geschmack auch durch die Lagerung in einem der Keller nicht positiv beizukommen war.

Die Pferde trotteten gemächlich dahin, weder Ross noch Kutscher hatten eine besondere Eile. Feininger grüßte die entgegenkommenden Kutschen, winkte Bekannten zu, die am Straßenrand standen und kam entspannt am Bergkeller an. Franzl band das Gespann fest, und Feininger trat an die schwere Doppeltür des Kellers. Dort war es dann mit der Entspannung schlagartig vorbei.

»Franzl, komm doch mal her!«, rief er aufgebracht, »schau Dir das mal an!«

Der Knecht kam mit einem fragenden Gesicht herangeeilt und sah auf die Stelle, die ihm sein Chef zeigte.

»Das Tor ist aufgebrochen worden, siehst Du das? Da ist eingebrochen worden!«, rief Feininger aufgeregt.

Er fingerte an dem kaputten Tor herum und stieß wüste Beschimpfungen aus. Franzl stand mit offenem Mund daneben und konnte nicht verstehen, was da gerade vor sich ging. Feininger zog das Tor auf und lugte angespannt in das Dunkel des Kellers.

»Los, schnell, mach die beiden Laternen an«, rief er dem Knecht zu, »mach, vielleicht ist der Einbrecher ja noch drin!«

Während sich Franzl an den Laternen zu schaffen machte, sprang Feininger neben den Kellereingang, wo einige alte Zaunlatten und Bretter lagen und griff sich ein massives Stück Holz. Er wollte bewaffnet sein, falls es galt, sich gegen den Eindringling verteidigen zu müssen. Er bedeutete Franzl, es ihm gleich zu tun, doch der schüttelte den Kopf und reichte Feininger eine der Laternen.

»Also, auf geht's«, sagte Feininger und riss das Tor weit auf, trat zwei Schritte in den Raum und rief:

»Hallo? Ist da wer?«

Er schwenkte seine Laterne umher, die dürre Lichtfinger in den langen Kellerraum warf. Zu sehen war nichts. Die beiden gingen langsam in den Raum und leuchteten in jede Ecke. Im vorderen Teil standen kleinere Weinfässer, die für den Transport verwendet wurden. Im hinteren Teil des Kellers hingegen befanden sich die großen Weinfässer, in welchen der Wein lagerte.

Hier vorne konnte sich niemand verstecken ohne sofort gesehen zu werden. Feininger atmete tief ein und begann nun, weiter in den Keller vorzudringen, während Franzl auf sein Handzeichen vorne stehen blieb. Feininger leuchtete hinter jedes Fass, was nicht ganz leicht war, da diese sehr eng zusammenstanden. Bei den letzten beiden Fässern war der Abstand zur Mauer größer und er sah genauer nach. Als er die Untersuchung der linken Seite beendet hatte und sich gerade nach rechts wenden wollte, verspürte er einen Schlag auf die linke Schulter, so heftig, dass er die Laterne fallen ließ und taumelte. Er schaffte es gerade noch, mit dem rechten Arm auszuholen und seine schwere Holzlatte instinktiv zur Seite schnellen zu lassen. Er spürte, wie diese auf eine Person traf, aber die Auswirkung war zu schwach, um eine große Wirkung zu erzielen. Die Person wurde kurz aus dem Gleichgewicht gerissen, stolperte, rannte dann aber weiter.

Feininger schrie ein paar Worte um Franzl zu warnen, ehe er auf seinem Hosenboden landete. Er schüttelte den Kopf und tastete nach der Laterne, die jedoch beim Sturz ausgegangen war. Seine Augen mussten sich erst an die fast völlige Dunkelheit gewöhnen, ehe er versuchte wieder aufzustehen. Er zog sich an einem der Fässer hoch und tapste nach vorne. Dort angekommen, sah er, wie Franzl sich mit weit offenem Mund aufrappelte, aber er hielt zumindest die noch brennende Laterne in der Hand.

»Wo ist er hin?«, rief Feininger hastig.

Franzl deutete mit einem Arm zum Tor hinaus. Feininger rannte aus dem Keller, es war aber niemand mehr zu sehen. Der Angreifer war verschwunden. Franzl kam ebenfalls nach draußen und stellte sich neben ihn. Er war immer noch ganz bleich vor Schreck.

»Hast Du gesehen, wer das war? Hast Du ihn erkannt? Hat er Dich verletzt?«, fragte Feininger seinen Knecht atemlos. Dieser schüttelte den Kopf und hob mehrmals seine Schultern.

»So ein Mist«, schimpfte er, »was war denn das jetzt? Wir müssen sehen, ob etwas gestohlen wurde!«

Sie gingen beide in den Keller zurück, Feininger zündete die Kerze in seiner Laterne wieder an und sie begannen, den Keller genau zu untersuchen, fanden aber, dass offensichtlich nichts gestohlen worden war. Alles war an seinem angestammten Platz. Weiter hinten, bei den großen Fässern, fanden sie Reste einer Mahlzeit und einen Humpen, mit dem sich der Einbrecher wohl an den reichlich vorhandenen Getränken bedient hatte.

»Gestohlen wurde anscheinend nichts«, sagte Feininger zu Franzl, »jedenfalls nicht beim ersten Anschein. Oder fällt dir was auf?«

Franzl schüttelte den Kopf.

»Es sieht fast so aus, als hat dieser Kerl hier nur geschlafen und gegessen. Aber warum bricht er dann hier ein? Essen kann er draußen auch ... was denkst du?« Feininger drehte sich um und sah Franzl erstaunt an.

Franzl hob die Augenbrauen, runzelte die Stirn und deutete dann mit einem Grunzlaut auf den hinteren Teil des Kellers.

»Was meinst du?«, fragte Feininger, natürlich wissend, dass sein Knecht nicht antworten konnte.

»Ja, er war ganz hinten im Keller, zwischen den Fässern ...«

Franzl nickte heftig, ging zu einem Fass und deutete an, hinter selbiges kriechen zu wollen.

»Ah ... du meinst, er hat sich versteckt? Er wollte gar nichts stehlen, sondern ist hier nur eingebrochen, weil er einen Platz brauchte, wo ihn niemand finden konnte?«

Franzl nickte heftig und grinste erleichtert.

»Das könnte natürlich sein ...«, sagte Feininger grübelnd, »aber vor was und wen hat er sich versteckt? Vor den Gendarmen? Oder war es ein entlaufener Soldat, ein Deserteur? Eigenartig... Na egal. Wir laden die Fässer auf und du fährst dann nochmal raus und reparierst das Tor. Ich werde dann zu Kommissär Wirschinger gehen und ihm von der Sache berichten. Der soll sich mal um wirkliche Verbrechen kümmern, als immer nur betrunkene Studenten zu jagen und uns das Geschäft zu verderben!«

Franzl nickte und begann mit seiner Arbeit. Sie füllten Wein von den großen Fässern in ein paar kleinere um und verfrachteten diese auf die Ladefläche der Kutsche. Zum Schluss kam noch ein größeres Bierfass an die Reihe und die Arbeit war getan. Erst jetzt spürte Feininger den Schmerz in seinem linken Arm durch den Schlag, welchen ihm der Flüchtende zugefügt hatte.

Feininger und Franzl verschlossen das kaputte Tor so gut es ging. Feininger gab dem Knecht noch genaue Anweisungen, wie er das Tor zu reparieren hatte und beide machten sich schließlich auf die Rückfahrt. Diese gestaltete sich etwas unangenehmer, als die Hinfahrt. Feininger grübelte den ganzen Weg nach, um was es sich bei dem Einbruch wohl gehandelt hatte und vor allem, wer so etwas anstellte. Er konnte sich nicht an einen ähnlichen Vorfall bei den Kellern erinnern.

Am Wirtshaus angekommen trieb Feininger seinen Knecht an, schnell alles abzuladen, damit dieser wieder mit dem nötigen Werkzeug zurück zum Keller fahren konnte, um das Tor zu reparieren. Feininger beschloss, seiner Frau nichts zu erzählen. Einerseits, weil sie dann die erlittenen Schmerzen nur als Simulieren und Arbeitsverweigerung auslegen würde, andererseits, weil sie dann wieder mit der alten Leier kommen würde, dass ihrer Meinung nach, der Keller vor der Stadt sowieso nicht vonnöten sei. Also lieber schweigen und Kommissär Wirschinger aufsuchen. Das erschien ihm als die weitaus bessere, weil ruhigere Lösung.

Er machte sich zu Fuß auf den Weg und kam gerade an seinem Ziel an, als Wirschinger vor der Polizeistation aus einer Kutsche stieg. Mit grimmigem Gesicht marschierte er auf ihn zu.

»Herr Feininger, schön Sie zu sehen! Ich wollte nochmal zu Ihnen kommen und ...«, begann Wirschinger, kam aber nicht weiter.

»Herr Kommissär, ich muss Sie dringend sprechen!«, sagte Feininger laut mit erregter Stimme.

Der Kommissär blickte den Wirt erstaunt an.

»Nun, Herr Feininger, Sie scheinen ja ein dringendes Anliegen zu haben. Kommen Sie mit in meine Amtsstube!«, sagte er, gab dem Kutscher ein Zeichen zu warten und ging voraus.

Feininger trat in den Wachraum, grüßte die dort anwesenden Gendarmen und ging, angewiesen vom Kommissär in dessen Schreibstube. Wirschinger schloss die Tür und nahm an seinem Schreibtisch Platz.

»Wo drückt denn der Schuh, Herr Wirt?«, fragte Wirschinger betont ruhig.

Feininger zog es vor, stehenzubleiben. Er wollte sich durch das gelassene Auftreten des Kommissärs gar nicht erst einlullen lassen.

»Bei mir ist eingebrochen worden, da drückt's!«, knurrte der Wirt, »aber anstatt uns Bürger vor diesen Verbrechern zu schützen, belästigen Sie lieber uns Gastwirte und unsere Gäste mit Ihren sinnlosen Kontrollen!«

»Eingebrochen? Im Feininger?«, fragte Wirschinger erstaunt, ohne auf die Vorwürfe einzugehen.

»Nein, in meinem Lagerkeller, draußen in Achdorf!«, entgegnete Feininger und sah sein Gegenüber finster an. Er ärgerte sich über die Gelassenheit des Kommissärs.

»Wann waren Sie denn das letzte Mal in ihrem Keller?«

»Das letzte Mal dürfte am Montag gewesen sein. Da war Franzl draußen und brachte leere Fässer raus. Er hat nichts gesagt, dass da etwas nicht in Ordnung gewesen war, also gesagt hat er sowieso nicht, kann er ja nicht, aber das hätte er uns verdeutlichen können.«

»Ihr Knecht ist stumm?«, fragte Wirschinger erstaunt.

»Ja, von Kindheit an, er konnte noch nie sprechen«.

»Und Sie vertrauen ihm?«

Feininger schaute den Kommissär böse an.

»Was soll das jetzt? Natürlich tu ich das! Was denken Sie denn! Glauben Sie, er steckt mit dem Einbrecher unter einer Decke?«

Feiningers dickes Gesicht begann dunkelrot zu werden. Er mochte nicht glauben, was dieser eingebildete Polizist für Gedanken hatte.

»Jetzt beruhigen Sie sich mal, mein Gott!« rief Wirschinger und Feininger merkte, dass der Kommissär nun ebenfalls gereizter war.

»Wie soll ich mich beruhigen, wenn Sie und Ihre Truppe immerzu nur unbescholtene Bürger kontrollieren und auf der anderen Seite Verbrecher ihr Unwesen treiben können!«

»Das eine hat mit dem anderen nichts zu tun, Herr Feininger!« fuhr der Kommissär den Wirt an und erhob sich, »wir können nicht überall gleichzeitig sein! Die Kontrollen der Tavernen gehört genauso zu unseren Aufgaben. Ich verbitte mir, uns zu unterstellen, wir würden alles andere dabei unterlassen!«

175

»Ja, Sie denken, das ist gut für unser Geschäft, wenn Sie dauernd bei uns aufkreuzen und unsere Gäste verhaften!«

»Wir beschränken die Kontrollen auf das mindeste Maß! Wir haben genaue Vorgaben der Regierung! Sie beruhigen sich jetzt und erzählen mir genau, was passiert ist! Wenn Sie nur rumschimpfen wollen, können Sie sofort wieder gehen!«

Wirschinger setzte sich wieder. Feininger atmete ein paar Mal tief durch. Das Gesicht des Kommissärs zeigte ihm sehr deutlich, dass er sich nun zusammenreißen sollte. Er nickte kurz und ließ sich in einen Stuhl fallen. Stockend erzählte er dem Kommissär von den Ereignissen in Achdorf.

Am Ende lehnte er sich erschöpft und einem erleichterten Gefühl zurück. Er warf einen abwägenden Blick auf den Kommissär. Dieser hatte sich zum Ende seiner Erzählung an seinen Schreibtisch gesetzt und saß nun mit verschränkten Armen und gerunzelter Stirn vor ihm. In Feininger stiegen leichte Gewissensbisse bezüglich seines zu Beginn forschen Auftretens hoch.

»Nun«, erwiderte Wirschinger schließlich langsam, »ich sehe ich im Moment keine Möglichkeit, diese Sache zu klären. Der Täter ist sicher über alle Berge. Das einzige, was Sie machen könnten, ist den Keller öfter zu kontrollieren, wobei ich nicht glaube, dass der Kerl wieder in ihren Keller zurückkehrt. Sie haben ihn wohl von dort vertrieben.«

»Das wäre mir sehr recht, wenn der dort nicht mehr auftaucht. Er kann sein Unwesen gern woanders treiben.«

»Ich werde eine berittene Gendarmen-Streife hinausschicken. Auch wenn die nichts Neues entdecken, so zeigt es vielleicht dem Einbrecher, dass wir auf der Hut sind und er sich hier nicht mehr blicken lassen kann.«

Feininger nickte und stand auf.

»Gut, danke Herr Kommissär ... und entschuldigen Sie meine Heftigkeit. Das ist gerade nicht einfach für einen Gastwirt!«

Wirschinger erhob sich ebenfalls.

»Ist schon in Ordnung, Herr Feininger! Aber verstehen Sie bitte, dass wir auch nur unsere Pflicht tun!«

»Selbstverständlich, Herr Kommissär! Danke für ihre Hilfe!«, sagte Feininger und hatte es nun eilig, aus der Polizeiwache zu kommen.

»Bitte, Herr Feininger! Ich denke, wir haben nichts weiter zu befürchten. Wahrscheinlich ein armer Teufel, der ein Obdach brauchte. Wir behalten die Sache im Auge!«

Feininger nickte und reichte dem Kommissär die Hand. Er war sehr erleichtert, als dieser schnell und fest zupackte. Mit einem kurzen Nicken drehte er sich um und verließ die Wache.

Kommissär Wirschinger kam an diesem Morgen sehr früh in seine Dienststelle. Eigentlich war geplant, am Abend wieder auf die Jagd nach betrunkenen Studenten zugehen, aber angesichts der jüngsten Entwicklungen hatte er entschieden, diese Kontrollen einstweilen ruhen zu lassen. Nach kurzen Anweisungen an die Kollegen machte er sich auf den Weg zur Universität.

Nachdem er sich auf dem Universitätsplatz seinen Weg über herumliegendes Baumaterial gebahnt hatte, blieb er vor den Stufen des Gebäudes stehen und versuchte sich zu erinnern, wo das Studierzimmer des Professors war. Studenten eilten geschäftig und erstaunt an ihm vorbei. Man betrachtete ihn argwöhnisch und einige zogen es vor, ihm schnell aus dem Weg zu gehen, als sie erkannten, wer da vor Ihnen stand. Unwillkürlich musste er lächeln. Einigen dieser jungen Herren hatte er sicher bereits einen Kurzaufenthalt an einem Ort beschert, den der junge Akademiker freiwillig wohl nicht gerne besucht, dachte er. Die Scheu der Studenten konnte er nur zu gut verstehen.

Er betrachtete die imposante Fassade des ehemaligen Klosters, die Kirche im gleichen Baustil daneben ... ein wirklich angenehmer, ästhetischer Anblick. Die ganze Anlage war wie geschaffen für eine kleine, elitäre Universität. Nach Verlegung des Friedhofs und dem Abriss der dazugehörigen Mauer sah es so aus, als ob alles seit jeher dafür gedacht war, diese Einrichtung zu beherbergen.

Als er am Studierzimmer Gönners ankam, stand die Tür weit offen und Wirschinger hörte laute Stimmen aus dem Inneren. Eine davon identifizierte er als die Gönners, die andere kam ihm zwar bekannt vor, er konnte sie aber nicht zuordnen. Bevor er jedoch dazu kam, weitere Überlegungen anzustellen, flog die Tür ganz auf und Professor Röschlaub rauschte mit hochrotem Kopf an ihm vorbei. Wirschinger meinte ein schnell gegrunztes »Guten Tag« zu vernehmen, kam aber seinerseits nicht dazu, diesen Gruß zu erwidern. Wirschinger trat durch die offene Tür und fand Gönner kopfschüttelnd im Raum stehen.

»Welche Laus ist denn ihrem Kollegen über die Leber gelaufen, Herr Professor?«, fragte er und schloss die Tür.

»Eine Laus namens Obernburger!«, knurrte Gönner ärgerlich, »der liebe Kollege Röschlaub hatte wieder einmal einen Zusammenstoß mit dem Ratsherrn. Aber kommen Sie erst einmal herein, Herr Kommissär!«

Gönner drückte die ausgestreckte Hand des Kommissärs nur kurz. Sein Ärger war fast körperlich zu spüren und Wirschinger nahm sich vor, auf der Hut zu sein. Man begab sich zu den bequemen Sesseln im hinteren Bereich des Zimmers. Gönner ließ sich erschöpft und sichtlich angegriffen fallen.

»Es ist zum Mäusemelken!«, knurrt er rund ballte seine rechte Hand zur Faust, »das kann ich Ihnen sagen! Röschlaub streitet in einer Tour mit diesen Ratsherren und ich muss das Ganze dann ausbaden! Er kann einfach nicht verstehen, dass die Übergabe des Krankenhauses an die Universität nicht so schnell geht, wie er sich das vorstellt.«

»Er möchte doch sicher nur das Beste für die Universität, das kann man doch verstehen und eine eigene Universitätsklinik muss man doch haben!«, sagte Wirschinger und machte es sich im Sessel bequem.

»Ja, sicher«, nickte Gönner, »das müssen wir natürlich und das ist auch so vorgesehen. Ich kann den Kollegen aber auch verstehen, der Rat der Stadt wirft uns schon sehr viele Steine in den Weg und besonders dieser Obernburger legt sich andauernd mit Röschlaub an. Die beiden passen einfach nicht zusammen. Aber diese Streiterei kann ich genau zu diesem Zeitpunkt nicht gebrauchen!«

Wirschinger betrachtete den Professor, wie sich dieser mit geschlossenen Augen zurücklehnte. Das heutige Gespräch schien unter keinem guten Stern zu stehen.

»Ihr Kollege scheint mir aber auch ein etwas aufbrausender Mensch zu sein«, lächelte Wirschinger.

Gönner nickte heftig und lehnte sich dann ruckartig nach vorne und riss die Augen auf.

»Wie Recht Sie damit haben! Aber er ist ein sehr guter Mediziner, ein großer Wissenschaftler, und wir können froh sein, ihn hier bei uns zu haben. Ich denke, dass er bezüglich des Krankenhauses genau der Richtige ist. Wenn er sich einmal festgebissen hat, lässt er nicht mehr los. Aber lassen wir diesen Ärger jetzt! Ich habe Sie nicht hergebeten, um darüber mit Ihnen zu sprechen. Ich habe die beiden Freunde von Brombach ausgefragt. Der scheint hier doch ein Mädchen gehabt zu haben!«

Wirschinger zog reflexartig die Augenbrauen zusammen und sein Schnurrbart begann im aufkeimenden Ärger zu wippen. Hatte dieser Professor doch eine Befragung durchgeführt, ohne ihn mit einzubeziehen!

»Sie haben was?«, fragte er aufgebracht, schob seinen Oberkörper nach vorne und starrte Gönner durchdringend an.

»Ich habe Emmrich und Breitling ausgefragt ... ja, Sie brauchen mich nicht so anzusehen!«, warf Gönner seinem Gegenüber entgegen.

»Wir hatten ausgemacht, dass wir derartige Befragungen zusammen durchführen! Das ist reinste Polizeiarbeit!«

Wirschinger sah Gönner aufgebracht an. Er hatte bereits bei ihrer ersten Begegnung das Gefühl gehabt, dass sich der Herr Professor bei erster Gelegenheit nicht an ihre Abmachungen halten würde. Er ärgerte sich über seine Leichtgläubigkeit und spürte, wie das Blut in seinen Kopf stieg. Gönner kam ihm nun ein Stück entgegen und die beiden funkelten sich grimmig an.

»Ja, das hatten wir! Sie müssen mich nicht für so unverfroren halten, dass ich es darauf angelegt habe! Es ergab sich zufällig nach einer Vorlesung, und bevor die beiden das Weite suchen würden, habe ich mich spontan dazu entschlossen. Wer weiß, wann Sie hier erschienen wären, Herr Wirsching!«

»Wirschinger, wenn ich bitten darf! Vielleicht wäre es doch besser gewesen, den offiziellen Weg zu gehen – mit allen Konsequenzen!«, fauchte der Kommissär und die beiden verharrten noch kurz in ihrer Position. Wirschinger hielt seinem verärgerten Blick noch einige Augenblicke stand, bis der Professor es vorzog nachzugeben und sich seufzend nach hinten fallen ließ und die Augen schloss.

»Lassen Sie gut sein, Herr Kommissär! Diese ganzen Ereignisse nagen zurzeit sehr an meinem Nervenkostüm. Ich werde versuchen, Sie das nächste Mal einzubinden. Sehen Sie mir meine Vorschnelligkeit nach.«

Wirschinger lehnte sich langsam zurück. Da schau her, dachte er, der Herr Professor empfindet doch gewisse menschliche Regungen. Er schwieg einige Sekunden und ließ den Professor entspannen. Er wollte jetzt kein weiteres Öl in das lodernde professorale Feuer gießen.

Schließlich beugte sich Gönner wieder nach vorne und berichtete mit etwas entspannter Stimme und ruhig von seinem Gespräch mit den beiden Studenten.

»Den Namen des Mädchens haben Ihnen die beiden nicht verraten?«, fragte der Kommissär am Ende des Berichtes.

»Doch, das haben sie! Es handelt sich offenbar um die Tochter des Ratsherrn Obernburger, Anna heißt sie wohl!«

»Desselben Obernburger, weswegen ihr Kollege Röschlaub so in Rage geraten ist?«

Gönner nickte, »genau derselbe …«, bestätigte er.

»Aber das kann in unserer kleinen und überschaubaren Stadt auch purer Zufall sein. Das muss jetzt auch mit dem Mord nichts zu tun haben!«.

»Das habe ich auch nicht behauptet«, entgegnete Gönner,

»vielleicht war da auch nichts, die beiden haben ein paar Mal miteinander getanzt und sich unterhalten. Zumindest ist den beiden Freunden nichts weiter aufgefallen. Aber vielleicht haben wir so einen kleinen Anhaltspunkt, wo wir eventuell weitersuchen können.«

»Einen solchen Anhaltspunkt könnte ich auch in den Ring werfen«, brummte Wirschinger, »heute war der Wirt des Feininger bei mir und sagte, dass in seinem Keller in Achdorf eingebrochen wurde. Gestohlen wurde allerdings nicht.«

»Was hat das mit unserer Sache zu tun?«, fragte Gönner und hob erstaunt die Augenbrauen.

»Nun, der Wirt hatte den Eindruck, dass es sich bei dem Einbrecher um jemand handelte, der sich lediglich in seinem Keller verstecken wollte. Er dachte an einen Deserteur oder an jemanden, der einen Grund hatte, sich eine Zeit lang zu verbergen, Angst hatte oder einfach nur untertauchen wollte.«

»Und Sie denken, dass es sich hierbei um den verschwundenen Studenten Arnold Brombach handeln könnte?«

»Könnte doch sein. Brombach ist verschwunden und keiner weiß, wo er sich aufhält. Er ist fremd hier und kennt niemanden. Überlegen Sie doch: Wenn er der Mörder ist, muss er sich verstecken, wenn er aber nur ein Zeuge ist, der den Mord beobachtet hat, ebenfalls, dann muss er um sein Leben fürchten. So der so...«

Wirschinger betrachtete den Professor, der angestrengt nachzudenken schien.

»Die Frage ist wirklich«, grübelte er schließlich, »ist es möglich, dass Arnold Brombach der Mörder des Professors ist, und warum treibt er sich dann noch hier herum? Trauen wir ihm die Tat überhaupt zu? Ehrlich gesagt, ich kann mir das nicht vorstellen. So wie ich ihn kennengelernt habe und wie ihn seine beiden Freunde beschrieben haben: nein!«

»Ich kann mir ehrlich gesagt auch nicht vorstellen, was einen

Studenten dazu bringt, seinen Professor zu töten!«, pflichtete Wirschinger bei, »aber aus polizeilicher Sicht, muss ich sagen, es gibt nichts, was es nicht gibt! Wir müssen aber noch eine andere Möglichkeit in Betracht ziehen: Wenn er es nicht war, kennt er den Mörder!«

Gönner nickte bedächtig, aber sein Gesicht verriet, dass in seinem Kopf auch noch ein anderer Gedanke kreiste.

»Es gibt aber da noch eine andere Möglichkeit. Ich bin mir sicher, Sie haben diese auch schon bedacht: Brombach hat den Mörder überrascht, aber er hat es eben nicht geschafft, zu entkommen und wurde auch ermordet«, sagte Gönner und schaute den Kommissär ernst an.

»Natürlich habe ich daran auch schon gedacht, aber warum haben wir dann nicht auch die Leiche des Studenten in der Wohnung gefunden? Für den Mörder wäre es doch egal gewesen, auch noch eine zweite Leiche in der Wohnung zu lassen.«

»Natürlich«, sagte Gönner, »aus Sicht des Mörders ist das egal. Vielleicht hat er Brombach aber auch verfolgt und ihn an einer anderen Stelle ermordet? Und ihn dann irgendwo verscharrt?«

»Das glaube ich nicht«, schüttelte Wirschinger den Kopf, »wenn, dann hätte er ihn an Ort und Stelle ermordet, das Risiko, dass Brombach Hilfe holen könnte, wäre zu groß gewesen. Brombach konnte entkommen.«

»Sehen Sie, aus diesem Grunde denke ich nicht, dass Brombach in der Wohnung war, als der Mord geschah. Welchen Eindruck hat die Wohnung auf Sie gemacht?«

»Wie meinen Sie das? Sie war sehr penibel aufgeräumt und sauber. Richter hat das nochmal bestätigt.«

»Eben, denken Sie nicht, dass das alles etwas anders ausgesehen hätte, wenn Brombach den Täter erwischt und dieser sich auf ihn gestürzt hätte? Das wäre sicherlich einige Unordnung entstanden. Ich denke, dass Brombach den toten Professor entdeckt hat und sofort wusste, wer dies getan hat und ihm auch bewusst war, dass er sich in höchster Gefahr befand und die einzige Möglichkeit für ihn bestand, zu fliehen und sich zu verstecken.«

Wirschinger hing diesen Aussagen des Professors einen Augenblick ruhig nach.

»Also ist Brombach nicht unser gesuchter Mörder, vielleicht auch nicht direkter Zeuge des Mordes. Aber er weiß genau, wer es war und muss sich vor ihm verstecken, weil er Grund zur Annahme hat, dass er das nächste Opfer sein wird!«

»Wir müssen uns nur Gedanken darüber machen, was ihn noch hier in der Gegend hält. Grund genug zu fliehen hätte er. Mittlerweile wäre er auch schon über alle Berge!«

»Hmmm«, machte Wirschinger, »er kann nicht weg, er hat sein Mädchen hier, seine Freunde, er möchte den Mörder auffliegen lassen ...«

»Das waren auch meine Gedanken«, antwortete Gönner wichtig, »als Mörder hätte er doch schon längst das Weite gesucht. Da würde ihn nichts mehr hier halten. Besonders seine beiden Freunde, die mittlerweile eine Art Familie für ihn geworden sind, würde er nicht im Stich lassen, ohne sich nochmals bei ihnen zu melden.«

Wirschinger überlegte und zwirbelte seinen Schnauzbart.

»Das hieße dann, wir müssten die beiden Freunde irgendwie überwachen. Wie sollen wir das anstellen?«

»Darüber habe ich mir noch keine Gedanken gemacht. Wir können nur hoffen, dass Sie sich dann von selbst an uns wenden werden.«

»Sie scheinen aber nicht viel zu wissen.«

»Oder Sie sagen nicht alles ...«, brummte Gönner, »überlegen Sie doch mal...warum steht dieser Emmrich vor der Wohnung Schmidbauers herum? Wen oder was wollte er in der Wohnung finden?«

»Glauben Sie, dass er den Mörder ebenfalls kennt?«

»Nein, glaube ich nicht«, konterte Gönner, »dann würde er

sich anders verhalten. Ich denke, dass er und Breitling kleine Teile des Puzzles kennen, aber sich keinen Reim daraus machen können und von der Entwicklung ebenso überrascht wurden.«

»Ich weiß nicht, vielleicht hat er nur darauf gewartet, dass Arnold aus der Wohnung kommt und als das nicht der Fall war schließlich selbst nachgeschaut«, sagte Wirschinger bedächtig, »vom Tod des Professors haben die beiden sicher keine Ahnung.«

»Ach, wir denken vielleicht zu kompliziert! Das macht keinen Sinn! Warum gehen die nicht einfach rauf zu seiner Wohnung, er ist auch ihr Professor, das wäre kein Problem gewesen. Da braucht man nicht vor dem Haus herumstehen, vor allem in der Nacht.«

»Nun, zumindest Emmrich hat sich ja hinauf gewagt. Vielleicht warten die beiden auf etwas anderes? Eine andere Person?«

Wirschinger schaute Gönner mit erhobenen Augenbrauen an.

»Sie haben manchmal gar keine so schlechten Ideen, wenn Sie mir jetzt nur noch sagen, um wen es sich handeln soll, wären wir schon einen Schritt weiter!«, knurrte er und sein Gesicht begann, sich wieder leicht rot zu färben.

Wirschinger kniff seine Lippen zusammen. Der Herr Professor schien wieder in den Ärgermodus zu schalten. Es war höchste Zeit, dieses Gespräch zu beenden.

»Da muss ich Sie leider enttäuschen, war nur so eine Idee. Ich habe keine Ahnung, wer das sein könnte!«, sagte er und stand auf.

»Na gut, das werden wir noch herausfinden«, brummte Gönner und erhob sich ebenfalls.

»Dann verbleiben wir einstweilen so. Aber Sie verfolgen auch die Sache mit diesem Klosterdiener weiter? Ich würde mich ungern nur in diese Studentenbeziehungen verbeißen und der wahre Mörder tanzt uns vor der Nase herum!«

»Ach ja, Röschlaub fühlt sich ebenfalls von diesem Klosterhelfer bedroht. Ich werde sofort nach meiner Vorlesung auf die Suche nach Pater Konrad gehen und ein ernstes Wort mit ihm reden! Offensichtlich fühlte sich auch Schmidbauer von ihm bedroht, und damit war er nicht alleine. Sie haben Recht, diese Spur dürfen wir nicht außer Acht lassen!«

Wirschinger musste innerlich lächeln. Wenn der Professor heute in seinem gegenwärtigen Gemütszustand mit dem Pater reden wollte, konnte sich dieser sicher auf etwas gefasst machen.

»Machen Sie das, Herr Professor«, sagte er, »vielleicht machen wir uns bezüglich der Studenten umsonst Gedanken und der Mörder sitzt hier in der Universität!«

Kapitel 34

Professor Aloys Dietl genoss die Ruhe des warmen Nach-mittags. Er hatte an diesem herrlichen Tag nichts an der Universität zu tun und beschloss daher, die Predigt für den Gottesdienst nächsten Sonntag im Schatten der alten Bäume im Hofgarten vorzubereiten. Er nahm sein Notizbuch, seine Feder mit dem Tintenfässchen, ein von seiner Haushälterin vorbereitetes Vesperpaket und machte sich auf den in wenigen Minuten zu erreichenden Park. Dieser war einstmals das Jagdrevier der Herzöge von Bayern-Landshut, die in der nahegelegenen Burg Trausnitz residierten. Im vorigen Jahrhundert hatte man hier einen kleinen Tiergarten errichtet. Die Universität konnte das Gelände seit ihrem Umzug nach Landshut für die Fakultät der Landwirtschaft, Zoologie und Botanik nutzen. Professor Franz Paula von Schrank war sehr eifrig in seinem Bestreben, den gesamten Park in den Besitz der Universität einzuverleiben. Die Verhandlungen dazu zogen sich hin, aber der Kollege war guten Mutes, diese in der nächsten Zeit mithilfe des Rektors Professor Gönner zu einem guten Abschluss zu bringen.

Schon jetzt genoss dieser historische Park nicht nur bei den Studenten der botanischen Fakultät große Beliebtheit. Auch alle fachfremden Studierenden und die Professorenschaft wandelten gerne auf seinen alten Wegen und genossen die angenehme Ruhe in der Natur.

Professor Dietl fühlte sich privilegiert, so nahe am Park zu wohnen. Er hatte sich dort bereits kurz nach seiner Ankunft in Landshut einen Lieblingsplatz auserkoren. Unter einer alten Eiche hatte er eine morsche, halb verfaulte Bank entdeckt. Diese ließ er von einem Handwerker der Universität erneuern und so hatte er nun seinen Platz im Hofgarten, an den er sich zum Nachdenken und Entspannen zurückziehen konnte. Zudem konnte man von hier aus, einen großartigen Blick auf das Isartal genießen. Seine

Begeisterung hatte sich in der Universität herumgesprochen und die Studenten verliehen seinem Rückzugsort alsbald den Namen »Dietls Ruh«.

Dietl wanderte zu seinem Lieblingsplatz und ließ sich glücklich auf der Bank nieder. Diese stand direkt vor dem Baum und er konnte sich an diesen anlehnen und seine Gedanken fließen lassen. Dietl machte sich an seine Notizen. Altes mit Neuem Verbinden, konservative Lehre der Aufklärung entgegen zu setzen, ein schwieriges Thema, besonders an der Universität zu Landshut. Er dachte an sein letztes Gespräch mit dem Kollegen Johann Michael Sailer, Professor der Moral- und Pastoraltheologie an der Universität, der von der Aufklärung nicht viel zu halten schien und lieber bei seinen althergebrachten Anschauungen blieb. Die Diskussionen waren sehr anstrengend. Zudem musste er sich von Professor Gönner immer wieder vorwerfen lassen, dass er nicht zu dessen regelmäßigen Diskussionskreis, dem Kränzchen, erschien. Dort wurden die Neuerungen der Aufklärung besprochen und außerdem eifrig über die Gegner hergezogen. Aber man musste nur dem werten Kollegen Rektor nach dem Mund reden, mit anderen Meinungen hatte Gönner Probleme. Aus diesem Grunde erschien Dietl nach anfänglich regelmäßigen Besuchen nur noch selten bei diesen Treffen und gedachte, sich vollständig aus diesem Kreis zurückzuziehen.

Aber nun entspannte er sich erst einmal auf seiner Bank. Die Vögel zwitscherten, und es waren nur wenig Menschen unterwegs, die ihn bei seinen Gedanken und dem Abfassen der Predigt stören konnten. Er begann mit seinen Notizen, blickte immer wieder auf die umliegenden Hügel und kam gut voran. Nach einiger Zeit wurde er schläfrig, die warmen Sonnenstrahlen ermüdeten ihn und er beschloss, Papier und Feder zur Seite zu legen und einfach nur die Natur zu betrachten. Nach einigen Minuten fielen ihm die Augen zu.

Gerade, als er eine angenehme innere Ruhe verspürte, wurde

diese durch ein Geräusch, eine Bewegung, gestört. Dietl schreckte hoch und bemerkte eine Person, die sich an seinen mitgebrachten Habseligkeiten zu schaffen machte. Da er aber etwas schlaftrunken war, konnte er nicht erkennen, was vor sich ging und war zu einer Reaktion nicht fähig. Er konnte nur noch »Was machen Sie da ...?« stammeln, ehe er einen heftigen Schubs erhielt, welcher ihn auf den Boden beförderte. Da das Gelände vor dem Baum etwas abschüssig war, purzelte er ein paar Meter die Wiese hinunter, schlug mit dem Kopf hart auf und kam auf dem steinigen Weg zu liegen. Er hörte nur noch schnelle Schritte, die über den Kiesweg hallten, dann senkte sich eine eigenartige Dunkelheit über ihn.

Kapitel 35

»Tatsache ist, dass die Kollegen vor ihrem Gehilfen Angst haben!«, schimpfte Gönner. Er hatte sich sofort nach dem Gespräch mit Wirschinger auf den Weg zu Pater Konrad in dessen ehemalige Zelle gemacht. Er war genau in der richtigen Stimmung, um dem Pater auf den Zahn zu fühlen. Die Zelle lag in einem rückwärtigen Trakt der Anlage, der noch nicht von der Universität benutzt wurde und als Lager für das alte Klosterinventar diente. Der Gehilfe des Paters war in einer der verwaisten Nachbarzellen untergebracht.

»Benedict ist lammfromm, er kann niemanden etwas zuleide tun«, sagte Pater Konrad beleidigt, »aber Sie müssen verstehen, dass die Situation für ihn nicht leicht ist. Er verliert sein Zuhause, seine Heimat!«

Die weinerliche Art, mit der Konrad diese Worte vortrug, ließ Gönner die Zornesröte ins Gesicht schießen.

»Er bekommt eine neue! Er siedelt irgendwann mit Ihnen nach Obermedlingen um, da findet er das gleiche Klosterleben wie hier vor!«

»Das ist nicht dasselbe. Eine neue Umgebung, viele neue Menschen und das weit weg von seiner Heimatstadt! Benedict ist ein einfacher Mensch, er versteht nicht, was hier vor sich geht. Für ihn sind Sie diejenigen, die ihn von daheim vertreiben. Er hat keine Ahnung, was dahintersteckt!«

Gönner stellte sich mit verschränkten Armen und zusammengekniffenen Augen vor den runden Pater.

»Das gibt ihm nicht das Recht, den Kollegen Angst einzujagen oder sie sogar zu bedrohen!«, bellte er.

»Das will er sicherlich nicht! Er tut den Leuten nichts!«

»Ich hoffe, Sie haben Recht, Pater Konrad! Sorgen Sie auf alle Fälle dafür, dass er die Studenten und Professoren in Ruhe lässt! Das kann man wohl erwarten!«

Der Pater schien Gönners Entschlossenheit und dessen Ärger zu spüren. Er sackte noch weiter in sich zusammen und sein Bauch spannte sich dick in seiner Mönchskutte.

»Ja, Professor Gönner«, seufzte Konrad, »ich schärfe es ihm ein! Aber wie gesagt, Sie brauchen keine Angst zu haben!«

Gönner betrachtete den Pater einige Augenblicke lang finster und versuchte dann, eine weniger bedrohliche Haltung einzunehmen.

»Gut, ich verlasse mich auf Sie! Zu einer anderen Sache: verlässt ihr Gehilfe auch ohne Sie dieses Gebäude?«

»Wie meinen Sie das?«, fragte Konrad und sah den Professor erstaunt an.

»Na, ob er alleine in die Stadt oder sonst wohin geht, ohne Ihre Begleitung!«

»Ja, sicher. Er ist doch nicht eingesperrt! Er ist gebürtiger Landshuter und in der Stadt aufgewachsen, er kennt sich hier sehr gut aus. Zu Zeiten des Klosters haben wir ihn zu Händlern und Bauern geschickt, um Besorgungen zu machen. Außerdem kümmerte er sich rührend um die Gräber unserer verstorbenen Brüder.«

Gönner überlegte. Das bedeutete also, dass der Gehilfe sich unbemerkt in der Stadt herumtreiben konnte und niemand wusste, was er dabei anstellte.

»Dann merken Sie auch nicht immer, wenn er weg ist?«

»Nein«, Konrad schüttelte den Kopf, »er ist nicht an mich gekettet. Ich bin zwar so was wie seine Familie, aber er ist durchaus eigenständig. Darf ich fragen, warum Sie das wissen wollen?«

In Gönners Ohren hallte das Wort »eigenständig« nach. Hoffentlich hatte der Gehilfe diesen Begriff nicht zu weit ausgelegt, dachte er.

»Ich will mir nur ein Bild von unseren Bewohnern hier machen«, entgegnete er ausweichend, »ich bitte Sie, haben Sie ein Auge auf ihn. Ich möchte nicht zu unüberlegten Schritten gezwungen werden. Ich empfehle mich!«

Gönner drehte sich, ohne eine Antwort abzuwarten, um und marschierte aus dem Raum. Er war so in Gedanken verloren, dass er die nächstliegende Tür nicht beachtete. Diese war einen kleinen Spalt geöffnet und böse funkelnde Augen beobachteten ihn.

Kapitel 36

Professor Dietl verspürte leichte Schläge auf seinen Wangen. Die Dunkelheit begann sich langsam aufzulösen. Schließlich riss er die Augen auf und starrte in das erstaunte Gesicht eines älteren Herrn.

»Geht's Ihnen gut, Herr Pfarrer?«, fragte dieser besorgt. Dietl schaute sich verwirrt um. Er lag der Länge nach auf dem Kiesweg. Langsam kam die Erinnerung zurück. Der Mann packte ihn am Arm und er ließ sich in die Höhe ziehen.

»Danke ... vielen Dank!«, stammelte Dietl benommen und klopfte noch etwas ungelenk den Staub aus seiner Soutane. Er konnte nicht verstehen, was da gerade mit ihm geschehen war. Man hatte ihn zweifellos überfallen! Am helllichten Nachmittag, im Hofgarten! Er war kurze Zeit bewusstlos! Das nahm alles Formen an, unglaublich.

Der Mann führte ihn wieder hoch zur Bank. Dort ließ sich Dietl erschöpft fallen.

»Haben Sie sich wehgetan, Herr Pfarrer?«, fragte sein Helfer und Dietl erkannte in ihm eines seiner Gemeindemitglieder.

»Danke, nein, es geht schon wieder. Stellen Sie sich vor, ich bin überfallen worden!«

»Überfallen? Mitten am Tag?«, fragte der Ältere entsetzt, »wer macht denn sowas? Sie müssen zur Gendarmerie gehen!«

»Jetzt bleibe ich erstmal hier sitzen und beruhige mich.«

»Darf ich?«, fragte der Mann und ohne eine Antwort abzuwarten, nahm er neben Dietl Platz, »sind Sie verletzt?«

Dietl schüttelte den Kopf.

»Nein, ich denke nicht, ich bin ja nur etwas den Hügel hinuntergerollt.«

»Ja, aber Sie waren offensichtlich kurz bewusstlos! Sie müssen zu einem Arzt!«

»Nein, das wird nicht nötig sein«, sagte Dietl und schüttelte den Kopf, »mir fehlt nichts. Es geht schon wieder!«

»Hat er Ihnen etwas gestohlen?«

Dietl hatte daran noch gar nicht gedacht. Er sah nach und stellte fest, dass Papier und Stifte noch vorhanden, aber die Vesper der Haushälterin verschwunden war. Der Dieb hatte es also nur auf das Essen abgesehen.

»Das ist schon sehr eigenartig«, kommentierte der Herr, »wer stiehlt denn etwas zu essen?«

»Sehr außergewöhnlich, in der Tat«.

»Vielleicht wollte er Ihnen noch mehr stehlen ...«

»Da hätte er lange suchen können, ich habe außer Papier und Feder nichts weiter bei mir! Keine Wertgegenstände oder Geld, sogar meine Taschenuhr habe ich nicht mitgenommen«, brummte Dietl.

»Also nur das Essen ...«

»Nur das hat er genommen. Hmmm ... es muss sich schon um einen wirklich armen Tropf handeln, dass er es nur darauf abgesehen hat.«

»Ja, die Zeiten sind schlecht, Herr Pfarrer!«

»Ein hungriger, armer Kerl, der sogar Essen stehlen muss, um zu überleben ...«, sinnierte Dietl.

Der Mann stand auf.

»Ich werde dann wieder weiter gehen. Wenn Ihnen nichts weiter passiert ist und Sie keine Hilfe mehr brauchen, empfehle ich mich Herr Pfarrer!«

Der Mann machte eine kleine Verbeugung und ging seines Weges. Dietl nickte und atmete noch einmal ein paar Mal tief und fest ein. Eine seltsame Welt, dachte er, man hatte es offensichtlich auf ihn abgesehen. Die verrückte Frau in der Kirche, jetzt der Diebstahl des Essens ... ob es sich bei dem Dieb um diese Frau handelte? Das schloss er nach einigem Überlegen aus, die Störerin machte auf ihn doch einen zu schmächtigen Eindruck, als dass sie zu dieser Tat fähig gewesen wäre. Aber man konnte nie wissen, wozu die Menschen in der Lage sind. Er nahm sich vor, ab jetzt noch besser auf der Hut zu sein. Er griff nach seinen Notizen und arbeitete diese neuen Eindrücke in seine Predigt ein.

Als er seine Arbeit beendet hatte, überlegte er, ob der wegen dieses Diebstahls zur Polizei gehen sollte. Nach reiflicher Abwägung entschied er sich, dies nicht zu tun. Dabei würde er sich nur zum Gespött, vor allem der Studenten, machen und sich der allgemeinen Belustigung aussetzen. Schlimm genug, dass man in der Stadt schon über die Besuche der verrückten Frau bei seinen Predigten redete. Weiteres Getratsche konnte er nicht gebrauchen. Vielleicht würde er den Kollegen Gönner um Rat fragen. Aber selbst da war er sich nicht sicher, der Kollege würde sich wahrscheinlich ebenfalls darüber lustig machen. Der Herr Rektor konnte schon seine Freude bezüglich der verrückten Frau kaum verbergen.

Er entschied, es auf die Gesprächssituation ankommen zu lassen und erhob sich. Er blickte noch einmal zufrieden auf die alten Bäume und ging dann, ein Gebet für den armen Mundräuber murmelnd, in sein Pfarrhaus zurück. Wahrscheinlich hatte die Haushälterin noch ein paar Scheiben Brot übrig, die gestohlene Vesper hätte er durchaus gerne verzehrt. Hoffentlich hat sie wenigstens dem Dieb geschmeckt, dachte er und betrat das Pfarrhaus.

Kapitel 37
29. Mai 1802

Am Abend hatten sich mehrere Studenten im Feiningers Wirtshaus angesagt. Feininger hatte gezögert, diese Reservierung anzunehmen. Er fürchtete die Kontrollen seitens der Gendarmerie und um den Ruf seines Gasthauses. Aber dann siegte der Gedanke an die Einnahmen, die ihm entgehen würden.

Er begann zeitig mit den Vorbereitungen, es war volles Haus angesagt und da gab es einiges zu tun. Er holte ein frisches Bierfass aus dem Keller und wuchtete es auf des dafür vorgesehen Tisch. Wenn nur nicht dieser Wirschinger wiederauftauchen und alles stören würde, dachte er und ächzte. Der hatte es offensichtlich nur auf sein Gasthaus abgesehen. Aber er wird schon nicht jeden Abend zu uns kommen. Es gab ja noch andere Gasthäuser, in denen sich die Studenten herumtreiben, dachte er und stellte frisch gespülte Bierhumpen zum Trocknen bereit.

Als einer der ersten kam Breitling zusammen mit Emmrich in das Wirtshaus. Breitling entdeckte Friedrich Huber, einen Kommilitonen der theologischen Fakultät und die beiden setzten sich zu ihm und dessen Freunde. Breitling ließ sich erschöpft fallen. Er war ganz froh, dass es an diesem Abend nicht um nur um den Genuss von Wein und Bier ging. Es gab heute Abend einen offiziellen Anlass.

Man wollte über die Gründung einer studentischen Verbindung, eines Corps, diskutieren. Aus diesem Grunde erfolgte eine offizielle Einladung an alle Interessierten. Auch in anderen Lokalen hatten bereits solche Veranstaltungen stattgefunden. Breitling sah sich um. Der Schankraum füllte sich zusehends, und das Wirtsehepaar und dessen sehr ansehnliche Tochter Magda waren überaus beschäftigt. Die Runde setzte sich aus Studenten der theologischen und der juristischen Fakultät zusammen. Breitling nahm genüsslich einen ersten Schluck. Während Emmrich eifrig mit einem anderen Studenten über die juristischen Probleme eines Corps diskutierte, wurde er mit Fragen bedrängt.

»Sag mal, stimmt es, dass der Arnold Brombach verschwunden ist? Man sagt, ihm sei etwas zugestoßen! Hat er sich wieder mit diesen Handwerksburschen angelegt?«

Breitling schüttelte den Kopf.

»Das wissen wir doch nicht! Er ist verschwunden, das sehen ja alle, aber ob ihm was zugestoßen ist, weiß niemand!«

»Ich habe gehört, er wurde von marodierenden Soldaten entführt«, warf ein anderer Student ein.

»Ach, Leute, verbreitet doch nicht immer solche Gerüchte! Niemand weiß, was los ist. Er taucht sicher bald wieder auf und dann klärt sich alles!« rief Breitling.

»Er ist genauso verschwunden wie der Professor Schmidbauer!«, sagte Friedrich und machte dabei ein gewichtiges Gesicht.

»Der Schmidbauer ist nicht einfach so verschwunden! Sein Bruder ist plötzlich gestorben, und er muss sich um dessen Beerdigung, die Frau und die unmündigen Kinder kümmern, das ist doch bekannt. Gönner hat das doch auch so verlauten lassen!«

»Und wenn der Schmidbauer Arnold mitgenommen hat? Der Schmidbauer hat ihn doch sehr verhätschelt und der Arnold suchte doch auch Anschluss!«

»Ach Friedrich«, konterte Breitling, »warum sollte denn Arnold bei so einer privaten Sache dabei sein? Das hätte er mir dann sicher erzählt. Nein, das kannst du vergessen! Mit dem Schmidbauer hat das nichts zu tun.«

»Ja und warum ist er dann weg?«

»Ich kann dir auch nicht mehr erzählen! Lassen wir das doch jetzt!« Breitling schüttelte den Kopf. Diese Fragen gingen ihm an die Nerven. Er musste schleunigst aus diesem Thema raus.

»Friedrich, erzähl mir lieber, wie es dir bei den letzten Vorlesungen mit Professor Sailer gefallen hat«, wandte er sich mit hochgezogenen Augenbrauen an Friedrich Huber.

Friedrich wollte antworten, aber Magda kam mit der Weinbestellung an den Tisch. Alle Augen richteten sich sofort auf die hübsche Wirtstochter, die mit gesenkten Augenlidern die Humpen vor ihnen abstellte und weiterschob. Anmutig lächelnd verschwand sie wieder und die sehnsuchtsvollen Blicke der Studenten hingen ihr nach. Man prostete sich erstmal ausgiebig zu und trank, jeder wohl noch in Gedanken an Magda.

»Da gab es keine Vorlesungen in den letzten Tagen«, kam Friedrich schließlich auf die Frage zurück, »Professor Sailer musste zum Bischof nach Freising reisen und wird erst morgen oder übermorgen in Landshut zurückerwartet.«

»Jaja, ein wichtiger Mann, der Professor Sailer!«, nickte Breitling.

»Natürlich ist er wichtig«, entgegnete Friedrich, »die Obrigkeit schätzt eben die Meinung des Professors!«

»Ja, weil er der Kirchenobrigkeit nicht widerspricht und nichts von der Philosophie Kants oder Schellings wissen will. Letzte Woche hat Professor Gönner in unserer Vorlesung gelästert, dass sich der Minister Montgelas wahrscheinlich jeden Morgen beim Blick in den Spiegel fragt, warum er Sailer an die Universität berufen hat. Graf Montgelas wollte aus der neuen Universität in Landshut einen Hort der Aufklärung und der neuen Gedanken machend. Deswegen hat er auch den Gönner hergeholt, damit er das vorantreibt.«

»Aber warum ist dann der Sailer hergekommen?«, fragte Friedrich erstaunt.

»Das ist doch klar«, warf Emmrich ein, »Sailer war schon ein Jahr zuvor Professor in Ingolstadt geworden, zum zweiten Mal und ...«

»Zum zweiten Mal?«, unterbrach Friedrich, »war er das schon einmal?« Breitling nickte und sagte: »Ja, war er. Ein paar Jahre lang, bis 1781. Dann musste er seinen Lehrstuhl aufgeben, weil er doch ehemaliger Jesuit ist und die Jesuiten dann in Ungnade gefallen sind. Er ist dann nach Dillingen gegangen«

»Hmmm«, brummte Friedrich etwas abgelenkt durch Magda, die am Nebentisch gerade servierte, »und warum haben die ihn dann doch wieder an die Universität geholt?«, fuhr er fort, als sich das hübsche Mädchen wieder entfernt hatte.

»Weil er ein wirklich guter Lehrer und Pädagoge ist! Ich habe ja nur einmal eine Vorlesung von ihm besucht, aber alle Achtung«, antwortete Breitling beeindruckt, »in so kurzer Zeit schwierige Dinge verständlich und logisch zu erklären, ist eine Gabe, die nur Wenige beherrschen. Du musst das doch geradezu genießen, oder? Ich meine, bei der Anzahl von Vorlesungen, die du bei ihm hast?«

Friedrich nickte zustimmend.

»Stimmt! Es ist jedes Mal eine Freude, seine Vorlesungen zu besuchen. Was er vor allem aber auch sehr gut versteht, ist der Umgang mit uns Studenten. Er hat immer ein offenes Ohr, man kann ihn in seiner Wohnung gegenüber dem Rathaus besuchen, er nimmt sich Zeit, er hört sich die Probleme und Anliegen an.«

»Das habe ich auch schon gehört«, nickte Breitling zustimmend, »Sailer spricht nicht nur mit seinen Kollegen, sondern genauso offen mit uns Studenten, er macht keinen Unterschied!«

»Ja«, lachte Friedrich laut auf, »das kann ich aus eigener Erfahrung bestätigen! Vor einiger Zeit war ich auf der Suche nach einer von Professor Sailer verfassten Schrift, konnte aber weder in der Bibliothek noch anderswo ein Exemplar auftreiben. Also habe ich Sailer nach einer Vorlesung um Rat gefragt. Er hat mich ohne Umschweife am Abend in seine Wohnung gebeten, dort werde er mir dann ein Exemplar überreichen! Könnt ihr euch das vorstellen? In die privaten Gemächer dieses Mannes eingeladen zu werden?«

Breitling sah ihn mit großen Augen an.

»Warst du dann dort? Hat er dir die Schrift gegeben?«, fragte er erwartungsvoll.

»Ja, natürlich war ich dort!«, sagte Huber nicht ohne Stolz,

»ich habe gezittert vor Aufregung, das kann ich euch sagen! Ich dachte, er gibt mir das Papier und schickt mich sofort wieder weg. Aber nicht Professor Sailer! Stellt euch vor, seine Haushälterin hat mich in den Salon geführt! Als ich über den Flur ging, sah ich in einem anderen Raum die Professoren Weber und Zimmer sitzen, Weber spielte Schach mit einem Herrn, den ich nicht kannte und Zimmer sprach mit anderen Herren, die alle einen sehr hochwohlgeborenen Eindruck machten. Ich musste auch nicht lange warten, Sailer kam aus diesem Raum und übergab mir seine Schrift, er hatte sich das vom Vormittag noch gemerkt! Ich habe ihm gedankt und wollte wieder weg, aber er hat mich gebeten, mich zu setzen und dann hat er mir seine Gedanken zu dieser Schrift dargelegt. Könnt ihr euch das vorstellen? Da sitzen wichtige Herren und Professoren im Raum gegenüber, die auf ihn warten und er gibt einem kleinen Studenten eine Art private Vorlesung. Bis schließlich Professor Weber kam und ihn irgendetwas fragte, aber selbst dann ließ er sich Zeit und beendete das Gespräch mit mir in Ruhe.«

Breitling nickt anerkennend. Er dachte an seinen Professor in den Staatsrechtvorlesungen. Gönner verstand es zwar auch, die Studenten zuvorkommend zu behandeln. Aber seine Vorgehensweise war etwas weniger feinfühlig und konnte einen forschen Unterton nicht verbergen.

»Und wisst ihr, was das Beste war?«, fuhr Friedrich begeistert fort, »nach diesen Erklärungen hätte ich sein Werk gar nicht mehr gebraucht! Er hat mir das Wesentliche daraus in relativ wenigen Worten so einfach dargelegt, dass beim Lesen des Textes eine wahre Freude verspürte und ich alles mit meinen eigenen Gedanken erfassen konnte.«

Breitling nickte anerkennend.

»Diese Fähigkeiten hätte ich auch einmal gerne! Hast du ihm das Buch wieder zurückgegeben?«

Friedrich schüttelte den Kopf.

»Nein, noch nicht. Er ist ja dann verreist. Aber ich werde es ihm die nächsten Tage bringen. Bin mal gespannt, was dann in seiner Wohnung wieder los ist.«

»Mit Professor Sailer haben wir schon einen großen Mann an unserer Universität«, sagte Breitling, »ich verstehe nur nicht, warum er so konservativ ist und von den neuen Ideen so gar nichts wissen will – wenn er doch so ein heller Kopf ist!«

Friedrich nahm einen Schluck aus seinem Humpen.

»Das verstehe ich auch nicht«, antwortete er grüblerisch. »Aber das eine schließt das andere ja nicht aus. Er mag konservativ sein, aber er versucht, die neuen Ideen zu verstehen und zu hinterfragen, und er ist ein großartiger Lehrer. Mit den neuen Ideen kann er halt nichts anfangen.«

»Stimmt, ich habe mal ein Gespräch von Gönner und Weber zufällig mitgehört, in dem Gönner genau das angesprochen hat und Weber sagte, dass Sailer einfach keine Lust hätte, sich immer neue Ideen anzueignen, die eine kurze Zeit lang gelten und dann wieder durch etwas Neues ersetzt werden. Er bleibe lieber bei seinen Evangelien, da würde alles drinstehen, was man braucht.«

»Das merkt man in seinen Vorlesungen immer und manchmal sagt er das auch direkt«, bestätigte Friedrich »da schont er weder die neuen Lehren der gerade angesagten Philosophen, noch seine Kollegen an der Universität.«

»Das muss man ihm lassen, er hat seine Meinung und die vertritt er, koste es, was es wolle. Ein starker Charakter der Herr Professor Sailer!«

»Darauf stoßen wir an!«, rief Breitling und sie stießen ihre Humpen aneinander. Bevor Friedrich noch eine weitere Lobeshymne auf seinen Professor anstimmen konnte, erklang laut die Stimme des Sprechers des Abends, der nun alle Anwesenden zur Ruhe rief.

Während die Studenten über die Gründung eigener Vertretungen im großen Kreis heftig diskutierten, saß Professor Gönner in einem kleineren Kreis zusammen, die Diskussion war aber nicht minder heftig. Gönner hatte die Mitglieder des Kränzchens zu sich in seine Wohnung gebeten. Das Treffen fand seit Übersiedlung der Universität entweder dort oder in einer Taverne statt. Geladen waren, außer den ständigen Mitgliedern, auch immer wieder Gäste. Diese sollten entweder für die Aufklärung gewonnen werden oder aber abweichende Standpunkte darlegen, um dann jedoch von Gönner in Grund und Boden argumentiert zu werden. Einige Gäste zogen es daraufhin vor, nicht wieder zu kommen.

Das Treffen an diesem Abend hätte er aufgrund der aktuellen Lage eigentlich gerne abgesagt. Er entschied sich aber dann dafür, es in seiner Wohnung abzuhalten, so konnte er sich zumindest die Wege sparen.

So kamen nun die Mitverschworenen in Jupiters Haus. Diesen Decknamen hatte ihm, vorlaut wie immer, Professor Röschlaub verpasst. Jupiter sei der größte Planet im Sonnensystem, der Vergleich also durchaus gerechtfertigt, dem tonangebenden Protagonisten der guten Sache mehr als angemessen. Röschlaub machte sich einen Spaß daraus, auch andere Mitglieder mit Planetennamen zu bezeichnen.

Uranus und Neptun waren die ersten, die in den heiligen Hallen des Großplaneten eintrafen. Beide waren Mitglieder der ersten Stunde, die Jupiter treu umkreisten. Saturn war heute Abend verhindert, dafür hatte man mit Mars ein neues Mitglied gewinnen können. Erst seit Kurzem an der Universität, machte er seinem kriegerischen Namen alle Ehre, sowohl innerhalb als auch außerhalb des Zirkels. Professor Röschlaub konnte seine kämpferische Einstellung Allem und Jedem gegenüber nicht verbergen. Sein Ruf, den er sich an der Universität in Bamberg erarbeitet hatte, eilte ihm galoppierend voraus. Gönner hatte diese Entwicklung in Bamberg bereits kurze Zeit als Kollege Röschlaubs beobachten können. In Landshut erfand man alsbald einen von seinem Charakter abgeleiteten Spruch, um besonders böse Formulierungen zu bezeichnen: »grob wie Röschlaub«.

Nachdem Gönner dem ersten der Gäste, Professor Milbiller, eine schnelle und empfindliche Mühle-Niederlage verabreicht hatte, füllte sich das Zimmer langsam.

Die Herren saßen nun alle in Jupiters Studierzimmer bei einem ersten Schluck Cognac, als Röschlaub in den Raum polterte, aufgeregt und verärgert.

»Einen Cognac, schnell!«, herrschte er Gönner an. Dieser wagte nichts zu erwidern und reichte Röschlaub schief grinsend das gewünschte Getränk, welches der Professor der Medizin in einem Schluck in sich aufnahm.

»Besser?«, erkundigte sich Gönner lächelnd.

»Ganz und gar nicht, geben Sie mir noch einen Schluck, bitte!«, sagte er und hielt Gönner das leere Glas hin.

»Was ist Ihnen denn für eine Laus über die Leber gelaufen, Herr Kollege?«, wollte Uranus, alias Joseph Socher, Professor der Logik und Metaphysik, wissen.

»Eine Laus? Das kann ich Ihnen sagen, Herr Kollege«, schnaubte Röschlaub, »nein, keine Laus, ein Trampeltier namens Weber! Der Herr Physiker und Chemiker! Dieser Dillinger Aushilfsprofessor! Kaum ist seine Sonne Sailer nicht da, sieht sich dieser Mensch bemüßigt, mir Vorträge über Kant zu halten! Der soll sich lieber um seine chemischen Elemente kümmern, dass ihm da nichts durcheinanderkommt, aber das würde er gar nicht bemerken!«

»Jetzt beruhigen Sie sich, Herr Kollege«, sagte Gönner, »setzen Sie sich, dann wird's schon wieder.«

Röschlaub ließ sich in einen Sessel fallen, schnappte noch ein paar Mal hörbar nach Luft und schien sich dann etwas gesammelt zu haben.

»Was hat Sie denn nun explizit aufgeregt?«, wollte Neptun, Professor Joseph Anton Milbiller wissen, zuständig für Geschichte und Geografie.

»Der ganze Mensch regt mich auf!«, fauchte Röschlaub, »seine Anbetung des großen Sailers und sein Lavieren mit der Philosophie, der soll sich auf seine Physik und Chemie beschränken! Jetzt biedert er sich der Aufklärung an, ist aber nur ein Geschöpf Sailers! Zusammen mit Zimmer huldigen diese Herren ihren verbrauchten Göttern, und mir will dieser Mensch etwas über Kant erzählen!«

»Aber er ist ein sehr freundlicher und im Umgang angenehmer Kollege!«, warf Socher ein, »das können Sie nicht bestreiten!«

»Ha!«, schnaubte Röschlaub, »das, Herr Kollege ist lediglich Fassade, das können Sie mir glauben! Der ist freundlich und lächelt Sie an und sobald Sie ihm den Rücken zudrehen rammt er Ihnen eines seiner Reagenzgläser in den selbigen!«

»Na, jetzt übertreiben Sie mal nicht!«, entgegnete Socher etwas pikiert.

»Ja, stimmt, entschuldigen Sie, natürlich erkundigt er sich vorher bei Sailer, ob er das darf!«, grinste Röschlaub.

Milbiller schüttelte den Kopf.

»Jetzt meinen Sie es ihm aber doch sehr übel, Herr Kollege!«

Bevor Röschlaub aufbrausend antworten konnte, mischte sich Gönner ein. Er hatte die Diskussion stehend verfolgt und sagte beschwichtigend: »Ich denke, dass es durchaus etwas Wahres an den Aussagen des Kollegen Röschlaub gibt! Allerdings empfinde auch ich Professor Weber als sehr freundlich und weniger schlimm. Mit ihm werden wir die geringsten Probleme haben. Ich schätze ihn so ein, dass er als Erster einbricht, wenn es einmal hart auf hart kommt. Zimmer ist nach Sailer die härtere Nuss. Dem kann man nicht so leicht beikommen.«

»Das mag sein«, entgegnete Röschlaub, »ändert aber nichts daran, dass ich mich heute über diesen Weber geärgert habe. Im Lichte seiner Freunde denkt er, dass er sich alles erlauben kann und fühlt sich stark!«

Gönner hob seinen rechten Zeigefinger, das war sein Stichwort.

»Hier meine werten Herren, sehe ich genau den richtigen Ansatzpunkt! Wenn wir das Dillinger-Kleeblatt aufbrechen wollen, müssen wir bei Weber beginnen. Er scheint mir das schwächste Glied in diesem Kreis zu sein.«

Professor Milbiller nickte.

»Ich halte es auch für zu gefährlich, den Kollegen Sailer direkt anzugehen. Er ist zu bekannt und hat trotz seiner Unbeliebtheit bei Montgelas sehr viel Einfluss. Nicht einmal der hat es geschafft, ihn wieder zu entfernen oder es verhindert, dass Sailer an der neuen Universität unterrichtet.«

»Wie Recht Sie haben, Herr Kollege«, nickte Gönner bestätigend, »Sailer ist zu mächtig, ein Angriff auf ihn würde sich für uns ins Gegenteil verkehren. Das wäre zu riskant. Montgelas hätte gar keine Chance, als uns dafür zu bestrafen. So würden wir diesem Kreis nicht beikommen und seinen Einfluss an der Universität beschränken.«

»Es erstaunt mich immer noch«, sagte Socher, »dass man diese Kollegen im Geiste der Aufklärung hierhergeholt hat, aber sie sich nun gegen die neue Philosophie wenden und lieber den alten Anschauungen treu bleiben!«

»Ich denke«, entgegnete Gönner, »dass man sich das in Montgelas Ministerium auch anders vorgestellt hat! Aber der Ruhm und sein durchaus guter Ruf als Pädagoge sind Sailer eben vorausgeeilt und da er bereits in Ingolstadt an der Universität war, konnte man ihn nicht übergehen.«

»Ja, schon«, schnaubte Röschlaub, »aber musste man dann auch noch gleich seine beiden Geistesbrüder mit nach Landshut holen? Das hätte ich von Montgelas eigentlich nicht erwartet. Die hätte er besser in irgendeiner Hinterwald-Universität entsorgen sollen!«

»Da sehen Sie mal«, meinte Socher, »welchen Einfluss Sailer

hat! Aber der Ehrlichkeit halber muss ich sagen, dass er tatsächlich ein exzellenter Pädagoge und sehr beliebt bei den Studenten ist. Er ist diesen immer behilflich, wo es auch nur geht. Zudem macht ihn seine zahllosen Schriften sehr bekannt und das kann für unsere Universität wiederum nur von Vorteil sein!«

Röschlaub war bereits bei den ersten lobenden Worten Sochers brodelnd hochgefahren und schaute den Kollegen entsetzt an.

»Herr Kollege! Sagen Sie mal! Werden Sie jetzt plötzlich zu einem Jünger Sailers?«

Socher schüttelte den Kopf und sah lachend zu Röschlaub hoch:

»Keine Angst, mein lieber Röschlaub, das wird nicht passieren, aber ganz dürfen wir die Augen vor den Leistungen dieses Mannes nicht verschließen! Da müssen wir sehr vorsichtig handeln!«

»Meine Herrn«, entschloss sich nun Gönner einzugreifen, »ich denke wir sollten in der Tat vorsichtig handeln. Sailers Position ist zu stark. Selbst Graf Montgelas scheint die direkte Konfrontation zu scheuen ...«

»... aber er lässt seine Briefe öffnen und durch seine Geheimpolizei kontrollieren, was man so hört!«, warf Röschlaub ein.

»Das macht er, ganz klar«, antwortete Gönner, »das kann aber durchaus auch mit Ihrer, mit unserer Korrespondenz geschehen, meine Herren!«

»Pah!«, rief Röschlaub aus und wedelte mit seinen Armen, »soll er doch, ich habe nichts zu verbergen! Wenn es ihm Spaß macht!«

Die anderen Herren lachten und prosteten sich mit ihrem restlichen Cognac zu.

»Auf jeden Fall«, sagte Gönner, »denke ich, dass wir mit Sailer alleine schon auskommen würden. Wenn wir das Kleeblatt aufbrechen, wäre das schon ein Erfolg. Daran gilt es zu arbeiten.«

»Ihr Wort in Gottes Gehörgang«, nickte Socher.

»Sagen Sie mal, werter Jupiter«, wechselte nun Röschlaub das Thema, »warum erscheint eigentlich der geschätzte Kollege Dietl nicht mehr zu unseren Treffen? War das eine Mal, an dem er uns mit seiner Anwesenheit beehrte, eine Dietelsche Eintagsfliege?«

Gönner zuckte mit den Schultern.

»Ich habe den Kollegen darauf angesprochen, aber irgendwie scheint ihm diese Sache hier unangenehm zu sein.«

»Aber er ist doch auch ein Aufklärer und diesem Gedankengut nicht abgeneigt!«, meinte Socher, »jedenfalls hatte ich den Eindruck, dass er davon begeistert ist!«

»Wie man so hört, versucht er auch immer wieder, Elemente davon in seine Predigten in seiner Kirche einzubauen«, sagte Milbiller. Röschlaub lachte brummend und ließ sich dabei wieder in seinen Sessel fallen.

»Ich denke, das liegt wohl an unserem Großplaneten! Dietl fühlt sich durch ihn wohl zu sehr eingeengt.«

Gönner schüttelte lächelnd den Kopf.

»Herr Kollege, ich enge doch niemanden in seinen Gedanken ein, wo denken Sie hin!«

»Na, der Dietl hast das wohl so gesehen. Auf jeden Fall ist es schade, dass er nicht mehr regelmäßig oder überhaupt wieder zu uns kommt«, meinte Milbiller.

»Der soll sich nicht so haben, er kann doch auch seine Meinung sagen, was ist denn da schon dabei! Diese Menschen regen mich auf!«, rief Röschlaub aus.

Gönner zuckte mit den Schultern.

»Ich kann es nicht ändern. Zwingen können wir ihn nicht. Aber vielleicht ändert er ja seine Meinung, nachdem er jetzt die Festrede beim Installationsfest halten wird.«

Röschlaub sah erstaunt auf.

»Dietl wird die Rede halten?«, fragte er erstaunt.

»Ja«, antwortete Gönner, »nachdem Schmidbauer so überstürzt abreisen musste, habe ich Dietl gefragt und er hat natürlich sofort zugesagt!«

»Das kann ich mir denken«, nickte Röschlaub, »wahrscheinlich hatte er die Rede schon fertig abgefasst in der Tasche!«

»Sie haben recht, Herr Kollege«, nickte Gönner bestätigend, »das hatte er. Er hatte wohl von Anfang an damit gerechnet, als Redner auserkoren zu werden, aber die Entscheidung war nun mal auf den Kollegen Schmidbauer gefallen.«

Professor Milbiller nickte.

»Das hatten wir ja auch diskutiert. Schmidbauer wäre aufgrund seiner rhetorischen Fähigkeiten und seiner ruhigen Art der Richtige gewesen. Schade, dass er so schnell abreisen musste.«

Gönner und Röschlaub wechselten einen schnellen Blick. Gönners Augen machten dem Kollegen unmissverständlich deutlich: Nein, wir sagen den beiden nichts, es bleibt unser Geheimnis!

»Nun, das konnte niemand wissen«, meinte Gönner, »aber daran kann man nichts ändern. Es bestätigt seinen einwandfreien Charakter, dass er sofort der Familie zur Hilfe geeilt ist. Dietl hatte ich durchaus auf der Liste, nur eben an zweiter Stelle! Jetzt kann er die Rede halten und die liebe Seele hat ihre Ruhe.«

»Vielleicht ist er Ihnen dann zu so großem Dank verpflichtet, dass er wieder zu unseren Treffen kommt«, bemerkte Socher, »mich würde das freuen, er ist ein angenehmer Kollege!«

Röschlaub antwortete kopfschüttelnd: »Das glaube ich nicht. Dem passt das einfach bei uns nicht. Da kann er sich nicht so entfalten, wie er will. Das bringt mich auf die Idee, dass ich ja diese Rede halten kann! Wissen Sie meine Herren, ich hätte da ein paar wundervolle Gedanken, die man dort ...«

Die anderen Herren hoben lachend ihre Hände und stießen abwehrende Laute aus.

»Was denn, was denn, meine Herren?«, sagte Röschlaub erstaunt«, ich dachte doch nur, wenn uns abermals der Redner abhandenkommt ...«

»Mein lieber Kollege Röschlaub«, lachte Gönner, »das glaube ich gerne, dass Sie wundervolle Gedanken haben, aber nach Aussprache derselben bei unserem Fest wird Montgelas die Universität in die Mongolei verlegen und wir werden dort in aller Ruhe den Gedanken der Aufklärung nachgehen können!«

»Na gut, ich ziehe meine Bewerbung hiermit zurück!«

»Sehr vernünftig«, entgegnete Gönner grinsend und setzte sich dann zu den Kollegen, »darauf stoßen wir nochmals an! Zum Wohle!«

Die Herren ließen ihre Gläser klirren und widmeten sich dann tiefergehenden, philosophischen Dingen.

Kapitel 38

Die Versammlung der Studenten im Feininger war früher zu Ende gegangen, als bei solchen Abenden üblich. Einigen Teilnehmern steckten noch die letzten Ereignisse in diesem Wirtshaus in den Knochen und man wollte nicht schon wieder mit den Gendarmen zu tun haben.

Kaspar Emmrich stand nach dem Begleichen seiner Zeche auf und streckte sich. Auch er freute sich darauf, heute früher nach Hause zu kommen. Vor allem wollte er nicht wieder im Gefängnis landen und so lief der Abend insgesamt, auch was den Alkohol betraf, in gesitteten Bahnen ab. Niemand hatte gerade Lust auf ausgiebige Wein- oder Bierproben.

Er war unter den Ersten, die die Zusammenkunft nach dem offiziellen Teil verließen. Sein Freund Breitling schloss sich ihm an. Er hatte ebenfalls nichts gegen eine längere Nachtruhe und verabschiedete sich dann vor dem Wirtshaus auch schnell von ihm. Emmrich hatte die Hoffnung noch immer nicht aufgegeben, dass sein Mitbewohner Arnold in ihrem gemeinsamen Zimmer saß, wenn er nach Hause kam. Deswegen machte er sich auf den direkten Weg dorthin.

Normalerweise liebte er es, um diese Zeit durch die dunkle Stadt zu gehen. Diese lauen Sommernächte verleiteten ihn zu kleinen Umwegen. Der imposante Turm der St. Martinskirche hatte es ihm besonders angetan, vor allem im diffusen Abendlicht, ein wahrhaft magisches Bild. Aber das interessierte ihn an diesem Abend nicht.

Er und Brombach bewohnten ein kleines Zimmer in der Wohnung einer älteren Dame. Das Zimmer war gerade groß genug für beide und ihre Zimmerwirtin kümmerte sich auch rührend um sie. Die Wohnung lag in einem Hinterhaus des Isar-Gestades. Diese Häuserzeile lag, durch eine Straße und eine kleine Promenade getrennt, an der Isar. Der Fluss sorgte zwar immer wieder für Überschwemmungen, gab aber der Stadt einen sehr malerischen Anblick. An zahlreichen Promenaden konnte man an seinem Lauf entlang durch die Stadt spazieren.

Vom Wirtshaus Feininger waren es nur ein paar Minuten zu gehen. Neben dem Gasthaus »Zur Schleuse« konnte man durch einen lang gestreckten, bogenförmigen Durchgang unter dem Gebäude gehen und zu den im hinteren Bereich liegenden Häusern gelangen.

Nach ein paar Schritten in diesem düsteren Torbogen, spürte Emmrich, wie ihn jemand an den Schultern packte. Er wurde mit einem heftigen Schwung um die eigene Achse gedreht. Im selben Augenblick bohrte sich eine Faust in seinen Unterleib. Er klappte schmerzerfüllt zusammen und schnappte nach Luft. Noch bevor er realisierte, was gerade mit ihm passierte, erhielt er einen heftigen Stoß. Er stolperte und prallte auf den Boden. Er fiel auf die linke Seite und schlug hart mit der Schulter auf. Augenblicklich durchzuckte ihn ein stechender Schmerz.

Eine Sekunde später wurde er hochgewuchtet und brutal gegen die Hauswand geworfen. Schwer atmend, mit heftig klopfendem Herz und pochenden Schmerzen sah er schemenhaft drei, vier Gestalten, vermummt, dunkel gekleidet und nicht zu erkennen. Zwei davon hielten ihn fest und ein anderer trat vor ihn. Durch ein dunkles, um den Mund gebundenes Tuch, röchelte eine Stimme:

»Wo ist Brombach?«

Emmrich begriff erst nicht, was die vermummten Kerle meinten. Er reagierte nicht und kassierte dafür einen Schlag in den Magen.

»Ich sagte: wo ist Brombach?«, wiederholte der Schläger.

Emmrich nahm all seine Kraft zusammen und stammelte nur »ich weiß es nicht«, dafür kassierte er einen weiteren Fausthieb in den Magen. Ein höllischer Schmerz durchfuhr ihn. Er krümmte sich zusammen, aber die beiden Gestalten an seiner Seite rissen ihn wieder hoch. Mit rasendem Puls und weit aufgerissenen Augen starrte er den Sprecher vor ihm an.

»Ich frage dich ein letztes Mal, wo ist Brombach?«, röchelte der Kerl. Durch das Tuch konnte Emmrich dessen heißen Atem spüren.

»Ich ... Ich weiß es nicht«, stöhnte Emmrich und schluckte, »bitte ..., bitte hören Sie auf!«

»Du brauchst uns hier nicht anzulügen, du Studentensau«, fauchte die Stimme rau, »wir wissen, dass Du mit ihm befreundet bist, du weißt, wo er sich versteckt!«

»Ich ... ich weiß nichts! Er ist verschwunden!«

Ein weiterer Schlag ließ ihn wieder zusammenzucken.

»Bitte«, stöhnte er keuchend, »hören Sie auf, ich weiß nichts...«

Eine Hand packte ihn am Hals und drückte seinen Kopf an die Wand. Der raue Putz drückte auf seinen Hinterkopf und Emmrich schnappte schwer atmend nach Luft.

»Jetzt hör mal zu, du armseliger Student! Wenn wir herauskriegen, dass du uns anlügst, kommen wir wieder und dann hat dein letztes Stündlein geschlagen, Freundchen!«

Ein weiterer Schlag bohrte sich in Emmrichs Magen, er krümmte sich zusammen, die beiden Kerle an den Seiten ließen ihn los. Ohne Halt sackte er auf den Boden. Mehrere Fäuste flogen in sein Gesicht. Fußtritte hieben auf seinen Körper ein. Emmrich krümmte sich zusammen, ein letzter Schlag eines Fußes traf ihn in den Magen und er verlor das Bewusstsein. Das Letzte, was er hörte, waren Schritte, die sich eilends entfernten.

Kapitel 39
30. Mai 1802

Pater Konrad war es gewohnt, sehr früh aufzustehen. Es gab zwar keinen Morgengottesdienst mehr in der Klosterkirche und in den anderen Kirchen begannen diese erst später. Aber die jahrzehntelange Gewohnheit konnte er nicht ablegen. So verrichtete er eine kleine Andacht, aß ein wenig Brot und machte sich dann auf zu seinem Rundgang im Gebäude, bevor der universitäre Betrieb losging. Diese Professoren mussten kontrolliert werden und solange er noch hier im Kloster bleiben konnte, gedachte er diese Kontrolle ausgiebig durchzuführen. Heute hatte er sich vorgenommen den Keller zu inspizieren.

Am Tag zuvor hatte er verdächtige Geräusche aus den unteren Räumen des Klosters gehört und auch Benedict erzählte ihm immer wieder von geheimnisvollen Dingen, die sich dort unten neuerdings zutrugen. Nicht nur, dass dieser giftige Professor Röschlaub dort lautstark sein Unwesen trieb, auch Rektor Gönner trieb sich in auffälliger Weise öfter dort herum. So beschloss der Pater, im Keller nach dem Rechten zu sehen. Er wies Benedict an, in seiner Zelle zu bleiben und machte sich auf den Weg. Vorsichtig lugte er um jedes Eck, immer auf der Hut, nicht doch von irgendeinem Frühaufsteher entdeckt zu werden.

Der kleine, runde Mann tapste leise die alten Steinstufen hinunter, seine kleine Laterne warf nur ein spärliches Licht. Doch er kannte die alten Gemäuer wie seine Westentasche, und so fand er sich auch ohne ausreichende Beleuchtung zurecht. Früher lagerten die Mönche im Keller Lebensmittel, Bier, Wein und allerlei Dinge, die sie für den klösterlichen Jahresablauf brauchten. Seit der Auflösung des Klosters hatte man einiges bereits weggeschafft und dieser unangenehme Mediziner konnte sich ungehemmt ausbreiten. Konrad öffnete die Türen zu Röschlaubs Reich. Seine Laterne warf ein fahles Licht auf die nun einigermaßen bereinigte

Unordnung. Konrad ging weiter, bis ans Ende des Ganges und blieb vor der letzten Türe stehen. Erst, als er versuchte sie zu öffnen, bemerkte er, dass man ein großes Vorhängeschloss angebracht hatte.

Benedicts Berichte trafen also zu. Das machte den alten Pater natürlich misstrauisch. Er rüttelte vorsichtig an dem massiven Schloss, dem wohl nicht so leicht beizukommen war. Ohne Schlüssel war da nichts zu machen.

Er fuhr sich ärgerlich durch seinen weißen Haarkranz und überlegte. Was mochten die Professoren hinter dieser Tür verstecken? Welche Geheimnisse waren in dem Raum verborgen? Er war so in Gedanken, dass er die Schritte, die sich in seinem Rücken näherten, nicht hörte ...

Kapitel 40

Am Morgen kam Professor Röschlaub schon sehr früh an die Universität. Zum einen erwartete er eine neue Lieferung medizinischer Geräte, zum anderen wollte er in Ruhe nach dem Gast im hinteren Kellerraum sehen, ohne dabei gestört zu werden.

Als er nach unten ging, bemerkte er einen kleinen Lichtschein, der vom Ende des langen Ganges zu kommen schien. Verärgert zog er die Augenbrauen zusammen. Hatte es doch jemand vor lauter Neugierde zur verschlossenen Tür gezogen, dachte er. Er löschte seine Lampe und wartete, bis sich seine Augen an die Dunkelheit gewöhnt hatten. Vorsichtig und leise ging er dann weiter und näherte sich dem Ursprung der Lichtquelle. Er traute seinen Augen nicht: schnüffelte doch tatsächlich dieser dicke Mönch an der versperrten Tür herum! Konrad hatte ihn noch nicht bemerkt. Leise trat Röschlaub hinter ihn und packte ihn am Arm.

»Herrje«, schrie Konrad auf und drehte sich mit weit aufgerissenen Augen entsetzt um, »müssen Sie mich so erschrecken?«

»Herrje, müssen Sie hier in aller Früh herumschnüffeln?«, konterte Röschlaub.

»Ich schnüffle nicht, Herr Röschlaub! Ich wundere mich nur, warum diese Tür plötzlich mit so einem großen Schloss versperrt ist! Das war sie doch noch nie! In unserem Kloster hatten wir keine Geheimnisse!«

»Tja, die Zeiten ändern sich! Die Tage des Klosters sind vorbei. Hier ist jetzt die Wissenschaft eingezogen und wertvolle medizinische Dinge verlangen nach einem gewissen Schutz – besonders vor allzu neugierigen, ehemaligen Bewohnern! Ihr Kloster-Krimskrams hätte sicher nicht eines besonderen Schutzes bedurft!«

»Was haben Sie denn da drin versteckt? Darf man das nicht wissen?«

»Nein«, grinste Röschlaub, »das darf man nicht! Vor allem nicht neugierige Mönche, die von diesen medizinischen Dingen sowieso nichts verstehen!«

»Ach, Herr Professor«, schüttelte Konrad den Kopf, »die Klostermedizin hat es schon gegeben, da hat man noch gar keine Universität gekannt und auch nicht gebraucht!«

Röschlaub betrachtete den runden Mönch spöttisch. Konrad konterte den Blick und rümpfte die Nase.

»Jetzt bemerke ich es erst! Was riecht denn hier so eigenartig? Nach Kräutern ... und irgendeine komische, seltsame Note mischt sich hinzu ... haben Sie dahinter etwa eine Hexenküche eingricht, ein alchimistisches Labor etwa? Das würde zu Ihrer Höllenbrut passen!«

Röschlaub betrachtete den kleinen Pater mit finsterem Blick. Eine gute Nase hat er, dachte er.

»Oh, jetzt kramen Sie aber in den finstersten Ecken Ihrer Vereinigung!«, sagte er spöttisch.

Röschlaub ging zu der schweren Tür und klopfte dagegen.

»Aber ich kann Sie beruhigen. Beelzebub lauert nicht hinter dieser Tür und das Höllenfeuer ebenfalls nicht! Es lagern lediglich wertvolle, wärmeempfindliche Tinkturen und medizinische Gerätschaften darin. Das ist die einfache Erklärung. Ich darf Sie nun bitten, wieder nach oben zu gehen. Hier gibt es nichts zu sehen!«

Röschlaub machte einen Schritt auf den Pater zu und wies mit der rechten Hand in Richtung Treppe.

»Reden Sie nur so spöttisch! Aber gut, Herr Professor, Sie haben Glück, dass ich jetzt in die Morgenmesse muss ... aber irgendwann find ich schon raus, was da vor sich geht!«

Konrad wandte sich grußlos um und watschelte davon, der Lichtschein entfernte sich langsam nach links und rechts schwankend.

Röschlaub entzündete seine Laterne und blieb noch eine Weile vor der verschlossenen Tür stehen, um sicherzugehen, dass sich Konrad auch wirklich entfernte. Das Zusammentreffen mit dem Pater gab ihm zu denken. Es musste dringend gehandelt werden, dachte er. Dieser kugelige Mensch würde es am Ende noch schaffen, hinter das Geheimnis des Raumes zu kommen, das war ihm durchaus zuzutrauen. Man konnte sich leicht ausmalen, wie er seine Entdeckung dann benutzen würde, um der Universität enorme Probleme zu bereiten, ein wahres Fest würde das für ihn geben! Röschlaub ging noch einmal ein paar Schritte nach vorne, um zu kontrollieren, ob Heitmeier tatsächlich verschwunden war. Es war jedoch alles ruhig und niemand mehr zu sehen. Nachdenklich ging er zur Tür zurück. Vorsichtig schloss er auf und trat ein. Alles war dort natürlich unverändert und doch fühlte der Professor eine gewisse Unruhe.

Trotz aller Bemühungen, den Leichnam des Kollegen frisch zu halten, war doch ein unangenehmer Geruch festzustellen. Da hatte sich der Mönch nicht getäuscht. Nicht auszudenken, wenn dies einem der Hausdiener auffallen würde und sich einer von ihnen aus purem Zufall nach unten verirren oder der Pater nicht lockerlassen würde. Man musste etwas unternehmen, so ging das nicht weiter. Er nahm sich vor, so bald wie möglich mit Professor Gönner zu sprechen.

Was sprach eigentlich dagegen, die Leiche irgendwo zu bestatten? Da musste es doch Möglichkeiten im Geheimen geben. Röschlaub besprenkelte das Bündel mit seinen Tinkturen, verteilte weitere Kräuter, schnupperte noch ein wenig im Raum herum und verließ ihn dann wieder. Die Sache musste gelöst werden, dachte er und schloss ab, was er auch mehrmals penibel überprüfte.

Als er grübelnd oben ankam, war die Lieferung der neuen Geräte gerade angekommen. Er kümmerte sich um das Ausladen und darum, dass die Dinge richtig verstaut wurden.

Als alles beendet war und Röschlaub sich auf den Weg zu Professor Gönner machen wollte, kam ein Bote aus dem städtischen Liebsbund-Krankenhaus und verlangte dringend, ihn zu sprechen. Er dachte sofort an diesen lästigen Ratsherrn Obernburger, dass dieser ihn wieder mit irgendeiner Sache wegen der Universitätsklinik belästigen wollte und fühlte einen gewaltigen Ärger in sich hochsteigen. Er reagierte dementsprechend unwirsch auf den armen Boten.

Dieser aber erwähnte nichts von einem Ratsherrn, sondern teilte mit, dass in der Nacht ein schwerverletzter Student eingeliefert wurde, der offensichtlich Opfer eines Überfalls geworden war. Der behandelnde Arzt hätte den Professor gern dringend gesprochen. Röschlaub überlegte nicht lange und beschloss, sofort mit dem Boten in das Krankenhaus zu fahren. Es lag linksseitig isarabwärts und war mit der Kutsche in wenigen Minuten zu erreichen. Es gehörte zu den fünf städtischen Krankenhäusern, von welchen die Universität eines als universitäre Klinik erhalten sollte, aber aufgrund irgendwelcher Verwicklungen noch nicht bekam. Deswegen hatte die Universität momentan nur ein paar Zimmer im Krankenhaus gegenüber der Heilig-Geistkirche, am unteren Ende der Altstadt, zur Verfügung. Er stieg zu dem Boten in die Kutsche und sie eilten in das Krankenhaus. Dort wurde er schon von Doktor Schmid, einem ihm sehr unangenehmen Menschen, empfangen. Die Abneigung war spürbar beidseitig vorhanden.

»Professor Röschlaub«, begann der Doktor auch sofort, ohne sich mit Begrüßungsfloskeln aufzuhalten, »es ist ja schön, dass Ihre Studenten unser Leben in der Stadt angeblich bereichern, aber in meinem Krankenhaus kann ich auf diese Bereicherung gern verzichten! Wenn Sie der städtischen Verwaltung schon Betten im Heilig-Geist-Spital abgeschwatzt haben, bitte ich Sie, diese dann auch mit ihren Studenten zu belegen! Wir haben genug mit den Auswirkungen der Gefechte, die unsere Mächtigen anzetteln zu tun, da kann ich Ihre Studenten nicht gebrauchen!«

Röschlaub beherrschte sich und schluckte seinen aufbrodelnden Ärger erst einmal hinunter.

»Würde der Herr Medizinalrat vielleicht erst einmal die Güte haben mir zu sagen, was denn eigentlich los ist? Leider wurde die Fakultät der Wahrsager und Hellseher nicht mit nach Landshut verlegt!«

»Da wären Sie gerade der Richtige dafür gewesen!«, grantelte Schmid und funkelte Röschlaub böse an, »Sie wissen doch immer alles besser! Aber vielleicht können Sie sich jetzt um ihren Studenten kümmern, den man in der Nacht eingeliefert hat. Verfrachten Sie ihn in ihre Betten in Heilig-Geist, wir haben hier weiß Gott genügend Patienten, wenn Sie als Theoretiker überhaupt wissen, was das heißt!«

»Ein Patient in Ihrem Krankenhaus Herr Kollege«, konterte Röschlaub genervt, »ist ein zutiefst zu bedauernder Mensch, der das Pech hat, von Ihnen behandelt zu werden und dadurch Gefahr läuft, selbst einen Schnupfen nicht zu überleben!«

»Widmen Sie sich ihren Büchern mein lieber Professor und überlassen Sie uns die Behandlungen! Aber ich habe jetzt auch keine Zeit, Ihnen die Medizin zu erklären, das wäre im Grunde sowieso sinnlos! Aber jetzt kommen Sie gefälligst mit und nehmen Sie sich Ihres Studenten an.«

Bevor Röschlaub etwas erwidern konnte, drehte sich Schmid um und marschierte davon, nicht darauf achtend, ob ihm der Professor folgte. Dieser nahm jedoch schnellen Schrittes die Verfolgung auf und beide hasteten durch die langen Gänge. Sie traten in einen großen Raum, der mit zehn eng aneinander stehenden Betten belegt war. Schmid marschierte an das letzte auf der linken Seite und blieb davor stehen. Röschlaub trat an das Bett und sah auf den mit Tüchern und Binden bedeckten Studenten.

»Er wurde gestern Nacht von Gendarmen hierher gebracht. Sie hatten ihn in der Stadt übel zugerichtet gefunden. Die Gendarmen berichteten, dass er allem Anschein nach zusammengeschlagen wurde. Zeugen hätten Entsprechendes gehört. Er konnte noch nicht befragt werden, er ist seither ohne Bewusstsein.«

»Was für Verletzungen hat er?«, fragte Röschlaub und beugte sich über den Patienten.

»Er hat ziemliche Prellungen, blaue Flecken, ich denke, dass man ihm die Nase gebrochen hat und ein Auge ist zugeschwollen. Mehr konnten wir noch nicht feststellen. Lebensgefahr besteht jedoch nicht, das kann ich sagen«

Röschlaub betrachtete das Überfallopfer näher. Trotz der Binden konnte er erkennen, dass es sich dabei um den Studenten Emmrich handelte.

»Nun gut«, sagte er und richtete sich auf, »dann transportieren wir ihn sofort in unser Krankenhaus. Ich werde alles Nötige veranlassen.«

»Das ist nicht nötig«, grinste Schmid, »ich habe bereits alles vorbereitet! Schaffen Sie ihn so schnell wie möglich in Ihre universitären Räume und machen Sie den Platz hier frei!«

Bevor Röschlaub antworten konnte, kamen zwei Pfleger mit einer Trage in den Raum und begannen, Emmrich etwas unsanft auf diese zu hieven. Röschlaub protestierte, konnte aber nur den Kopf schütteln und eilte den Männern durch die Gänge zum Hinterausgang nach, wo sie ihn in eine bereitstehende Transportkutsche schoben. Röschlaub stieg zu Emmrich auf die Ladefläche und setzte sich neben ihn. Kaum hatte er es sich einigermaßen bequem gemacht, setzte sich das Gefährt auch schon in Bewegung.

Im Krankenhaus in der Altstadt angekommen, sorgte er dafür, dass der Student in ein Zimmer kam, das nur mit einem alten Mann belegt war. Er kümmerte sich um weitere medizinische Versorgung durch die anwesenden Ärzte und nachdem diese erfolgt war, beschloss er umgehend Professor Gönner aufzusuchen.

Diesen stöberte er nach längerem Suchen vor einem der Hörsäle auf, den der Professor mit dicken Unterlagen unter dem Arm gerade nach einer Vorlesung verließ.

»Herr Kollege«, sprach Röschlaub Gönner leise an, »ich hätte Sie gerne unter vier Augen gesprochen!«

Gönner sah Röschlaub erstaunt in die Augen.

»Schon wieder ein Streit mit dem Ratsherrn, Herr Kollege?«

»Nein, es handelt sich um die andere Sache, wenn Sie verstehen!«, flüsterte Röschlaub geheimnisvoll.

Gönner nickte, drehte sich um und ging ohne weitere Worte voraus in sein Studierzimmer. Dort angekommen warf Gönner seine Dokumente auf einen Tisch und versicherte sich, dass die Tür verschlossen war. Dann ließen sich die beiden Herren in die Sessel fallen und Gönner sah Röschlaub fragend an.

»Nun Herr Kollege, dann legen Sie mal los«, sagte Gönner erwartungsvoll.

»Es gibt da mehrere Dinge«, begann Röschlaub hastig, »zunächst habe ich gerade den Studenten Emmrich vom Magdalenen Krankenhaus in unsere Zimmer im Heilig-Geist- Krankenhaus transportieren lassen. Er wurde offensichtlich gestern Nacht zusammengeschlagen und von Gendarmen in das Krankenhaus gebracht. Er hat eine Gehirnerschütterung, starke Prellungen, blaue Flecke und ist noch bewusstlos. Weitere Untersuchungen habe ich veranlasst.«

Gönner hatte den Ausführungen Röschlaubs zuerst erstaunt, dann zunehmend entsetzt gelauscht.

Er konnte anfangs seinen Ohren nicht trauen. Dass so etwas passieren könnte, hatte er nicht erwartet. Es gab zwar immer mal wieder Streitereien unter den Studenten oder zwischen diesen und Burschen aus der Stadt. Aber so ein Überfall war etwas völlig Neues. Dass dieser Überfall Emmrich galt, musste etwas mit dem Verschwinden Arnolds und dem Mord an Schmidbauer zu tun haben.

»Das kann kein Zufall sein, dass es gerade diesen Studenten getroffen hat«, sagte dann auch sein Gegenüber, »ein Zusammenhang mit den anderen Ereignissen ist offensichtlich!«

»Da haben Sie Recht, Herr Kollege«, antwortete Gönner und fuhr sich mit einer Hand nachdenklich durch die Haare, »konnte man Emmrich schon befragen?«

Röschlaub schüttelte den Kopf.

»Nein, er war noch nicht ansprechbar. Das wird auch noch eine gewisse Zeit dauern.«

Gönner schüttelte den Kopf. Bevor er jedoch seine Gedanken weiterspinnen konnte, klopfte es ab der Tür. Gönner stand auf, schloss auf und Kommissär Wirschinger trat ohne weitere Worte in den Raum.

»Herr Kommissär, Sie scheinen eine Ader für den richtigen Auftritt zu haben! Ich habe gerade gedacht, dass jetzt das Erscheinen unseres Herrn Kommissärs sehr erwünscht wäre!«, sagte Gönner, zog die Tür zu, schloss wieder ab und setzte sich wieder zu Professor Röschlaub.

Wirschinger ließ sich ohne Umschweife in einen der Sessel fallen und sah die beiden Herren erstaunt an.

»Sie wissen es bereits? Die Sache mit dem Überfall auf Emmrich?«

Die beiden Professoren nickten.

»Ich wurde von diesem arroganten Doktor Schmid informiert und habe den Studenten in unsere Zimmer im Heilig-Geist-Krankenhaus gebracht«, sagte Röschlaub.

»Gut, dann kann ich mir die Erklärungen sparen«, meinte Wirschinger.

»Sie können uns vielleicht erzählen, was Sie von diesem Überfall wissen. Ihre Gendarmen, die ihn gefunden haben, werden doch sicher mehr dazu sagen können«, sagte Röschlaub.

»Gefunden haben ihn Anwohner, die wegen des Lärms aufmerksam wurden«, antwortete Wirschinger, »die haben uns verständigt. Zu den Tätern konnten sie aber auch nichts sagen. Einer meinte lediglich, er hätte mehrere Personen weglaufen sehen, konnte aber keine weiteren Angaben machen.«

»Augenzeugen gibt es also nicht«, warf Gönner ein und setzte sich wieder. Wirschinger schüttelte den Kopf.

»Nein, nach unserem Wissen nicht. Ich werde zwar heute nochmals zwei Kollegen losschicken, um die anliegenden Bewohner der Häuser zu befragen, aber ich erhoffe mir dadurch nicht viel. Der Ort des Verbrechens liegt in einem Torbogen, der von keiner Wohnung eingesehen werden kann. Zudem war es bereits dunkel.«

»Aber die Leute, die die Polizei holten, sind sich sicher, dass es sich um einen Überfall handelte?«, fragte Röschlaub.

Wirschinger nickte heftig.

»Das scheint ziemlich klar gewesen zu sein, das war eindeutig!«

Röschlaub schüttelte den Kopf.

»Das passiert dann mitten in der Stadt! Da ist doch dieses Gasthaus nebenan, hat man dort nichts gehört?«

»Die hatten gestern geschlossen«, erwiderte Wirschinger.

Gönner schaute Wirschinger fragend an:

»Haben diese Menschen gehört, was Emmrich geschrien hat? Namen vielleicht?«

»Nein«, sagte Wirschinger kopfschüttelnd, »die haben nur Schreie gehört, nichts Genaues ...«

Gönner überlegte einige Augenblicke, bevor er sagte:

»Meine Herren, ich denke, wir sind uns darüber einig, dass dieser Überfall auf Emmrich kein Zufall war, sondern mit dem Mord an Professor Schmidbauer und dem Verschwinden Brombachs zusammenhängt. Wie genau können wir nicht sagen. Hoffen wir, dass uns Emmrich so bald wie möglich etwas dazu sagen kann. Wann denken Sie, Herr Kollege Röschlaub, können wir mit ihm reden?«

Röschlaub hob die Schultern.

»Ich werde mich nachmittags bei den Kollegen im Krankenhaus erkundigen, aber zwei, drei Tage wird es mindestens dauern. Wenn er dann überhaupt bereit ist, etwas zu sagen!«

»Wie meinen Sie das nun wieder?«, fragte Gönner.

»Der Professor meint wahrscheinlich«, warf Wirschinger ein, »dass es durchaus sein kann, dass diese Schläger den armen Kerl so eingeschüchtert haben, dass er nichts sagen wird.«

»Meine Herren«, rief Gönner, »die Frage ist doch überhaupt, was wollten die Schläger von Emmrich? War der Überfall Rache für irgendetwas? Hat er etwas gesehen, was er nicht sehen durfte? Weiß er etwas, was er nicht wissen darf? Wenn er den Mord beobachtet hat und den Mörder kennt, ist es erstaunlich, dass man ihn am Leben ließ! Man denkt, Emmrich weiß etwas und man möchte es aus ihm herauspressen. Deswegen der Überfall!«

»Vielleicht suchen diese Leute ebenfalls nach Brombach. Das erscheint mir die beste Erklärung zu sein«, sagte Röschlaub, »da Emmrich ein Freund des Verschwundenen ist, sogar das Zimmer mit ihm teilt, gehen sie davon aus, dass er weiß, wo sich Brombach versteckt.«

»Das erscheint logisch«, antwortete Gönner, »die Frage ist nun, was weiß Brombach, was hat er gesehen, dass man so dringend nach ihm sucht – und da kann es nur eine Begründung geben: Er kennt den Mörder!«

»... oder er ist der Mörder!«, warf Wirschinger ein.

»Ach Wirsching! Nein, wie ich schon gesagt habe, kann das nicht sein«, entgegnete Gönner energisch, »dann wäre Brombach doch schon längst geflohen. Warum sollten ihn dann auch diese Schläger suchen! Der Mord an irgend so einem Professor ist denen doch egal! Er war es nicht selber, aber kennt den Mörder. Und damit haben die Schläger ein Problem!«

Wirschinger wollte zu einer Antwort ansetzen, wurde aber von Röschlaub ausgebremst, der sich klatschend auf die Oberschenkel schlug und ausrief:

»Meine Herren! Die Lösung dieses Problems sehe ich nur darin, indem wir den Studenten Emmrich befragen, aber das kann noch einige Tage dauern. Er muss sich erst stabilisieren, vorher kann ich aus ärztlicher Sicht einer Befragung nicht zustimmen.«

»Das ist einzusehen«, nickte Gönner, »diese Befragung müssen dann Sie machen, Herr Kommissär, schon allein aus polizeilichen Gründen.«

»Sie können sehr gerne als Rektor der Universität dabei sein, das wäre kein Problem«, erwiderte Wirschinger grinsend, »aber ich sehe noch ein anderes Problem: werden diese Verbrecher wiederkommen und ihn bedrängen? Was ist mit dem anderen Studenten, diesem Breitling, ist er nun auch in Gefahr?«

Gönner blickte den Kommissär entsetzt an.

»Daran habe ich noch gar nicht gedacht! Aber natürlich, Breitling ist in Gefahr! Diese Leute wissen sicher, dass die drei Studenten immer zusammen waren! Ein Vorgehen gegen Breitling können wir nicht ausschließen!«

Wirschinger nickte.

»Ich werde eine Polizeistreife abstellen und im Krankenhaus vorbeischicken, dann sehen diese Schläger vielleicht, dass Emmrich unter Beobachtung steht und wagen keinen weiteren Angriff. Aber um den anderen Studenten müssen Sie sich kümmern, Herr Professor!«

»Das werde ich tun«, sagte Gönner zustimmend, »ich rede mit Breitling, vielleicht ergibt sich ja durch dieses Ereignis bei ihm ein erhöhter Gesprächsbedarf.«

»Apropos Gesprächsbedarf«, warf Röschlaub ein, »selbigen sehe ich auch in Bezug auf unseren Gast im Keller!«

Gönner sah den Kollegen fragend an:

»So? Fühlt er sich in Ihrer Obhut nicht mehr wohl?«

»Herr Kollege, das ist keine Frage des Wohlfühlens, sondern der Ausdünstungen, die unser Gast mittlerweile beginnt abzusondern. Ich befürchte, wir werden die Belegung des Kellers nicht mehr lange geheim halten können. Vor allem, weil ich unseren lieben Pater Konrad dabei erwischt habe, wie er dort herumgeschnüffelt hat! Er scheint sich sehr für den verschlossenen Raum zu interessieren!«

»Was schlagen Sie vor?«, fragte Gönner konsterniert und sah den Kollegen mit hochgezogenen Augenbrauen an.

»Ganz einfach, was man mit allen Menschen in diesem Zustand macht: vergraben!«, entgegnete Röschlaub herb.

»Wie wollen Sie das denn anstellen? Niemand weiß, dass der Kollege verstorben ist, da können wir nicht einfach eine Beerdigung veranstalten!«, erwiderte Gönner unwirsch.

»Das ist mir schon klar, Herr Kollege«, brummte Röschlaub und rutschte auf seinem Sessel herum, »aber noch länger da unten liegen lassen können wir ihn auch nicht!«

»Sollen wir ihn einfach verscharren? Wie stellen Sie sich das vor?«, fragte Gönner erbost.

Röschlaub hob die Schultern.

»Warum denn nicht? Sie haben ihn ja auch einfach so nach unten verfrachtet und erklärt, er sei abgereist. Offenbar vermisst man ihn nicht sonderlich. Familie scheint er nicht gehabt zu haben.«

»Nein, hat er nicht«, brummte Gönner.

»Es ist doch egal, wann wir ihn endgültig verschwinden lassen«, raunzte Röschlaub, »auf was warten wir noch? Auf das Jüngste Gericht? Ob das gerade jetzt kommt scheint mir fraglich ... auch wenn der Mönch denkt, es würde sich gerade hinter der verschlossenen Kellertür zusammenrotten. Auf jeden Fall ist es doch egal, ob wir ihn jetzt beerdigen, irgendwann nach der Feier oder wenn der Mord aufgeklärt ist. Ich weiß nicht, auf was Sie warten. Seinen Tod wollten Sie sowieso erst nach den Feierlichkeiten bekannt geben.«

Gönner blickte grübelnd auf den Boden. Insgeheim musste er Röschlaub Recht geben.

»Also, wenn ich dazu was sagen dürfte«, ließ sich der Kommissär vernehmen, »Professor Röschlaub hat Recht. Der Zeitpunkt, an dem Sie den toten Professor beerdigen, ist egal. Bevor Sie oder wir Probleme bekommen ...«

»Eben«, sagte Röschlaub, »ich kann sowieso nicht mehr an der Leiche feststellen, als ich schon gemacht habe. Weitere Untersuchungen sind unmöglich und mehr wie tot kann er nicht werden! Den Mörder wird er uns nicht verraten, auch wenn wir ihn noch ein paar Wochen dort liegen lassen! Also geben wir ihm die letzte Ruhe.«

Gönner blickte die Beiden einige Augenblicke grübelnd an. Dann sagte er: »Sie haben ja recht, meine Herren. Es widerstrebt mir nur ein wenig, den Kollegen einfach so, ohne formelle Beerdigung und ohne die entsprechende Würdigung durch die Universität und von mir aus auch der Kirche, zu bestatten.«

»Sie haben doch gesagt, Herr Professor«, sagte Wirschinger, »dass Sie dann, wenn alles vorbei ist, bekannt geben werden, dass Schmidbauer auf seinem Weg zu seiner Familie oder dort verstorben sei. Das würde sowieso bedeuten, dass er irgendwo bestattet wurde und es nicht hier geschehen kann. Sie richten eine Gedenkfeier für ihn aus und die Sache ist erledigt. Dann wäre beiden Aspekten gedient – der Geheimhaltung des Mordes und des Gedenkens an den Verstorbenen.«

»Gut«, seufzte Gönner, »Sie haben mich überzeugt. Wir werden den Kollegen begraben. Wie haben Sie sich das gedacht? Kennen Sie einen entsprechenden Ort? Auf dem normalen Friedhof würde es dann wohl doch auffallen!«

Röschlaub hob abwehrend beide Arme.

»Natürlich, das geht schon. Die Universität hat sich einen kleinen Teil auf der Erweiterung des städtischen Friedhofs gesichert, wir müssen doch auch unsere Versuchsobjekte und Leichen begraben. Es dürfte kein Problem sein, das zu arrangieren!«

Bei seinen letzten Worten blickte er herausfordernd zu Kommissär Wirschinger. Der nickte ergeben.

»Schon klar, meine Herren, da müssen wir wieder ran«, erwiderte er seufzend. »Ich werde das zusammen mit Gendarm Richter machen, aber Sie, Professor Gönner, helfen uns dabei!«

Gönner seufzte laut auf.

»Meinetwegen, wenn es denn sein muss. Ich schlage vor, wir erledigen das gleich in der kommenden Nacht. Dann haben wir dieses Problem vom Hals und der Herr Kollege kann wieder in Ruhe schlafen und muss nicht Angst haben, dass man etwas im Keller erschnuppert!«

»Sehr vernünftig«, grinste Röschlaub, »und ich werde Ihnen sogar gerne dabei helfen. Dann hat der selige Schmidbauer zumindest eine kleine Abordnung seiner Kollegen bei seiner geheimen Beerdigung.«

Er hielt inne und sein Grinsen wurde spöttischer.

»Wollen Sie einen Kollegen aus der theologischen Fakultät hinzuziehen? Für ein paar Worte am Grab?«

»Röschlaub! Das sind doch alles Schwätzer und Plaudertaschen! Sie denken doch nicht im Ernst, dass einer von denen dichthalten würde? Da können Sie genauso gut eine Verlautbarung an die Kirchentür nageln! Nein, das können Sie vergessen!«

»Herr Kollege, danke für diesen Hinweis! Ich kenne diese scheinheiligen Tratscher genauso gut wie Sie!«, erwiderte Röschlaub.

Wirschinger stand auf.

»Meine Herren, ich empfehle mich. Ich werde meine Männer anweisen, sich ab und zu im Krankenhaus sehen zu lassen. Ich komme dann gegen Mitternacht an den Hintereingang der Universität. Bis dahin – die Herren!«

Er schlug die Hacken zusammen und entfernte sich. Röschlaub blickte dem Kommissär lächelnd nach.

»Ein schneidiger Mensch, dieser Wirschinger. Mit dem werden wir noch sehr viel Freude in der Stadt haben!«

»Das denke ich allerdings auch, Herr Kollege!«, sagte Gönner süffisant. Er stand auf und schlug die Hände zusammen und fuhr launig fort: »Lassen Sie uns einmal kurz aus dem Fenster sehen, wie weit die Handwerker mit dem Aufbau des Triumphbogens für das große Fest sind. Man hat gestern damit begonnen!«

Die beiden Professoren traten zu einem der Fenster, das den Blick auf den Universitätsplatz freigab. Dort wurde eifrig gewerkelt, Handwerker rannten hin und her, Holz wurde abgeladen und alles sah nach großer Geschäftigkeit aus. Röschlaub öffnete das Fenster, beugte sich hinaus und blickte nach links.

»Direkt am Eingang zur Kirche soll der Triumphbogen errichtet werden?«

»Ganz genau«, sagte Gönner mit einem zufriedenen Gesicht und nickte, »so hatten wir uns das gedacht!«

Röschlaub schob seinen Oberkörper zurück und sah Gönner grinsend an.

»Na dann passen Sie mal auf Herr Kollege, dass aus dem Triumphbogen nicht ganz schnell ein Galgen wird, an dem Sie dann baumeln werden!«

Röschlaub lächelte schief, schlug dem verdatterten Kollegen leicht auf die Schulter und marschierte aus dem Raum.

Kapitel 41

Nachdem Professor Gönner die Bezeichnung des Bogens als Galgen keine Ruhe mehr gelassen hatte, beschloss er, den Bauarbeitern einen Besuch abzustatten um zu sehen, dass diese auch alles richtig machten. Doch auf der Baustelle hatte man gerade auf einen Professor gewartet, der sich wichtigmachen wollte und den Betrieb aufhielt. So war der Besuch schneller beendet, als sich der Professor das gedacht hatte.

Gönner ging verärgert in sein Studierzimmer zurück und holte sich die Vorlesungspläne, um zu sehen, wo sich der Student Breitling aufhielt. Er wollte ihn rechtzeitig abpassen, um ihm selbst die Nachricht vom Überfall auf Emmrich zu überbringen. Er gedachte die Situation auszunutzen und dem jungen Mann Informationen zu entlocken, die dieser unter anderen Umständen nicht herausrücken würde. Er hatte noch ein wenig Zeit und so sah er auf seine Notizen, was er heute noch zu erledigen hatte. Am Nachmittag stand ein Gespräch mit dem Kollegen Sailer auf dem Plan, sehr zur Freude Gönners. Der Kollege musste heute von einer Reise nach Freising zurückgekehrt sein.

Gönner machte sich auf den Weg, um Breitling abzupassen. Gerade als er um die Ecke zu dem langen Gang mit den Hörsälen bog, sah er aus den Augenwinkeln gerade noch den Kollegen Dietl aus einem der Räume kommen. Gönner verspürte überhaupt keine Lust, mit diesem ein Gespräch führen zu müssen. Zum Glück hatte ihn der Kollege noch nicht erspäht. Gönner öffnete schnell die nächstliegende Tür und schlüpfte in den Raum. Er drehte sich um und sah in das überraschte Gesicht des Kollegen von Schrank, welcher gerade über den

Vorzug von Nadelbäumen in der Forstwirtschaft dozierte.

Die Studenten betrachteten den Herrn Rektor ebenfalls mit erstaunten Blicken.

»Oh«, rief von Schrank auffällig freundlich, »Professor Gönner auf Visitation wie es scheint! Kommen Sie nur herein, Herr Kollege!«

Gönner zog seinen Rock gerade, reckte seinen Kopf in die Höhe und stellte sich vor die versammelten Studenten.

»Äh«, räusperte er sich, »werter Herr Kollege, ich wollte mich nur einmal selbst von ihren Unterrichtsmethoden überzeugen! Meine Herren Akademiker! Sie sind zufrieden, ja? Gut, weitermachen! Guten Tag!«

Schrank und die Studenten nickten erstaunt und ergeben, während Gönner sich wieder nach draußen begab. Was für eine Peinlichkeit, dachte er. Aber zumindest war er dadurch Dietl aus dem Weg gegangen, dieser war nicht mehr zu sehen. In diesem Moment ging die Tür des übernächsten Hörsaales auf und die Studenten kamen heraus. Mitten unter ihnen der gesuchte Kaspar Breitling. Gönner ging direkt auf ihn zu.

»Herr Breitling! Würden Sie mir bitte in mein Studierzimmer folgen?«

Breitling sah Gönner erstaunt an, sagte jedoch nichts und folgte Gönner, der sich umdrehte und davon marschierte. Im Studierzimmer angekommen verschloss Gönner die Tür und wies den Studenten an, sich zu setzen. Breitling wagte immer noch nichts zu sagen.

»So junger Mann«, begann Gönner, »haben Sie heute schon etwas von ihrem Kommilitonen Emmrich gehört?«

Breitling sah den Professor erstaunt an.

»Nein, habe ich nicht. Ich wundere mich, warum er nicht in der Vorlesung war. Ich wollte ihn jetzt dann gleich besuchen.«

»Das können Sie sich sparen«, entgegnete Gönner, »Ihr Freund Emmrich befindet sich im Heilig-Geist-Krankenhaus, er wurde dort heute Vormittag eingeliefert.«

Breitling sprang entsetzt auf.

»Was ist mit ihm? Was ist passiert? Kann ich zu ihm?«

»Setzen Sie sich«, sagte Gönner beruhigend, »es geht ihm soweit ganz gut. Sie können ihn besuchen, sobald die Ärzte es zulassen.«

Breitling ließ sich wieder in den Sessel fallen.

»Was ist mit ihm geschehen?«

»Es scheint so, als wäre er gestern Abend Opfer eines Überfalls geworden. Er wurde zusammengeschlagen. Genaueres wissen wir nicht, es gab keine Augen-, sondern nur Ohrenzeugen. Die Polizei ermittelt. Waren Sie gestern Abend mit ihm zusammen? Wann haben Sie ihn zum letzten Mal gesehen?«

Breitling atmete heftig und überlegte. Nach einigen Augenblicken sagte er:

»Wir ... wir waren zusammen im Feininger und sind schon relativ früh, so kurz vor zehn Uhr, gegangen. Er wollte direkt nach Hause gehen.«

»Gab es in diesem Wirtshaus einen Streit? Seid ihr Studenten wieder mit diesen Handwerksburschen aneinandergeraten?«

Breitling schüttelte heftig den Kopf.

»Nein, da waren keine Handwerker, wir waren unter uns, es war ein ruhiges Treffen! Es ging um rein studentische Themen, es waren keine fremden Personen da, also niemand, der nicht zur Universität gehörte. Es gab überhaupt keinen Streit, nicht die kleinsten Auseinandersetzungen. Wir haben nicht einmal viel getrunken!«

»Sie sind also aus dem Lokal gegangen und haben sich direkt davor von ihm verabschiedet?«, bohrte Gönner nach.

»Ja, so war's«, nickte Breitling.

»Ihnen ist auch nichts aufgefallen, Männer, die vor dem Lokal standen oder die Ihnen oder Emmrich gefolgt sind?«

»Nein, wirklich nicht!«, rief Breitling empört. »Es war sehr ruhig vor dem Haus. Wir haben uns verabschiedet und ich bin nach Hause gegangen.«

»Sie haben aber nicht gesehen, ob Emmrich jemand gefolgt ist?« Gönner sah dem Studenten fest in die Augen. Breitling begann zu schwitzen. Er lockerte seinen Hemdkragen.

»Nein, da war niemand«, antwortete er mit schwacher Stimme, »ich habe mich sogar nochmal umgedreht, er ist direkt in Richtung seines Zimmers gegangen. Da war niemand, ehrlich!«

»Sind Sie und Emmrich in der letzten Zeit mit Anderen in Streit geraten? Gab es da irgendwelche Zwischenfälle? Bei diesen Tanzveranstaltungen zum Beispiel, da hört man ja von so einigen Raufereien.«

»Ja, sicher, da gibt es immer wieder etwas«, erwiderte Breitling und ließ nervös seine Hände auf seinen Oberschenkeln streichen, »aber wir drei, also Arnold, Kaspar und ich sind solchen Dingen immer aus dem Weg gegangen. Unter den Studenten gibt es ganz andere, die immer Streit suchen oder sich leicht provozieren lassen. Wir haben uns rausgehalten und hatten auch nie Probleme.«

Gönner schlug mit der Hand auf den Tisch und stand auf. Breitling fuhr hoch und sah ihn erschrocken an.

»So mein lieber Freund, mir reicht es schön langsam! Sie rücken jetzt mit der Sprache raus! Sie wissen ganz genau, warum ihr Freund diese unliebsame Begegnung hatte oder Sie haben zumindest eine Ahnung, was es sein könnte! Also raus mit der Sprache!«

Breitling sah den Professor ängstlich an.

»Herr Professor, ich habe Ihnen alles gesagt und …«

Gönner stellte sich vor dem im Sessel kauernden Studenten und baute sich drohend vor ihm auf.

»Mein lieber Herr Breitling! Dieses Märchen können Sie Ihrer Großmutter erzählen! Aber nicht mir! Sie wissen genau, was ich meine! Also raus mit der Sprache! Sie, dieser Arnold und Emmrich wissen etwas, was irgendwelche Personen hier in der Stadt nicht passt. Brombach ist verschwunden, Emmrich wurde überfallen. Das hängt zusammen und ich will jetzt wissen, wie!«

Breitling sah in das mittlerweile hochrote Gesicht des Professors, der drohend vor ihm stand.

»Ich… ich habe das ja nur am Rande mitbekommen …«, stammelte Breitling schließlich und senkte dann den Blick auf den Boden.

»Was, mein lieber Herr Breitling, was haben Sie nur am Rande mitbekommen? Bitte sagen Sie es ihrem unwissenden Professor!«, raunzte Gönner den eingeschüchterten Breitling an.

»Na das mit dem Mädchen ... dieser Anna ... mich hat das nicht so interessiert und Arnold hat da auch ein großes Geheimnis daraus gemacht«, murmelte Breitling leise.

»Das Mädchen, mit dem Brombach auf diesen Veranstaltungen getanzt hat, das meinen Sie?«

»Ja, da war offensichtlich mehr, als nur Tanzen. Aber wie gesagt, ich habe das nicht mitbekommen, er hat darüber wohl öfter mit Kaspar getuschelt, der ist dann mit ihm auch immer wieder zu dieser Gruppe gegangen...«

»Aber Sie werden doch gemerkt haben, wenn sich Brombach sehr für dieses Mädchen Anna interessiert hat!« Gönner wurde langsam so richtig wütend.

Breitling zuckte mit den Schultern.

»Er hat immer sehr geheimnisvoll getan, ich habe schon gemerkt, dass sich die beiden gern gesehen haben. Aber mehr weiß ich wirklich nicht!«

»War denn diese Anna alleine auf diesen Veranstaltungen oder kam sie mit anderen Leuten?«, wollte Gönner wissen.

Breitling überlegte.

»Nein, alleine sicher nicht. Da waren schon andere, eine ganze Gruppe, junge Männer, ein paar Mädchen ...«

»Könnte es sein, dass sich Ihr Freund an ein Mädchen herangemacht hat, dass mit einem anderen Herrn bei diesem Abend war?«

»Sie meinen, er hat sie einem anderen ausgespannt? Nein, das glaube ich nicht. Das hat nicht so ausgesehen und ...«

Breitling hielt inne und überlegte.

»Ich glaube, sie war mit ihrem Bruder dort...ja, irgendjemand sagte einmal, als Arnold sie zum Tanzen holte, das wird ihrem Bruder aber nicht gefallen ...«

»Sie haben keinen Namen gehört?«, hakte Gönner sofort nach.

Breitling schüttelte den Kopf.

»Nur, dass es sich bei dem Mädchen um diese Anna Obernburger gehandelt haben sollte. Den Namen habe ich aber nicht von Arnold gehört, sondern von jemand anderem. Das haben wir Ihnen ja letztes Mal schon erzählt.«

»Sie vermuten also, dass es sich bei diesem Mädchen um diese Anna handelte und folglich bei ihrem Bruder um Obernburger Junior? Andere Namen haben Sie nicht gehört?«

»Nein, Herr Professor, ich habe diese Leute zwar schon bei einigen anderen Gelegenheiten gesehen, aber nur so im Vorbeigehen, ich kenne keine anderen Namen.«

»Aber Sie sind sich sicher, dass es sich um Landshuter Bürger handelt, also um Menschen, die hier in der Stadt wohnen?«, drängte Gönner weiter.

»Das schon, es waren keine Studenten und sie sprachen auch in dem Dialekt, den die Einwohner hier sprechen, das war eindeutig!«, sagte Breitling und sah den Professor mit großen Augen an.

»Kennen Sie irgendjemand, der eine Ahnung haben könnte, um wen es sich handelt?«

Breitling überlegte angestrengt.

»Ich weiß nicht, es kann natürlich Kommilitonen geben, die weitere Namen kennen. Ich weiß aber nicht, wer das sein könnte. Da müsste man einmal herumfragen.«

Gönner ging ein paar Schritte im Zimmer auf und ab. Er blickte kurz aus dem Fenster. Dann ging er wieder zurück und ließ sich wieder in seinen Sessel fallen.

»Diese Umfrage wäre wohl etwas zu aufwendig«, seufzte er abwehrend. »Gibt es sonst noch irgendetwas, was diesen Überfall auf Brombach provoziert haben könnte? Hatte er irgendein Wissen, was diese Leute dazu veranlasst hat, ihn zu überfallen?«

Breitling überlegte nur kurz und dann schüttelte heftig den Kopf.

»Nein, nein Herr Professor, da ist nichts mehr! Wirklich nicht!«, sagte er fest.

Gönner neigte sich nach vorne und sah den jungen Mann mit finsterem Blick in die Augen.

»Eines, mein lieber Herr Breitling, kann ich Ihnen sagen: wenn Sie mir hier einen Bären aufbinden und mir nicht die Wahrheit sagen, werde ich persönlich dafür sorgen, dass Sie in einer Arrestzelle landen und dann in hohem Bogen von der Universität fliegen, ist das klar?«

Breitling sah den Professor entsetzt an.

»Herr Professor Gönner«, stammelte er, »ich habe Ihnen alles gesagt, was ich weiß!«

Gönner lehnte sich betont entspannt zurück.

»Dann ist es ja gut. Dumm wäre nur, wenn diese Leute denken würden, dass Sie dieses Wissen von Emmrich haben und auf die Idee kommen, ebenso mit Ihnen, sagen wir, sprechen zu wollen. Wir sollten schon mal ein Bett im Zimmer Emmrichs bereithalten.«

Breitlings Gesichtsfarbe wechselte schnell in ein fahles Weiß, er fuhr sich mit den Fingern wieder um den Kragen und starrte den Professor ängstlich an.

»Sie ... Sie denken wirklich, dass mich diese Schläger auch noch erwischen wollen?«

»Na warum denn nicht? Man muss doch davon ausgehen, dass Sie als Freund Brombachs und Emmrichs deren Wissen teilen.«

»Aber Herr Professor«, jammerte Breitling fast schon unter Tränen, »ich weiß doch nichts!«

»Aber Sie waren bei diesen Veranstaltungen dabei und auch wenn Sie keinen näheren Kontakt hatten, die haben gesehen, dass Sie drei immer zusammensteckten!«

»Herr Professor, Sie meinen wirklich, ich bin auch in Gefahr?«, stammelte Breitling.

Gönner hatte das noch selbst nicht genau überlegt. Aber je

mehr er Breitling damit konfrontierte, desto mehr war er selbst der Ansicht, dass dieser in Gefahr schwebte. Man musste ihn schützen. Wie konnte er aber selbst nicht sagen.

»Wir machen das jetzt so. Sie gehen schnurstracks nach Hause und bleiben dort, bis Sie etwas von mir oder der Polizei hören. Ich werde Sie an der Universität krankmelden.«

Breitling nickte ergeben.

»… und wenn mir diese Leute auflauern? Oder mich in meinem Zimmer aufsuchen?«, fragte er ängstlich.

»Keine Angst, das werden die sicher am helllichten Tag nicht wagen und in Ihrem Zimmer trauen die sich das auch nicht. Sie wohnen ja zur Untermiete, das würde zu sehr auffallen. Wenn Sie wollen, lasse ich Sie von einem Universitätsdiener nach Hause begleiten.«

Breitling schüttelte den Kopf.

»Nein, danke, das möchte ich nicht. Ich gehe auf dem schnellsten Weg nach Hause und bleibe dort, so wie Sie es gesagt haben, versprochen!«

»Nun gut«, sagte Gönner und stand auf, »ich hoffe, wir haben uns verstanden, mein lieber Breitling! Wenn Ihnen noch etwas einfällt, müssen Sie mir das sagen, jedes Detail ist wichtig! Gehen Sie jetzt, passen Sie auf sich auf und warten Sie, bis Sie etwas von mir oder Kommissär Wirschinger hören! Lassen Sie sich auf niemand anderen ein, verstanden?«

Breitling stand unsicher auf und nickte.

»Ja Herr Professor, Sie können sich auf mich verlassen!«

Gönner reichte dem Studenten die Hand und klopfte ihm mit der anderen auf die Schulter.

»Seien Sie zuversichtlich, junger Mann! Wir werden das Problem lösen!«

»Danke Herr Professor! Bitte sagen Sie mir Bescheid, wenn es Emmrich besser geht!«

»Das mache ich! Gehen Sie nun und bleiben Sie in ihrem Zimmer. Sagen Sie ihrer Hauswirtin, dass Sie sich nicht wohlfühlen und ein paar Tage das Bett hüten werden. Sie können ja die Zeit zum Lernen nutzen!«, grinste Gönner.

Er zwinkerte Breitling zu, und dieser machte sich mit einem sehr betretenen Gesicht auf den Weg zu seinem Zimmer.

Kapitel 42

Kommissär Wirschinger indes hatte sich auf den Weg in das Krankenhaus zu dem verletzten Studenten gemacht. Natürlich erwartete er nicht, dass Emmrich bereits irgendetwas zu den Geschehnissen sagen konnte. Professor Röschlaub hatte durchaus glaubhaft versichert, dass es noch einige Tage dauern würde, bis er ihn verhören konnte. Aber irgendwie lenkte ihn ein unbestimmtes Gefühl an das Krankenbett Emmrichs, vielleicht aber war es auch der Instinkt eines erfahrenen Gendarmen.

Im Krankenhaus herrschte helle Aufregung. Es war ein Transport verletzter Soldaten aus irgendwelchen Kriegshandlungen eingetroffen, er zuerst das Magdalenen-Krankenhaus angesteuert hatte, dort aber von Doktor Schmid abgewiesen wurde, und so landeten die Verletzten hier. Die Zimmer der Universität waren zwar nicht betroffen, wurden durch das allgemeine Chaos aber in Mitleidenschaft gezogen.

Wirschinger war zum ersten Mal im Krankenhaus und musste sich zu den Zimmern der Universität durchfragen, was allein schon schwierig war.

Das Zimmer Emmrichs zu erfragen erwies sich jedoch als unmöglich, zu sehr waren die Bediensteten mit der neuen Lieferung an Patienten beschäftigt. Zuerst ärgerte sich Wirschinger über diese Tatsache, fand dann aber, dass es keine schlechte Idee war, erst einmal alleine durch das Krankenhaus zu schlendern. In diesen Zeiten der militärischen Auseinandersetzungen fiel er in seiner Uniform auch nicht weiter auf. Nachdem er Elend, Verletzte und schreiende Menschen gesehen hatte, was ihn nur zu sehr an seine Militärzeit und seine eigene Verwundung erinnerte, kam er schließlich in einen etwas ruhigeren, weniger chaotischen Trakt des Krankenhauses. Dies mussten die Zimmer der Universität sein. Personal war keines zu sehen, offenbar wurde es bei den neuen Patienten gebraucht.

Die Zimmer befanden sich am Ende eines langen Korridors im ersten Stock. Wirschinger trat durch die den Bereich abtrennende Tür und blieb erst einmal stehen. Wo mochte man den Studenten untergebracht haben? Es half alles nichts, er musste wohl oder übel in jedes Zimmer schauen.

Er öffnete leise und vorsichtig die erste Tür auf der rechten Seite. In dem Zimmer befanden sich vier Betten, zwei davon waren belegt, es handelte sich um ältere Männer. Einer hob sachte den Kopf, der andere schien zu schlafen. Wirschinger nickte kurz und zog schnell seinen Kopf zurück. Der Raum gegenüber war leer. Als er die Tür wieder verschloss und sich in den Gang drehte, sah er aus den Augenwinkeln eine dunkle Gestalt in ein weiter vorne liegendes Zimmer huschen. Das kam dem Kommissar eigenartig vor. Er tastete sich auf Zehenspitzen nach vorne und lauschte an der Tür. Er überlegte, ob er einfach so in das Zimmer platzen konnte. Aber vielleicht verhinderte er dadurch eine Straftat ...

Er riss die Tür auf und ließ seinen Blick schnell im Zimmer kreisen. Rechts röchelte ein alter Mann vor sich hin. Auf der linken Seite hinten stand ein Bett, in dem eine dick vermummte Gestalt lag. Die Person, die sich über das Bett beugte, war jedoch alles andere als ein Doktor. Sie war dunkel gekleidet und Wirschinger bemerkte, dass er oder sie eine dunkle Mütze über das Gesicht gezogen hatte. Schnell eilte er zum Bett, gerade rechtzeitig, denn der Unbekannte beugte sich über den Patienten.

»Was machen Sie da?«, schrie der Kommissär und stieß die Person vom Bett weg. Der Mann taumelte zurück. Er fing sich jedoch am Fenstersims wieder. Doch anstatt darüber überrascht zu sein, schob er sich von der Wand weg und warf sich auf den Kommissär. Dieser hatte den Angriff erwartet und empfing den Unbekannten mit einem dosierten Schlag in den Magen. Auch das schien den Kerl nicht sonderlich zu beeindrucken. Er versetzte dem Kommissär seinerseits einen Schlag gegen die Brust.

Wirschinger musste alle Kräfte aufbringen, um nicht zu stürzen. Er wehrte einen weiteren Schlag ab, trieb aber den Angreifer weiter weg von sich und konnte zu einem großen Schwinger mit der rechten Faust ausholen.

Er traf seinen Kontrahenten hart an der rechten Schläfe. Die Gestalt taumelte, tapste ein paar Schritte nach hinten, prallte gegen die Wand und sackte dann an dieser langsam ohnmächtig nach unten. Wirschinger sah anerkennend auf seine rechte Faust. Nicht schlecht, dachte er, nach so vielen Jahren!

Wirschinger trat zu dem selig schlummernden Kerl und zog ihm die Mütze über den Kopf. Es handelte sich um einen jungen Mann, dessen Gesicht ihm völlig unbekannt war.

Er wuchtete den Burschen hoch und legte ihn kurzerhand auf ein freies Bett neben dem alten Mann, der schnarchte und offenbar nicht aufgewacht war.

Der Kommissär ging zurück an das andere Bett und warf einen Blick auf den mit dicken Verbänden eingebundenen Patienten. Wie er erwartet hatte, handelte es sich um den Studenten Emmrich. Dessen rechtes Auge war dick zugeschwollen und schimmerte in allen Farben. Emmrich atmete ruhig und hatte von dem Aufruhr nichts mitbekommen.

Wirschinger überlegte, was jetzt zu tun sei. Der Angreifer musste ins Gefängnis gebracht werden, das war klar. Es war augenscheinlich, dass er etwas mit der ganzen Sache zu tun hatte. Er musste einen Boten finden, der zur Polizeistation ging und Gendarmen holte. Wirschinger trat aus dem Krankenzimmer und sah sich um. Es war niemand zu sehen. Er warf noch einen Blick auf den neuen Zimmergast. Er musste sicherstellen, dass dich dieser nicht aus dem Staub machte, während er nach Hilfe suchte. Wirschinger zog ein Bettlaken aus dem Bett, in dem der Angreifer lag, drehte es zusammen und band den jungen Mann zu einem festen Paket zusammen, aus dem er sich alleine nicht befreien konnte. Dann schloss er die Tür und ging den Gang zurück, verließ den abgetrennten Universitätsbereich und trat wieder in das Chaos.

Wirschinger beobachtete kurz das allgemeine Gewurle und hielt Ausschau nach einem Hospitaldiener, den er beauftragen konnte. Nach wenigen Augenblicken hatte er einen jungen Mann entdeckt. Er ging zu ihm und zog ihn auf die Seite.

»Junger Mann, ich möchte, dass Sie für mich etwas erledigen!«, sagte der Kommissär mit harscher Stimme.

Der so Angesprochene riss die Augen auf und nahm eifrig eine stramme Haltung an.

»Jawohl Herr Kommissär!«, antwortete er salutierend.

»Gehen Sie schnell zur Hauptwache, verlangen Sie Gendarm Richter zu sprechen und richten Sie ihm aus, dass er mit zwei Gendarmen sofort in einer Kutsche für Gefangene hierherkommen soll. Sie fahren mit und führen die Herren zu mir zu den Universitätszimmern. Haben Sie mich verstanden?«, bellte Wirschinger den Mann militärisch an.

»Jawohl, Herr Kommissär, ich habe verstanden!«

»Dann wiederholen Sie den Auftrag!«, schnauzte Wirschinger.

»Gendarm Richter melden, dass er mit zwei Gendarmen in einer Kutsche für Gefangene hierherkommen soll. Ich fahre mit und bringe die Herren zu Ihnen in die Zimmer der Universität hoch!«, sagte der junge Mann mit zittriger Stimme.

»Sehr gut! Und nun ab mit Ihnen!«, antwortete Wirschinger nun ebenfalls salutierend.

Der Hospitaldiener flitzte davon und Wirschinger konnte sich ein Lächeln nicht verkneifen. Was so eine Uniform doch ausmacht, dachte er. Er beeilte sich, wieder in das Zimmer Emmrichs zurück zu gehen. Dort fand er alle drei Bewohner noch schlummernd vor, der Angreifer begann sich allerdings schon wieder etwas zu rühren und Wirschinger entschied, sich neben ihn auf das Bett zu setzten, um einen etwaigen Freiheitsdrang des Herrn zu unterbinden, was jedoch aufgrund seiner Fesselung schwierig sein würde. Der junge Mann schreckte dann auch hoch, erinnerte sich nach einem kurzen Kopfschütteln wohl auch, wo er war und wollte sich aus dem Bett rollen. Trotz Fesselung hob er den Oberkörper. Wirschinger hielt ihn fest und drückte ihn zurück auf das Bett.

»Ganz ruhig der Herr, wir bleiben jetzt mal schön ruhig hier liegen, ja? Es dauert nicht lange und wir machen zusammen eine schöne Kutschfahrt!«

Der junge Mann war noch etwas verwirrt und leistete keinen Widerstand, wohl auch deswegen, weil er sich an den Faustschlag des Kommissärs erinnerte und er spürte, dass mit diesem Gendarmen nicht gut Kirschen essen war.

»Nun, da der Herr wieder ansprechbar ist, können Sie mir vielleicht sagen, was Sie hier in diesem Zimmer zu suchen haben! Was wollten sie von dem Patienten dort drüben?«

Der Junge schaute den Kommissär mit hasserfülltem Blick an, sagte aber keinen Ton

»Na gut«, seufzte der Kommissär, »wir bringen dich in das Gefängnis zu Herrn Schnabelmeier, vielleicht fällt dir ja dort ein, was du uns sagen kannst!«

Als Reaktion hierauf erntete der Kommissär lediglich einen Versuch, sich aus dem Bettlaken zu befreien, was natürlich erfolglos blieb. Wirschinger schüttelte lächelnd den Kopf und verschränkte seine Arme vor dem Oberkörper.

»Nur die Ruhe, mein Freund, verausgabe dich nicht! Wir warten jetzt beide hier schön auf unsere Mitfahrgelegenheit!«

Es dauerte noch eine kleine Weile, dann betraten Gendarm Richter und ein Kollege, angeführt von dem Boten den Raum.

»Hier ist der Kommissär«, sagte der Bote und warf einen erstaunten Blick auf die Szene.

»Danke für Ihre Hilfe«, entgegnete der Kommissär, »warten Sie noch. Gibt es hier einen Hinterausgang?«

Der Hospitaldiener nickte.

»Einfach den Gang weiter nach hinten, dort finden Sie auf der linken Seite eine schmale Treppe, die führt in den Hinterhof.«

»Danke«, antwortete der Kommissär, »Sie können gehen!«

Der Diener verbeugte sich kurz, warf noch einmal einen interessierten Blick auf das Bett Emmrichs und verließ dann den Raum.

Richter und der andere Gendarm waren in der Zwischenzeit zu Wirschinger getreten und übernahmen die Sicherung des jungen Mannes.

»Was haben Sie denn da eingefangen, Herr Kommissär?«, fragte Richter, während er den jungen Mann aus dem Laken wickelte und ihm Handfesseln anlegte.

»Ich habe ihn dabei überrascht, als er den Patienten dort hinten zu Leibe rücken wollte, dabei ist er dann auf mich losgegangen.«

»Wie ich den Herrn Kommissär kenne«, antwortete Richter lächelnd, »ist ihm das nicht gerade gut bekommen!«

»Da haben Sie durchaus recht, Richter!«, nickte Wirschinger, »Sie haben den Diener gehört, wir bringen ihn über die Hintertreppe nach unten.« Er drehte sich zu dem anderen Gendarmen, »Huber, sagen Sie dem Kollegen Bescheid, er soll in den Hinterhof fahren. Melden Sie das dann!«

»Sehr wohl, Herr Kommissär«, entgegnete Huber salutierend und verließ den Raum.

»Wir machen den Herrn jetzt reisefertig und bringen ihn in das Schnablmeiersche Sanatorium. Dort kann er sich überlegen, ob er mit uns zusammenarbeiten will oder nicht«, sagte Wirschinger und hob den sich heftig wehrenden Mann hoch.

»Ruhig, ganz ruhig mein Bester, mein Kollege wird Sie sonst in den Schwitzkasten nehmen und das kann sehr unangenehm werden!«

Richter packte den jungen Mann und drehte ihm einen Arm auf den Rücken, worauf die Gegenwehr sofort nachließ.

»Sie haben kein Recht, mich so zu behandeln!«, schnaubte der Festgenommene.

»Ich habe noch viel mehr Rechte, Freundchen«, sagte Wirschinger, »und wenn Du nicht ruhig bist, lernst Du die Auswirkungen dieser Rechte ganz genau kennen!«

In diesem Augenblick trat Gendarm Huber wieder in den Raum und meldete, dass die Kutsche am Hinterhof bereitsteht.

»Danke«, sagte Wirschinger, »wir bringen den Herrn jetzt ins Gefängnis und Sie Gendarm Huber, bleiben hier in diesem Zimmer und passen auf, dass nichts Weiteres passiert, bis Sie abgelöst werden. Ich werde versuchen, jemanden in diesem Chaos hier zu finden, um entsprechend Bescheid zu sagen.«

»Sehr wohl, Herr Kommissär!«, antwortete Huber.

»Kommen Sie, Richter, wir bringen unsere Fracht nach unten!«

Richter packte den jungen Mann und die beiden schleppten den sich heftig Wehrenden aus dem Zimmer durch das Treppenhaus in den Hinterhof, wo sie ihn in die spezielle Polizeikutsche verfrachteten und Richter ihn dort festband.

»Schaffen Sie den Transport alleine, Richter? Ich muss noch mit den Ärzten sprechen und komme dann ins Gefängnis nach. Sie brauchen dort nicht auf mich zu warten. Sorgen Sie dafür, dass er alleine in eine Zelle kommt. Ich werde ihn dann verhören.«

»Kein Problem, Herr Kommissär, das schaffe ich schon! Machen Sie sich keine Sorgen!«, antwortete Richter, stieg zu dem Verhafteten in den Wagen und gab dem Kutscher ein Zeichen, dass er abfahren konnte. Wirschinger sah dem Gefährt nickend nach. Guter Mann der Richter, dachte er und ging zurück in das Krankenhaus. Gendarm Huber hatte es sich in dem Zimmer bequem gemacht. Er nickte ihm kurz zu, warf einen Blick auf den schlafenden Emmrich und machte sich dann auf die Suche nach dem diensthabenden Arzt.

Das Durcheinander auf den Gängen hatte ein wenig nachgelassen. Dennoch tat er sich schwer, den Arzt zu finden. Da traf es sich gut, dass ihm der Hospitaldiener von vorhin wieder über den Weg lief.

»He, Bursche«, sagte er, »kannst Du mir sagen, wo ich einen verantwortlichen Arzt finde? Der sich auch mit den Universitätszimmern auskennt? Oder einen Doktor von der Universität, wenn einer da ist?«

Der Bursche hielt kurz inne und überlegte.

»Sie können den Doktor Bauer fragen, den habe ich gerade zwei Zimmer weiter gesehen.«

Wirschinger bedankte sich und ging zu dem angegebenen Zimmer. Die Tür stand offen, er lugte kurz in den Raum, der überfüllt mit kranken Menschen war. Er beschloss, nicht hineinzugehen, sondern auf den Arzt draußen zu warten. Das musste er auch nicht lange, denn kurz darauf flog die Tür ganz auf und ein kleiner, dicker Mediziner stampfte heraus.

»Doktor Bauer?«, fragte Wirschinger und ging auf den kleinen Mann zu.

»Ja, was ist? Sind Sie verletzt?«, die schlechte Laune des Mannes war nicht zu überhören.

»Nein«, antwortete Wirschinger, »bin ich nicht. Ich hätte Sie nur gerne kurz gesprochen. Übrigens: Wirschinger, Polizeikommissär in der Stadt Landshut.«

»Das sehe ich, dass Sie nicht von der theologischen Fakultät kommen!«, antwortete der Mann mit hoher Stimme.

»Entschuldigen Sie bitte, ich wollte Ihnen nur sagen, dass ich im Zimmer des verletzten Studenten einen meiner Gendarmen postiert habe, der Student wäre beinahe wieder angegriffen worden und so hielt ich es für besser, einen Aufpasser abzustellen.«

»Herr Kommissär, das ist ja alles schön und gut und von mir aus deponieren Sie eine ganze Gendarmenarmee in diesem Zimmer, aber wir hier haben momentan wirklich andere Dinge zu tun. Ich habe das registriert, sagen Sie bitte auch bei Professor Röschlaub in der Universität Bescheid, der ist sozusagen der Hausherr dieser Zimmer. Guten Tag, Herr Kommissär!«

Der Arzt wartete keine weitere Antwort Wirschingers ab, sondern marschierte in das nächste Zimmer.

Wirschinger stand eine Weile ungläubig im Gang und überlegte, ob er diesem kleinen Meckerer nachgehen und die Meinung sagen sollte. Er entschied sich jedoch, nochmals zur Universität zu gehen und dort den Professoren Gönner und Röschlaub von der neuen Entwicklung zu berichten. Musste das Verhör des Angreifers eher noch ein bisschen warten. Wachtmeister Schnabelmeier wird sich schon gebührend um seinen neuen Gast kümmern, dachte er.

Kapitel 43

»Aufstehn, raus aus den Federn Herrschaften! Zeit wird's!«
schrie Wachtmeister Schnabelmeier aus Leibeskräften und unterstützte seine Worte mit lautem Hämmern seiner Fäuste an
der Zellentür. Er schloss die Tür auf und zwei müde Augenpaare
blickten ihm entgegen.

Die beiden jungen Männer waren am vorherigen Abend von
den Gendarmen eingeliefert worden. Sie hatten in einem Gasthaus randaliert und waren sturzbetrunken. Er verfrachtete sie in
eine Zelle, was den beiden gar nicht zu gefallen schien. Es dauerte
lange, bis Ruhe einkehrte und er schlafen konnte.

»Auf geht's, meine Herren, schaut's nicht so langsam, die
Nacht is um! Raus mit Euch!«

Die beiden rührten sich nicht und Schnabelmeier wurde langsam wütend.

»Ja, soll ich die Herrschaften raus tragen oder was? Stunden-
lang saufen und sich dann am nächsten Tag nicht bewegen können! Raus jetzt!«

Drohend machte er einen Schritt in die Zelle. Die massige Gestalt, der drohend wippende Schnurrbart und das hochrote Gesicht des Wachtmeisters schienen die Lebensgeister wieder in die
beiden Männer zurückkehren zu lassen. Sie sprangen hoch und
zwängten sich eilig an Schnabelmeier vorbei in die Wachstube,
um von dort den unheilvollen Ort zu verlassen.

»... und ich will Euch nicht mehr sehen bei mir!« rief ihnen
Schnabelmeier nach und schmiss die Tür zur Wachstube zu.

Der Wachtmeister säuberte die Zelle der Gäste. Nach getaner
Arbeit erinnerte ihn sein knurrender Magen an seinen Hunger
und er machte sich freudig über die verbliebenen Brot- und Kä-
sereste her.

Als er das etwas verspätete Frühstück verspeist hatte und an-
schließend überlegte, ob er sich ein Pfeifchen anstecken oder einen

morgendlichen Trunk genehmigen sollte, hörte er eine Kutsche vor dem Gefängnis haltmachen. Er warf einen neugierigen Blick durchs Fenster und erkannte die Kutsche der Polizei. Er ging nach draußen und öffnete die Tür. Gendarm Richter war gerade zusammen mit dem Kutscher damit beschäftigt einen gefesselten Mann aus der Kutsche zu zerren. Dieser wehrte sich heftig und die beiden Gendarmen hatten alle Hände voll damit zu tun, ihn zu bändigen.

»Vorsicht, Herr Wachtmeister«, rief Richter, »der Herr hier ist etwas übel gelaunt!«

Schnabelmeier trat zur Seite und die beiden Gendarmen bugsierten den sich heftig wehrenden Mann in das Gefängnis.

»Wohin?«, rief Richter.

»Ganz hinten rechts, bittschön!«, antwortete Schnabelmeier und trotte hinterher.

»Wo habt's denn den her?«, fragte er die beiden Gendarmen.

Richter schob den jungen Mann in die genannte Zelle und schubste ihn auf das Feldbett.

»Jetzt ist mal Ruhe, ja?«, fuhr er ihn an, »wenn Du nicht augenblicklich ruhig bist, setzt es eine Tracht Prügel klar? Und deine Fesseln bleiben zur Strafe vorerst auch dran!«

Er ging nach draußen und sagte zu Schnabelmeier:

»Schließen Sie ab. Der Herr Kommissär kommt später und verhört den Kerl. Bis dahin wird er sich schon beruhigt haben.«

Schnabelmeier tat wie geheißen und schloss die Zelle ab. Er ging mit Richter in die Wachstube, der andere Gendarm fuhr auf Geheiß Richters zurück zur Wache.

»Sie schaun ja ganz mitgenommen aus, Herr Richter, war's ein solcher Kampf mit dem Burschen?«

Richter ließ sich auf einen Stuhl fallen.

»Das kann man wohl sagen! Ich hatte noch nie einen so anstrengenden Gefangenentransport! Es sind ja nur ein paar Meter vom Länd-Krankenhaus hierher in die Spiegelgasse ... aber die sind mir wie eine Ewigkeit vorgekommen.«

»Wolln's ein Schlückerl Wein? Das beruhigt die Nerven und der Kommissär wird schon nicht gleich kommen ... und ich sag auch nix weiter ...«, sagte Schnabelmeier augenzwinkernd.

Richter überlegte kurz.

»Sie haben Recht. Das war schon sehr anstrengend. Wein soll ja auch eine Medizin sein, sagt man oder nicht? Hat zumindest die heilige Hildegard von Bingen behauptet!«

»Wer? Eine Heilige? Kenn ich nicht, aber dann wird's schon stimmen! Ist mir auch wurscht. Mir schmeckt der Wein halt einfach, mit oder ohne Heiligen!«

Er goss dem Gendarmen einen kräftigen Schluck ein, sich selbst sozusagen mitleidend einen etwas größeren Schluck und die beiden Männer prosteten sich zu.

»Das tut gut, nach der letzten Nacht«, seufzte Schnablmeier.

»Was war denn wieder los in der Nacht bei Ihnen?«, fragte Richter.

»Ach, nix Besonderes, nur zwei Besoffene, haben ganz schön randaliert! Eure Studenten sind mir da lieber, auch wenn's manchmal ein bisserl viel is mit den Lieferungen!«

»Das mit den Studenten kriegen wir schon in den Griff, das wird sich schon noch beruhigen. Ich hoffe, der Neue macht weniger Krach als Ihre gestrigen Besucher!«

»Mit dem werd' ich schon fertig, keine Angst«, entgegnete Schnabelmeier.

»Dann ist es ja gut«, sagte Richter und stand auf, »lassen Sie ihn schmoren, bis der Kommissär kommt, um ihn zu verhören! Der Bursche ist sehr aufmüpfig! Danke für den Wein, Herr Wachtmeister, ich muss mich wieder auf den Weg machen!« er nahm den letzten Schluck aus dem Humpen, salutierte und verließ das Gefängnis. Schnabelmeier sah ihm seufzend nach. Wie schön ist es doch, einen Humpen Wein mit Gleichgesinnten zu genießen, sagte er sich und dachte wehmütig an seinen Freund Rudi, als er den letzten Schluck aus seinem Humpen nahm.

Kapitel 44

Kommissär Wirschinger betrat das Gebäude der Universität, dabei musste er über allerlei Baumaterial steigen und geschäftigen Handwerkern aus dem Weg gehen. Die Aufbauten für das große Fest kamen gut voran. Er ging direkt zum Studierzimmer Professor Gönners, traf dort aber niemanden an. Unschlüssig trat er auf den langen Gang und überlegte, wo der Professor stecken konnte. Er kannte sich nicht genügend in dem Gebäude aus, als dass er sich alleine auf die Suche machen wollte. Wo sich die Verwaltung befand, wusste er auch nicht. Nach ein paar Augenblicken kam ein Student um die Ecke. Diesen hielt der Kommissär an.

»Entschuldigung, können Sie mir vielleicht sagen, wo ich Professor Gönner finde?«

Der Student sah den Kommissär mit großen Augen an und sagte:»Nein, leider, ich weiß es nicht. Das letzte Mal, als ich ihn gesehen habe, ist er in Richtung Keller gegangen.«

Wirschinger bedankte sich, ließ sich den Weg zum Keller zeigen und machte sich auf den Weg. Gerade, als er die Stufen hinuntersteigen wollte, kam ihm der gesuchte Professor entgegen.

»Ah, der Herr Kommissär«, rief Gönner überrascht,»kommen Sie schon, um unseren Gast abzuholen? Das wäre noch ein bisschen früh!«

Wirschinger schüttelte den Kopf.

»Nein, darum handelt es sich nicht. Ich muss Sie und den Professor Röschlaub dringend sprechen!«

Gönner schaute den Kommissär fragend an.

»Nun gut, der Kollege weilt noch in seinen Katakomben, ich komme gerade von ihm. Machen wir uns gemeinsam wieder zu ihm auf den Weg. Es wird ihn sicher freuen, mich schon wieder zu sehen.«

Sie stiegen beide in den universitären Keller hinunter und traten nach einem leisen Klopfen Gönners in Röschlaubs medizinisches Studierzimmer.

Der Professor war gerade mit finsterer Miene damit beschäftigt, ein Anschauungs-Skelett zusammenzubauen. Doch offensichtlich schien etwas nicht zu stimmen, er schimpfte vor sich hin und bemerkte die beiden Eintretenden nicht. Er kniete neben dem Skelett und erst, als die beiden direkt neben ihm standen, sah er auf und erschrak.

»Mein Gott, können Sie sich nicht laut bemerkbar machen?«, schnaubte er ärgerlich, »wenn Sie mich so erschrecken meine Herren, werde ich bald ebenfalls in dieser Erscheinungsform vor Ihnen herumstehen!«

»Das mag ich mir gar nicht vorstellen! Also nur die Ruhe Herr Kollege, es ist nichts passiert!«, antwortete Gönner.

»Was wollen Sie denn schon wieder Herr Kollege? Mir etwa Os cuneiforme laterale des linken Fußes wieder zurückbringen, genauer gesagt, das äußere Keilbein, welches Sie mir bei ihrem letzten Besuch stibitzt haben? Gestehen Sie!«

»Ich habe Ihnen gar nichts weggenommen, Herr Kollege«, entgegnete Gönner, »den Knochen werden Sie schon selbst verschlampt haben. Aber lassen Sie jetzt mal Ihren skelettierten Freund in Ruhe und hören Sie mit mir gemeinsam dem Herrn Kommissär zu, der hat uns nämlich etwas Wichtiges zu sagen!«

Röschlaub betrachtete noch einmal traurig den unvollständigen linken Fuß des Skeletts, stand genervt auf und hob eine kleine Kiste, die neben ihm stand in die Höhe. Darin befanden sich weitere kleine Knochenteile.

»Sehen Sie, hier in dieser Kiste müsste sich das fehlende Teil befinden«, sagte er und deutete auf den Inhalt, »aber da ist es nicht. Ich habe den werten Herrn in Bamberg höchstpersönlich in seine Einzelteile zerlegt und sauber verstaut! Wenn Sie mich nicht ärgern wollen, legen Sie das Knöchlein zurück, ich drehe mich um und werde so tun, als ob ich Ihren Diebstahl nicht bemerkt hätte! Ansonsten sehe ich mich gezwungen, mir das fehlende Teil woanders zu holen!«

»Aber bitte nicht bei Professor Schmidbauer!«, entgegnete Gönner lächelnd.

»Gibt es Ärger mit unserer geplanten kleinen Geheimbestattung?«, fragte Röschlaub erstaunt und stellte die Kiste neben das Skelett, »dann müssen wir uns etwas anderes einfallen lassen – wie wäre es mit einem zweiten Anschauungs-Skelett für unsere Studenten? Dann wäre der Herr Kollege für immer an der Universität und nahe an Forschung und Lehre!«

Wirschinger schüttelte den Kopf, Gönner verzog den Mund und sagte:

»Das ist sehr makaber und ich mache mir jetzt so meine Gedanken, wen Sie da in aller Seelenruhe wieder zusammenbauen, Herr Kollege!« sagte Gönner und machte ein paar Schritte um das Skelett. Er betrachtete es stirnrunzelnd und wandte sich dann wieder an Röschlaub.

»Aber lassen wir das. Um was es sich handelt, wird uns der Herr Kommissär sicher gleich sagen, ich hoffe nicht, dass es Schwierigkeiten mit der Bestattung gibt?«

Er schaute fragend auf den Kommissär. Der schüttelte den Kopf und sagte beruhigend:

»Nein, meine Herren, das ist es nicht. Ich bin heute im Heilig-Geist-Krankenhaus vorbeigegangen und dachte mir, ich schau nach unserem Patienten, irgendwie aus einer Intuition heraus. Mein Gefühl hat mich auch nicht getäuscht. Ich habe einen jungen Mann in Emmrichs Zimmer erwischt, er hatte eindeutig keine guten Absichten. Er war auch nicht gerade erfreut, mich zu sehen, es kam zu einer kleinen Auseinandersetzung, die dem Herrn nicht allzu gut bekommen ist. Er sitzt jetzt im Gefängnis und ich werde ihn später ausgiebig verhören.«

Die beiden Professoren lauschten dem Bericht Wirschingers

erstaunt. Gönner machte einen Schritt auf den Kommissär zu. Dabei streifte er das Skelett, das leicht zu wackeln begann.

Röschlaub machte einen Satz, packte schnell die schwankenden Knochen und konnte sie beruhigen. Er warf Gönner einen tadelnden Blick zu.

»Wie geht es dem Studenten?«, fragte Gönner schnell, »ist ihm etwas zugestoßen?«

Wirschinger schüttelte den Kopf.

»Keine Angst, dem ist nichts Weiteres passiert, ich bin wahrscheinlich gerade noch rechtzeitig gekommen. Er ist nicht einmal aufgewacht. Ich habe einen meiner Gendarmen bei ihm im Zimmer postiert. Da kann nichts mehr passieren.«

Röschlaub bückte sich nach seiner Knochenkiste und sagte:

»Die schrecken anscheinend vor nichts zurück, was diese Studenten angeht. Ich möchte zu gern wissen, was unser junger Patient weiß!«

»Nicht nur Sie, Herr Professor«, sagte Wirschinger, »es gibt offensichtlich einige Leute hier in der Stadt, die das auch gern wissen würden...«

»... und diese Leute werden keine Ruhe geben und alles versuchen, bis sie am Ziel sind!«, ergänzte Gönner brummend, »Emmrich wird weiter in Gefahr sein. Gut, dass Sie den Gendarmen dort zum Schutz abgestellt haben, Herr Kommissär!«

»Das dachte ich auch, aber wir müssen überlegen, den Studenten, sobald das medizinisch möglich ist, an einen geheimen Ort zu bringen. Herr Professor Röschlaub«, sagte Wirschinger und wandte sich direkt an den Professor, »bitte kümmern Sie sich im Krankenhaus darum, dass der jeweilige wachhabende Gendarm so wie die Kranken verpflegt wird, ich wollte dort bereits alles regeln, habe aber nur einen sehr unfreundlichen Arzt angetroffen, der sich für alles nicht so sehr zuständig fühlte!«

»Das kann ich mir denken«, nickte Röschlaub heftig.

»Bei denen kann man nicht gesund werden! Unser Arzt der

Universität, ein Herr Doktor Singer, kommt heute Nachmittag wieder, ich werde dann gleich mit ihm sprechen.«

»Sehr gut«, sagte Wirschinger, »Sie müssten dann auch entscheiden, wann man den jungen Mann aus dem Krankenhaus in eine private Wohnung bringen kann. In diesem Durcheinander, das zurzeit im Hospital herrscht, ist eine dauernde Überwachung und Sicherheit Emmrichs nicht gewährleistet!«

»Da haben Sie Recht, Herr Kommissär«, sagte Röschlaub, »das wird aber noch ein wenig dauern, seine Verletzungen sind doch ernst und machen eine ärztliche Beobachtung und Behandlung noch notwendig. Aber ich kümmere mich darum.«

»Gut, in der Zwischenzeit überlegen wir uns, wo wir Emmrich hinbringen können!«

Röschlaub grinste: »Zu Professor Gönner, dort stellen wir ihn zwischen seine Gesetzbücher, das fällt nicht auf und der Herr Kollege hat Gelegenheit, sich mit dem normalen Sorgen der Menschen zu beschäftigen!«

Gönner atmete hörbar tief ein.

»Der Herr Kollege hat mal wieder umwerfende Ideen! Wir werden sicher eine adäquate Lösung finden. Aber mir sind da gerade andere Gedanken durch den Kopf geschossen: denken Sie nicht, dass auch der Dritte im Bunde, dieser Breitling, in Gefahr schwebt? Nach seinen Erzählungen ist es zwar offensichtlich so, dass Emmrich und Brombach ein engeres Verhältnis hatten, aber zu vermuten ist, dass die Gegenseite das vielleicht nicht so genau weiß. Ich denke, wir sollten auch Breitling unter unsere Obhut nehmen!«

Wirschinger nickte.

»Das stimmt. Wo hält sich Breitling jetzt auf?«

»Ich habe ihm aufgetragen nach Hause zu gehen und die Wohnung nicht zu verlassen. Ich hoffe, er hält sich daran«, antwortete Gönner.

Wirschinger überlegte und sagte entschieden:

»Wir müssen ihn holen. Er kann nicht alleine bleiben. Wer auch immer hinter den Studenten her ist, weiß sicher auch, wo Breitling wohnt!«

»Sie haben Recht«, nickte Gönner, »das war ein Fehler von mir. Wir hätten ihn gleich hierbehalten sollen!«

Röschlaub machte eine abwehrende Handbewegung.

»Wer konnte denn ahnen, dass die Sache gleich so eskaliert? Schicken Sie einen Boten zu ihm, der ihn abholt. Er soll ihn in meine Wohnung bringen, ich habe ein kleines Gästezimmer und meine sehr resolute Haushälterin lässt niemanden rein ... und raus!«

«Wenn man für Sie arbeitet, muss man resolut sein, sonst überlebt man das nicht!«, stichelte Gönner, »aber es ist sehr nobel von Ihnen, dass Sie dies möglich machen, Herr Kollege. Ich hoffe aber nicht, dass Sie den jungen Mann dann zu einem zweiten Anschauungsobjekt verarbeiten.«

Röschlaub lächelte.

»Nein, ich schneide ihm höchstens den hier fehlenden Knochen heraus!«

»Meine Herren«, mischte sich Wirschinger in den professoralen Disput, »darf ich jetzt vorschlagen, dass wir alle unserer Wege gehen und unsere Aufgaben erledigen. Wir sehen uns ja dann heute Nacht, wenn wir Ihren verblichenen

Kollegen beerdigen.«

Die beiden Professoren nickten.

»Nun gut«, sagte Röschlaub und deutete auf das Skelett, »ich werde diesen Herrn hier einstweilen in Ruhe lassen und mache mich auf den Weg ins Krankenhaus. Meine Herren, darf ich bitten?«, sagte er und wies auf die Tür.

»Ich werde erst noch einmal zur Wache gehen und einen kräftigen Gendarmen zur Vernehmung des Angreifers mitnehmen, wenn dieser weiter so gewalttätig ist, kann das das ein rechter Spaß werden!«

»Passen Sie nur auf sich auf, Wirsching«, grinste Gönner, »nicht, dass Sie dabei Schaden erleiden!«

»Keine Angst, ich passe schon auf mich auf! Passen Sie lieber auf die fehlenden Namensendungen auf, Herr Professor!«, konterte der Kommissär.

»Gut, ich suche einen Boten und lasse Breitling holen. Soll er ihn gleich in Ihre Wohnung bringen, Herr Kollege?«

Röschlaub nickte. »Kann er machen, ich gehe vor meinem Besuch im Krankenhaus schnell zu Hause vorbei und sage Bescheid.«

»Gut, dann bis später meine Herren«, sagte Wirschinger und eilte die Treppen hoch, während die beiden Professoren etwas gemächlicher folgten. Oben angekommen, verabschiedete sich Röschlaub von Gönner und eilte zu seiner Wohnung, um seine Haushälterin über den vorübergehenden Gast zu unterrichten.

Gönner ging zu den Räumen der Universitätsdiener. Er nahm den Ersten, den er dort antraf zur Seite und erteilte ihm den Auftrag, Breitling unverzüglich zur Wohnung des Professors Röschlaub, in der oberen Neustadt, direkt gegenüber dem alten Jesuitenkloster, zu bringen. Der Diener nickte ergeben und schien die Anweisung, ohne sich Gedanken darüber zu machen, zu akzeptieren. Gönner wusste jedoch genau, dass er mit seinen Kollegen darüber tratschen würde. Die Gerüchteküche würde brodeln. Genau das wollte er vor allem in Hinblick auf Montgelas' Spitzel verhindern. Man konnte nicht wissen, wer zu den Zuträgern des Grafen gehörte. Am Ende auch der Kommissär? Darüber wollte er sich gar keine Gedanken machen, wobei er diese Möglichkeit aber ausschloss. Wäre dies der Fall, hätte er die Konsequenzen daraus bereits zu spüren bekommen. Wirschinger gehörte wahrscheinlich zu den Überwachten, als zu den Überwachern. Diese Unsicherheit musste er jetzt in Kauf nehmen, eine andere Wahl blieb ihm nicht. Er hoffte inständig, dass die ganze Sache in den nächsten Tagen zu einem guten Ende kommen würde, bevor Montgelas etwas erfahren würde.

Kapitel 45

Kommissär Wirschinger ging zur Polizeiwache und ließ sich von Richter über die Ablieferung des Angreifers im Gefängnis unterrichten. Er sandte einen weiteren Gendarmen ins Krankenhaus und trug ihm auf, dort auf Professor Röschlaub zu warten und dessen Anweisungen bezüglich Emmrichs zu befolgen. Er erwartete Bericht im Gefängnis, zu dem er dann aufbrechen wollte.

»Richter«, wandte er sich wieder an den Kollegen, »Sie begleiten mich zum Verhör ins Gefängnis, Sie kennen den Herrn ja mittlerweile schon etwas besser!«

Richter nickte lachend.

»Da haben Sie recht, Herr Kommissär, wir hatten eine, wenn auch kurze, aber nette Kutschfahrt zusammen! Er wird sich sicher sehr freuen, mich wieder zu sehen!«

»Na dann, auf geht's!«, sagte Wirschinger und wies den Kutscher an vorzufahren.

Am Gefängnis angekommen, sandte er den Kutscher wieder zur Wache zurück.

»Guten Tag, mein lieber Schnabelmeier«, sagte Wirschinger als sie in den Wachraum eingetreten waren, »wie hat sich denn Ihr Neuzugang verhalten? War er ruhig?«

Schnabelmeier salutierte mehr recht als schlecht.

»Er is' ruhig gwesen, hätt ' mir was anderes erwartet, so wie der eingeliefert worden ist! Ich hab mir erlaubt, ihm die Fesseln abzunehmen, am Ende hätt er sich noch stranguliert.«

»Das ist schon in Ordnung, Schnabelmeier! Na dann wollen wir mal seine Ruhe stören. Gendarm Richter und ich werden ihn jetzt in seiner Zelle verhören. Sie bleiben im Gang stehen, sollte er uns entkommen, packen Sie zu, verstanden?«

Schnabelmeier strahlte über das ganze Gesicht.

»Selbstverständlich, Herr Kommissär!«, rief er.

Wirschinger zwinkerte Richter zu und die Drei gingen zur Zelle des Angreifers. Sie schauten durch das vergitterte Fenster in der Tür. der junge Mann saß auf dem Bett und schien in Gedanken versunken zu sein. Schnabelmeier hantierte mit den Schlüsseln herum und öffnete die Tür. Der Mann schreckte hoch und starrte auf die beiden Gendarmen, die in seine Zelle traten.

»Ganz ruhig, junger Mann«, sagte Wirschinger, »verhalten Sie sich ruhig, es wird Ihnen nichts passieren, wir wollen nur mit Ihnen reden. Wenn Sie allerdings aggressiv werden, werden Sie merken, dass wir beide sehr unangenehm werden können! Von mir haben Sie ja bereits eine kleine Kostprobe erhalten und mein Kollege hier weiß auch mit seinen Fäusten umzugehen, das nur als Warnung!«

Der junge Mann schien tatsächlich etwas ruhiger geworden zu sein. Er sah die beiden ängstlich an und zog es dann vor, auf den Boden der Zelle zu starren.

Wirschinger setzte sich neben ihn auf die Pritsche, während Richter mit verschränkten Armen und grimmigem Blick vor der Tür stehen blieb und jede Bewegung des Jungen beobachtete.

»So, wo fangen wir denn jetzt an«, begann Wirschinger, »Sie haben in dem Zimmer im Krankenhaus sicher keine Blumen ausliefern wollen, warum waren Sie dort?«

Der Mann zeigte keine Reaktion.

»Gut, ich gebe zu, das war eine rhetorische Frage, ich kann mir natürlich vorstellen, was Sie dort vorhatten. Davon habe ich Sie ja gerade noch abgehalten. Also, warum haben Sie es auf den Studenten abgesehen?«

Der Junge rührte sich nicht. Wirschinger stand auf und stellte sich vor ihn.

»Wissen Sie, mein Kollege und ich können auch gehen, wir haben wichtigere Dinge zu erledigen, da kann es dann durchaus passieren, dass wir vergessen, dass Sie hier einsitzen! Und der liebe Herr Schnablmeier ist nicht mehr der Jüngste, der vergisst Sie glatt auch, Sie sind ganz hinten, er hört schlecht. Sie sitzen hier in der Zelle und vergammeln langsam. Irgendwann erinnert man sich an Sie, aber das ist dann zu spät. Für Sie zumindest.«

Wirschinger baute sich vor dem auf dem Bett hockenden Mann auf. Der blinzelte den Kommissär ängstlich an, sagte aber nichts.

»Nun gut, Richter«, sagte Wirschinger, »ich denke, wir gehen, das wird hier nichts mehr!«

Er drehte sich langsam um und sah Richter in die Augen, dieser hatte seinen Blick fest auf den Gefangenen gerichtet. Er hob kurz die Augenbrauen, um seinem Vorgesetzten anzuzeigen, dass sich hinter dessen Rücken etwas tat. Wirschinger drehte sich um und sah, dass ihn der Junge anstarrte und er den Mund leicht bewegte.

Wirschinger drehte sich um und setzte sich wieder neben ihn.

»Schau Junge, wir meinen es dir doch nur gut. Erzähl mir einfach nur, warum du bei dem Studenten im Zimmer warst und was du von ihm wolltest!«

Der junge Mann sah Wirschinger kurz an und stammelte dann: »Ich wollte … ich wollte ihn doch nur etwas erschrecken …, weil …, weil …«

» …, weil er dir bei dem Überfall nichts gesagt hatte? Warst Du bei dem Überfall auf den Studenten am Abend zuvor dabei?«

Der junge Mann blickte wieder starr auf den Boden.

»Wenn wir das rausfinden, bist Du sowieso fällig, Freundchen! Da kann ich dir Festungshaft versprechen! Also, warum habt ihr den Studenten überfallen?«

Der Gefangene atmete schwer, Wirschinger wartete auf eine Antwort, plötzlich schnellte der Junge hoch, gab dem überraschten Wirschinger einen Schubs und hechtete zur Tür. Doch Richter hatte aufgepasst. Er packte den rein körperlich weit unterlegenen Burschen am Kragen, drehte ihm einen Arm auf den Rücken und nahm ihn in den Schwitzkasten.

»Nicht mit mir, Bürschchen!«, brummte er.

Wirschinger baute sich vor den beiden auf und sagte lächelnd:

»Da dachte der doch wirklich, er kommt an Gendarm Richter vorbei! Tja, die Jugend!«

»Was machen wir jetzt, Herr Kommissär? Ich befürchte, wenn ich ihn auslasse, rutscht mir die Hand aus.«

»Hmmm«, machte Wirschinger, »ob der Bursche eine Tracht Prügel von Ihnen riskieren will?«

Er bückte sich und sah dem Burschen in die Augen.

»Wir setzen dich jetzt auf das Bett zurück und du verhältst dich anständig, ist das klar? Ansonsten weiß ich nicht, ob ich den Kollegen hier im Zaum halten kann, ja?«

Als Reaktion erntete er nur ein undefiniertes Grunzen. Richter gab dem Burschen einen Stoß und er flog unsanft auf die Pritsche. Richter stellte sich drohend daneben.

»Ich denke, wir lassen den Herrn ein paar Tage schmoren, vielleicht erinnert er sich dann an mehr!«

»Sie können mich nicht einfach einsperren!«, fauchte der Bursche.

»Ich kann noch viel mehr, Bürschchen, das willst du gar nicht wissen! Ich rate dir also, mit uns zusammen zu arbeiten, rück raus mit der Wahrheit, wer waren die anderen Schläger und warum habt ihr den Studenten überfallen? Wenn du nichts sagst, lassen wir dich hier sitzen, bis du alt und grau wirst, ich habe damit kein Problem!«

Der junge Mann schob seine Hände unter die Oberschenkel und starrte auf den Zellenboden.

Wirschinger stand mit verschränkten Armen vor dem auf der Pritsche kauernden jungen Mann. Er strich in Gedanken über seinen Schnauzbart. Der Junge musste panische Angst vor irgendetwas oder irgendwen haben, anders konnte er sich sein Verhalten nicht erklären. Welcher Gefangene versucht, an zwei gestandenen Gendarmen vorbeizukommen und zu fliehen? Das hatte er noch nicht erlebt. Mit Drohungen war dem Burschen offensichtlich nicht beizukommen. Er setzte sich ruhig neben den Burschen auf die Pritsche.

»Na, komm Junge, wir wollen dir doch nur helfen, wenn du uns alles erzählst, schaut es nicht so schlimm für dich aus! Wie heißt du eigentlich?«

»Johannes ...«, flüsterte der Bursche nach einer Weile, »Johannes Wellkofer. Wir wollten den Studenten doch nur erschrecken ...«

»Erschrecken! Dafür ist er aber sehr stark verletzt!«

»Mein Gott! Ich wollte das doch nicht!«, Johannes blickte dem Kommissär erschreckt ins Gesicht, »Josef hat gesagt, dass ...« Er biss sich auf die Unterlippe und schwieg.

»Josef ... war das der Anführer? Hat er dich und die anderen dazu angestachelt?«

Johannes beugte sich nach vorne und verbarg seinen Kopf in den Armen. Nach einigen Augenblicken kam er wieder hoch, atmete tief aus und murmelte:

»Es war wegen Anna. Josefs Schwester. Dieser Student hat sich bei einem Tanzabend im Gillmayr-Schlösschen an sie rangemacht. Josef hat das nicht gepasst und obwohl er ihm das auch gesagt hat, hat der Kerl immer wieder mit Anna getanzt. Auch bei einer anderen Veranstaltung hat er sie wieder aufgefordert. Wir wollten ihm klarmachen, dass er das in Zukunft bleiben lassen soll!«

»Klargemacht, indem ihr ihn brutal geschlagen habt!«

Johannes schreckte aufgeregt hoch.

»Ich habe nicht zugeschlagen, das müssen Sie mir glauben! Ich kann sowas nicht! Der Josef hat gesagt, wir jagen ihm nur einen kleinen Schrecken ein, nichts weiter!«

»Junge, du kannst viel behaupten, wenn der Tag lang ist! Du warst bei der Schlägerei dabei und wir haben dich im Krankenhaus am Bett des Studenten erwischt! Das reicht, um dich in Festungshaft zu nehmen!«

Johannes sprang hoch und schrie:

»Ich hab' im Krankenhaus nichts gemacht!«

Richter machte einen Schritt auf Johannes zu, Wirschinger hob jedoch beschwichtigend die Hand.

»Ganz ruhig! Setz dich wieder hin und sei ruhig!«

Johannes zögerte, tat aber dann wie geheißen und starrte wieder auf den Boden.

»Wo finden wir deine Freunde und wer war außer diesem Josef noch dabei?«

»Ich sag᾽ gar nichts mehr«, murmelte Johannes ohne den Kopf zu heben.

»Komm, raus damit. Das ist jetzt die beste Gelegenheit dazu! Wer waren die anderen?«

Johannes rührte sich nicht von der Stelle und reagierte auf Wirschingers Frage nicht mehr.

»Gut, wie du willst«, antwortete Wirschinger resignierend und stand auf. »Wir werden dich die nächste Nacht hierbehalten. Vielleicht bringt dich das zur Vernunft. Kommen Sie Richter, der Herr muss wohl noch etwas schmoren, bis er uns alles erzählen will. Wachtmeister Schnabelmeier wird ein offenes Ohr für dich haben, wenn du ihm etwas anvertrauen willst.«

Die beiden Gendarmen verließen die Zelle. Schnabelmeier hatte die ganze Zeit angestrengt lauschend vor der Zelle verbracht und trat jetzt eilig einen Schritt zurück.

»Schnabelmeier, schließen Sie ab. Mit dem Herrn können wir heute nichts anfangen. Wir lassen ihn in Ihrer Obhut!«

»Sehr wohl, Herr Kommissär«, antwortete Schnabelmeier und verschloss die Zelle. Die schwere Zellentür flog zu, Schnabelmeier drehte lautstark den Schlüssel um und die Herren gingen nach vorne in die Wachstube.

»Schnabelmeier, lassen Sie ihn in Ruhe, sagen Sie nichts zu ihm, auch wenn er Sie vielleicht anspricht. Wir müssen den Widerstand bei ihm brechen!«

»Ich pass schon auf den Burschen auf, Herr Kommissär!«, antwortet Schnabelmeier beflissen.

»Denken Sie, Herr Kommissär, dass er stärker in die Sache verstrickt ist, als er sagen will?«, fragte Richter.

Wirschinger kniff die Augen zusammen.

»Das ist die Frage. Er macht auf mich nicht den Eindruck, dass er die treibende Kraft hinter dem Überfall war, aber man kann nie wissen. Vielleicht hat er einfach nur Angst vor der Gruppe oder ihrem Anführer und bringt deswegen den Mund nicht weiter auf. Das finden wir raus. Ich denke, so eine Nacht im Gefängnis kann Wunder wirken. Wir schauen uns das morgen noch einmal an.«

Richter nickte und die beiden verließen die Wachstube.

Kapitel 46
31. Mai 1802

Professor Gönner kümmerte sich nicht um die kirchlichen Angelegenheiten, in die sein Kollege Professor Sailer verstrickt war. Natürlich war ihm klar, dass in diesen Zeiten, in denen Klöster aufgelöst und Kirchen an irgendwelche Geschäftemacher verkauft wurden, ein großer Gesprächsbedarf auf klerikaler Seite bestand.

Die theologische Fakultät hatte in diesen turbulenten Zeiten einen schwierigen Stand. Zum einen musste sie sich mit der Regierung in München gut stellen und deren aufklärerische Ausrichtung berücksichtigen. Zum anderen gab es die Bistumsleitung in Freising, die natürlich ein Auge auf die Einhaltung der von Rom vorgegebenen Richtlinien geworfen hatte. Es galt, nirgends allzu sehr aufzufallen. Doch der Kollege Sailer wusste sich durch diesen Dschungel von gefährlichen Fallstricken durchzulavieren, dessen war sich Gönner sicher, das musste er dem Kollegen zugestehen.

Mit diesen Gedanken machte sich Gönner auf den Weg zum Haus des Kollegen, das mitten in der Altstadt, gegenüber dem Rathaus lag. Die beiden hatten dieses Treffen vor der Abreise Sailers ausgemacht. Sailer wollte über den Fortgang der Planungen für das große Fest auf dem Laufenden gehalten werden. Das hatte er im Gespräch kurz vor seiner Abreise deutlich gemacht.

Gönner betrat das Haus mit einem mulmigen Gefühl. Ob der Kollege bereits etwas von den Geschehnissen an der Universität mitbekommen hatte? Man konnte ja nie wissen. Er traute Sailer durchaus zu, dass er über verschiedene Zuträger an der Universität verfügte, die ihn mit Informationen versorgten, auch wenn er sich auf Reisen befand. Es gab sicher einige Menschen, die Gönner nicht wohlgesonnen waren und nur auf einen Fehltritt des Rektors warteten.

Sailers Haushälterin öffnete und lächelte ihn freundlich an. Eine nette Person, die eine selige Ruhe ausstrahlt, dachte Gönner. Er konnte sich des Eindrucks nie erwehren, dass es sich bei dieser Frau um eine ehemalige Nonne aus einem aufgelösten Kloster handelte, der Sailer bei sich die Möglichkeit gegeben hatte, zu arbeiten und ein Dach über den Kopf zu haben. Sie war nicht die einzige Angestellte, zwei weitere Helferinnen waren im Sailerschen Haushalt beschäftigt. Eine Art Kleinkloster, mit Sailer als Hirte und geistigen Beistand, dachte Gönner und lächelte bei dieser Vorstellung still in sich hinein.

Seine Gedanken wurden durch den Herrn des Hauses unterbrochen. Sailer marschierte auf Gönner zu und streckte seinen rechten Arm aus. Er war von großer und massiger Gestalt, ohne jedoch fett zu wirken. Seine listigen, kleinen Augen leuchteten freudig.

»Lieber Kollege Gönner, herzlich willkommen! Schön Sie wieder zu sehen! Bitte treten Sie näher!«, sagte er mit seiner angenehmen, sonoren Stimme.

Sailer packte Gönners Hand und presste sie fest zusammen. Gönner stellte sich vor, wie diese Hand wohl ein Eisen schmieden würde und kam zu dem Schluss, dass er dem Werkstück wohl auch in kaltem Zustand seine Vorstellungen aufzwingen konnte.

»Lieber Herr Kollege«, antwortete Gönner, »schön, dass Sie wieder wohlbehalten und gesund zurückgekommen sind.«

Sailer lächelte, verbeugte sich kurz und wies auf den zur rechten Hand gelegenen Raum.

»Entschuldigen Sie, dass ich noch in meiner Priestersoutane vor Ihnen stehe, aber im bischöflichen Umfeld musste das sein!«

Sailer machte eine sauertöpfische Miene zu seinem Satz und wollte damit wohl seinen Unmut darüber andeuten, dass er diese Dienstkleidung an der Universität nicht tragen durfte. Den Priestern an der Bildungseinrichtung war es von der Regierung untersagt worden, in ihrer Eigenschaft als Professoren in pries-

266

terlicher Kleidung zu erscheinen. Sailer hatte Minister Montgelas höchstpersönlich in Verdacht, diese Anweisung erlassen zu haben. Wahrscheinlich nur, um gerade ihn damit zu ärgern.

Der Professor machte in seinem schwarzen Priesterrock einen imposanten Eindruck, wobei Gönner aber auch gestehen musste, dass er im professoralen Gehrock an der Universität ebenfalls eine durchaus beindruckende Erscheinung bot. Vielleicht hatte Sailer seine klerikale Kleidung aber auch absichtlich vor dem Treffen anbehalten, dachte Gönner, um ihn, den bekennenden Aufklärer, zu ärgern.

»Darf ich Ihnen etwas servieren lassen? Einen Tee oder ein Gläschen Cognac?«, unterbrach Sailer Gönners Gedankengang.

»Nein, danke Herr Kollege«, erwiderte Gönner kopfschüttelnd, »ich komme gerade vom Mittagessen, ich bin wunschlos glücklich.«

»Dann bin ich auch zufrieden! Scheuen Sie sich jedoch nicht, Ihre Wünsche offen zu äußern. Sie wissen ja – dies ist ein offenes Haus!«, antwortete Sailer würdevoll.

Die Herren setzten sich in bequeme Sessel.

»Wie war Ihre Reise nach Freising, Herr Kollege?«, fragte Gönner um das Eis zu brechen.

»Nun«, antwortete Sailer, »diese Reisen sind immer anstrengend, man ist ja auch nicht mehr der Jüngste! In unruhigen Zeiten wird auch die eigentlich kurze Strecke an den Bischofssitz zur Tortur. Ich bin ja froh, dass Seine Exzellenz in Freising weilte, und nicht in München. Zumindest mussten wir dieses Mal keine Umwege wegen kriegerischer Auseinandersetzungen machen. Ich habe alles gut überstanden und die Gespräche mit Seiner Exzellenz waren sehr interessant und aufschlussreich. In diesen schwierigen Zeiten gibt es so einiges zu besprechen, das können Sie sich sicher vorstellen!«

Gönner nickte, das konnte er sich sehr gut vorstellen.

»Aber ich will Sie nicht mit meinen theologischen Angelegenheiten langweilen. Wie stehen die Dinge an der Universität? Gehen die Arbeiten an unserem großen Fest voran? Haben Sie die Probleme nun mit dem Rat der Stadt ausräumen können? Unser letztes Gespräch vor meiner Abreise ist ja noch nicht so lange her.«

»Das hat sich mittlerweile positiv gelöst«, antwortete Gönner, »der Ratsherr Obernburger hat seine Bedenken gegen den Triumphbogen fallen lassen. Ich habe ihn zwar in Verdacht, dass er als Gegenleistung etwas Geschäftliches von uns erwartet, aber das lassen wir auf uns zukommen. Ganz traue ich dem Frieden noch nicht. Die Aufbauarbeiten sind in vollem Gange und werden rechtzeitig abgeschlossen sein.«

»Na, dann ist ja alles in bester Ordnung«, strahlte Sailer Gönner an, dessen Miene sich jedoch verfinsterte.

»Nicht ganz, Herr Kollege«, brummte Gönner und erntete einen fragenden Blick seines Gesprächspartners.

»Wir mussten leider den Festredner ersetzen. Professor Schmidbauer musste wegen einer offensichtlich dringenden Familienangelegenheit abreisen und wird nicht rechtzeitig zurückkommen, um die Festrede halten zu können.«

»Das ist sehr bedauerlich! Was ist denn passiert?«, fragte Sailer und schaute Gönner entsetzt an.

»Es scheint, als sei Schmidbauers Bruder plötzlich verstorben, und der Kollege muss sich um dessen Frau und die unmündigen Kinder kümmern. Eine sehr tragische Angelegenheit!«

»In der Tat«, sagte Sailer erstaunt und legte seine Stirn in Falten, »ich habe gar nicht gewusst, dass der Kollege einen Bruder hat, noch dazu mit Familie. Eigenartig!«

»Da sind Sie nicht der Einzige! Die privaten Angelegenheiten hat er sehr gut für sich behalten. Das hat alle an der Universität überrascht!«, bestätigte Gönner.

»Nun, der Kollege war immer sehr verschlossen und hat nichts aus seinem Leben abseits der Universität verlauten lassen«, sagte

Sailer gedankenverloren, »obwohl wir uns doch einige Male sehr angenehm unterhalten haben. Trotzdem bin ich sehr überrascht über diesen Bruder. Er hat nie etwas erwähnt! Sehr eigenartig.«

Gönners Magen zog sich zusammen. Wusste Sailer etwa über die familiären Verhältnisse Schmidbauers Bescheid? Das hatte er nicht bedacht, als er die Legende vom verstorbenen Bruder erfand. Das würde seine ganze Strategie in sich zusammenbrechen lassen.

»Aber da sehen wir wieder einmal, dass man einen Menschen nach so kurzer Zeit doch nicht so gut kennt, wie man denkt«, sagte Sailer seufzend, »hoffen wir, dass er all diese unschönen Dinge gut übersteht und wieder heil zu uns zurückkommt. Ich werde ihn und den Verstorbenen in meine Gebete einschließen«.

Sailer senkte den Kopf und schwieg. Gönner fühlte sich nach diesen Worten etwas erleichtert und sein Magen entspannte sich wieder. Er schloss sich Sailers Schweigen an und wartete auf dessen nächsten Worte.

»So wie ich Sie kenne, werter Herr Kollege«, fuhr Sailer schließlich fort und hob fragend den Kopf, »haben Sie sicher schon einen Ersatzredner bestimmt, nicht wahr?«

»Natürlich«, schmunzelte Gönner, »das war eine zugegeben leichte Aufgabe. Professor Dietl wird dies übernehmen. Er hatte ja, wie Sie vielleicht wissen, schon von Anfang an damit gerechnet und bereits eine Rede vorbereitet. Sie selbst hatten bei unserem letzten Gespräch ebenso in dieser Richtung etwas erwähnt.«

Sailer lachte laut auf.

»Ja, stimmt! Der Kollege Dietl, so kenne ich ihn! Er wird diese Aufgabe sehr gut meistern, da habe ich keine Bedenken. Er ist vielleicht nicht ganz so eloquent wie Schmidbauer, aber das Zeug dazu hat er auf alle Fälle. Er ist eine sehr gute Wahl!«

Gönner nickte. Es war gut, darüber nicht diskutieren zu müssen. Er hatte Sailer jedoch in Verdacht, dass dieser sich selbst als die noch bessere Wahl gesehen hätte. Der Professor der Moraltheologie schloss die Augen und legte seinen Kopf schwer ausatmend zurück. Gönner betrachtete den über zehn Jahre älteren Kollegen. Die Reise schien ihn ermüdet zu haben. Aber Gönner konnte ihm ansehen, dass Sailers Gedanken trotz Erschöpfung fleißig arbeiteten. Seine Augen zuckten hinter den geschlossenen Lidern. Sailer atmete ruhig und ausgeglichen und schien das Schweigen zu genießen.

Gönner konnte sich vorstellen, dass der Kollege sich bereits anderen Dingen zugewandt hatte und nach der richtigen Formulierung suchte. Seine Vermutung wurde bestätigt.

»Mir ist zu Ohren gekommen, dass ein Student vermisst und ein anderer das Opfer eines Überfalls geworden ist?«, sagte Sailer plötzlich und schaute den Kollegen fragend an.

Gönners Magen ging nach dieser Frage Sailers von der Entspannung sprunghaft in einen pochenden Druckschmerz über.

Das Sailersche Informationssystem schien ausgezeichnet zu funktionieren. Gönners Gedanken rasten durch die diversen Möglichkeiten, wie es Sailer geschafft haben könnte, Näheres über das Verschwinden Schmidbauers und die Sache mit den Studenten in Erfahrung gebracht zu haben. Er konnte aber beim besten Willen auf die Schnelle kein Leck ausmachen. Die beteiligten Personen umfassten nur ihn, die beiden Gendarmen und Professor Röschlaub. Bei diesen Herren war er sich absolut sicher, dass nichts nach außen gedrungen war. Er atmete noch einmal tief durch und sagte:

»Sie haben richtig gehört. Eine unschöne Sache, das mit dem Studenten Emmrich. Es handelte sich offensichtlich um einen Tavernenstreit. Kommissär Wirschinger kümmert sich bereits darum.«

»Und dieser verschwundene Student? Was ist mit dem?«, hakte Sailer nach.

»Da ermittelt auch die Polizei, wobei es durchaus sein kann, dass dieser Student einfach nur abgereist ist und niemandem etwas gesagt hat. Das können sich zumindest seine Kommilitonen vorstellen. Das werden wir zu gegebener Zeit sehen. Er scheint in einer etwas prekären Familiensituation zu leben.«

Sailer sah Gönner in die Augen und nickte dann langsam. Er schien sich mit den Erklärungen zufrieden zu geben. Gönner sah ihm aber an, dass er über die Antworten grübelte und sich Gedanken über den Zusammenhang der Dinge machte. Es hieß also, weiter auf der Hut zu sein und alle Informationen zusammenzuhalten.

»Nun, dann wollen wir hoffen, dass sich alles aufklärt!«, seufzte Sailer nach einigen Augenblicken und entspannte sich, »unsere Studenten sind schon ein quirliges Völkchen, finden Sie nicht auch?«

Sailer lehnte sich nach vorne und seine listigen Augen funkelten Gönner freundlich an. Gönner sah in das lächelnde Gesicht des Kollegen. Es erstaunte ihn immer wieder, wie schnell Sailer Spannung aus einer Unterhaltung nehmen konnte und den Gesprächspartner damit für sich einnahm.

»Durchaus, Herr Kollege! Man erlebt immer wieder Überraschungen!«, beeilte er sich zu sagen und lächelte sein Gegenüber an.

»Gut, mein lieber Kollege Gönner, dann möchte ich Sie nicht aufhalten! Sie haben sicher noch einiges mit der Organisation unseres großen Festes zu tun!«

Sailer erhob sich. Ein untrügliches, aber erlösendes Zeichen für Gönner, dass die Audienz beendet war und der Professor sich nun anderen, wichtigeren Dingen zu widmen gedachte.

»Mein lieber Kollege Gönner! Haben Sie vielen Dank für die Informationen, ich muss mich leider jetzt entschuldigen.

Durch die Reise haben sich einige Dinge aufgeschoben. Wenn Sie meinen Rat und meine Hilfe brauchen, zögern Sie bitte nicht, zu mir zu kommen. Mein Haus steht immer offen! Alle Probleme können gelöst werden, auch wenn sie noch so groß sind. Ich wünsche Ihnen einen guten Tag, mein lieber Kollege Gönner!«

Sailer streckte seine Hand aus, schüttelte Gönners Arm heftig durch und verließ dann den Raum. Gönner stand noch einen kurzen Augenblick an Ort und Stelle, drehte sich dann um und verließ die Wohnung mit drückendem Magen. Gut, dass er keinen Beichtvater hatte, das Gespräch eben wäre geradezu passend gewesen.

Seine Gedanken kreisten um die Möglichkeit, wie Sailer von den Geschehnissen erfahren haben könnte. Er konnte es sich nicht vorstellen, obwohl er natürlich Pater Konrad in Verdacht hatte, in Sailers Spitzelzirkel eine Hauptrolle zu spielen. Aber der Pater konnte keine genaueren Informationen haben, dessen war er sich sicher.

Auf jeden Fall wäre dies eine passende Gelegenheit für Sailer, Gönner bei Montgelas anzuschwärzen und sich selbst als Rektor in Stellung zu bringen. Es würde das Aus für ihn an der Universität, seine weitere Karriere und auch für das Kränzchen bedeuten. Die Konservativen hätten gesiegt. Aber gut, vielleicht war er nur zu empfindlich und interpretierte die Worte Sailers falsch und maß ihnen zu viel Bedeutung bei. Auf jeden Fall musste der Fall nun aufgeklärt werden, koste es, was es wolle. Darüber musste er noch mit Wirschinger sprechen. Vielleicht war die Beerdigung des Kollegen Schmidbauer das finale Zeichen. Er machte sich auf den direkten Weg zur Universität. Es warteten einige Arbeiten auf ihn, das hatte Sailer Recht.

Als er einige Zeit an seinem Schreibtisch gesessen hatte, kam der Diener, den er zu Breitling geschickt hatte und meldete, dass er diesen wie aufgetragen in der Wohnung des Professors Röschlaubs abgeliefert habe. Er hatte sich anfangs geweigert, berichtete er. Nach intensiver Überzeugungsarbeit seitens des Dieners hatte er jedoch nachgegeben, ein paar Sachen zusammengesucht und sich zur Röschlaubschen Wohnung begaben. Dort übergab er den Studenten direkt an die Haushälterin des Professors. Sie wusste schon Bescheid und empfing Breitling sehr freundlich. Gönner bedankte sich, und der Diener entfernte sich wieder. Wenigstens hat das geklappt, dachte er und war froh, dass ihm nicht noch ein Student abhandengekommen war.

Kapitel 47

Nachdem sich Professor Gönner zu Hause ausgeruht hatte, machte er sich um Mitternacht wieder auf den Weg zur Universität. Er schlich am Hauptgebäude entlang und schlüpfte durch das hintere Tor in den anliegenden Garten. Von der Polizeikutsche war noch nichts zu sehen. Er betrat das Gebäude und machte sich sofort auf den Weg in den Keller zu Professor Röschlaub. Von Pater Konrad und seinem Schatten war nichts zu sehen. Röschlaub war bereits hinten bei Schmidbauer. Je näher Gönner dem kleinen Raum kam, desto stärker wurde der Verwesungsgeruch. Röschlaub hatte Recht, es wurde Zeit, den toten Professor zu beerdigen und ihm ein halbwegs würdiges Grab zu geben. Röschlaub war gerade dabei, die Leiche in weitere Tücher zu wickeln.

»Sie kommen mir gerade recht, Herr Kollege«, sagte er erfreut, »helfen Sie mir bitte, den Verblichenen schön zu verpacken. Dort liegen noch weitere Laken. Leider haben wir nicht an einen Sarg oder etwas Ähnliches gedacht. Macht aber nichts, so ist der Kollege auch besser und unauffälliger zu transportieren.«

Gönner nickte, zog es aber vor, nichts zu sagen. Er packte ein paar von den bereitliegenden Laken und reichte sie weiter an Röschlaub. Der bedeutete ihm, eines der Tücher unter den Körper zu schieben, den Röschlaub leicht anhob. Gönner tat wie gewünscht. Röschlaub nahm eines der Lackenenden und warf es auf die andere Seite.

»So, nochmal bitte - hoch!«, kommandierte Röschlaub.

Die beiden Professoren wiederholten die Prozedur noch einige Male und schließlich sah der verstorbene Kollege aus wie eine ägyptische Mumie. Röschlaub träufelte noch ein paar seiner wunderlichen Substanzen auf das Paket, und ihre Arbeit war beendet.

»Hat es sich ihr Gast in Ihrer Wohnung bequem gemacht? Haben Sie schon mit ihm gesprochen?«, fragte Gönner und entfernte sich ein paar Schritte von dem Paket.

»Nur kurz«, brummte Röschlaub und stellte das Fläschchen mit der Tinktur auf den Boden, »wir haben zusammen gespeist, er war nicht sehr gesprächig. Ich ehrlich gesagt auch nicht, aber das kann man morgen nachholen. Ich denke, dass er sich der Gefahr durchaus bewusst und ganz froh ist, dass wir diese Lösung gefunden haben. Er ist ein bisschen schüchtern, weil er bei einem Professor wohnen muss, was ich ihm auch nicht verdenken kann, aber diese Scheu treibe ich ihm schon noch aus.«

»Das denke ich auch«, lachte Gönner, kam aber nicht mehr weiter, denn in diesem Augenblick traten Wirschinger und Richter in den Raum und nickten kurz.

»Guten Abend die Herren«, sagte Gönner, »Sie kommen gerade zur rechten Zeit. Wir haben den Professor gerade eingepackt.«

»Sehr gut«, sagte Wirschinger und trat an den Tisch, auf dem der Tote lag.

»Sie wollen ihn nur in diesen Tüchern bestatten?« fragte er erstaunt.

»Natürlich«, antwortete Röschlaub, »an einen Sarg haben Sie ja auch nicht gedacht und das ist gut so, das würde nur auffallen!«

»Na ja ...«, brummte Wirschinger, »das wäre schon würdiger gewesen!«

»Der Kollege liebte alte Schriften und die Kultur der Antike«, konterte Röschlaub, »wir können daran angelehnt gerne eine Feuerbestattung machen wie bei den Römern üblich, die Asche wäre dann leicht zu verteilen, nur das Feuer müssten Sie dann erklären. Ich würde einige Holzscheite spendieren!«

»Ist schon gut Herr Professor! Ich dachte nur ...«, antwortete Wirschinger seufzend.

»In Ordnung«, sagte Gönner, »erstens können wir es nicht mehr ändern, zweitens muss ich sagen, dass eine Beerdigung mit einem Sarg schon sehr auffallen würde, auch zu dieser Uhrzeit. Wenn das jemand sieht, eine Polizeikutsche, die mit einem Sarg

275

herumfahren würde ... nicht auszudenken! Und ich denke, dass es dem Verstorbenen ziemlich egal gewesen wäre!«

»Gut«, sagte Wirschinger, »dann machen wir uns darüber keine weiteren Gedanken mehr, sondern schaffen den Professor zu seiner letzten Ruhe. Professor Röschlaub, haben Sie sich um den Zugang zu ihrem Teil des Friedhofs gekümmert?«

»Was denken Sie denn, Herr Kommissär?«, knurrte Röschlaub, »habe ich natürlich nicht! Ich hatte gedacht, dass wir ihn über die Mauer werfen und er sich dann von selbst in den Boden bohrt!«

Wirschinger schüttelte den Kopf und grinste.

»Was für eine Idee! Also, gehen wir die Sache an! Richter, die Trage bitte!«

Richter hatte vor der Tür eine Trage abgestellt, die er nun hereinholte. Zusammen mit dem Kommissär hoben die beiden die verpackte Leiche darauf. Auf das Kommando Wirschingers hoben sie die Trage an und transportierten ihre Fracht vorsichtig und leise nach oben. Dort verstauten sie das Paket in der Kutsche. Die beiden Professoren kletterten zu ihrem Kollegen auf die Ladefläche, die beiden Gendarmen erklommen den Kutschbock. Richter schnalzte mit der Zunge und die beiden Polizeipferde trabten los. Zum Hauptfriedhof war es nicht weit. Sie schlugen jedoch einen kleinen Umweg ein, denn Wirschinger wollte nicht direkt an der Kaserne der Schweren Reiter vorbei. Die Gefahr Aufsehen zu erregen war zu groß. Die Pferde trabten ruhig und leise dahin.

Gönner saß mit Röschlaub schweigend neben dem toten Kollegen. Anfangs empfand er die Situation mehr als skurril und hatte ein flaues Gefühl im Magen. Nach einigen Minuten der leisen Fahrt durch die Nacht, legte sich seine Unruhe etwas und er empfand eine eigenartige, ihm bisher unbekannte Melancholie. Den verstorbenen Kollegen auf diese Art verabschieden zu müssen und ihn auf seinem sonderbaren letzten Weg zu begleiten, würde wohl eine einschneidende Erinnerung in seinem Leben darstellen, dessen war er sich sicher. Gleichzeitig empfand er es aber auch als eine besondere Ehre.

Richter fuhr den Friedhof an der hinteren Mauer an, dort war es ruhig, dunkel und einsam. Eine kleine Tür ermöglichte den ungesehenen Zugang und der Bereich, den die Universität nutzen konnte, lag nicht weit entfernt. Richter fuhr die Kutsche dicht an den Eingang heran. Die Herren stiegen ab, Richter band die Pferde an und die beiden Gendarmen hoben die Trage aus der Kutsche.

»Ich darf die Herren Professoren bitten, die Schaufeln mitzunehmen«, sagte Wirschinger, »falls Sie den Kollegen nicht mit ihren Händen verscharren wollen... und vergessen Sie die Laternen nicht!«

Gönner sprang nach Röschlaub aus der Kutsche. Dieser kramte einen Schlüsselbund aus seiner Tasche und schloss die Seitentür des Friedhofs auf. Er ging voraus und führte den eigentümlichen Leichenzug zur vorgesehenen Stelle. Röschlaub wies die beiden Gendarmen an, stehen zu bleiben. Er stapfte einige Augenblicke herum und zeigte dann auf eine Stelle vor zwei großen Thujen.

»Hier denke ich, würde es gehen. Der Boden wird nicht zu fest sein. Wir haben erst vor kurzem alles aufbereitet.«

»Gut, ich hoffe, Sie haben recht!«, sagte Wirschinger und nahm Gönner die Schaufel ab, »ich denke, dass die Herren Professoren es vorziehen, uns zu leuchten, anstatt die Schaufeln zu schwingen!«

Röschlaub grinste und reichte sein Arbeitsgerät an Richter weiter.

»Sie haben Recht, Herr Kommissär! Es ist ja auch eine wichtige Sache, Dinge ins richtige Licht zu rücken und das kann die Wissenschaft, hier in Vertretung des Kollegen Gönner und meiner Wenigkeit, in gebührendem Maße leisten!«

»Ja, schon recht, Herr Professor«, brummte Wirschinger,

»dann rücken Sie Ihr Licht schön her zu uns, damit wir beginnen können!«

Die beiden Gendarmen begannen, mit ihren Schaufeln den Boden zu bearbeiten und das Grab auszuheben. Die Arbeit ging gut voran, der Boden war nicht allzu hart, Richter holte zwischendurch die Spitzhacke, die er noch in der Kutsche mitgebracht hatte, die aber von den Professoren aber dort vergessen worden war.

Gönner sah den beiden schwer arbeitenden Gendarmen schweigend bei ihrer Arbeit zu. Er verspürte eine große Erleichterung, dass der Kollege Röschlaub es ebenfalls vorzog, keine Kommentare abzugeben.

Nachdem die Grube eine passable Tiefe erreicht hatte, legten die beiden Gendarmen eine Pause ein.

»Wie tief wollen Sie denn graben, Herr Kommissär?«, wollte Gönner wissen, als Richter plötzlich aus der Grube sprang und in Richtung des Hauptteils des Friedhofs zeigte.

»Dort steht jemand! Sehen Sie die Laterne? Wir werden beobachtet!«, rief er aufgeregt.

Wirschinger und die Professoren lugten in die angezeigte Richtung. Es war deutlich zu sehen, ein schwacher Lichtpunkt bewegte sich langsam auf sie zu, hielt immer wieder inne, als würde sich der Träger nicht sicher sein, was sich am anderen Ende des Friedhofs abspielte und ob er der Sache auf den Grund gehen sollte.

»Darum werde ich mich kümmern«, sagte Wirschinger leise und reichte seine Schaufel an Professor Gönner weiter, »vertreten Sie mich einstweilen bei meiner Tätigkeit!«

Der verdatterte Professor Gönner nahm die Schaufel und sah dem Kommissär mit offenem Mund nach, wie dieser in Richtung des Lichts verschwand.

»Tja Herr Kollege«, grinste Röschlaub, »jetzt sind Sie zum Totengräber mutiert! Geben Sie mir Ihre Laterne, ich erkläre mich bereit, beide zu halten.«

Gönner reichte seine Laterne mit grimmigem Gesicht an den Kollegen weiter.

»Es ist tapfer von Ihnen, wie Sie sich für die gute Sache opfern, Herr Kollege!«, knurrte er.

Röschlaub grinste und nahm die Laterne entgegen.

»So, meine Herren«, meinte Richter, »ich denke, wir sollten weitermachen. Der Herr Kommissär wird dann schon wieder zu uns stoßen. Also, Herr Professor, auf geht's!«

Richter nahm die Spitzhacke, sprang in die Grube und lockerte mit ein paar starken Hieben die Erde. Gönner ließ sich nach einigen Augenblicken schwerfällig hinuntergleiten und beförderte die aufgebrochene Erde nach oben. Beobachtet wurde er von einem sichtlich amüsierten Professor Röschlaub, der sich an der körperlichen Tätigkeit des Kollegen offensichtlich nicht satt sehen konnte.

»Herr Kollege Gönner, ich kann mir vorstellen, dass Sie gewisse Aufgaben in der botanischen Fakultät übernehmen könnten!«, sagte er grinsend. »Der Kollege von Schrank wäre sicher begeistert über Ihre Art der Bodenbearbeitung!«

Gönner hielt inne und stützte sich auf seine Schaufel.

»Aber nur, wenn Sie dann Doktor Schmid aus dem Liebsbund-Krankenhaus als Ihren Stellvertreter einstellen! Das wäre dann der entsprechende Ausgleich!«

Röschlaub verzog das Gesicht, kam aber nicht zu einer Erwiderung, denn in diesem Augenblick kam Kommissär Wirschinger zurück. Gönner nahm dies zum Anlass, sofort aus der Grube zu klettern und die Schaufel abzulegen.

»Wer hat uns beobachtet, Herr Kommissär?«, fragte er.

Wirschinger winkte ab.

»Keine Angst Herr Professor, halb so schlimm. Das war nur der alte Nachtwächter, den man für den Friedhof abgestellt hat.«

»Was haben Sie ihm gesagt?«, fragte Röschlaub.

»Nichts, nur dass es sich um eine Polizeiaktion handelt. Der alte Herr war früher Gendarm in der Stadt, man gibt ihm auf seine alten Tage noch eine Beschäftigung. Wenn der eine Uniform sieht, noch dazu von ehemaligen Kollegen, ist er beruhigt und stellt keine weiteren Fragen!«

Gönner machte ein missmutiges Gesicht und sagte:

»Ich hoffe Sie haben Recht, Herr Kommissär! Ob loyal oder nicht, ich habe es nicht gern, wenn immer mehr Menschen von der ganzen Sache etwas mitbekommen!«

»Durchaus, Herr Professor«, nickte Wirschinger, »zu viele Mitwisser wären nicht gut. Aber wie gesagt, in diesem Fall kann ich Sie beruhigen!«

Er hob die Schaufel auf und wollte wieder in die Grube steigen, um weiterzuarbeiten.

»Lassen Sie es gut sein, Herr Kommissär«, rief Richter von unten, »ich denke, es reicht. Das Bündel ist nicht so groß, wir können ihn jetzt hineinlegen.«

Richter stieg aus der Grube, die jetzt einigermaßen tief und bereit war, um den toten Professor aufzunehmen.

Die beiden Gendarmen nahmen die Leiche und legten sie im Schein der beiden Lampen in die Grube. Dann standen die vier Herren schweigend um das offene Grab. Das Licht der Laternen flackerte im aufkommenden, leichten Wind und das Mondlicht tauchte das Grab in einen gelben Schein.

Professor Gönner empfand beim Blick hinunter einen tiefen inneren Frieden. Er suchte nach geeigneten Worten, doch gerade in dieser Situation ließ ihn seine übliche Eloquenz im Stich. Auch sein sonst so vorlauter Kollege Röschlaub konnte keine Worte finden und zog es vor zu schweigen.

»Meine Herren«, beendete Wirschinger die Ruhe, »ich denke, wir sollten jetzt unsere Arbeit beenden!«

Gönner nickte, warf einen letzten Blick in das offene Grab und sagte dann leise:

»Danke Kollege Schmidbauer, dass ich eine kurze Zeit an Ihrer Seite arbeiten durfte. Wir finden den Schurken, der Ihnen das angetan hat!«

Er drehte sich um und ließ die beiden Gendarmen nach vorne treten.

Richter nahm die beiden Schaufeln, reichte eine an Wirschinger und begann, das Bündel mit Erde zu bedecken. Die beiden Gendarmen arbeiteten schnell, während die Professoren es vorzogen, zu schweigen. Nach kurzer Zeit war die Arbeit beendet. Die überschüssige Erde wurde auf dem umliegenden Boden verteilt, um keine Auffälligkeiten zu hinterlassen. Richter verteilte herumliegende Blätter und andere Pflanzenteile und verwischte die Tritte, so gut es ging und betrachtete das Werk.

»Richter«, wandte sich Wirschinger an den Gendarmen, »Sie gehen morgen in der Früh nochmals her und schauen sich das alles bei Tageslicht an.«

»Jawohl, Herr Kommissär!«, antwortete Richter.

»Wenn es meine Zeit erlaubt, werde ich ebenfalls noch einmal hierherkommen«, sagte Röschlaub, »dieser Teil gehört ja der Universität, und die medizinische Fakultät bestattet hier, was dort so anfällt. Da ist es unauffällig, wenn ich hier nach dem Rechten sehe.«

»Gut meine Herren«, sagte Gönner, »ich denke, wir haben unsere Arbeit gut gemacht. Vielen Dank für Ihre Mithilfe! Ich hoffe, wir können die ganze Angelegenheit bald aufklären!«

»Das hoffe ich auch, Herr Kollege«, sagte Röschlaub, »und schließe daran meine Hoffnung an, dass mir keine weiteren Gäste in den Keller gelegt werden!«

»Das liegt nicht in unserer Hand, Professor Röschlaub!«, brummte Gönner.

Man klopfte sich die Erde von den Hosen, den Schuhen und bestieg dann wieder die Kutsche. Schweigend und ermüdet fuhren die Herren zurück. Richter ließ die beiden Professoren am Hintereingang der Universität aussteigen. Gönner wollte sich auf den Heimweg machen, doch Röschlaub bat ihn, noch kurz mit in den Keller zu kommen. Er wollte diese Nacht nicht einfach so beenden und schlug vor, die Nerven mit einem abschließenden Cognac zu beruhigen.

»Aber nur einen kleinen«, erwiderte Gönner und stapfte mit dem Kollegen in den Keller. Röschlaub ging in sein Zimmer, in dem das fast fertige Skelett stand und kramte aus einem hohen Schrank eine Flasche Cognac und zwei Gläser hervor.

»Man muss solche Medizin immer in Reichweite haben, finden Sie nicht? Und wir haben uns einen kleinen Schluck redlich verdient!«

Röschlaub goss ein und reichte dem Kollegen ein Glas.

»Na die Hauptarbeit haben die beiden Gendarmen erledigt!«, meinte Gönner.

»Das stimmt, stoßen wir auf die beiden Polizisten an!«, sagte Röschlaub zustimmend.

»Und auf unseren verstorbenen Kollegen Professor Schmidbauer mit dem ich noch gern ein paar Jahre zusammengearbeitet hätte!«, sagte Gönner.

Die Herren stießen die Gläser zusammen und nahmen einen kleinen Schluck. Gönner brummte:

»Wissen Sie Herr Kollege, ich hätte mir nie gedacht, dass ich einmal einen Kollegen der Universität eigenhändig begraben werde, noch dazu, wenn er ermordet wurde.«

Röschlaub nickte.

»Sie haben Recht, das hätte man sich nicht vorstellen können. Aber die Zeiten werden schlechter, die Vorstellungen von Moral und Werten haben sich geändert. Kein Wunder, bei all dem Leid an allen Ecken!«

»Sie denken, die Geschehnisse unserer Zeit verändern die Menschen und machen sie roh und gewalttätig?«

»Natürlich haben die Ereignisse, der Schmerz, das Töten und Sterben, einen Einfluss auf die Menschen, da brauchen wir gar nicht zu diskutieren!«, erwiderte Röschlaub nickend.

Gönner nahm einen weiteren Schluck und blickte sinnend auf das Glas.

»Diese Verrohung einerseits«, fuhr Röschlaub fort, »und die Gedanken der Aufklärung auf der anderen Seite stellen für mich doch eine große Dissonanz dar. Das ist so diametral.«

»Das ist in der Tat etwas sehr Erschütterndes, Sie haben Recht. Aber die Gedanken der Aufklärung finden eben noch nicht den Weg in die Köpfe der Bevölkerung!«, meinte Gönner und sah auf den Grund seines Glases, »dafür sind wir zuständig, lieber Herr Kollege, wir an der Universität, das ist unsere Aufgabe!«

»Na, da sind gerade bei uns einige Kollegen anderer Ansicht!«, konterte Röschlaub, »man will das Rad der Aufklärung zurückdrehen, diese Bestrebungen gibt es doch!«

»Sailer und sein Kreis? Sicher, das ist aber nur eine Frage der Zeit. Hätte man im Ministerium Absichten, was das betrifft, hätte Montgelas die Wahl Sailers zum Rektor befürwortet und meine Wenigkeit wäre leer ausgegangen. Meine Einstellung zur Aufklärung kennt er – und die Sailers auch.«

»Apropos Sailer«, knurrte Röschlaub, »denken Sie, er hat Wind von der Sache bekommen?«

Gönner wiegte seinen Kopf hin und her.

»Ich bin mir nicht sicher, wie gut sein System funktioniert. Von der Ermordung Schmidbauers kann er nichts wissen. Er denkt, der Kollege ist zu seiner Familie gereist, auch wenn er überrascht über das Auftauchen eines angeblichen Bruders war. Er weiß von den Geschehnissen mit einem Studenten, kann sie aber sicher nicht mit dem Mord in Zusammenhang bringen!«

»Können wir denn das?«, entgegnete Röschlaub erstaunt.

»Na ich denke schon, wenn irgendein Zusammenhang besteht, werden wir das herausbekommen. Ich sage ja nicht, dass der Mörder in diesen Kreisen zu suchen ist, aber etwas verbindet die Dinge!«

»Sie werden das mit Kommissär Wirschinger schon herausfinden. Wenn Sie mich dazu weiter brauchen – jederzeit gern.«

»Danke, Herr Kollege«, sagte Gönner, »darauf der letzte Schluck!«

Sie prosteten sich zu und leerten die Gläser.

»Sehen Sie diesen Herrn hier«, sagte Röschlaub und deutete auf das Skelett, »der hat es überstanden. Er kann sich alles in Ruhe ansehen und seine Gedanken machen. Ein ruhiges Dasein!«

»Naja«, meinte Gönner grinsend, »so ruhig nun auch wieder nicht, wenn er bei Ihnen steht und Sie andauernd an ihm herumfummeln!«

»Das einzige Problem, was der hat, Herr Kollege«, grinste Röschlaub, »ist der fehlende Knochen! Ich habe Sie ja immer noch in Verdacht ...!«

»Ich werde zu Hause suchen! Vielleicht hat Frau Gruber ihn aber auch schon verarbeitet!«

»Das, mein lieber Gönner«, grinste Röschlaub, »hätten Sie sicher gemerkt! Ich wünsche Ihnen eine gute Nacht, kommen Sie gut nach Hause!«

»Danke, wünsche ich Ihnen auch. Und passen Sie gut auf ihren Gast auf!«

»Das werde ich sicher, lieber Herr Gönner – netterweise haben Sie mir in diesem Fall einen lebenden Mitbewohner geschickt! Dafür bin ich Ihnen zu unendlichem Dank verpflichtet!«

»Keine Ursache«, nickte Gönner und verließ den Raum.

Kapitel 48

Wachtmeister Schnabelmeier hatte seinem zurzeit einzigen Gast die Abendmahlzeit in die Zelle gestellt. Johannes beachtete ihn kaum, warf ihm nur einen bösen Blick zu. Normalerweise versuchte der Wachtmeister immer, mit seinen Gästen ins Gespräch zu kommen, um ein wenig von den Ereignissen außerhalb seiner Gefängnismauern zu erfahren. Das war schon mit den betrunkenen Studenten schwierig, aber mit diesem verstockten Kerl konnte er gar nichts anfangen. Der junge Mann war an einem wie auch immer gearteten Gespräch nicht interessiert.

Schnabelmeier schloss die Zelle ab und zog sich in seine Wachstube zurück. Er machte sich über die Reste der Handwurst und des Schwarzbrotes her und gönnte sich einen guten Humpen Wein dazu. Wehmütig dachte er an seinen Freund Rudi, in dessen Gesellschaft solche Abende natürlich besser zu verbringen waren. Wenn der Kerl in den nächsten Tagen nicht auftauchte, musste er sich vielleicht selbst auf die Suche nach ihm machen. Dazu musste er eine Vertretung aus dem Polizeirevier organisieren, was immer umständlich und nervenaufreibend war. Wenn das mit Übernachtungsgästen so weitergeht, dachte er, musste sich die Obrigkeit Gedanken über einen zweiten Wachtmeister machen, obwohl er es sehr genoss, alleine zu arbeiten.

Nachdem er sein etwas karges Mahl beendet hatte, schenkte er sich nochmals großzügig Wein nach. Weitere Gäste waren heute wohl nicht mehr zu erwarten, dafür war es bereits zu spät und üblicherweise brachten die Gendarmen diese ein wenig früher. Zudem war Kommissär Wirschinger wohl gerade mit wichtigeren Dingen beschäftigt. Einen Überfall auf einen Studenten, noch dazu mit diesem schlimmen Ausgang, hatte es bisher noch nicht gegeben, und da mussten die Kontrollen der Tavernen hinten anstehen.

Er ließ sich in seinen Sessel zurückfallen und dachte wehmütig an die Abende mit Rudi und an seine Einsamkeit in der engen Wachstube. Er war zu faul, sich aus dem Sessel zu erheben, um sich das übliche Abend-Pfeifchen anzustecken und so widmete er sich gedankenverloren dem Inhalt seines Humpens. Der Wein machte ihn schläfrig, die Augen fielen ihm immer wieder zu, er schaffte es immer seltener, sie für längere Augenblicke zu offen zu halten und schließlich schlummerte er in Gedanken an seinen verschwundenen Freund ein.

Irgendwann in der Nacht wurde er durch ein Geräusch geweckt. Schläfrig rieb er sich die Augen, hob seinen Oberkörper und lauschte. Das Geräusch schien vom Eingang zu kommen. Freudig dachte er an Rudi, der es schon einmal geschafft hatte, mitten in der Nacht aufzutauchen und sich in eine Zelle zu schleichen, um dort seinen Rausch auszuschlafen. Schnabelmeier erhob sich ächzend und ging zur Tür, um Rudi zu empfangen. Er zog sie auf, und dann wurde alles schwarz um ihn.

Am nächsten Morgen war Professor Röschlaub schon sehr neugierig auf seinen vorübergehenden Mitbewohner. Er hoffte, dass sich dieser etwas entspannt hatte und beim Frühstück gesprächiger sein würde, als tags zuvor. Er hatte am frühen Morgen, als er nach Hause kam, nicht mehr in das Gästezimmer gesehen, um den Studenten nicht zu wecken. Er ging in die Küche, wo Frau Singer gerade das Frühstück zubereitete.

»Guten Morgen, Frau Singer«, bemühte sich der Professor betont freundlich zu sagen, »Sie sind ja schon eifrig beschäftigt! Wie geht es unserem Gast?«

Frau Singer blickte ihren Hausherrn erbost an.

»Sie machen sich das leicht, Herr Professor, schicken mir einfach einen Gast, und ich muss diesen jungen Kerl unterbringen! Das hätten Sie auch mal früher sagen können!« Frau Singers Gesichtsfarbe hatte eine leicht rötliche Färbung angenommen. Die massige Gestalt bebte und ihre beachtliche Oberweite wogte auf und ab.

»Entschuldigen Sie, liebe Frau Singer, das war ein Notfall und ich habe Sie so rechtzeitig es ging informiert! Es ist ja, wie ich gestern gesehen habe, alles gut gegangen!«

»Ja, das war schon sehr kurzsichtig! Natürlich ist alles gut gegangen, war ganz verstört der arme Kerl. Das Essen hat ihm auch geschmeckt.«

»Sehr schön«, sagte Röschlaub, »das freut mich!«

»Aber, dass er dann wieder genauso schnell verschwindet, wäre auch schön gewesen, zu erfahren!«

Röschlaub sah Frau Singer entsetzt an.

»Wie, verschwindet?«, fragte er bleich.

»Na, weg is er halt! Ich wollte ihn heut früh aufwecken wegen des Frühstücks, und da war das Bett leer!«

Ihre letzten Worte hörte Röschlaub nur noch entfernt, da war er schon auf dem Weg zum Gästezimmer. Er riss die Tür auf und tatsächlich – das Bett war leer. Frau Singer erschien hinter ihm, er drehte sich zu ihr um und herrschte sie an:

»Haben Sie etwas mitbekommen? Etwas gehört?«

Frau Singer sah Röschlaub mit sauertöpfischer Miene an.

»Nein, was hätte ich denn mitbekommen sollen? Es war ganz ruhig, er hat sich ohne Geräusche zu machen davon gemacht! Sie hätten schon was sagen müssen, dann hätte ich ihn eingesperrt, aber Sie sagen ja lieber gar nichts!«

»Ist schon gut, Frau Singer«, schnappte Röschlaub, nahm seinen Mantel und schickte sich an, die Wohnung zu verlassen.

»Wie, Sie gehen? Was ist mit dem Frühstück?«, sagte Frau Singer entsetzt.

»Es gibt jetzt wichtigere Dinge, gute Frau«, schnaubte Röschlaub, »heben Sie alles auf, bis ich wiederkomme!«

»Na, das sind ja ganz neue Sitten hier«, grantelte die Haushälterin, aber der Professor hörte diese Worte schon nicht mehr, er rannte bereits die Stufen zur Straße hinunter.

Röschlaub machte sich auf den Weg zur Universität, um den Kollegen Gönner zu suchen. Er hatte Glück und erwischte ihn gerade, als er zu einer Vorlesung in den Hörsaal gehen wollte.

»Herr Kollege«, rief Röschlaub, »auf ein Wort!«

Gönner drehte sich um und sah dem Kollegen finster in die Augen.

»Herr Kollege, ich habe gleich eine Vorlesung, was ist denn los?«

Röschlaub kam etwas außer Atem bei seinem Kollegen an. Er drehte schnell den Kopf nach allen Seiten, um sich zu vergewissern, dass ihn niemand hören konnte und flüsterte:

»Professor Gönner, der Student, der bei mir einquartiert war, ist verschwunden!«

Gönner riss entsetzt die Augen auf.

»Verschwunden? Wie kann das sein?«

Gönner zog den Kollegen an seinem Ärmel etwas weg von der Tür.

»Das weiß ich nicht, ich war nicht zu Hause, Herr Kollege!«, knurrte Röschlaub grantig.

»Aber er ist in Ihrer Wohnung angekommen? Das ist sicher?«, fragte Gönner misstrauisch.

»Ja, sonst wäre er ja nicht verschwunden, mein Gott!«, entgegnete Röschlaub grantig, »der Bote hat ihn gebracht, er ist brav zu Bett gegangen, wir haben ja auch noch zu Abend gegessen und in der Früh war er weg! Habe ich Ihnen doch berichtet!«

»Er ist einfach so abgehauen? Oder wurde er entführt?«, Gönner blickte den Kollegen erstaunt an.

»Nein, meine Haushälterin hat nichts gehört, er hat sich offensichtlich leise aus dem Haus geschlichen!«

»Haben Sie Kommissär Wirschinger bereits informiert?«

»Nein, habe ich noch nicht. Ich wollte zuerst mit Ihnen sprechen!«

»Gut«, sagte Gönner und überlegte, »Wirschinger übernehme ich, suchen Sie sich einen Diener und schicken Sie ihn zu Breitlings Wohnung, vielleicht hält er sich dort versteckt. Er soll mir dann Bericht erstatten. Ich muss jetzt zu meinen Studenten, wenn Sie nichts dagegen haben, Herr Kollege!«

Gönner drehte sich um und marschierte in den Hörsaal, während sich Röschlaub auf die Suche nach einem Universitätsdiener machte.

Kapitel 50

Gendarm Richter ging früh am Morgen, kurz nachdem es hell geworden war, noch einmal zum Friedhof und warf einen Blick auf das Grab des Professors. Die nächtliche Arbeit hatte keine großen Spuren hinterlassen und das Grab war nicht zu erkennen. Da dieser Bereich des Friedhofs neu angelegt wurde, fielen die Auswirkungen der nächtlichen Aktion nicht sonderlich auf. Zufrieden umrundete er die geheime Grabstelle und verließ dann den Friedhof. Er entschied sich, sofort zum Gefängnis zu gehen und dort auf Kommissär Wirschinger zu warten. Die beiden hatten in der Nacht zuvor vereinbart, das Verhör des inhaftierten Burschen gleich am Morgen fortzuführen.

Richter ging an St. Jodok vorbei zur Spiegelgasse. Er war früh dran und musste sich nicht beeilen. Der langgezogene, von kleinen Bürgerhäusern umstandene Platz vor dem Hauptportal der gotischen Kirche war um diese Zeit noch leer. Bei schönem Wetter benutzten ihn die Anwohner als Treffpunkt, die Kinder als Spielplatz. Seit dem Jahr 1339 durften hier Jahrmärkte abgehalten werden, um den neuen Stadtteil zu fördern. Richter dachte an die Erzählungen seines Vaters und der Landshuter Verwandten, als er über den Platz ging. Er freute sich schon seit seiner Ankunft in der Stadt darauf, die Geschichte der Stadt seiner Vorfahren genauer zu erkunden und den geistigen Bildern aus den Erzählungen die realen folgen zu lassen. Leider hatte es die Zeit noch nicht erlaubt, diesen Abgleich durchzuführen, aber die Semesterferien standen vor der Tür und er hoffte, dass dann zumindest die Arbeitsbelastung durch die Studenten weniger wurde. Er kam schließlich entspannt in der Spiegelgasse an und betrat das Gefängnis. Er klopfte kurz und trat in den Wachraum.

Wachtmeister Schnabelmeier hing in seinem Sessel und rappelte sich schwerfällig hoch, als er den Gendarmen eintreten sah.

Er verzog zur Begrüßung das Gesicht. Auf seinem Kopf lag ein nasser Lappen. Richter musste unwillkürlich grinsen.

»Na, Schnabelmeier? Sie sehen aus, als ob Sie heute schon ausführlich gewisse Flüssigkeiten gefrühstückt haben oder war der Wein gestern Abend schlecht?«

Schnabelmeier grinste schief und fuhr nervös mit den Fingern zwischen Hals und Hemdkragen herum.

»Ach Herr Richter, der Wein kann nix dafür«, brummte er und schlurfte zum Ofen, auf dem eine dampfende Tasse Tee stand. Er nahm angewidert einen Schluck und stellte die Tasse zurück.

»Mir brummt der Schädel, ich hab einen dicken Kopf!«

Er stelle sich vor den Gendarmen, beugte seinen Oberkörper, zog den Lappen weg und deutete auf eine in allen Farben schillernde Beule am Kopf.

»In der Tat«, sagte Richter und betrachtete eingehend die Verletzung des Wachtmeisters, »was ist Ihnen denn da passiert? Ein Sturz?«

Schnabelmeier schlurfte zum Sessel zurück und ließ sich fallen.

»Nein, sowas passiert mir ned, ich bin überfallen worden! Hier in der Wachstube, gestern Abend! Ich hab gedacht, der Rudi kommt zurück! Es hat geklopft und ich bin an die Tür, aber es waren irgendwelche Burschen, die haben mir eins übergebraten!«

»Was, man hat Sie hier im Gefängnis überfallen? Warum haben Sie uns nicht gleich geholt?«

»Ich bin noch nicht so lange fähig, mich zu bewegen! Ich wär' natürlich sofort zum Kommissär gegangen, aber ich hab' mich nicht bewegen können! Das ist mir noch nie passiert! Bitte bestrafen Sie mich nicht deswegen!«

»Das gibt's doch nicht, Schnabelmeier! Wurde etwas gestohlen? Was wollten die Kerle, und wer war das überhaupt?«

»Naja«, brummte Schnabelmeier und fuhr sich mit dem Handrücken über das Kinn, »gestohlen haben die nix, aber mitgenommen haben sie was oder sagen wir, wen!«

»Raus mit der Sprache, was wollten die Kerle?«

Schnabelmeier betastete seine Beule und verzog das Gesicht.

»Ja ... die haben ..., druckste er herum, »die haben halt den Burschen hinten mitgenommen! Ich hab ...«

Weiter kam er nicht, Richter riss die Tür zum Zellentrakt auf und rannte an das Ende des Ganges. Die Zellentür stand sperrangelweit offen.

»Die haben diesen Burschen befreit?«, rief er dem heran schlurfenden Wachtmeister entgegen.

»Ich kann nix dafür, Herr Gendarm«, jammerte er, »das is alles so schnell gegangen, ich hab die Tür aufgmacht und schon hab ich den Schlag bekommen und es hat mich umgehauen. Ich hab überhaupt nix machen können! Ich hab nur gesehen, dass es mehrere Burschen waren, aber nicht erkennen können, wer das war! Das müssen Sie mir glauben!«

»Haben die was gesagt? Haben Sie Namen gehört?«

Schnabelmeier schüttelte energisch den Kopf.

»Nein, wie ich schon gsagt hab, ich hab nix mitbekommen! Das is alles so schnell gegangen! Ich kann wirklich nix dafür! Wer denkt denn sowas, dass der Bursche befreit wird!«

Richter ging an Schnabelmeier vorbei zurück in die Wachstube und sah auf die dortige Uhr. Er würde es noch schaffen, den Kommissär in der Dienststelle abzufangen.

»Gut, Schnabelmeier, ich glaube Ihnen! Ruhen Sie sich aus, ich gehe zur Polizeistation und berichte dem Kommissär. Sollte er noch Fragen haben, kommen wir auf Sie zurück!«

Richter salutierte kurz und verließ die Wachstube. Schnabelmeier deutete den Gruß nur an und sah dem Gendarmen besorgt nach. Er nahm den Lappen, tauchte ihn in kaltes Wasser und legte ihn vorsichtig auf seine Verletzung. Er verzog das Gesicht, aber gleichzeitig breitete sich eine wohltuende Entspannung auf seinem Kopf aus. Er nahm die Tasse Tee vom Ofen und ließ sich wieder in den Sessel fallen. Eine schreckliche Welt, dachte er.

Ein Überfall im Gefängnis und er musste zu allem Übel auch noch Tee trinken! Was für ein Fiasko!

Kapitel 51

Als Breitling sich aus der Wohnung des Professors Röschlaub geschlichen hatte, war es tiefe Nacht. Zuerst hatte er Angst, dass ihn die Haushälterin erwischen würde, aber sie schien fest zu schlafen.

Er war sehr überrascht gewesen, als der Bote der Universität bei ihm in der Wohnung erschien und ihn aufforderte, mit zu kommen. Noch überraschter war er, als er ihn zur Wohnung von Professor Röschlaub führte. Das hätte er nicht erwartet. Die Haushälterin des Professors war darüber nicht gerade erfreut, ihrem Gesicht nach zu urteilen. Sie schien von dieser Maßnahme genauso wie er überrumpelt worden zu sein.

Nach dem Essen hatte er keine Lust, ein Gespräch mit dem Professor zu führen und zog sich in das Gästezimmer zurück. Er hörte, wie Röschlaub kurz darauf noch einmal die Wohnung verließ. Frau Singer sah nach ihm und verabschiedete sich dann für die Nacht. Breitling saß auf dem Bett und dachte nach. Er konnte sich denken, wer seinen Freund aufgelauert und überfallen hatte, aber ohne mit Arnold darüber zu sprechen, mochte er den Professoren nichts weiter erzählen. Warum musste es nur soweit kommen! Emmrich und er hatten Arnold immer gewarnt, sich nicht mit den hiesigen Burschen einzulassen! Sie hassten die Studenten abgrundtief und warteten nur darauf, gegen die neuen Mitbürger vorgehen zu können!

Er wartete, bis er keine Geräusche mehr hörte. Dann öffnete er leise die Tür des Gästezimmers und lauschte. Alles war ruhig. Er schlich sich über den Flur, öffnete die Haustür und schlüpfte hinaus. Er musste sich beeilen, um nicht zu spät zum Treffpunkt zu kommen.

Auf dem Weg zum Hofberg begegnete er niemand, dem Nachtwächter konnte er gerade noch aus dem Weg gehen. Am Tor zum Weg auf den Hofberg, welchen er über die Freyung erreichte, blieb er stehen. Es war verschlossen, wie vermutet, stellte aber kein großes Hindernis dar. Er kletterte auf das Tor, balancierte über die Mauer, welche den Hofgarten umgab und sprang von dort auf den weichen Waldboden.

Er musste sich sputen, Arnold wartete sicher schon auf ihn. Durch die Fürsorglichkeit der Professoren hatte er keinen Proviant einstecken können. Aus Röschlaubs Wohnung hatte er sich nichts mitzunehmen getraut.

Das Freundestrio hatte diesen Treffpunkt im Hofgarten für Notfälle ausgemacht. Nachdem Arnold verschwunden war, machten er und Emmrich sich auf den Weg zu diesem Ort und fanden tatsächlich eine Nachricht Arnolds vor. Darin bat er um ein Treffen mit den beiden Freunden in dieser Nacht. Breitling hoffte, dass er nicht zu spät kam. Er ging schnell durch den Park. Der Treffpunkt war eine alte, große Rotbuche, die in einem etwas versteckten Bereich des Parks lag. Breitling war etwas außer Atem, als er an dem alten Baum ankam. Er blieb ein paar Schritte gegenüber der Buche zwischen dichten Büschen stehen und beobachtete die Umgebung. Er wollte sichergehen, dass ihnen niemand auf die Spur gekommen war. Nach einigen Augenblicken er sich langsam dem Baum, ging um ihn herum, aber von Arnold war nichts zu sehen. Unschlüssig blieb er stehen. Plötzlich sprang aus dem Dunklen eine Gestalt auf ihn zu. Er erschrak heftig und sackte fast zusammen.

»Warum so schreckhaft?«, flüsterte Arnold und zog ihn ins Dickicht der umliegenden Büsche.

»Warum bist du alleine? Wo ist Kaspar?«, fragte Arnold heiser und aufgeregt.

»Der liegt im Hospital, der Obernburger und seine Freunde haben ihn zusammengeschlagen!«, flüsterte Breitling.

»Der Obernburger? Das sieht diesen Kerlen ähnlich! Er kann froh sein, dass er noch lebt!«, sagte Arnold hasserfüllt.

»Die Professoren Gönner und Röschlaub befürchten, dass diese Kerle auch noch über mich herfallen werden«, sagte Breitling, »sie haben mich aus diesem Grund gestern Abend bei Röschlaub in der Wohnung einquartiert.«

Arnold lachte laut auf und schüttelte den Kopf. »Bei Röschlaub? Du Armer! Privat möchte ich mit dem auch nichts zu tun haben«.

»Ich war nicht lange dort«, entgegnete Breitling, »ich habe mich dann aus dem Staub gemacht.«

»Hast Du Kaspar schon besucht? Wie geht es ihm?«

»Nein, ich hatte noch keine Zeit dazu. Röschlaub sagt, er wird's überleben, ist aber noch nicht ansprechbar. Er hatte jedoch offensichtlich Besuch von einem dieser Kerle aus Obernburgers Dunstkreis. Kommissär Wirschinger kam dazu und hat ihn ins Gefängnis gesteckt. Mehr weiß ich aber nicht.«

»Das siehst du«, seufzte Arnold, »diese Kerle schrecken vor nichts zurück!«

»Was ist denn eigentlich los?«, wollte Breitling wissen, »warum bist du so schnell verschwunden? Du hast einiges durcheinandergebracht an der Universität!«

»Was denken die denn, warum ich verschwunden bin?«, wollte Arnold argwöhnisch wissen.

»Gönner hat Kaspar und mich ausgefragt wegen Dir«, antwortete Breitling, »er hat uns richtig in die Mangel genommen! Aber keine Angst, wir haben nichts gesagt von dem Treffpunkt und so. Die haben ja auch noch andere Probleme an der Universität. Das bevorstehende Fest, dann ist auch noch der Professor Schmidbauer abgereist, weil sein Bruder sehr plötzlich gestorben ist und ...«, »Schmidbauer ist nicht abgereist, er ist tot!«, wurde er von Arnold unterbrochen.

»Was? Tot?«, entgegnete Breitling entsetzt mit weit aufgerissenen Augen, »das kann nicht sein! Sein Bruder ist verstorben und er muss sich um dessen Frau und die Kinder kümmern! Das setzt Gönner doch nicht einfach so in die Welt!«

»Keine Ahnung, warum er das macht. Tatsache ist jedenfalls, dass Schmidbauer ermordet wurde!«

Breitling sah Arnold bleich und entsetzt an.

»Ermordet?«, stammelte er, »woher weißt Du das?«

»Woher ich das weiß? Weil ich es gesehen habe! Und ich weiß auch, wer es war!«

Breitling starrte den Freund mit großen Augen an.

»Ist das der Grund, warum du verschwunden bist? Weil du den Mörder gesehen hast?«

Arnold schaute seinem Freund tief in die Augen und nickte langsam.

»Wer war es?«

»Kannst du dir das nicht denken?«

Breitling überlegte angespannt, riss dann seinen Kopf in die Höhe und sah seinen Freund entsetzt an.

»Nein, das kann ich nicht glauben«, stammelte er, »Du denkst, es war dieser Obernburger? Was hätte der für einen Grund?«

»Ich denke nicht nur, dass er es war«, entgegnete Arnold, »ich habe ihn dabei überrascht! Ich habe ihn in das Haus Schmidbauers gehen sehen und wollte wissen, was dieser Kerl bei dem Professor zu suchen hat. Ich konnte ihm dummerweise nicht sofort folgen, weil Professor von Schrank auf der anderen Straßenseite stand und mit einem Herrn sprach. Also habe ich mich noch versteckt. Erst als von Schrank weg war, bin ich raufgegangen. Da war es schon zu spät. Die Wohnungstür war nicht verschlossen. Ich hab mich leise reingeschlichen und dann hab ich ihn gesehen, im Schlafzimmer, er hat wie von Sinnen auf den Professor eingestochen. Das ganze Bett war voller Blut! Ich wäre fast in Ohnmacht gefallen, konnte mich nicht mehr rühren! Obernburger hat mich vor lauter Raserei zuerst nicht bemerkt. Dann hat er erschöpft aufgehört und sich aus irgendeinem Grund umgedreht.«

Arnold schloss die Augen und atmete ein paar Mal tief aus und ein. Nach ein paar Augenblicken fuhr er fort:

»Diesen irren Blick werde ich nie vergessen! Er war wie von Sinnen! Das blutverschmierte Messer hatte er noch in der Hand! Ich bin so schnell ich konnte zur Wohnung raus und die Treppe runter und voller Panik in den Biergarten des Moserbräu gelaufen. Ich dachte, er würde wohl annehmen, dass ich in die Stadt laufe ... Im Garten habe ich mich dann in einem dieser kleinen Bierkeller versteckt und dort auf den Einbruch der Nacht gewartet. Dann bin ich raus aus der Stadt.«

Breitling hatte mit offenem Mund und entsetzt aufgerissenen Augen zugehört. Er schüttelte immer wieder den Kopf und war einige Augenblicke unfähig, etwas zu sagen.

»Aber ... aber ...«, stammelte er, »dann ist dieser Josef Obernburger ein Mörder, er muss verhaftet werden!«

»Da hast du vollkommen recht, mein Freund«, stimmte Arnold zu, »aber wie soll ich das machen? Ich kann nicht einfach in die Stadt zur Gendarmerie gehen. Du hast ja gesehen, was die mit Emmrich gemacht haben und mich lassen sie nicht lebendig gehen! Die merken doch sofort, wenn ich komme! Außerdem würde man mir nicht glauben, ich bin nur ein zugereister Student und Obernburger der Sohn eines angesehenen Ratsherrn!«

»Aber was willst du machen? Dich weiter verstecken?«, fragte Breitling

»Nein, das sicher nicht, ich werde das noch der Polizei erzählen, aber es muss sichergestellt sein, dass der Kerl gesteht und verhaftet wird und auch seine Freunde keine Möglichkeit haben, sich an mir zu rächen.«

»Du willst dich also der Polizei ausliefern?«

»Ja, sicher, was dachtest du denn?«, sagte Arnold und sah Breitling erstaunt an, »würde ich das nicht wollen, wäre ich schon längst über alle Berge, das kannst du mir glauben!«

Breitling ließ die Worte seines Freunds auf sich wirken. Nach einigen Augenblicken sagte er:

»Das mag ja alles stimmen, aber wie willst du das anstellen, dass Obernburger seine Tat gesteht und dann auch noch verhaftet wird? Ich kann mir nicht vorstellen, wie das funktionieren soll!«

»Das wird schwierig sein, ich weiß«, stimmte Arnold zu, »aber er muss im Beisein der Gendarmen gestehen, sonst streitet er alles ab. Es steht Aussage gegen Aussage und du weißt, sein Vater ist ein einflussreicher Mann! Die sind imstande und drehen die Sache so um, dass ich der Täter bin! Wir müssen es schaffen, dass er den Mord vor Zeugen gesteht!«

»Da bin ich mal neugierig, wie du das schaffen willst!«, schüttelte Breitling den Kopf, »das ist fast unmöglich!«

»Ich weiß, aber anders geht es nicht. Dann kann ich gleich fliehen und der Mörder kommt davon!«

»Das darf auf keinen Fall geschehen!«

»Gut«, seufzte Arnold, »dann sind wir uns einig. Aber was können wir tun?«

»Ich gehe auf alle Fälle zu Professor Gönner«, sagte Breitling, »der muss jetzt die ganze Wahrheit erfahren. Einiges kann er sich wohl schon zusammenreimen. Er weiß mit Sicherheit von der Ermordung Schmidbauers, sonst hätte er nicht die Geschichte mit dem verstorbenen Bruder in die Welt gesetzt. Dann dein Verschwinden, der Überfall auf Kaspar ... er kann sich so einiges denken.«

»Du hast recht«, nickte Arnold nach einigen Augenblicken, «Gönner ist ja nicht dumm. Geh zu ihm und erzähle ihm alles. Wenn jemand eine Lösung weiß, dann er.«

»Das werde ich ... was machst du in der Zwischenzeit?«

»Ich verstecke mich weiter in der Gegend«, antwortete Arnold, »es ist ja warm und das geht schon noch eine Weile.«

»Das würde ich nicht machen«, entgegnete Breitling, »die Gefahr, dass die dich doch erwischen, ist zu groß, und dann machen sie kurzen Prozess mit dir! Gönner wird sicher auch dafür eine Lösung finden und es wird dann auch nicht mehr so lange dauern, bis Obernburger hinter Schloss und Riegel kommt!«

Arnold presste seine Lippen zusammen. Breitling hatte Recht, dachte er. Die Wahrscheinlichkeit, dass man ihn irgendwann Entdecken würde, war groß.

»Na gut«, lenkte er ein, »sprich mit Gönner darüber, vielleicht hat er eine Idee.«

»Schön«, seufzte Breitling, »ich kläre das. Aber eines möchte ich noch gerne wissen: warum hat Obernburger Professor Schmidbauer ermordet? Was war der Grund? Weißt du das?«

Arnold atmete ein paar Mal tief ein und aus. Es schien ihm sichtlich schwer zu fallen, darüber zu sprechen.

»Du erinnerst dich sicher an die Tanzabende im Gillmayr-Schlösschen. Ich habe dort immer wieder mit einem Mädchen getanzt. Anna heißt sie. Sie war immer mit einer Gruppe von Freunden dort.«

»Ich kann mich natürlich daran erinnern«, nickte Breitling, »du hast sie oft zum Tanzen geholt. Ihren Freunden schien das nicht gepasst zu haben.«

»Richtig, denen hat das ganz und gar nicht gepasst«, antwortete Arnold grimmig, »besonders ihrem Bruder, Josef war das ein Dorn im Auge, der hat immer schon Streit mit uns Studenten gesucht!«

»Siehst Du«, bestätigte Breitling, »das ist das, was ich nicht verstehe! Warum bringt er Schmidbauer um, wo er doch einen Hass auf dich hatte, weil du dich für seine Schwester interessiert hast!«

»Du weißt eben nicht alles!«, konterte Arnold genervt. »In seinen Augen war Schmidbauer der Förderer meiner Beziehung zu Anna.«

»Das verstehe ich nicht«, entgegnete Breitling irritiert.

»Du weißt doch, dass ich mich mit Schmidbauer immer gut unterhalten habe. Er war immer sehr nett zu mir und war erstaunt zu hören, dass ich in den Ferien hier geblieben bin und keine Familie habe, zu der ich fahren kann. Als das mit Anna begann, war ich immer sehr niedergeschlagen, weil sie mir einfach alles bedeutet. Aber ihr Bruder wacht über sie wie ein Raubtier. Schmidbauer bemerkte meine Veränderung und stellte mich schließlich zur Rede. Ich habe ihm alles erzählt, ich war froh, endlich darüber reden zu können! Er versprach mir zu helfen. Anna und ich durften uns in seiner Wohnung treffen. Zwar unter strenger Aufsicht von Schmidbauer, aber er ließ uns immer wieder mal kurze Zeit alleine … Das waren so schöne Momente! Wir waren so glücklich! Endlich hatte ich jemanden, der mich einfach nur gern hat, so wie ich bin. Mir zuhörte und einfach nur mich wollte!«

Arnold sah Breitling mit Tränen in den Augen an.

»Verstehst du das? Ein Mädchen, das mich uneingeschränkt will! Das waren so schöne Stunden … aber ihr Bruder muss es irgendwie geschafft haben, uns zu beobachten und alles herauszufinden. Ich weiß nicht wie, aber sie ist plötzlich nicht mehr gekommen. Ich wusste nicht was geschehen war, konnte Anna nicht mehr sprechen und hatte keine Möglichkeit, an sie heranzukommen! Ich war so verzweifelt! Bis ich dann ihren Bruder überrascht habe …«

»Das hätte ich nie gedacht, dass so etwas passiert«, sagte Breitling traurig, »das tut mir so leid für dich, dass du Anna nicht mehr siehst … und der arme Professor Schmidbauer …«

»Ja, er wollte uns nur helfen«, seufzte Arnold, »und musste dafür mit seinem Leben bezahlen.«

Beide schwiegen einige Augenblicke, ehe Arnold sagte:

»Du gehst jetzt besser wieder. Sprich mit Gönner. Dann kommst du morgen wieder in der Nacht wieder hierher und erzählst mir, was ihr vorhabt.«

»Gut«, nickte Breitling, »aber kann man dich denn hier alleine lassen?«

»Mach dir keine Sorgen, ich kann mich gut verstecken«, beschwichtigte Arnold den Freund, »das hat in den letzten Tagen auch ganz gut geklappt.«

»Das hoffe ich«, sagte Breitling, »pass auf dich auf! Wir werden das schon schaffen und ...«

Weiter kam er nicht, denn Arnold war plötzlich verschwunden. Er hatte nur ein paar Schritte in das Dickicht gemacht und in der Dunkelheit war es nicht mehr möglich, irgendetwas zu erkennen.

Breitling entschied sich, den Ort ebenfalls zu verlassen. Er ging durch den dunklen Park und überlegte, was er tun sollte. Er beschloss, sich dort versteckt zu halten und am Morgen sofort zu Professor Gönner zu gehen.

Kapitel 52

Gönner war nach der Nachricht des Kollegen Röschlaubs über das Verschwinden Breitlings sehr nervös. Er brachte seine Vorlesung mehr oder weniger geordnet zu Ende und verschwand dann eilig in seinen Räumen. Kaum war er dort angekommen, klopfte es an der Tür. Ärgerlich über die Störung marschierte Gönner in den Vorraum, öffnete und blickte in das ängstliche Gesicht Breitlings.

»Breitling!«, rief er erstaunt, »Sie hier? Kommen Sie rein!«

Breitling trat in den Raum. Gönner blickte kurz in den Flur. Niemand war zu sehen. Er schloss die Tür und drehte den Schlüssel um, deutete auf sein Studierzimmer und Breitling folgte ihm schweigend.

»Nun, mein lieber Breitling«, knurrte er den Studenten aufgebracht an, »wo waren Sie die letzten Stunden? Wir versuchen, uns um Sie zu kümmern, und Sie machen sich einfach aus dem Staub!«

Breitling ließ sich erschöpft in einen der Sessel fallen und schloss die Augen.

»Ich habe mich mit Arnold getroffen«, seufzte er müde.

»Mit Arnold Brombach?«, rief Gönner erstaunt und ließ sich in einen Sessel fallen, »wo haben Sie ihn getroffen? Warum haben Sie ihn nicht mitgebracht?«

»Herr Professor, das ist nicht so einfach ...«, Breitling öffnete die Augen und sah Gönner traurig an.

»Kommen Sie, junger Mann, erzählen Sie mir, was passiert ist!«

Breitling atmete ein paar Mal ruhig ein und begann dann seine Erzählung, mit deren Fortschritt sich Gönners Miene zusehends verfinsterte. Am Ende der Geschichte konnte Gönner nicht mehr still sitzen, stand auf und marschierte aufgeregt auf und ab. Schließlich baute er sich vor Breitling auf.

»Das alles haben Sie nicht gewusst?«, fauchte er.

»Nein, Herr Professor, das müssen Sie mir glauben«, jammerte Breitling, »weder Kaspar noch ich wussten, wie eng die Beziehung Arnolds zu Anna war und vor allem wie Professor Schmidbauer in die Sache involviert war ...«

»Ach kommen Sie«, unterbrach ihn Gönner, »Sie und Emmrich wussten bereits mehr, als ich Sie beide in diesem Zimmer befragt habe, das können Sie nicht leugnen!«

Breitling sah betreten auf den Boden und zog es vor, zu schweigen.

»Dazu haben Sie nichts zu sagen, gut«, knurrte Gönner, »ich schlage vor, wir gehen zu Kommissär Wirschinger und beraten gemeinsam, wie wir Brombach sicher verstecken und diesem Obernburger das Handwerk legen können! Los, auf Breitling, machen wir uns auf den Weg!«

Breitling stand langsam auf, er wusste, dass es zwecklos war, etwas zu erwidern. Er musste nun die Dinge ihren Lauf lassen und hoffen, dass der Professor wusste, was er tat und die richtigen Entscheidungen treffen würde.

Die beiden machten sich schnellen Schrittes auf zur Polizeistation. Dort fanden sie Wirschinger und Richter in ziemlich schlechter Stimmung vor.

»Was machen Sie denn für ein Gesicht?«, fragte Gönner und erntete grimmige Blicke.

»Kommen Sie mit nach hinten«, knurrte Wirschinger und wies den beiden den Weg zu seinem Zimmer.

»Ich sehe, der verschwundene Student ist wieder aufgetaucht? Dafür haben wir einen anderen Herrn verloren! Wo haben Sie denn Ihren Studenten gefunden?«

»Er hat mich gefunden«, entgegnete Gönner, »aber wen haben Sie verloren?«

»Unser Freund im Gefängnis hat es vorgezogen, die Unterkunft zu verlassen! Er wurde gestern Abend von seinen Freunden abgeholt. Sie haben Schnabelmeier niedergeschlagen und weg waren sie.«

»Das wird ja immer schöner«, rief Gönner aufgebracht, »ein starkes Stück, was diese Herren sich erlauben! Unnötig zu fragen, um wen es sich dabei gehandelt hat!«

»Das erübrigt sich in der Tat!« nickte Wirschinger.

»Hat der Wachtmeister jemanden erkannt? Wurde er verletzt?«

»Es ging zu schnell«, antwortete Richter, »er konnte niemanden erkennen. Er hat eine dicke Beule, der Schädel wird ihm wohl noch eine Weile brummen, aber Schnabelmeier ist hart im Nehmen.«

»Die Sache ist ärgerlich«, seufzte Wirschinger, »aber wir können das nicht mehr ändern! Widmen wir uns besser dem Herrn hier, wo haben Sie ihn gefunden?«

»Hören wir uns an, was er zu berichten hat. Breitling, erzählen Sie den Herren Gendarmen doch bitte noch einmal, was Sie mir so schön berichtet haben!«

Breitling schluckte und begann, seine Geschichte noch einmal zu erzählen. Die beiden Gendarmen lauschten seinen Worten nahezu emotionslos, am Ende begann Wirschinger ausgiebig die Enden seines Schnauzbartes zu zwirbeln.

»So hängt das also zusammen«, brummte er, »wer hätte das gedacht. Der Professor ein Förderer der Liebe.«

»Nennen Sie es, wie Sie wollen«, erwiderte Gönner, »wir müssen auf jeden Fall Brombach in Sicherheit bringen und dieses Obernburgers habhaft werden.«

»Mich stört das »wir«, Herr Professor«, raunzte Wirschinger, »das wäre wohl reine Polizeiarbeit!«

»Nennen Sie es, wie Sie wollen«, fauchte Gönner, »jedenfalls müssen wir handeln, und zwar sofort!«

»Da gebe ich Ihnen Recht, Herr Professor«, entgegnete Wirschinger, »aber Sie haben ja gehört, was dieser junge Mann gesagt hat. Diese Kerle sind hinter Brombach her, wir müssen unbedingt verhindern, dass sie ihn vor uns erwischen, sie sind zu allem bereit und trauen sich sogar, einen Gefangenen zu befreien! Wenn sie Brombach vor uns erwischen, fehlt uns der Zeuge und wir können Obernburger den Mord nicht nachweisen. Sie kennen seinen Vater sicher zur Genüge, er wird dann alles in Bewegung setzen, um uns zu diskreditieren. Sein Sohn wird ungeschoren davonkommen!«

»Das müssen wir verhindern!«, schnaubte Gönner und an Breitling gewandt sagte er:»Sie wissen nicht, wo sich Ihr Freund bis heute Nacht aufhält?«

»Nein, Herr Professor«, antwortete Breitling,»er hat dazu nichts gesagt, nur, dass er ein sicheres Versteck hat. Ich konnte ihn nicht mehr fragen, er verschwand einfach in der Nacht. Ich habe auch keine Ahnung, wo er sich verstecken könnte ...«

»Nun gut«, seufzte Wirschinger,»das werden wir auch nicht lösen können. Ich kann nicht alle meine Gendarmen los schicken, um ihn zu suchen. Erstens würden sie ihn nicht finden und zweitens würden wir nur große Aufmerksamkeit erregen, Brombach vielleicht aufscheuchen und ihn so Obernburger ausliefern. Ich denke, es wird besser sein, wenn wir bis zu Ihrem nächtlichen Treffpunkt warten und dann mit Ihnen dorthin gehen und Brombach unter Bewachung mitnehmen.«

»Dann können wir nur hoffen, dass Brombach das auch will«, konterte Gönner.

»Ich denke schon«, meinte Breitling,»er sagte, dass er Ihnen, Professor Gönner, vertraut. Sie würden sich etwas einfallen lassen, da war er sich sicher. Wenn Sie es für richtig halten, dass er nächste Nacht mitkommt, wird er das auch machen.«

»Dieses Vertrauen ehrt mich«, lächelte Gönner,»und ich bestehe darauf, dass er mit uns kommt.«

»Gut«, mischte sich Wirschinger ein,»dann werden wir heute Nacht mit Ihnen zu diesem Treffpunkt gehen.«

»Wer ist in diesem Fall wir, Herr Kommissär?«, warf Gönner dem Kommissär mit fragendem Blick entgegen.

»Nun, da Brombach so viel Vertrauen in Sie hat, würde ich vorschlagen, dass Sie mitkommen«, grinste Wirschinger, »nicht dass er uns nicht glaubt und alles umsonst war!«

»Von mir aus«, schnaubte Gönner.

»Danke, Herr Professor«, erwiderte Breitling, »Arnold hat sich in Ihnen nicht getäuscht!«

»Ist schon gut, Breitling«, antwortete Gönner, »wir versuchen alle, unser Bestes zu geben.«

»Darf ich etwas anmerken«, meldete sich Richter zu Wort, »es wäre besser, wenn wir getrennt zu diesem Treffpunkt gehen. So werden wir weniger Aufmerksamkeit erregen. Also der Herr Kommissär und ich, sowie Sie beide getrennt.«

»Sehr richtig, Richter«, schloss sich Wirschinger an, »wenn wir Gendarmen alleine unterwegs sind, sieht das nach einer normalen Polizeiaktion aus. Und Sie beide fallen zusammen ebenfalls weniger auf.«

»Meinetwegen«, sagte Gönner, »dann nehme ich Sie am besten gleich mit zu mir nach Hause, Breitling. Nicht, dass Sie wieder verschwinden!«

Breitling nickte ergeben, stutzte jedoch und sagte:

»Ich würde aber vorher noch gerne in mein Zimmer gehen. Ich stecke seit gestern in den gleichen Hosen und würde mir gerne etwas anderes anziehen.«

»Das wird schon gehen«, nickte Gönner, »am helllichten Tag wird Ihnen schon nichts passieren. Aber dann kommen Sie schnurstracks zu mir, verstanden?«

»Selbstverständlich, Herr Professor.«

»Fehlt nur noch, junger Mann«, sagte Wirschinger, »dass Sie uns den Weg zu Ihrem Treffpunkt beschreiben!«

Breitling gab eine Beschreibung des Weges zu der alten Buche ab. Gönner hörte mit halbem Ohr zu und schickte sich an, die

Wachstube wieder zu verlassen. Er hatte nachmittags noch zwei Vorlesungen zu halten und sich um den Aufbau auf dem Universitätsplatz zu kümmern, welcher langsam zum Ende kam.

»Gut meine Herren«, unterbrach Wirschinger seine Gedanken,

»dann sehen wir uns um Mitternacht bei der alten Rotbuche im Hofgarten!«

»Eines wollte ich noch fragen«, warf Gönner noch ein, »wie kommen wir rein? Die Tore werden zu dieser Stunde bereits verschlossen sein!«

»Keine Angst, Herr Professor«, entgegnete Richter, »wir haben da unsere Möglichkeiten!«

«So, haben Sie«, knurrte Gönner, »und ich soll über das Tor klettern oder wie haben Sie sich das gedacht?«

Richter steckte als Antwort eine Hand in seinen Uniformrock. Er zog ein kleines Werkzeug heraus und reichte es dem Professor.

»Hier, Herr Professor, damit bekommen Sie alle Schlösser auf!«

Gönner sah auf das gebogene Metallteil und steckte es ein.

»Wenn Sie meinen, danke!«, brummte er.

Richter nickte und verließ den Raum. Breitling verabschiedete sich ebenfalls, nicht ohne sich von Gönner ermahnen zu lassen, sofort im Anschluss in seine Wohnung zu kommen.

»Nun, mein lieber Herr Professor«, sagte Wirschinger, »jetzt scheint sich unser Fall dem Ende zuzuneigen.«

»Das hoffe ich!«, entgegnete Gönner, »wir werden sehen, was uns dieser Brombach noch zu erzählen hat. Und ehrlich gesagt, ich weiß noch nicht, wie wir Obernburger dazu bringen werden, den Mord zu gestehen.«

»Uns fällt schon etwas ein! Jetzt holen wir uns erst einmal Brombach, dann entscheiden wir.«

»Da ist es wieder, dieses wir«, knurrte Gönner ärgerlich, »aber gut Wirsching, wir werden sehen. Mit vereinten Kräften werden wir sicher eine Lösung finden, da bin ich mir sicher!«

»Wirschinger bitte, soviel Zeit muss sein!«, grinste der Kommissär, »wenn wir erst einmal Brombach in Sicherheit gebracht haben, wird sich das andere von selbst ergeben.«

»Das werden wir sehen!«, entgegnete Gönner und wandte sich zum Ausgang, »wir treffen uns um Mitternacht bei der großen Buche im Hofgarten!«

Breitling verließ die Besprechung mit einem guten Gefühl. Das Gespräch hatte gezeigt, dass man sich auf Professor Gönner verlassen konnte. Er war erleichtert, dass er auch Arnold davon überzeugt hatte. Er marschierte schnell zu seinem Zimmer. Der Gedanke, dass sich die ganze Angelegenheit nun bald auflösen würde, beschleunigte seine Schritte und er kam nach kurzer Zeit dort an. Seine Vermieterin Frau Breu war nicht zu Hause, was ihm neugierige Fragen und lange Erklärungen ersparte. In seinem Zimmer raffte er schnell einige Kleidungsstücke zusammen und steckte sie in eine Tasche. Er sah auf das von seiner Vermieterin akkurat gemachte Bett. Er musste unwillkürlich lächeln. Frau Breu kümmerte sich immer sehr um ihn und er entschloss sich, ihr ein paar Zeilen zu schreiben. Sie würde sich sicher fragen, wo er steckte.

Breitling setzte sich an seinen kleinen Schreibtisch, nahm ein Blatt Papier und suchte nach seiner Feder. Als er sie schließlich fand und beginnen wollte, hörte er, wie sich die Wohnungstür öffnete. Mit einem Seufzer legte er das Schreibzeug beiseite. Jetzt musste er Frau Breu das Ganze doch noch persönlich erklären. Er nahm seine Tasche, ging aus dem Zimmer und sagte:

»Guten Tag Frau Breu, ich …«

Weiter kam er nicht. Der Faustschlag war heftig und traf ihn mitten ins Gesicht.

Kapitel 53

Als Gönner nach Hause kam, unterrichtete er seine Haushälterin umgehend, dass er einen Gast erwartete, der bis zum Abend bleiben würde. Frau Gruber nahm es freudig zur Kenntnis und stellte ein weiteres Gedeck auf den Mittagstisch.

Gönner ging in sein Studierzimmer und fand dort einen Brief seines Verlegers vor. Ärgerlich brach er das Siegel, riss den Brief auf und überflog die mahnenden Zeilen. Er konnte sich gerade noch davon abhalten, das Blatt zusammen zu knüllen. Das Gemecker dieses Herrn bezüglich des Abgabetermins seines Buches konnte er jetzt gerade nicht gebrauchen. Er warf das Schreiben zurück auf den Tisch und lehnte sich mit geschlossenen Augen seufzend zurück. Hoffentlich nahm alles ein gutes Ende und die Dinge gehen wieder ihren normalen Lauf, dachte er. Er verharrte einige Minuten in dieser Stellung und versuchte sich zu entspannen.

Als ihn Frau Gruber zu Tisch rief, war von Breitling noch nichts zu sehen. Eigentlich müsste der Student schon längst wieder von seiner Wohnung zurück sein, bemerkte Gönner. Er aß zunehmend nervöser und hastiger. Nach dem Essen verließ er eilig die Wohnung, trug Frau Gruber auf, sie möge Breitling gut empfangen und ihn, wenn möglich, daran hindern, die Wohnung wieder zu verlassen. Frau Gruber nickte ergeben. Widerstand wäre sowieso zwecklos und auch gar nicht möglich. Der Professor huschte aus der Wohnung, ehe sie etwas sagen konnte.

An der Universität angekommen ging er zu den Bediensteten. Dort traf er auf den Boten, den er zur Wohnung Breitlings geschickt hatte. Er sandte ihn wieder dorthin und trug ihm auf, Breitling in seine Wohnung zu bringen und ihm dann Bericht zu erstatten. Der Bote machte sich auf den Weg und Gönner eilte zu seiner ersten Vorlesung.

Als diese beendet war, wartete der Bote bereits vor dem Hörsaal. Er berichtete, dass er Breitling nicht vorgefunden hatte. Sein Zimmer wäre jedoch in völliger Unordnung gewesen. Gönner wies den Mann an, nochmals nachzusehen, dann zur Sicherheit zu seiner eigenen Wohnung zu gehen und ihm erneut nach der nächsten Vorlesung Bericht zu erstatten.

Nervös betrat der Professor den Hörsaal zu seiner zweiten Vorlesung. Die Studenten wunderten sich über seine Fahrigkeit, seine Unkonzentriertheit und die Eile, mit der er den Hörsaal verließ, ohne wie sonst üblich für Fragen zur Verfügung zu stehen. Als Gönner aus dem Hörsaal eilte, war vom Boten weit und breit nichts zu sehen. Er wartete unschlüssig einige Minuten, aber als der Mann nicht erschien, beschloss er, in sein Zimmer zu gehen.

Dort angekommen warf er einen Blick aus dem Fenster. Die Bauarbeiten an der Tribüne und dem Triumphbogen waren fast vollendet. Er musste nur noch die ordentliche Erstellung abnehmen, bevor sich die Kollegen um die künstlerische Ausstattung der Bauten kümmerten. Gerade in dem Moment, als er seinen Blick abwandte, klopfte es an der Tür und der Bote trat ein.

»Herr Professor Gönner?«, fragte er vorsichtig und steckte seinen Kopf durch den schmalen Spalt.

»Ja, hier!«, rief Gönner und kam ihm entgegen, »was ist mit dem Studenten, haben Sie ihn gefunden?«

»Nein, Herr Professor«, schüttelte der Mann den Kopf, »er ist verschwunden. Ich war zuerst bei Ihrer Wohnung und dann nochmals bei seiner Wohnung und …«

»Sie haben überall nachgesehen? Waren Sie in seinem Zimmer?«, unterbrach Gönner aufgeregt.

»Nein«, antwortete der Bote, »in seinem Zimmer nicht mehr, das war nicht nötig, ich habe eine Nachbarin betroffen. Die hat sich beschwert, dass diese Studenten schon am Tag betrunken wären. Sie hat gesehen, wie Breitling von zwei Burschen gestützt in eine Kutsche verfrachtet wurde.«

311

Gönner schoss die Farbe aus dem Gesicht. Entsetzt sah er den Boten an. Diese Männer um Obernburger Junior hatten es tatsächlich geschafft, den Studenten zu entführen.

»Danke«, stammelte er bleich, »Sie können gehen!«

Der Bote nickte und schloss die Tür, während Gönner unsicheren Schrittes an das Fenster trat und sich dort auf die Fensterbank stützte. Schwer atmend schaute er auf den Universitätsplatz. Das hätte nicht passieren dürfen, dachte er ärgerlich. Er musste jetzt sofort den Kommissär verständigen. Er verließ den Raum und marschierte aus dem Gebäude. Auf der Baustelle kam er am Bauleiter vorbei, der sogleich mit wichtigem Gesicht auf ihn zusteuerte.

»Ich habe jetzt keine Zeit«, fauchte er den armen Mann an, »wenden Sie sich an Professor Bechtele oder Feßmaier!«

Noch bevor der Bauleiter etwas erwidern konnte, war Gönner auch schon verschwunden. An der Polizeiwache angekommen, stürmte er in die Wachstube und sah sich erstaunten Gendarmen gegenüber.

»Professor Gönner, guten Tag, ich muss unbedingt mit Kommissär Wirschinger sprechen!«, sagte er schnell.

Einer der Gendarmen drehte sich wortlos um und ging in einen der hinteren Räume um den Kommissär zu holen. Dieser erschien nach wenigen Augenblicken und sah Gönner wohl an, dass etwas passiert sein musste. Er deutete nur auf die offen stehende Tür zu seinem Zimmer und sagte: »Bitte, Herr Professor!«

Gönner marschierte an den immer noch erstaunt blickenden Gendarmen vorbei in Wirschingers Reich. Der Kommissär schloss die Tür und sah Gönner ernst an.

»Was gibt es Herr Professor?«

»Breitling ist entführt worden!«, schnaubte Gönner.

»Wie ... entführt?«, erwiderte Wirschinger entsetzt, »wie ist das geschehen?«

Gönner erzählte dem Kommissär in kurzen Worten, was ihm der Bote berichtet hatte. Wirschinger machte eine betretene Miene.

»Das ist unvorstellbar, am helllichten Tag!«, sagte er böse.

»Das denke ich auch«, stimmte Gönner zu, »da muss wohl jemand sehr große Angst haben! Diese Banditen schrecken wirklich vor nichts zurück, damit habe ich nicht gerechnet. Wenn ich das geahnt hätte! Was sollen wir jetzt unternehmen?«

»Wir werden nicht viel machen können«, entgegnete Wirschinger nach einem kurzen Augenblick des Überlegens, »wir können nur heute Mitternacht zum Treffpunkt der Studenten im Hofgarten gehen und hoffen, dass Brombach kommt. Er wird uns dann sicher weiterhelfen können. Ich werde ein paar meiner Männer unauffällig im Park postieren, sollten wir nicht die einzigen sein, die sich für den Treffpunkt interessieren.«

»Wer sagt uns denn, dass Brombach auftaucht und dass er dann mit uns mitkommt?«

»Niemand, Herr Professor«, brummte Wirschinger, »aber wie Breitling sagte, Brombach hat großes Vertrauen zu Ihnen. Wenn er Sie dort oben sieht, ist er sicher beruhigt und kommt mit uns. Es ist unsere einzige verbleibende Möglichkeit!«

»Ihr Wort in Gottes Ohr«, knurrte Gönner.

»Das zeigt uns zumindest, dass diese Kerle Brombach noch nicht erwischt haben, sonst hätte sich die Entführung Breitlings erübrigt. Wir können einstweilen nichts tun, als warten«, sagte Wirschinger, »gehen Sie nach Hause, legen Sie sich aufs Ohr, damit Sie in der Nacht fit sind. Ich schlage vor, wir fahren gemeinsam, jetzt brauchen wir uns nicht mehr zu verstecken. Ich schicke die Männer rechtzeitig voraus. Wir holen Sie dann so gegen 11 Uhr ab, Herr Professor.«

»Gut«, seufzte Gönner, »es wird uns nichts anderes übrig bleiben, als zu warten. Bis dann, Herr Kommissär!«

Wirschinger nickte und Gönner drehte sich kurz nickend um und machte sich auf den Weg zurück zur Universität. Dort raffte er nervös seine Papiere zusammen und ging nach Hause.

Einem konservativen Menschen würden die nächsten Stunden des Wartens einem Vorgeschmack des Fegefeuers gleichkommen, dachte er. Für ihn als Aufklärer verbat sich dieser Gedanke natürlich. Er empfand allerdings eine gewaltige Unruhe, wie er sie noch nicht verspürt hatte. Sein Magen begann zu rebellieren, was durch Frau Grubers Kamillentee nur sehr eingeschränkt bekämpft werden konnte. Er konnte sich nicht konzentrieren, klappte sein Buchmanuskript auf, um es aber sofort wieder beiseite zu legen.

Er schlich nervös in seiner Wohnung herum, richtete mehrmals die Spielsteine des Mühlespiels penibel aus und stocherte dann lustlos in seinem Abendessen herum, worüber Frau Gruber etwas verärgert zu sein schien. Er versuchte dann zu schlafen, was ihm natürlich nicht gelang.

In seinen Gedanken spielte er alle möglichen Szenarien durch. Was würde passieren, wenn Brombach diesen Kerlen in die Hände fiel? Lange brauchte er darüber nicht nachzudenken, Obernburger würde kurzen Prozess mit ihm machen und seine Leiche verschwinden lassen. Für den Mord an Schmidbauer würde nie jemand zur Rechenschaft gezogen werden können. Zudem hielt er den Vater des Mörders für so skrupellos, sodass er alles versuchen würde, um seinen Sohn zu schützen. Es wäre zwecklos, Anklage zu erheben, ohne einen Zeugen zu haben, das würde sich Wirschinger sparen können.

Mit all diesen Überlegungen vergingen die Stunden mehr schlecht als recht. Gönner saß schon längst ausgefertigt in seinem Studierzimmer, als er endlich eine Kutsche vorfahren hörte. Er ging hastig nach unten und traf auf Kommissär Wirschinger, der eben aus der Kutsche stieg.

»Guten Abend, Herr Professor«, sagte er, »Sie sind bereit, wie ich sehe? Dann können wir starten!«

Gönner zog es vor, nur einen kurzen Gruß zu brummen und stieg ein. Richter saß in der Kutsche, welche von zwei anderen Gendarmen gelenkt wurde. Er nickte ihm zu und ließ sich in den Sitz fallen.

»Ich habe bereits zwei weitere Kollegen vor einer Stunde in den Hofgarten entsandt, die sich dort unauffällig aufstellen werden«, sagte Wirschinger.

»Wollen wir hoffen, dass Brombach dadurch nicht abgeschreckt wird«, brummte Gönner.

»Wird schon klappen, Herr Professor«, erwiderte Wirschinger knapp.

Die Männer schwiegen auf der weiteren Fahrt. Am Ziel angekommen, wies Wirschinger einen der Gendarmen an mitzukommen, während der andere bei der Kutsche blieb. Sie nahmen zwei Laternen mit, ohne diese jedoch anzuzünden. Richter schloss das Tor auf und man tastete sich leise am Rand des Weges, dicht an den Büschen entlang, durch die mondhelle Nacht zum Treffpunkt der Studenten. In Sichtweite der alten Buche blieb Wirschinger stehen und die kleine Gruppe schob sich dichter an die ausladenden Büsche.

»Ich schlage vor«, flüsterte er, »Sie gehen alleine hinüber, Herr Professor. Unser Empfangskomitee schreckt Brombach vielleicht nur ab.«

»Da haben Sie durchaus Recht«, flüsterte Gönner heiser, »aber bleiben Sie bitte in der Nähe, falls er türmen will und wir ihn einfangen müssen!«

»Selbstverständlich«, nickte Wirschinger.

Gönner schlich mit zusammengepressten Lippen zur Buche hinüber. Dort angekommen lehnte er sich an den massigen Stamm, zog seinen Mantel eng um sich, senkte den Kopf, schlug den Kragen hoch und wartete.

Eine unglaubliche Stille umgab ihn, nur die Tiere der Nacht waren zu hören. Hier ein Rascheln, dort der Ruf eines Käuzchens.

Wäre die Situation nicht so ernst, dachte er, wäre das durchaus ein angenehmer Abend. Gerade, als er seinen Mantel enger um sich ziehen wollte, vernahm er ein Rascheln aus dem ein paar Schritte weiter liegenden Gebüsch. Nach ein paar Augenblicken hörte er ein schnelles »Psst« aus dieser Richtung. Seine Augen suchten die vermutete Stelle ab, konnten aber nichts erkennen. Nach kurzer Zeit wiederholte sich das Geräusch, gefolgt von einem leisen »He, Ferdinand, komm her, ich bin hier!«

Gönner schaute sich kurz um und ging dann auf die Quelle der Worte zu. Er trat in das Dunkel des Dickichts und spürte kurz darauf eine Hand auf seiner Schulter.

»Ferdinand, hier bin ich«, hauchte eine Stimme. Er drehte sich um und sah Brombach vor sich stehen.

»Herr Professor Gönner, Sie hier?«, flüsterte Brombach erstaunt.

»Ja, ich, mein lieber Brombach!«, entgegnete Gönner gereizt, »Sie halten doch so große Stücke von mir, also bin ich persönlich gekommen, um Sie nicht zu enttäuschen!«

»Sie haben mit Breitling gesprochen? Wo ist er? Warum ist er nicht mitgekommen?«, flüsterte Brombach gehetzt.

»Das werde ich Ihnen ausführlich erzählen«, sagte Gönner schon etwas lauter, »aber jetzt kommen Sie mit, wir haben einiges zu klären!«

»Wer sagt denn, dass ich mit Ihnen kommen werde? Sagen Sie mir erst, warum Breitling nicht hier ist!«

»Jetzt hören Sie mir mal zu, junger Mann!«, fauchte Gönner, »wenn Sie nicht mitkommen, werden sich Ihre Freunde um Sie kümmern und die gehen sicherlich nicht zimperlich mit Ihnen um, das können Sie sich sicher vorstellen!«

»Wie meinen Sie das«, fragte Brombach entsetzt, »haben diese Kerle nach Kaspar auch Ferdinand etwas angetan?«

»Na, Sie scheinen ja bestens im Bilde zu sein!«, konterte Gönner, »aber egal, sie kommen jetzt mit, es wird Zeit, dass wir dem ganzen Spuk ein Ende machen!«

»Sagen Sie mir, was mit Ferdinand geschehen ist!«, beharrte Arnold energisch auf eine Antwort Gönners.

»Es sieht so aus, als ob diese Leute, die Emmrich zusammengeschlagen haben, Ihren anderen Freund entführt haben. Wenn Sie es vorziehen, nicht mit zu kommen, werden Sie wohl der nächste sein, den sie sich schnappen, wobei es in diesem Fall wohl nicht bei einer Entführung bleiben würde! Also wäre es besser, Sie kommen jetzt mit!«

Arnold sah den Professor entsetzt an. Mit dieser Entwicklung hatte er wohl nicht gerechnet. Er war so durcheinander, dass er gar nicht merkte, wie der Professor ihn packte und aus dem Dickicht zog. Bevor er sich wehren konnte, waren Wirschinger und Richter zur Stelle. Sie packten ihn und verhinderten, dass er sich alles noch einmal anders überlegte.

»Kommen Sie mit, Brombach. Sie müssen uns einiges erklären! Ihnen kann jetzt nichts mehr geschehen!«, sagte Gönner.

»Keine Angst, Herr Professor. Ich bin es leid, nur wegzulaufen!«

»Meine Herren«, wandte sich Gönner an die beiden Gendarmen, »ich denke, dass Herr Brombach keinen Fluchtversuch unternehmen wird. Sie können ihn loslassen.«

Wirschinger und Richter ließen den Studenten los, waren aber auf der Hut, ihm sofort nachzusetzen, sollte er es doch vorziehen, zu fliehen.

»Kommen Sie, Brombach. Wir fahren in die Stadt, dort werden sie uns alles fein säuberlich erzählen!«, sagte Gönner und wies mit der Hand zur Kutsche.

Richter setzte sich neben Brombach. Gönner und Wirschinger gegenüber hatten so die Möglichkeit, den lange Gesuchten zu betrachten. Ein anderer Gendarm stieg auf den Kutschbock und die Pferde setzten sich gemächlich in Bewegung.

»Wo bringen Sie mich hin?«, fragte Brombach nach einer Weile ängstlich.

»Eine gute Frage«, grinste Wirschinger Gönner an, »darüber haben wir uns eigentlich noch keine Gedanken gemacht!«

Gönner blickte den Kommissär betreten an. Darüber hatte er tatsächlich noch nicht nachgedacht.

»Keine Sorge«, fuhr Wirschinger fort, »ich denke, wir fahren einfach zur Polizeiwache, dort ist der junge Herr am sichersten. Wir können ihn in aller Ruhe befragen und uns überlegen, was weiter zu tun ist.«

»Wenn's recht ist, fange ich damit gleich an«, brummte Gönner, »haben Sie eine Ahnung, wo diese Leute Breitling hingebracht haben? Gibt es irgendeinen Ort, ein Versteck, wo sie sich sicher fühlen?«

Brombach sah betreten auf den Boden. Er kaute nervös auf seiner Unterlippe herum und schien angestrengt zu überlegen.

»Ich bin mir nicht sicher«, murmelte er schließlich, »ich glaube einmal gehört zu haben, dass sich dieser Obernburger und seine Freunde in der Krypta der alten Dreifaltigkeitskirche treffen.«

»Die ist doch geschlossen«, warf Richter ein.

»Ja«, bestätigte Brombach, »aber die haben irgendeinen Weg gefunden, reinzukommen.«

»... und sind dann dort ungestört«, brummte Wirschinger. »Dann würde ich vorschlagen, dass wir dort sofort nachsehen, liegt ja auf unserem Weg. Richter, informieren Sie den Kutscher! Er soll aber nur ein paar Meter nach rechts fahren, damit wir nicht entdeckt werden!«

»Jawohl, Herr Kommissär«, antwortete Richter und gab dem Kutscher entsprechende Anweisung.

»Sie denken, dass diese Kerle Breitling in die alte Kirche verschleppt haben?«, fragte Brombach zweifelnd.

»Warum nicht?«, konterte Wirschinger, »wenn das der Treffpunkt der Bande ist? Das kann ich mehr sehr gut vorstellen. Dort haben sie ihre Ruhe und werden nicht gestört.«

»Das ist gar nicht so abwegig«, warf Gönner ein, »auf alle Fälle sollten wir dort nach sehen.«

»Hat Ihnen Breitling alles erzählt, Herr Professor?«, fragte Brombach. Gönner nickte.

»Alles, was Sie ihm gestern Nacht erzählt haben«, bestätigte Gönner, »und ich hoffe doch, dass Sie ihm wirklich alles erzählt haben! Sie haben den Mord beobachtet, wir kennen den Täter und den wahrscheinlichen Grund, warum er das getan hat und jetzt beenden wir die Sache endlich!«

Brombach nickte und zog es dann vor zu schweigen.

Mittlerweile waren sie am Ende der Alten Bergstraße, die vom Hofberg kommend in den Dreifaltigkeitsplatz mündete, angekommen. Die Kutsche bog nach rechts ab und kam nach ein paar Metern zum Stehen. Die Kirche befand sich weiter vorne auf der gleichen Seite, etwas von den Häusern zurückversetzt.

Die Insassen stiegen aus und Wirschinger beauftragte einen der beiden Kutscher, zur Wache zu fahren und alle verfügbaren Kollegen zu holen.

»Moment«, mischte sich Gönner ein, »schicken Sie doch bitte auch einen Gendarmen zum Ratsherrn Obernburger, um ihn hierher zu holen. Er muss bei dieser Sache dabei sein.«

Wirschinger überlegte kurz, begriff dann, was der Professor vorhatte und gab die entsprechende Anweisung. Richter nahm drei Laternen aus der Kutsche, dann schwang sich der Gendarm auf den Kutschbock.

»So, meine Herren, dann machen wir uns auf den Weg«, sagte Gönner entschlossen und begann in Richtung Kirche zu marschieren, wurde aber von Wirschinger zurückgehalten.

»Herr Professor, sollten wir nicht auf die Verstärkung warten?«

»Mein lieber Herr Kommissär«, raunzte Gönner, »wenn diese

Kerle Breitling tatsächlich dort gefangen halten, denke ich, dass jetzt jede Minute zählt! Wir sind zu viert, da werden wir doch sicher etwas ausrichten können!«

»Ich wäre da etwas vorsichtiger Herr Professor«, entgegnete Wirschinger, »wir wissen nicht, wie viele von diesen Kerlen dort sind und wir haben gesehen, dass die vor Nichts zurückschrecken!«

»Mensch Wirsching!«, bellte Gönner, »haben Sie sich nicht so! Sie, Richter und ihr Kollege hier werden doch mit diesen Burschen fertigwerden!«

»Wenn ich etwas sagen darf, Herr Kommissär«, warf Richter ein, »der Herr Professor hat recht! Außerdem traue ich mir durchaus zu, ein paar von denen in Schach zu halten. Die Verstärkung kommt ja auch bald!«

Wirschinger zwirbelte kurz am Bart und nickte dann zustimmend.

»Gut meine Herren«, brummte er, »dann machen wir uns auf den Weg! Brombach, Sie halten sich erstmal im Hintergrund. Gendarm Huber, Sie passen auf den jungen Herrn auf, ihm darf nichts geschehen!«

Kapitel 54

Die Gruppe machte sich auf den Weg zur nur wenige Schritte entfernten Kirche. Die alte Burg Trausnitz, oberhalb des Platzes auf dem Hofberg gelegen, schimmerte gespenstisch im Mondlicht. Es schien, als würde der Stammsitz der ehemals regierenden Landshuter Herzöge ein wachsames Auge auf den leise zur Kirche schleichenden Trupp werfen.

Dort lag alles im Dunkeln. Das Eingangstor der umgebenden Mauer war verschlossen. Richter holte den dicken Schlüsselbund hervor, an welchem sich auch die Schlüssel zur Kirche befanden. Die Herren versuchten, so wenig Geräusche zu machen, wie möglich. Bei jedem auch noch so leisem Quietschen des alten Eisentores hielten sie inne und lauschten. Kaum war die Öffnung groß genug, zwängten sie sich durch. Sie schlichen zum Haupttor der Kirche, das wenige Schritte direkt gegenüber lag, fanden dieses jedoch ebenfalls verschlossen vor.

»Wenn wir dieses Tor hier öffnen, werden wir sofort entdeckt«, flüsterte Wirschinger und an Brombach gewandt: »Wissen Sie, wie die Kerle in die Kirche kommen?«

Brombach schüttelte den Kopf und sagte nach kurzem Überlegen:

»Nein, ich habe nur gehört, dass sie sich in der Krypta treffen.«

»Dann versuchen wir es hier«, entschied Wirschinger, »die werden sich hoffentlich unten in der Krypta aufhalten und nicht mitbekommen, dass wir hier sind. Richter, schließen Sie auf!«

Richter tat wie geheißen, während Wirschinger und Huber ihre Säbel zückten.

»Huber, Sie behalten Brombach im Auge und Herr Professor, Sie als Zivilist darf ich bitten, sich hinter uns zu halten!«, wies er die beiden streng an.

Gönner brummte etwas Unverständliches, wagte aber nicht zu widersprechen.

Richter öffnete leise das Kirchenportal, zückte dann ebenfalls den Säbel und ging mit erhobener Laterne voraus. Das kleine Kirchenschiff war leer. Die wenigen Bänke hatte man schon entfernt, auch der Großteil der Ausschmückungen war bereits abtransportiert worden. Sie gingen vorsichtig zum Altarbereich. Dort war an einer Seitenwand der Abgang zur Krypta. Die schwere Holztür stand offen. Sie stellten sich vor den Abgang und lauschten. Aus der Tiefe waren Stimmen zu hören. Wirschinger ging vorsichtig ein paar Stufen hinunter, blieb stehen und nickte seinen Kollegen zu.

»Sie sind dort unten«, flüsterte er, »ich schlage vor, wir gehen, so leise, wie es geht runter und überraschen die Herren! Richter, Sie halten sich hinter mir, dann Huber. Professor, Sie bleiben mit Brombach oben!«

»Ich denke gar nicht daran«, protestierte Gönner energisch, »wir werden Sie begleiten!«

Wirschinger zog verärgert seine Augenbrauen zusammen. Dieser Professor raubte ihm noch den letzten Nerv mit seiner Wichtigtuerei.

»Von mir aus«, schnaubte er, wohl wissend, dass sich Gönner nicht davon abbringen ließ, »wir haben jetzt nicht die Zeit, das zu diskutieren! Das ist jetzt reine Polizeiarbeit! Sie bleiben aber ein gutes Stück hinter uns und mischen sich nicht ein!«

Gönner nickte zufrieden und trat demonstrativ einen Schritt zurück.

Die Gendarmen schlichen auf leisen Sohlen nach unten. Gönner folgte grummelnd mit Brombach ein paar Schritte hinter ihnen. An der letzten Stufe angekommen stoppte Wirschinger. Die Stimmen waren nun deutlich zu hören.

Der niedrige, fast kreisrunde gemauerte Gewölberaum war durch Kerzen an den Wänden in ein warmes, fast mystisches Licht getaucht. Zwei klobige Halbsäulen an jeder Seite warfen dicke Schattenfinger auf den Boden, die sich in der Mitte des Raumes zu einem dunklen Quadrat vereinigten. Am anderen Ende im gelben Licht hinter dem Schattenquadrat, standen vier Männer um einen auf dem Boden liegenden, Mann. Seine Hände waren auf dem Rücken gefesselt und er krümmte sich wie unter Scherzen zusammen. Einer der Kerle sprach mit drohender Stimme auf ihn ein.

»Wir fragen dich jetzt zum letzten Mal: wo ist Brombach?«, schrie er die kauernde Gestalt mit sich überschlagender Stimme an.

»Diese Frage können wir Ihnen gerne beantworten«, rief Wirschinger und machte ein paar schnelle Schritte nach vorne. Richter und Huber folgten ihm mit gezückten Säbeln. Die Männer drehten sich erschrocken um.

»Lassen Sie den Mann in Ruhe und treten Sie von ihm weg!«, rief Wirschinger. Drei der Männer, unter ihnen der befreite Gefangene, taten wie geheißen, nur der vierte blieb stehn.

»Sie können mir gar nichts befehlen«, blaffte er, »was wollen Sie hier überhaupt?«

»Wir werden hier einen Mörder festnehmen«, konterte Wirschinger, »und wenn ich mich nicht täusche, sind wir bei Ihnen genau an der richtigen Stelle!«

Am Ende der Treppe lugten Gönner und Brombach vorsichtig in den Raum. Als die Gendarmen die Lage unter Kontrolle zu haben schienen, wagten sie sich weiter in den Raum.

Als die Männer die beiden zu Gesicht bekamen, war ihre Überraschung deutlich zu erkennen. Sie sahen sich erschrocken an und tuschelten. Nur der Anführer rührte sich nicht und blickte starr auf Brombach. Auf einen kleinen Wink Richters mit dem Säbel war die Ruhe jedoch schnell wieder hergestellt.

Brombach ging langsam auf die Gruppe zu. Auf der Hälfte des Weges blieb er stehen und deutete auf den Anführer.

»Das ist Josef Obernburger! Ich habe ihn dabei beobachtet, wie er Professor Schmidbauer ermordet hat«, sagte er mit fester Stimme.

Richter wollte auf Obernburger zugehen, um ihn festzunehmen, wurde aber von Professor Gönner davon abgehalten, der just in dem Moment nach vorne trat, um sich um den auf dem Boden liegenden Breitling zu kümmern. Dies nutzte Obernburger aus, machte einen Satz nach vorne, gab Brombach einen heftigen Stoß und lief die Treppe nach oben. Wirschinger stürmte ihm fluchend nach, gefolgt von Richter, der dem anderen Gendarm ein Zeichen gab, sich um die anderen Burschen zu kümmern.

Obernburger rannte durch den Kirchenraum auf das offene Hauptportal zu. In diesem Augenblick traten dort weitere Gendarmen, gefolgt von Obernburgers Vater, in die Kirche. Der junge Mann stolperte erschrocken. Bevor die überraschten Gendarmen etwas unternehmen konnten, rappelte er sich hoch, sah sich gehetzt um und wandte sich dann taumelnd nach rechts, zur Treppe, die auf die Chorempore führte. Er rannte nach oben und stellte sich schwer atmend vorne an die Brüstung.

»Bleibt, wo ihr seid, oder ich springe!«, schrie er in den Kirchenraum, wo Wirschinger und seine Begleiter eben angekommen waren. Brombach und Gönner, der den verletzten Breitling stützte, folgten kurze Augenblicke später.

»Geben Sie auf, Obernburger! Es ist vorbei, Sie haben keine Chance zu entkommen!«, schrie Wirschinger.

Der alte Obernburger rannte atemlos auf den Kommissär zu und schrie ihn mit abgehackter Stimme an:

»Was ist hier los? Was machen Sie mit meinem Sohn?«

»Herr Ratsherr, fragen Sie lieber, was Ihr Sohn mit Professor Schmidbauer gemacht hat!«, erwiderte Wirschinger.

»Was soll das heißen«, schnaufte Obernburger, »wegen was bezichtigen Sie meinen Sohn? Er hat nichts getan!«

»Er hat Professor Schmidbauer abgestochen!«, schrie Brombach, »ich habe es mit eigenen Augen gesehen!«

»Ja«, kreischte Josef vom Chor herunter, »ich habe das Schwein abgestochen! Er hat dafür gesorgt, dass Anna sich mit diesem verkommenen Studenten treffen konnte! Dafür musste er bezahlen! Er musste sterben!«

Ratsherr Obernburger sah mit bleichem Gesicht zu seinem auf der Balustrade sitzenden Sohn empor, dessen Gesicht im flackernden Licht der Laternen zu einer grotesken Grimasse entstellt war.

Wirschinger nickte Richter unauffällig zu und dieser ging leise und unauffällig zur Treppe der Empore. Dort legte er seinen Säbel ab und tastete sich vorsichtig und leise nach oben.

»Josef, es gibt für alles eine Lösung«, rief Wirschinger dem jungen Mann zu um ihn abzulenken, »es macht keinen Sinn, jetzt noch ein Leben zu beenden!«

»Ihr steckt mich doch sofort unter die Guillotine!«, kreischte der junge Mann.

»Du kommst jetzt sofort runter!« schrie Obernburger Senior.

»Er hat sich an Anna rangemacht, Vater, das musste ich doch unterbinden! Das durfte nicht sein!«, kreischte Josef, »ein Student! Gerade ein Student macht sich an meine Schwester ran und der verfluchte Professor hat dabei geholfen!«

»Deswegen muss man keinen Menschen umbringen!«, entgegnete Wirschinger, »Anna hat den Studenten gern, warum gönnst du ihr das Glück nicht?«

»Nein! Nicht einem von der Universität! Kein Student hat das Recht, sie anzufassen! Ohne diese verfluchte Universität wäre das nicht passiert!«, kreischte Josef und beugte sich weiter nach vorne.

Richter hatte sich mittlerweile so leise er konnte die enge, gewundene Treppe zur Empore hoch geschlichen. Auf der letzten Stufe verharrte er und überlegte, wie er am besten nach vorne hechten konnte, ohne Josef Obernburger zu sehr zu erschrecken und ihn fest packen zu können. In dessen momentaner Haltung würde ein kleiner Stoß genügen, um ihn abstürzen zu lassen.

»Josef, komm runter«, schrie der alte Obernburger ärgerlich, »du machst mit deinen Worten alles nur noch schlimmer! Komm nach Hause und wir reden darüber!«

»Hahaha, du und reden!«, jaulte Josef mit durchdrehender Stimme, »mit dir kann man doch nicht reden, du hörst dir doch immer nur selbst gerne zu! Mit Dir kann man nicht reden, ich habe dir so oft gesagt, dass es mein sehnlichster Wunsch war, an einer Universität zu studieren und jetzt kommen die in unsere Stadt und einer macht sich an Anna ran und ein Professor hilft ihm dabei, ich ...«

Seine tränenerstickte Stimme stockte, er schluckte und um Luft zu holen hob er seinen Körper ein Stück weit zurück in den Chorraum. Das war für Richter das Zeichen um einzugreifen.

Er stürmte nach vorne, Josef sah sich erschrocken um, als Richter auf ihn zusprang um ihn zu packen. Durch die schnelle Drehung machte sein Körper einen Ruck, er verlor das Gleichgewicht, taumelte, ruderte mit den Armen in der Luft und stürzte dann in die Tiefe.

Richter hechtete auf den Fallenden zu, konnte aber lediglich eine Hand berühren, bekam diese aber nicht mehr zu fassen.

Josef Obernburger prallte vor den Füßen seines Vaters auf den Kirchenboden. Sein Kopf schlug mit einem dumpfen Knall auf dem harten Steinboden auf. Es hörte sich an, als würde man trockenes Holz zerbrechen. Blut rann aus seiner Nase, seine Beine zuckten ein paar Mal und eigentümlich verrenkt blieb er liegen. Seine Augen leuchteten im fahlen Lichtschein der Laternen noch einmal kurz auf, dann brach sein Blick.

Sein Vater stürzte sich auf ihn, riss ihn hoch, schüttelte den leblosen Körper, drückte ihn an sich und schrie:

»Nein! Nein, Josef!«.

Richter stützte sich schwer atmend mit den Armen und entsetztem Blick auf die Chorbrüstung. Er sah nach unten und schüttelte resignierend den Kopf. Langsam wandte er sich ab. Gönner und

Brombach kamen entsetzt näher und starrten auf den Toten, während zwei Gendarmen zu dem alten Obernburger traten. Richter kam langsam herangeschlichen und sah Wirschinger mit Tränen in den Augen an.

»Entschuldigen Sie, Herr Kommissär, ich hätte ihn fast erwischt ...«

»Ist schon gut, Richter«, murmelte Wirschinger, »Sie hätten ihn nicht aufhalten können.«

Die Männer standen leise und ehrfürchtig um den weinenden Ratsherrn. Die Freunde Josefs, Professor Gönner und Breitling kamen näher und sahen entsetzt auf den leblosen Körper.

Wirschinger trat schließlich hinter den Ratsherrn, legte ihm eine Hand auf die Schulter und sagte:

»Kommen Sie, Herr Obernburger! Lassen wir ihrem Sohn seinen Frieden. Er wurde für seine schändliche Tat gerichtet!«

Obernburger ließ den Körper seines toten Sohnes langsam zurück auf den Boden gleiten. Schlotternd stand er auf. Hasserfüllt sag er auf die umstehenden Männer.

»Sie haben meinen Sohn getötet!«, presste er heiser hervor, »Sie haben ihn auf dem Gewissen!«

»Herr Obernburger«, sagte Wirschinger schneidend, »Ihr Sohn hat Professor Schmidbauer ermordet, dafür gibt es einen Zeugen, und er hat es eben selbst zugegeben! An Ihrer Stelle würde ich mich mit Anschuldigungen zurückhalten! Wir könnten ansonsten gezwungen sein, darüber nachzudenken, ob Sie von der Tat gewusst haben und wir gegen Sie wegen Mitwisserschaft vorgehen müssen, haben wir uns verstanden? Ich muss Ihnen nicht sagen, was das für Sie bedeuten würde!«

Obernburger sah den Kommissär entsetzt und mit bleichem Gesicht an.

»Das werden Sie nicht wagen!«, stotterte er.

»Doch, das werde ich«, entgegnete Wirschinger, »ich kann Sie auf der Stelle verhaften und ins Gefängnis werfen lassen!«

Obernburger ließ seine Schultern fallen und seufzte tief. Nach einigen Augenblicken sagte er:

»Gut, Herr Kommissär. Aber versprechen Sie mir eines: nachdem mein Sohn tot ist und sich selbst gerichtet hat, muss man diese Sache nicht an die Öffentlichkeit dringen lassen. Damit wäre niemandem geholfen. Ich habe davon nichts gewusst, das müssen Sie mir glauben!«

»Wir lassen das jetzt einmal so stehen, Herr Obernburger«, sagte Wirschinger, »versprechen kann ich Ihnen nichts, ich werde aber sehen, was sich machen lässt. Meine Männer werden auf jeden Fall nichts sagen. Sie müssten nur die Freunde Ihres Sohnes in Schach halten!«

Obernburger nickte langsam.

»Richter«, sagte der Kommissär, »kümmern Sie sich mit zwei Kollegen um den Toten. Huber, Sie bringen die anderen jungen Herren mit einem Kollegen nach Hause. Notieren Sie sich die Namen und Adressen, wir werden sie dann zu einem späteren Zeitpunkt befragen. Herr Professor Gönner, Sie bringen Breitling ins Hospital, ich kümmere mich um Brombach und nehme seine Aussage auf.«

Alle Anwesenden nickten und folgten den Anweisungen des Kommissärs. Gönner konnte es sich jedoch nicht verkneifen, dem Kommissär zuzuraunen:

»Gute Polizeiarbeit, Herr Kommissär, das hätte ich nicht besser machen können!«

Der Kommissär drehte sich erstaunt um und sah dem sich entfernenden Professor stirnrunzelnd nach.

Kapitel 55
4.Juni 1802

Die Stimmung auf dem Universitätsplatz war großartig, das Wetter ausgezeichnet. Man zog in einem langen, prächtigen Festzug durch den dem Portal der Kirche vorgebauten Triumphbogen in die Universitätskirche ein. Nach den Begrüßungsworten von Rektor Gönner bestieg Professor Aloys Dietl die Kanzel und hielt die Festrede.

Die Kirche war bis zum letzten Platz besetzt, und die Zuhörer lauschten den getragenen Worten des Professors. Selbst Gönner musste sich eingestehen, dass der Kollege eine gute Figur machte und eine ausgezeichnete Rede verfasst hatte. Gerade, als Dietl über die reine Religion zu sprechen begann, dass nun bessere Zeiten kämen, welche die menschliche Vernunft ausgelöst habe, erhob sich in den hinteren Reihen eine dunkel gekleidete Gestalt. Dietl nahm es aus den Augenwinkeln wahr und bevor er auch nur innehalten konnte, kreischte die Frau:

»Das ist alles nicht wahr, was Du sagst! Gott allein haben wir alles zu verdanken!«

Weiter kam die offenbar verwirrte Frau nicht. Einige Männer, die hinter der letzten Reihe standen, packten sie und warfen sie kurzerhand zur Kirchentür hinaus. Dietl stockte kurz, wischte mit zitternder Hand über seinen Redetext, lockerte seinen Kragen, hatte sich dann aber wieder im Griff und fuhr noch etwas stockend mit seiner Rede fort.

Unten im Publikum konnte sich Professor Gönner eines Grinsens nicht erwehren. Hatte diese Person es doch tatsächlich geschafft, den Kollegen selbst hier, bei der großen Feier zu stören.

Nachdem Dietl seine Rede beendet hatte und unter großem Beifall erhaben und zufrieden von der Kanzel schritt, stand Gönner auf, um seinerseits nochmals auf die Kanzel zu steigen. Ihm als Rektor der Universität oblag es nun, die große Neuigkeit zu verkünden. Die Verleihung der Ehrendoktorwürde der Universität an den großen Philosophen Schelling hatte er aus taktischen Gründen bereits in seiner Eröffnungsrede untergebracht, sehr zur Freude des Kollegen Röschlaub, der strahlend nickte. Damit war der Professor für den Rest des Tages zufriedengestellt und ergab sich in ein seliges Lächeln. Gönner trat an den Rand der Kanzel, räusperte sich und rief dann mit lauter Stimme:

»Meine sehr verehrten Festgäste! Zum Ende dieser Feierstunde erlauben Sie mir, noch etwas sehr Wichtiges zu verkünden! Unsere Universität wurde im Jahr 1472 von Herzog Ludwig dem Reichen zu Bayern-Landshut in Ingolstadt gegründet. Seine Durchlaucht, Kurfürst Maximilian Josef, hat diese Universität mit seinem Dekret vor zwei Jahren hierher, in die Stadt ihres Gründers, verlegt. Seine Durchlaucht hat nach Vorschlag einer Abordnung von Senatoren zugestimmt, der Universität einen neuen Namen zu verleihen: Ludwig-Maximilians Universität!«

Die Zuhörer erhoben sich, tosender Applaus brandete auf und Professor Gönner schritt mit erhobenem Haupt nach unten. Das Händeschütteln nahm kein Ende. Diese Überraschung war ihm wirklich gelungen!

Epilog

Einige Tage nach Ende der Feierlichkeiten stand eine Gruppe Männer bei Einbruch der Dämmerung im hinteren Teil des Landshuter Hauptfriedhofes. Die Laternen warfen ein geheimnisvolles Licht auf eine Stelle zwischen zwei alten, knorrigen Bäumen. Die Professoren Gönner und Röschlaub, die Gendarmen Wirschinger und Richter sowie die Studenten Breitling, Emmrich und Brombach standen ehrfürchtig und schweigend vor den Blumen, die sie auf dem unsichtbaren Grab abgelegt hatten. Jeder hing seinen Gedanken nach. Nach einigen Minuten trat Professor Gönner einen Schritt nach vorne, nickte kurz, räusperte sich leise und sagte:

»Vielen Dank für alles, Professor Schmidbauer. Ich bedaure sehr, dass Sie uns schon so früh verlassen mussten. Sie waren mir und der gesamten Professorenschaft ein hervorragender Kollege. Leider war es mir nicht vergönnt, Sie besser kennengelernt zu haben. Wir und vor allem auch Ihre Studenten werden Sie sehr vermissen. Wir werden Ihnen ein ehrendes Andenken bewahren!«

Die anderen Herren nickten ebenfalls, und nach einigen Augenblicken verließen sie die Grabstelle. Die Studenten verabschiedeten sich schnell und die Professoren stiegen zu Wirschinger in die Polizeikutsche, die von Richter zur Universität gelenkt wurde. Dort angekommen, brummte Röschlaub etwas Undefinierbares und verschwand. Gönner jedoch drehte sich nach dem Aussteigen noch einmal zum Kommissär um.

»Nun, mein lieber Herr Kommissär«, sagte er, »ich denke wir haben unseren ersten gemeinsamen Fall erstaunlicherweise in einigermaßen guter Zusammenarbeit gelöst, finden Sie nicht?«

»Sie haben Recht, Herr Professor«, bestätigte Wirschinger, »mich stört jedoch Ihre Formulierung ›erster Fall‹. Ich wäre doch froh, wenn es der einzige bleiben würde und wir unter angenehmeren Umständen wieder zusammenkommen würden ...«»Sehen

Sie«, grinste Gönner, »wir leben in gefährlichen Zeiten. Wer weiß, was das Schicksal mit uns vorhat. Da Sie es wahrscheinlich nicht unterlassen werden, unsere Studenten mit Ihren Kontrollen zu nerven, wird sich ein Zusammentreffen wohl nicht verhindern lassen.«

»Wir werden sehen, was die Zeit bringt, Herr Professor!«

»Das werden wir, Herr Kommissär Wirschinger!«

»Wirsching, bitte ... ach, Sie verwirren mich noch vollkommen!«

Wirschinger zog brummelnd die Tür zu und Richter gab den Pferden die Zügel.

Landshut zu Beginn des 19.Jahrhunderts

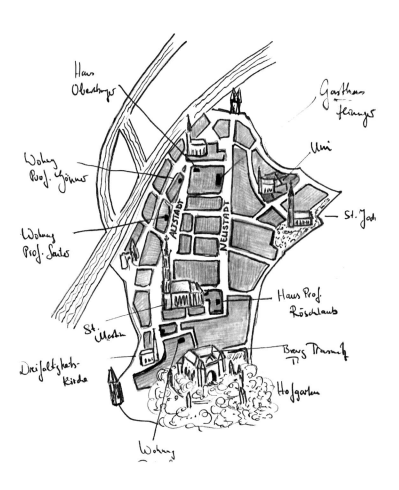

Haus Oberhuber

Gasthaus Flimger

Wohng Prof. Gönner

Uni

Wohng Prof. Sailer

St. Jodl

Haus Prof. Röschlaub

St. Martin

Braus Tremmh

Dreifaltigkeits-Kirche

Hofgarten

Wohng

Nachwort ~ historische Anmerkungen

Dieser Roman ist in erster Linie ein fiktives Werk. Natürlich handeln hier auch Personen, die real gelebt haben. Gerade dies macht aber meiner Meinung nach den Reiz der Handlung aus. Der historische Hintergrund ist real.

Die Universität wurde als erste bayerische Landesuniversität (oder als Hohe Schule) im Jahre 1472 von Herzog Ludwig dem Reichen von Bayern-Landshut in Ingolstadt gegründet, die Stadt gehörte damals zu seinem Herzogtum. Im Jahre 1800 verlegte Kurfürst Maximilian Josef, der spätere erste bayerische König Max I., die Universität nach Landshut. Das hatte mehrere Gründe: zum einen wollte man die Gedanken der Aufklärung stärken und die Hochschule vor den napoleonischen Kriegen schützen. Ingolstadt war Garnisonsstadt und man hatte Angst um die Sicherheit der Universität. Der Name ›Ludwigs-Maximilians-Universität‹ wurde tatsächlich erst im Jahre 1802 bei der beschriebenen Installationsfeier verliehen. Für die Stadt Landshut war die Uni, trotz anfänglicher Schwierigkeiten, ein Gewinn und als sie dann im Jahre 1826 von König Ludwig I nach München verlegt wurde, sah man dies als großen Verlust für die Stadt an.

Als die Uni 1800 nach Landshut kam, studierten dort 117 Studenten, als man 26 Jahre später nach München zog, waren es schon 500. Heute hat die LMU über 50.000 Studenten mit einem Jahresbudget von ca. 1,7 Milliarden Euro. Die Professoren Gönner, Dietl und Röschlaub haben sich wohl schwerlich vorstellen können, was aus ihrer kleinen Uni im beschaulichen Landshut heute geworden ist. Oder vielleicht doch?

Danksagung

Für die Erlaubnis zur Verwendung des historischen Stiches der Universität von *Heinrich Adam* gilt mein besonderer Dank dem *Stadtarchiv Landshut*, vor allem *Herrn Dr. Mario Tamme*, auch für seine wertvollen Tipps zur Recherche.

Sebastian Geiger danke ich für seine unermüdliche Bereitschaft zu lesen, zu korrigieren wo es nötig war und die generellen Gespräche über das Schreiben an sich.

Ein Dank auch an *Christopher Glas*, der in Sachen Landshuter Universität immer ein offenes Ohr hat und immer schnell zur Stelle war, wenn ich (meist eilige) Fragen zu Häusern oder Ereignissen hatte.

Ein Dank auch an *Wolfgang Ehrmaier*, der immer gerne die Fortschritte des Romans begleitet hat.

Rita Neumaier ein Dankeschön fürs Durchlesen und anmerken.

Bei *Heidi Eichner* bedanke ich mich für den Stadtplan von Landshut.

Danke natürlich auch an den *Toruk-Verlag*, der das Buch herausgebracht hat, vor allem aber an Konrad Hollenstein, der meine Ideen begeistert aufgenommen und umgesetzt hat. Danke an meine Lektorin *Lena Berning*, die das Buch in kurzer Zeit durchgearbeitet hat.